Saskia Louis

Geheimnis der Götter

Asche des Krieges

Erstausgabe April 2018

© 2018 dp DIGITAL PUBLISHERS GmbH

Made in Stuttgart with ♥
Alle Rechte vorbehalten

Geheimnis der Götter
Asche des Krieges

ISBN 978-3-96087-388-4
E-Book-ISBN 978-3-96087-244-3

Coverillustrationen: Antonia Sanker
Covergestaltung: Antonia Sanker
Titeltypographie: Sarah Schemske
Kartenillustration: Antonia Sanker
Lektorat: Janina Klinck
Satz: Simon Müller

Über die Autorin

Saskia Louis lernte durch ihre älteren Brüder bereits früh, dass es sich gegen körperlich Stärkere meistens nur lohnt, mit Worten zu kämpfen. Auch wenn eine gut gesetzte Faust hier und da nicht zu unterschätzen ist.

Seit der vierten Klasse nutzt sie jedoch ihre Bücher, um sich Freiräume zu schaffen, Tagträumen nachzuhängen und den Alltag ihres Medienmanagementstudiums in Köln einfach mal zu vergessen.

Für Pia,
meine härteste Kritikerin und baldige
Weltherrscherin. Danke, dass du meine Ika-
no der Unterstützung bist und immer eine
Umarmung parat hast, wenn ich sie brauche.
Du bist wunderbar!

Bistaye

Götterdom

3. Mauer

4. Mauer

5. Mauer

Bistayische Mauern

6. Mauer

7. Mauer

Sakre-Wüste

Prolog

Wir sind alle verblendet. Wir sehen nur das Licht und vergessen dabei die Schatten. Ich bin die Regel, nicht die Ausnahme. Hätte ich nicht gesehen, was ich gesehen habe, hätte ich nicht gehört, was ich gehört habe – dann würde ich immer noch tun, was ich getan habe. Es wird erzählt, ich sei verrückt geworden. Doch das ist nicht wahr. Ich bin lediglich aufgewacht und wurde gezwungen, wieder einzuschlafen. Und alles, was mir blieb, war die Hoffnung. Die Hoffnung, dass meine Töchter es besser machen würden als ich. Aber in einer Welt, die sich der Taubheit verschrieben hat, wie soll da jemand Gehör finden?

Sie hatte Angst. Er konnte es in ihrem Blick sehen, der hektisch durch den Raum flog. An der grünbraunen Iris, die fast von der Pupille verschluckt wurde. An ihren Händen, die den goldenen Helm umklammerten.

Angst war etwas Gutes. Angst war das, was sie alle am Leben hielt. Wenn das Volk aufhörte, Angst zu haben … bekämen sie ein Problem.

Er lächelte. Es war eine Ewigkeit her, dass er selbst Furcht verspürt hatte. Zweihundert, vielleicht zweihundertfünfzig Jahre.

„Karu Kerwin. Es freut mich, dass du meinem Ruf so zeitnah gefolgt bist."

„Natürlich, Api." Sie senkte den Kopf, entblößte ihren Nacken. Er konnte sehen, wie schwer ihr diese Geste fiel, wie sie die Schultern versteifte. Konnte hören, wie ihre Atmung flacher wurde.

„Weißt du, warum ich dich habe rufen lassen?", fragte er leise. Er wandte den Blick ab und strich mit seinen Fingerspitzen die Buchrücken entlang, so wie er es immer tat, wenn er ungeduldig war. Eine schlechte Angewohnheit, die er seit Jahrhunderten nicht abzulegen vermochte. Seine Hand hielt inne, als er den Glaswürfel erreichte, der als Buchstütze diente. Der Würfel, in dem eine einzelne Münze stand. Er ließ seinen Arm fallen und betrachtete wieder die Soldatin vor ihm.

„Ich habe dir eine Frage gestellt."

„Nein, Api. Ich ... mir ist nicht klar, warum Ihr nach mir habt schicken lassen."

„Tatsächlich?" Sie log. Alle Menschen logen. Da waren sie den Göttern gar nicht so unähnlich.

„Ja." Karu Kerwin schluckte und nickte hastig.

Er seufzte leise und strich sich die goldene Robe glatt. „Karu, es gebietet sich nicht, einen Gott zu belügen."

„Ich würde nie –"

„Du hast etwas gesehen, Karu. Etwas gehört. Etwas, das nicht für deine Augen und Ohren bestimmt war. Und du hast keine Ahnung, wie sehr mir das leidtut."

Die Frau wich vor ihm zurück, eine Hand an dem Knauf ihres Schwertes. „Ich ... es tut mir leid, Api. Es war ein Versehen. Ich wollte Euch nicht ... ich werde es niemandem erzählen."

„Ah, Karu. Wie könnte ich mir dessen sicher sein?"

„Ich gebe Euch mein Wort. Ich ... schwöre auf das Leben meiner Töchter."

„Deiner Töchter?" Er hob seine Augenbrauen. „So leichtfertig riskierst du ihr Leben?"

Sein Gegenüber schüttelte hastig den Kopf. „Ich riskiere es nicht, denn ich halte meine Versprechen."

Wieder seufzte er schwer. Versprechen waren nichts wert. Versprechen wurden gebrochen. „Ich fürchte, darauf kann ich mich nicht verlassen, Karu. Denn vor einer Woche hättest du sicherlich auch noch behauptet, dass du nie auf die Idee kämest, die Götter zu belauschen."

Die Frau vor ihm befeuchtete ihre Lippen mit der Zunge, ließ ihre Hand vom Knauf ihres Schwertes gleiten und atmete zitternd aus. Sie gab auf. Und er war erleichtert darüber.

„Werdet Ihr … werdet Ihr mich töten?", fragte sie mit bebender Stimme.

„Töten? Nein. Dafür bist du viel zu wertvoll, Karu. Eine so starke Ikano des Feuers findet man nur selten. Nein, nein. Du wirst leben. Aber ich fürchte, ich muss dich etwas vergessen lassen."

„Vergessen?"

„Ja."

„Wenn es wegen Tergon ist …"

„Ja, unter anderem auch wegen Tergon", sagte er leise und trat einen Schritt auf sie zu. „Die Menschen dürfen nicht wissen, was mit ihm passiert ist. Sie könnten den falschen Eindruck gewinnen, solltest du ihnen jemals von den Dingen erzählen, die du belauscht hast, findest du nicht?"

„Natürlich. Natürlich! Wie gesagt, ich werde es nicht verraten. Ich –"

„Ich vertraue keinem Menschen, Karu, tut mir leid", murmelte er, überwand die restliche Distanz zwischen ihnen und presste seine kalten Finger auf ihre Schläfen. Sofort befand er sich in dem Raum ihres Geistes. Sie wehrte sich nicht einmal. Hatte nicht einmal eine Tür geschaffen, um ihn aufzuhalten. Er blickte in die Fenster ihrer Erinnerungen und wischte fahrig Bild um Bild fort, bis er zu dem Ereignis kam, das er gesucht hatte. Er starrte seine eigene Reflektion an. Die von Valera. Von Thaka. Dann griff er in das Fenster und zerschnitt sie mit seinen Fingern. Verwischte sie, verschleierte sie, zerstörte sie. Er arbeitete schnell, denn mit jedem verstreichenden Moment wurde es heißer. Der Ikano war bewusst geworden, was er tat. Sie begann sich zu wehren. Seine Griffe wurden immer unpräziser, aber darauf konnte er keine Rücksicht nehmen.

Die Hitze wurde unerträglich. Umschloss ihn, drang durch den Stoff seiner Robe. Er musste gehen. Er hatte genug Spuren verwischt. Genug Erinnerungen entfernt. Es würde reichen. Mit Sicherheit.

Kapitel 1

Karus Schritte federten auf dem weichen Teppich wider, der auf den Treppen ausgelegt war. Sie war müde. Sie wollte endlich nach Hause, ihre beiden Töchter in die Arme nehmen, ihrem Mann einen Kuss geben und diesen Tag vergessen. Doch sie musste den Göttern Bericht erstatten, so verlangte es das Protokoll.
Sie erreichte den Treppenabsatz, glitt langsam den Flur entlang – und stockte.

Nym keuchte auf und schnappte nach der kalten Luft, die in Form weißen Nebels vor ihrem Gesicht hing. Ihr Kopf tat weh. Noch nie hatte ihr eine von Apis Erinnerungen geschmerzt, aber diese ... diese ließ sie ihre kalten Handflächen an die heißen Wangen pressen.

Es war Api gewesen. Der Gott der Vergeltung hatte dafür gesorgt, dass ihre Mutter verrückt geworden war.

Es war nicht ihre Schuld. Es war nicht Veas Schuld. Sie hatten nichts mit dem Selbstmord ihrer Mutter zu tun. Api hatte ihren Geist verändert – und dabei versagt. Er war nicht präzise genug vorgegangen. Er hatte sie verrückt werden lassen.

Aber warum? Was hatte sie gesehen? Was hatte sie

herausgefunden? Was war mit Tergon passiert? Was durften die Menschen nicht erfahren? Was verbargen die verdammten Götter da nur vor ihrem Volk?!

„Salia? Was ist los? Alles okay?"

Ihr Kopf fuhr herum und sie blickte in warme dunkle Augen. Jeki. Er hatte wohl Wache gehalten.

Sie zog ihre Beine an, ließ die Hand zu ihrer Stirn gleiten und atmete zitternd aus.

„Salia?"

„Ich habe nur … nur schlecht geträumt", murmelte sie, schüttelte den Kopf und ließ den Blick über die Ebene gleiten, auf der sie ihr Lager aufgeschlagen hatten. Sie hatten ihre Matten kreisförmig um ein bereits erloschenes Feuer gelegt. Jeki saß zu ihrer Rechten, Levi lag zu ihrer Linken. Leena und Filia schliefen ihr gegenüber.

„Schlecht geträumt?", wiederholte Jeki, der neben ihr hockte, seinen intensiven Blick auf ihr Gesicht gerichtet.

Sie nickte. „Ja, keine große Sache."

Sie hatte niemandem erzählt, dass sie Zugang zu Apis Erinnerungen hatte – und das würde sie auch nicht nachholen. Ihre Mitstreiter hatten genug Sorgen, als dass sie auch noch befürchten mussten, dass Nym durchdrehte. Die Angst davor setzte ihr allein schon genug zu!

Wusste der Gott von ihrer Verbindung? Konnte er sie ebenso nutzen, vielleicht sogar, ohne dass sie es merkte? Überwachte er jeden ihrer Schritte?

„Hast du etwa auch vergessen, gut zu lügen?", fragte Jeki interessiert und ließ sich neben ihr auf die Bambusmatte sinken. Auf die Stelle, wo soeben noch ihr

Kopf gelegen hatte.

„Was?" Nym wandte ihm den Kopf zu und erwischte ihn bei einem Lächeln.

„Du lügst", stellte er fest und legte einen Arm um sie, „und du bist eiskalt!" Die Worte kamen so schockiert über seine Lippen, dass Nym fürchtete, er könne damit die anderen aufwecken. Doch niemand regte sich.

„Salia! Du frierst. Was zum Teufel hat dich geweckt?"

Augenblicklich erhitzte Nym ihre Haut. „Nur eine Erinnerung, die mit meiner Mutter zu tun hatte", erklärte sie.

„Okay." Jeki drängte sie nicht dazu, mehr zu sagen. Vielleicht, weil er wusste, dass sie sich nicht drängen lassen würde.

Sie saßen eine Weile schweigend da, Nym eng an seine Seite gepresst, in Sicherheit. Sie legte ihren Kopf in den Nacken und sah durch die kargen Baumkronen des asavezischen Laubwaldes auf die Spitzen der Kreisberge, deren schwarze Umrisse sich vom klaren Sternenhimmel abhoben. Wie große Männer, die bedrohlich auf sie hinabsahen. Darauf warteten, dass sie einen Fehler begingen, damit sie angreifen konnten. Morgen würden sie sich an den Aufstieg machen. Hier, am Fuße der Berge, war es bereits kühl, und Nym wollte gar nicht wissen, wie kalt es auf dem Gebirge selbst sein würde.

Die Kreisberge. Niemand ging in die Kreisberge.

Sie senkte den Blick. Vielleicht war sie dem Wahnsinn ja schon verfallen.

„Hast du Angst?", fragte Jeki leise, der ihrem Blick gefolgt war.

„Vor den Kreisbergen?"

Er nickte.

„Nein. Nicht vor den Bergen. Ich habe Angst davor, dass wir nichts finden werden. Dass ich keine Antworten auf meine Fragen bekomme."

„Angst davor, dass das Kreisvolk nicht existiert?"

Sie lächelte grimmig. „Oh, es existiert. Ich weiß, dass es existiert. Die Götter würden sich nicht die Mühe machen, die Existenz des Volkes derart infrage zu stellen, wenn es nicht tatsächlich real wäre. Aber ich fürchte, dass wir sie nicht finden werden, wenn sie nicht gefunden werden wollen."

„Wir schaffen es schon", sagte Jeki, und er klang zuversichtlicher, als Nym sich fühlte. „Ich hasse es, das zu sagen, aber zusammen mit dem Ikano der Luft sind wir eine ziemlich starke Streitmacht."

Ja, vielleicht. Aber ein Kampf war in diesem Fall nicht die Lösung.

„Letztendlich ist es egal, ob wir gut oder schlecht vorbereitet sind", meinte Nym schulterzuckend. „Die Unwahrscheinlichkeit, das Volk zu finden, ändert nichts an der Tatsache, dass wir es versuchen müssen."

Sie konnte Jeki nicken spüren, doch er schwieg.

Sie kuschelte sich enger in seine Umarmung, einfach weil sie sie nötig hatte, und ihr Blick flackerte kurz zu Levi, der auf dem Rücken schlief, einen Arm unter den Kopf geklemmt. Er sah friedlich und zufrieden aus. Ein Umstand, der sich ändern würde, sobald er die Augen aufschlug. Nyms Mundwinkel zuckten. Irgendwie, wenn man den bevorstehenden Krieg mal außen vor ließ und ihre derzeitige Situation neutral betrachtete, war die ganze Sache hier ganz schön aberwitzig.

Sie war mit ihrem Verlobten, den sie vergessen hatte, ihrem Liebhaber, der mehrfach versucht hatte, sie umzubringen, ihrer ehemaligen besten Freundin, die sie nun hasste, da Nym ihre zwei Brüder umgebracht hatte, und der größten Zicke, die in den letzten Tagen die Netteste von allen gewesen war, unterwegs in die Kreisberge, die einen laut Legende töteten, sobald man den ersten Fuß auf sie setzte. Manche Dinge konnte man einfach nicht erfinden.

Sie seufzte leise und zog sich den Leinenstoff, der ihr als Decke diente, höher um die Schultern. „Jeki? Hast du dich schon einmal gefragt, wo Tergon steckt?"

„Was?"

„Tergon. Der vierte Gott. Hast du ihn schon einmal gesehen?"

„Nein, natürlich nicht. Niemand hat das. Er mag die Öffentlichkeit nicht."

Sie nickte. „Ja ... oder er ist verschwunden. Vielleicht sogar tot. Möglicherweise ist es das, was die Götter versuchen zu vertuschen. Dass Tergon überhaupt nicht mehr existiert."

„Wie kommst du jetzt darauf?"

„Keine Ahnung, es ist nur so ein Gefühl. Findest du es nicht merkwürdig? Dass niemand ihn gesehen haben will?"

„Doch schon, aber –" Jeki hielt inne. „Moment. Das stimmt nicht. Es gibt jemanden, der ihn getroffen hat."

Nym wandte ihm abrupt den Kopf zu. „Was?"

Er nickte. „Natürlich. Deine Schwester."

„Vea?"

„Hast du noch eine andere?"

„Aber ... wann?"

„Erinnerst du dich nicht? Du hast es mir damals selbst erzählt. Nachdem eure Mutter gestorben ist, wurde Vea in den Palast geladen, wo sie allen Göttern vorgeführt wurde. Allen vieren. Das waren deine Worte. Und ich wüsste nicht, warum Vea dich damals hätte anlügen sollen."

Nym zog die Augenbrauen zusammen und dachte über Jekis Worte nach. Sie waren wahr. Das wusste sie, auch wenn sie sich selbst nicht mehr an die Situation erinnern konnte. „Du hast recht. Vea hat sie alle vier gesehen."

Und dennoch: Irgendetwas stimmte nicht mit Tergon. Ihre Mutter hatte etwas herausgefunden, und als Jaan in der Zweiten Mauer den Gott der Vergebung erwähnt hatte, hatte Thaka äußerst erbost reagiert. Das musste doch etwas bedeuten, oder nicht?

Nur was?

Und falls er noch lebte – vielleicht hielten die anderen Götter ihn im Palast gefangen? Gegen seinen Willen? Weil er die Wahrheit hatte erzählen wollen? Die Wahrheit über ... was auch immer.

Aber nein. Alle Götter waren gleichstark. Sie beherrschten die vier Elemente. Sie waren unsterblich. Man könnte Tergon sicher nicht einfach überwältigen ... obwohl: Wenn drei gegen einen kämpften?

Frustriert ließ Nym ihren Kopf nach vorne auf ihre Knie fallen. Sie wusste es nicht! Da waren zu viele Komponenten, die sie nicht erklären konnte. Zu viele Puzzleteile, die nicht passten. Zu viele verdammte Informationen, die sie nicht hatte!

Sie musste etwas übersehen. Irgendetwas Großes. Es

musste doch eine Erklärung für all das geben.

„Du solltest noch etwas schlafen, Salia", flüsterte Jeki und drückte sanft ihre Schulter. „Wir haben morgen einen anstrengenden Tag vor uns und wir brauchen deinen Kopf wach und geordnet."

Sie hätte beinahe laut zu lachen angefangen. Wann bitte war ihr Kopf das letzte Mal geordnet gewesen? Das war ein Zustand, den sie sich nicht einmal mehr vorstellen konnte.

Dennoch nickte sie. Sie war erschöpft. Die nächtlichen Stunden, die sie in dem Raum ihrer Gedanken verbrachte, waren nicht erholsam. All diese Zeit, in der sie ihre eigenen Erinnerungen studierte, die Gedanken Apis aufgedrängt bekam und den Hebel anstarrte, der auf einmal an der Wand erschienen war, nahmen ihr den ruhigen Schlaf, den sie brauchte.

Sie schloss die Augen, genoss Jekis vertraute Wärme und fragte sich, ob sie vielleicht glücklicher wäre, wenn sie ihre Erinnerung nie verloren hätte und immer noch den Göttern folgen würde. Wahrscheinlich ja. Es war so viel einfacher, die Gegebenheiten blind zu akzeptieren.

„Ich bin froh, dass du nicht mehr bei den Göttern bist, Jeki", murmelte sie und ließ ihren Kopf auf seine Schulter sinken. „Ich bin froh, dich hier zu haben."

Jeki antwortete nicht. Sie konnte ihn lediglich nicken spüren. Er war ihretwegen hier. Nicht aus freien Stücken. Und wahrscheinlich vertraute er den Göttern noch immer, egal, wie viel Leid sie ihm zugefügt hatten. Aber Nym hatte die Ahnung, dass sich dies ändern würde – sollten sie das Kreisvolk jemals finden.

Es roch nach Zimt und Staub.

Da waren Stimmen. Männliche Stimmen. Die tiefen Töne kitzelten in ihren Ohren. Sie fühlte sich merkwürdig. Ausgeschlafen, so als wären ihre Augen tagelang geschlossen gewesen, aber gleichzeitig zittrig erhitzt, so als wisse ihr Körper nicht genau, ob ihre Beine sie tragen würden.

„Sie hat sich bewegt!"

„Was?"

„Ihre Augenlider haben gezuckt."

„Sicher, dass es nicht dein Kopf war, der gezuckt hat?"

„Sieh doch hin, du Frosch! Ihre Finger zittern."

„Frosch? Weil ich ein Ikano des Wassers bin?"

„Du bist von der schnellen Sorte, oder?"

„Ist Frosch eine Beleidigung? Ich meine, Frösche sind anmutige Tiere mit klasse Sprunggelenken. Ich wünschte, ich könnte so hoch springen wie ein Frosch. Dann würde ich einfach in die erste Mauer hüpfen und die Götter besuchen."

„Halt die Klappe und hol Wasser!"

„Wer hätte gedacht, dass du tief in dir verborgen die Autorität deines Bruders versteckt hältst?"

Schritte entfernten sich, eine Tür wurde geöffnet und geschlossen und dann spürte Vea, wie die weiche Unterlage, auf der sie lag, nach unten gedrückt wurde und eine warme Hand über ihre Wange strich.

„Vea? Vea, bist du wach? Wenn du wach bist, mach bitte die Augen auf, ja?"

Die Stimme klang so vorsichtig, so bittend, dass sie

gar nicht anders konnte, als ihrer Anweisung zu folgen.

Sie blinzelte und brauchte eine Weile, bis sich ihre Augen an das helle Licht gewöhnt hatten und das Gesicht erkannten, das sich über ihres beugte.

„Janon", flüsterte sie und lächelte.

„Wie kannst du es wagen, zu lächeln?", wollte ihr Freund ungläubig wissen. Er stieß zischend Luft aus und schob ihr mit zittrigen Fingern die Haare aus dem Gesicht. „Du hast mir eine Todesangst eingejagt. Ich dachte, du wachst nie mehr auf!"

Vea gähnte und wollte sich aufrichten, doch Janon drückte sie mit sanfter Gewalt an den Schultern zurück auf die Matratze.

„Was genau hast du vor?", fragte er perplex und besorgt zugleich.

Sie verdrehte die Augen. „Aufzustehen, Janon! Es ist hell draußen."

„Das kannst du vergessen. Du rührst dich nicht von der Stelle."

Also, jetzt war er einfach nur albern. „Stell dich nicht so an, Janon."

„Vea. Du bist umgekippt und warst fast zwei Tage lang nicht bei Bewusstsein", sagte er mit eindringlich leiser Stimme. „Du bist weiß wie eine Wand geworden und hast dich die nächsten achtundvierzig Stunden lang nicht mehr gerührt. Du wirst nicht aufstehen."

„Ich habe zwei Tage lang durchgeschlafen?" Stirnrunzelnd neigte sie den Kopf. Das konnte unmöglich wahr sein.

„Kannst du mich nicht hören? Ist was mit deinen Ohren?" Janons dunkle Augen waren so besorgt, dass

Vea unwohl zumute wurde. Er nahm das Leben doch sonst so leicht. Wenn er wirklich Angst um sie gehabt hatte ...

„Meinen Ohren geht es gut, Janon. *Mir* geht es gut."

„Ach ja? Dann wiederhole ich noch mal: Du hast nicht friedlich geschlummert, Vea. Du bist umgekippt und hast für zwei verdammte Tage dein Bewusstsein verloren!"

Blinzelnd und noch ein wenig benommen wandte sie ihren Kopf und sah sich im Raum um. Sie befand sich in einem von Brags Schlafzimmern. Daran war nichts Ungewöhnliches.

„Aber ich verstehe nicht. Was ist denn passiert, ich ... oh!"

Mit einem Mal kam alles wieder zurück. Die Sechste Mauer. Die Ratsmitglieder, die darüber entscheiden mussten, ob sie kämpften oder sich unterordneten. Sie hatten abgestimmt und dann ... dann ...

Vea fuhr in die Höhe und saß kerzengerade im Bett.

„Du sollst dich nicht bewegen", sagte Janon angespannt, seine Hände wieder auf halbem Wege zu ihren Schultern, doch sie schlug sie weg.

„Was ist passiert?", fragte Vea verwirrt. „Hat die Garde uns erwischt? Musstet ihr gegen sie kämpfen? Wo sind die anderen? Geht es ihnen gut? Wo ist Nika?"

„Vea, beruhige dich."

Wie sollte sie sich beruhigen? Da waren Soldaten an der Tür gewesen. „Wo ist sie? Lebt sie noch? Ist sie –"

„Vea", unterbrach Janon sie laut, die Hände nun fest um ihr Gesicht geschlossen, damit sie stillhielt. „Es geht ihr gut! Es geht allen gut. Keine Garde, kein Kampf. Es ist nichts passiert – von deiner dramatischen Ohnmachts-Einlage mal abgesehen."

Sie blinzelte verwirrt, zog ihre Beine an und lehnte sie gegen Janons Seite. „Ich verstehe nicht."

„Na, da sind wir schon zwei."

„Aber das Klopfen, Janon! Da war ein Klopfen. Kurz bevor ich ohnmächtig geworden bin. An Hegins Tür."

„Was?"

„Bei Nerrew Hegin!" Ihre Stimme wurde lauter, aber was sollte sie auch anderes tun, da er doch offenbar so schlecht hörte! „Bei der Abstimmung. Jemand hat ,Aufmachen!' geschrien. Ich dachte, es wäre die Göttliche Garde, und dann ..." Sie runzelte die Stirn. „Nun, ich erinnere mich nicht daran, was danach passiert ist."

„Vea." Janon strich mit den Daumen über ihre Wangen, doch diese beruhigende Geste machte sie nur noch aggressiver. „Da hat niemand geschrien. Weder *aufmachen* noch irgendetwas anderes."

Was redete er da?! Gewaltsam zog sie seine Hände von ihrem Gesicht. Er verhielt sich, als sei sie verrückt geworden!

„Doch, natürlich. Die Ratsmitglieder haben gerade die Hände gehoben und ... Bei den Göttern, die Abstimmung! Wie haben sie entschieden? Was wird passieren? Haben sie –"

„Könnten wir uns vielleicht erst einmal auf die Stimmen in deinem Kopf konzentrieren, bevor wir wieder in die Realität zurückkehren?", fragte Janon vorsichtig.

„Ich hab mir das nicht eingebildet!", schrie sie. „Es ..."

„Du bist wach." Die Tür wurde aufgestoßen und Nika stürzte herein. „Wusste ich doch, dass das deine liebliche Stimme ist. Bei den beschissenen vier Göttern, ich dachte, jetzt ist es um dich geschehen."

Erleichtert sackte Vea in sich zusammen. Sie war genau die Person, die sie jetzt brauchte.

„Nika", stieß sie aus und umfasste die Hände ihrer Freundin, die sich neben Janon auf die Bettkante gesetzt hatte. „Könntest du Janon bitte erzählen, dass ich nicht bescheuert bin? Du hast das Klopfen doch auch gehört, oder?"

Nika blickte zwischen Janon und Vea hin und her, bevor sie die Augenbrauen hob. „Das Klopfen? Ja, natürlich." Sie nickte, und Vea seufzte auf. Endlich! „Ich glaube, das waren die Nachbarn", fuhr Nika fort. „Sie haben vor ein paar Stunden offenbar versucht, ein Bild aufzuhängen. Das muss ein Monstrum von Gemälde gewesen sein, so viele Nägel, wie die in die Wand gehauen haben ..."

„Was?" Veas aufkeimende Erleichterung verflüchtigte sich schlagartig. Sie schüttelte den Kopf. „Das meinte ich nicht. Ich spreche von dem Klopfen bei der Abstimmung. Bevor ich ohnmächtig geworden bin. Jemand hat gerufen und –" Angesichts des Unverständnisses auf Nikas Gesicht brach sie ab. „Du hast es auch nicht gehört?"

Entschuldigend zog Nika die Schultern hoch. „Nein, tut mir leid. Du bist umgekippt – aber da war kein Ruf oder Klopfen. Vielleicht hast du es ja geträumt? Genug Zeit dafür hattest du ja."

Vea öffnete den Mund, betrachtete Janon, dessen Miene nur noch besorgter wirkte, sah Nika an, die erwartungsvoll auf Bestätigung wartete – und schloss ihn wieder.

Sie nickte. „Ja. Das wird es gewesen sein."

Aber das stimmte nicht. Sie hatte es nicht geträumt. Genauso wenig, wie sie es sich eingebildet hatte. Sie spürte immer noch Janons skeptischen Blick auf ihrem Gesicht – er hatte schon immer gewusst, wann sie Blödsinn von sich gab – und zwang sich zu einem Lächeln. „Entschuldigt, ich bin vom vielen Schlafen wohl etwas durcheinander."

„Du hast nicht geschlafen", fuhr Janon sie an. „Du warst ohnmächtig, du –"

„Du wiederholst dich, Janon. Mir geht es gut. Ich fühle mich wunderbar. Wirklich. Hör auf, mich anzusehen, als –"

„Als wärst du umgekippt und zwei Tage lang nicht wieder aufgestanden?!"

Meine Güte, seine hysterische Seite konnte sie wirklich nicht leiden. „Ich war offensichtlich übermüdet", stellte sie fest. „Zu viel Druck und Stress und … na ja, Krieg ist nun einmal nicht gerade entspannend. Wer hätte das ahnen können?"

„Vea, hör auf, es runterzuspielen. Du hast keine Vorstellung davon, wie viel Angst wir um dich hatten. Du hast nicht gesehen, wie dir das Blut aus dem Gesicht geflossen ist. Irgendetwas stimmt offensichtlich nicht mit dir!"

„Mit mir ist alles okay, Janon. Im Moment würde ich mir eher Sorgen um dich machen. Dein Gesicht sieht aus, als würdest du versuchen, es zum Platzen zu bringen."

Janon wirkte nicht amüsiert, dabei fand Vea sich gerade ziemlich witzig.

Seufzend legte sie ihre Arme um seinen Hals.

„Janon", murmelte sie und küsste ihn. „Vielleicht war mit meinem Körper irgendetwas nicht in Ordnung und er hat zwei Tage gebraucht, um es zu bekämpfen. Aber mir geht es gut. Wirklich. Er hat die Krankheit, oder was auch immer mich umgehauen hat, offensichtlich besiegt."

Misstrauisch musterte er sie und ließ eine Hand auf ihre Stirn gleiten, bevor er schließlich aufstand. „Mir gefällt das ganz und gar nicht, Vea."

„Ich liebe dich, Janon."

Seine Mundwinkel zuckten. „Das wiederum gefällt mir sehr."

„Schön, dann hätten wir ja geklärt, was du gut und was du schlecht findest." Sie schwang die Beine aus dem Bett. „Könnte mir dann jetzt bitte endlich jemand sagen, wie die Ratsmitglieder entschieden haben? Und mir etwas zu essen bringen? Ich verhungere gleich."

Wie auf Kommando öffnete sich die Tür und Ro trat ein. In der rechten Hand hielt er einen mit Wasser gefüllten Becher, in der linken ein Stück Brot. „Ich hoffe, ihr habt euch jetzt beruhigt", stellte er fest und reichte ihr Getränk und Essen. „Das ganze Geschrei hätte womöglich noch die Garde auf den Plan gerufen, und ich möchte meinen Morgen nicht mit einem Gemetzel beginnen."

Er sollte sich nicht zu früh freuen. Wenn ihr nicht gleich jemand erzählte, was in der Sechsten Mauer vorgefallen war, würde sie mit dem Brüllen nämlich wieder anfangen.

„Sie haben dafür gestimmt", sagte Janon und strich sich die Falten aus der Hose. „Für eine Rebellion", erklärte er weiter, als Vea ihn fragend ansah. „Sie wollen gegen die Götter kämpfen und uns helfen. Deine Ansprache hat sie wohl überzeugt."

„Aber?", fragte Vea mit vollem Mund, bevor sie das Brot mit etwas Wasser herunterspülte.

„Aber?", echote Janon.

Sie schnaubte. „Komm schon. Du kannst mir nicht erzählen, dass sie keine Bedingungen gestellt haben. Die Ratsmitglieder waren ja nicht gerade versessen darauf, sich in die Schlacht zu stürzen."

Seufzend sah er zu Ro hinüber, der leise lächelnd an der Tür lehnte.

„Es gibt ein Aber", bestätigte er schließlich. „Sie verlangen, dass wir zuerst ihre Kinder in Sicherheit bringen, bevor sie einen Aufstand lostreten."

Vea hob die Schultern. „Klingt vernünftig. Na, dann machen wir das doch."

Ro stieß einen Ton aus, den Vea nicht ganz einem Lachen oder einem Laut des Wahnsinns zuordnen konnte.

„Natürlich!", sagte er. „Wir schaffen alle Kinder raus und danach schreibe ich Valera einen Liebesbrief, bekomme zwei hübsche Kinder mit ihr und hole mir den Mond vom Himmel."

Vea legte den Kopf schief. „Ich persönlich finde die Sonne ja viel interessanter, aber wenn du den Mond haben willst ... tu dir keinen Zwang an."

„Findest du Valera etwa attraktiv?", wollte Nika wissen, die Arme vor der Brust verschränkt. „Sie ist viel zu alt für dich! Älter als zweitausend Jahre, Ro. Das ist ... eklig."

„Meine Güte." Ro legte sich eine Faust auf die Stirn und schüttelte den Kopf. „Übersieht denn jeder hier das Offensichtliche? Wir können die Kinder nicht einfach alle rausschaffen! Ihr erinnert euch vielleicht daran, was das letzte Mal passiert ist, als wir Rebellen aus der Sechsten Mauer schleusen wollten? Tod? Verderben? Feuer? Klingelt da was?"

„Du bipft spfo nepfativ, Ro!", sagte Vea, während sie mit ihren Zähnen ein weiteres Stück Brot abriss.

„Seit wann ist Realismus negativ?", wollte Ro feindselig wissen, bevor er laut seufzte. „Ich brauche Levi. Niemand ist ein so begabter Schwarzmaler wie er. Er würde euch die Flausen schon aus dem Kopf brüllen."

Vea schluckte. „Das letzte Mal hattet ihr einfach einen beschissenen Plan", stellte sie fest.

Irritiert sah Ro sie an. „Wir hatten *gar* keinen Plan."

„Ich weiß. Das war ja das Beschissene daran."

Er verdrehte die Augen. „Levi und ich hatten davor immer großen Erfolg mit unserer Philosophie."

Schnaubend zeigte Vea ihm den Vogel. „Nichts für ungut, aber das, wonach ihr gehandelt habt, kann man beim besten Willen nicht Philosophie nennen. Normale Menschen benutzen das Wort *Wahnsinn*. Ihr hattet mehr Glück als Verstand und seid begabte Kämpfer. Das ist der einzige Grund, warum ihr beide noch nicht am Grund des Appos liegt."

„Ich stimme ihr zu", sagte Nika.

„Natürlich tust du das", grummelte Ro und hob beide Hände in die Höhe. „Schön, Vea. Erkläre es mir. Wie willst du alle Kinder aus der Sechsten Mauer bringen, ohne dass sich das Massaker vom letzten Mal wiederholt?"

Vea schluckte das letzte Stück Brot herunter und sah dann aus dem Fenster. In der Ferne erkannte sie die

Sechste und Siebte Mauer, die mittlerweile die Farbe des sandigen Bodens angenommen hatten, auf dem die Steine seit Ewigkeiten standen.

Die Sechste Mauer war groß. In ihr lebten mehr Menschen als in allen anderen. Die Siebte hingegen wurde meist vergessen, so klein und dünn besiedelt war sie. Außerdem gab es in der Siebten Mauer kaum Wachen, da dort nur verlorene Existenzen und Menschen lebten, die in Vergessenheit geraten waren. Bettler, Krüppel, Gesindel. Diese musste man kaum kontrollieren. Nein, das Problem waren die Soldaten, die aus der Vierten in die Fünfte Mauer strömen würden – und der Mangel an fähigen Kämpfern.

„Man müsste es gleichzeitig machen", sagte Vea langsam und fuhr mit ihren Fingern den rauen Stein des Fenstersimses nach.

„Alle Kinder gleichzeitig zur Schlachtbank führen?", fragte Ro ungläubig.

„Nein. Nein, das meine ich nicht." Vea hob den Blick zum Horizont. „Den Aufstand lostreten und die Kinder in Sicherheit bringen. Die offene Rebellion wird für genug Ablenkung sorgen, sodass man die Kinder unbemerkt aus der Sechsten Mauer bringen könnte. Außerdem müsste man die Tore schließen, die von der Sechsten zur Fünften Mauer führen. Aber dafür brauchen wir Hilfe aus Asavez. Wir sollten auf die asavezischen Soldaten warten und einen Weg finden, die Tore zur rechten Zeit zu verriegeln, sodass die Garde der äußeren Mauern nicht mehr verstärkt werden kann. Dann müssen wir die Soldaten, die sich in der Sechsten Mauer befinden, außer Gefecht setzen und die Tore mit genügend Kämpfern gegen die Göttliche

Garde abschotten – tadaa: Die Sechste Mauer ist eingenommen, die Kinder in Sicherheit. Außerdem sind wir dann in der perfekten Ausgangssituation für den Krieg, da die Göttlichen Soldaten in den inneren Mauern eingekesselt sind und keine neuen Vorräte heranschaffen können. Wir bräuchten allerdings genug Männer und Waffen, um die Ausgänge effektiv zu verriegeln. Wie viele Soldaten werden von Provodes zur Unterstützung gestellt? Und gibt es jemanden, der die Bauern innerhalb von wenigen Tagen im Kampf ausbilden kann? Zumindest provisorisch?"

Sie wandte sich um und bemerkte, dass alle sie anstarrten.

„Was ist?", wollte sie verblüfft wissen.

Ro schüttelte den Kopf. „Scheiße, sie ist wirklich eine verdammte Taktikerin."

„Du machst mir Angst, Vea", sagte Nika.

„Ich liebe dich", stellte Janon grinsend fest.

Veas Mundwinkel zuckten. „Ich übersetze das mal mit: Guter Plan, Vea! Du bist toll, wir lieben dich und wollen dir ein Denkmal bauen."

„Falls der Plan funktioniert, können wir noch einmal über das Denkmal diskutieren", murmelte Ro.

„Ich will eine goldene Statue mit Diamanten als meine Augen."

„Und ich möchte ein Glas Met", seufzte der Ikano. „Lasst uns nach unten gehen. Dann können wir Brag einweihen – und uns überlegen, wie wir fünf Tore versiegelt bekommen, ohne dass ein Ikano der Erde sie sofort einreißt und wir alle sterben."

„Immer dieser ungebrochene Optimismus", meinte Vea kopfschüttelnd, verschränkte ihre Hand mit der

Janons und zog ihn aus der Tür.

Sie fühlte sich aufgekratzt. Sie hatten ein Ziel. Einen konkreten Plan. Alles würde sich fügen. Die Unterdrückung, die Unruhe, die Angst – all das würde ein Ende finden.

Ihr Körper pumpte Adrenalin durch ihre Adern – zu viel, als dass sie der Tatsache, dass ihre Beine einige Momente brauchten, bis sie sich so geschmeidig wie sonst bewegten, allzu viel Bedeutung beigemessen hätte.

Kapitel 2

*Die Tür war nur angelehnt. Sie konnte sich nicht daran erinnern,
sie je geöffnet gesehen zu haben. Die Götter hielten ihre Bücher
unter Verschluss. Die Leute sagten, dass sie es taten, weil sie die
Schriften über das Kreisvolk versteckt halten wollten. Karu
wusste es nicht. Sie sollte klopfen. Lauscher wurden bestraft. Sie
trat näher, berührte mit ihrer Fußspitze den einsamen Lichtstrahl, der durch den Türspalt fiel.*

Die Feder kratzte über das Pergament, während
die brennende Kerze Schatten darüber tanzen
ließ. Provodes beendete seinen Satz, faltete den Brief
zusammen und schmolz Wachs über dem Docht, als
ein dunkler Schemen in den Raum glitt.

Provo sah nicht auf, ließ das zähe rote Material auf
das Schreiben tropfen und drückte sein Siegel dort
hinein, bevor er das Dokument an den Rand des
Schreibtisches legte, um das Wachs trocknen zu lassen. Er griff nach dem nächsten Pergament.

„Sie sind seit zwei Tagen auf dem Weg", sagte er
langsam, während er seine Feder in Tinte tauchte. „Ich
denke, der Vorsprung ist nun groß genug, meinst du
nicht?"

Sein Blick flackerte nach oben zu Jaan, der nickte.

„Gut." Provos Hand hielt inne, und vorsichtig ließ er
den Federkiel zurück in seine Halterung sinken. Die

Briefe konnten einen kurzen Moment warten. Diese Angelegenheit nicht.

Er stand auf. „Jaan, ich weiß, du hast viel Zeit mit ihnen verbracht, aber ich muss wissen, ob ich mich auf dich verlassen kann." Er blickte seinen Vertrauten ernst an. „Ich bin es nicht von dir gewohnt, dass du Anweisungen missachtest, aber seit du das Mädchen verschont hast, habe ich mich gefragt, ob dein Herz weich geworden ist."

„Ich habe mich um das Mädchen gekümmert", sagte sein Gegenüber ruhig, doch Provo entging der scharfe Zug um Jaans Mund keineswegs. „Ich habe alles in die Wege geleitet. Sie wird tot sein, bevor du den Appo überquerst. Und du solltest wirklich aufhören, dich über mich lustig zu machen."

Provo musste lächeln. „Ich konnte nicht widerstehen. Du bietest mir so selten eine Angriffsfläche."

Jetzt zuckten auch Jaans Mundwinkel. „Dafür werde ich mich nicht entschuldigen."

„Schön, schön." Provodes lehnte sich gegen den Schreibtisch. „Es freut mich zu hören, dass ich mir wegen des Mädchens keine Gedanken mehr machen muss. Und gleichwohl ich es natürlich vorziehen würde, wenn Levi, die Ikano des Feuers sowie der Ikano der Erde am Leben blieben, so kann ich nicht riskieren, dass sie allzu weit in die Kreisberge vordringen. Die Götter haben sicherlich Soldaten geschickt, und genau darin sehe ich deine Möglichkeit, sie zur Umkehr zu bewegen. Solltest du allerdings versagen ..." Er seufzte und neigte den Kopf zur Seite. Die Eigenwilligkeit der Ikano des Feuers war wirklich lästig. Sie würde eine so hübsche Waffe abgeben. Was für eine

Verschwendung es wäre, ihr das Leben zu nehmen. Und dennoch … „Solltest du versagen, weißt du, was ich von dir verlangen muss. Es wäre ärgerlich, äußerst ärgerlich, aber ich habe einen Krieg zu gewinnen und keine Zeit, mich auch noch mit dem Kreisvolk herumzuschlagen. Gerade, wenn man bedenkt, dass es mir seit unserem kleinen Zwischenfall wirklich nicht freundlich gewogen ist." Er lächelte knapp.

„Ich werde sie schon zur Vernunft bringen", versprach Jaan, und wenn es jemanden gab, der es schaffen konnte, dann war er es.

„Auf diese Worte hatte ich gehofft. Dann wäre alles gesagt, denke ich. Wir werden in einer Woche aufbrechen. Bis dahin solltest du zurück sein."

„Natürlich. Und Provodes?"

„Ja?"

Jaans Mundwinkel verzogen sich zu einem seltenen ehrlichen Lächeln. „Ich erwarte eine Belohnung für meine Mühen. Egal, wie es ausgehen mag."

Der Anführer der Asavez musste lachen. „Und die wirst du bekommen, mein Freund."

❦

Es war viel zu hell.

Eines der Dinge, die Levi noch nie am Tag hatte leiden können, war die Helligkeit. Sie war so unhöflich. Sie schrie einen geradezu an. Als würde sie Levi immer wieder: „Warum liegst du noch im Bett, du Faulpelz? Hast du die Welt immer noch nicht gerettet?", ins Ohr brüllen. Er hasste Frauen, die ihm vorschreiben wollten, was zu tun war. Und der Tag war definitiv eine Frau. Männlicher Artikel hin oder her.

Er rollte sich auf den Rücken und stöhnte leise auf. Der Boden war steinhart. Nichts von der weichen Erde des Spätsommers war noch übrig geblieben. Mühsam richtete er sich auf und beobachtete die ersten Sonnenstrahlen des Tages dabei, wie sie über die Kreisberge kletterten. Er freute sich kein Bisschen darauf, ihrem Beispiel zu folgen. Missmutig wandte er sich um und erstarrte in der Bewegung. Tujan lag nicht mehr auf seiner Matte. Stattdessen saß er auf Nyms, einen Arm um sie geschlungen, seinen Kopf auf ihren gelegt – beide schliefen.

Na, das war mal ein Anblick, mit dem er nie wieder in den Morgen starten wollte.

Abrupt erhob er sich und trat fest mit seinem Stiefel gegen Tujans Fußsohle. Der Göttliche Pfosten schreckte auf.

„Nett", knirschte Levi. „Wirklich nett. Du gibst eine klasse Wache ab, Tujan."

Nym war bei Jekis ruckartiger Bewegung ebenfalls zusammengezuckt und reflexartig auf die Füße gesprungen, ihren geliebten Göttlichen Dolch bereits zwischen den Fingern. „Was ist los?" Einige Sekunden lang wirkte sie desorientiert, doch als sie Levi erkannte, ließ sie ihre Waffe sinken. „Levi! Du solltest es besser wissen, als zwei Ikanos zu erschrecken."

„Ach ja? Wenn ich ein Angreifer wäre, wärt ihr bereits tot, weil dein brillanter *Verlobter*" – wie er dieses Wort hasste! – „während seiner Wache eingeschlafen ist."

Und was sollte das überhaupt, dass sie in seinen Armen gelegen hatte? War es Tujan und ihm wieder erlaubt, sie anzufassen? Nym hatte ihnen vor ein paar Tagen deutlich zu verstehen gegeben, dass sie sich von ihr fernhalten sollten, und Levi hatte ihr noch einen Tag geben wollen, bevor er ... ja, keine Ahnung. Bevor er sie gegen den nächstbesten Baum presste und ihr etwas Verstand in den Kopf küsste? Er hatte sich keinen genauen Plan zurechtgelegt. Das mit dem Küssen hatte bis jetzt immer ganz gut funktioniert. Warum auf Altbewährtes verzichten und durch Neues ersetzen?

Mit Ausnahme von Tujan vielleicht. Der war etwas Altbewährtes, das mit sofortiger Wirkung ersetzt gehörte.

„Mann, Mann", sagte Filia, die ebenfalls von Levis Worten geweckt worden war und bereits ihre Matte zusammenrollte. „Eifersucht am Morgen ist anstrengend. Leena, du kannst froh sein, dass Levi dich nicht wollte."

„Ich werde mit jedem Tag glücklicher", murmelte die Brünette abwesend. „Obwohl er schon wirklich gut im Bett ist."

Levi ignorierte die beiden. Er hatte beschlossen, etwas gelassener zu werden und seine Wut öfter mal hinunterzuschlucken, anstatt ihr mit kräftezehrendem Geschrei Ausdruck zu verleihen. Da war es hilfreich, Leena und Filia komplett auszublenden. Mit Tujan fiel ihm das leider nicht ganz so leicht, denn der stand nun grinsend vor ihm und hob die Schultern.

Was sollte das denn nun wieder heißen? Levi wusste ja nicht, wie das in der Dritten Mauer lief, aber ein Schulterzucken galt in Asavez nicht als Ausdruck von Kommunikation.

Er gab ein leises Knurren von sich und beschloss, darüber hinwegzusehen. Stattdessen sah er Nym an.

Sie hob die Augenbrauen. „Du bist wieder kurz davor, die Beherrschung zu verlieren, oder?", flüsterte sie, und einer ihrer Mundwinkel zuckte.

„Nein. Überhaupt nicht", sagte Levi gepresst.

„Überzeugend, Levi. Du hättest noch mit den Knöcheln knacken müssen, dann hätte ich dir geglaubt."

„Das nächste Mal", meinte er trocken und bückte sich, um seine Sachen zu packen – und um seinen Blick von ihr loszureißen.

Er hasste und liebte es zugleich, sie anzusehen.

Er liebte es, weil ihr Gesicht alles repräsentierte, was er wollte. Er hasste es, weil er eine solche Angst davor hatte, sie könne sich plötzlich an ihre Liebe zu Tujan erinnern, dass es ihm schwerfiel, zu atmen.

Er fühlte sich gleichzeitig stark und schwach. Frei und abhängig. Glücklich und miserabel. Vorbereitet und vollkommen ahnungslos.

Was war Liebe nur für ein Scheiß? Kein Wunder, dass tausende von Männern verrückt wurden und sich plötzlich Kinder und ein ruhiges Leben wünschten! Sie waren von ihren Empfindungen überfordert und nur bereit, der Frau ihrer Träume alles zu geben, was sie von ihnen verlangte, damit sie wieder normal atmen konnten.

„Wir sollten die Spuren unseres Feuers verwischen", meinte Nym und riss ihn somit aus seinen Gedanken, von denen er noch nicht wusste, ob sie in die Kategorie Tief- oder Schwachsinn fielen. „Levi, möchtest du?"

„Schön", sagte er knapp, wartete, bis sich seine Reisebegleiter hinter ihm positioniert hatten, und winkte dann achtlos den Wind zu sich heran, bevor er ihn mit einem Schlenker seines Handgelenks dazu bewegte, die Spuren von verbranntem Holz und Asche in den Wald zu schleudern und über den Boden zu verteilen, bis nichts mehr davon zu erkennen war.

„Hübsch", sagte Nym und klopfte ihm auf die Schulter.

„Ja. Ich lebe dafür, hübsch zu sein", bemerkte er trocken.

„Ich wette, da würde dir die Hälfte der Frauen aus Oyitis zustimmen", murmelte Nym zuckersüß an seinem Ohr. „Zumindest alle, die bezeugen können, wie wunderbar du im Bett bist." Sie drehte sich um und lief an ihm vorbei.

Verblüfft starrte er ihr nach. Irrte er sich oder war sie mal wieder wütend auf ihn?

Die wichtigere Frage war jedoch: Warum erleichterte ihn das?

Wie hatte sie das vergessen können?

Nym leitete die kleine Gruppe aus Verrückten – oder auch Selbstlosen und Lebensmüden, sie hatte sich noch nicht für einen Begriff entschieden – aus dem Wald heraus und boxte die ihr entgegenschlagenden Äste etwas energischer als nötig aus dem Weg.

Levi war ein Frauenheld.

Über die letzten Wochen hinweg hatte sie es fast vergessen, aber ... er hatte mit Leena geschlafen. Und nicht nur mit ihr: Er hatte mit einer Menge verschiedener Frauen geschlafen. Mit ganz Oyitis, könnte man meinen.

Etwas Rotes, Bitteres klammerte sich um ihr Zwerchfell, und genervt trat sie einen losen Stein aus dem Weg.

Sie war eifersüchtig.

Den Blick stumpf nach vorne gerichtet passierte sie einige knorrige Eichen, eine Reihe an eleganten Birken und vereinzelte Buchen, während sie sich über sich selbst ärgerte. Eigentlich hätten ihr gar keine emotionalen Kapazitäten mehr zur Verfügung stehen sollen, um so etwas Banales wie Eifersucht zu empfinden, aber offenbar hatte ihr Herz eine ungeahnte Kraftreserve.

Levi hatte ihr nie gesagt, was er für sie empfand. *Ob* er etwas für sie empfand. Sie war sich zwar ziemlich sicher, dass er sie mehr als gern hatte, aber das musste nichts bedeuten. Levi war unberechenbar. In einem Moment küsste er sie, im nächsten brüllte er sie an. Und wenn sie ehrlich war ... brauchte sie mehr als das. Mehr als jemanden, der seine Gefühle so krampfhaft unter Verschluss hielt, dass man nur mit einem Brecheisen an sie herankam.

Vielleicht mochte Levi sie wirklich, vielleicht glaubte er auch nur, sie zu mögen, und sobald er sie hatte, sobald die Herausforderung bezwungen worden war, entschied er sich wieder anders. Vielleicht bildete er sich seine Zuneigung auch nur ein, weil er Jeki den Sieg nicht gönnte. Und würde das nicht zu Levi passen? Dass er Besitzansprüche auf sie stellte, nur weil er Jeki verabscheute?

Vielleicht sollte sie einfach den Hebel umlegen. All

ihre Erinnerungen zurückkommen lassen und wieder mit Jeki zusammen sein. Denn damals war sie glücklich gewesen.

Zusammen mit Jeki. Unter den Göttern. Mit all den namenlosen Gesichtern in ihrem Kopf, denen sie das Leben genommen hatte.

Ohne ihre Schwester.

Was würde passieren, wenn sie wieder Salia würde?

Aber war das überhaupt noch möglich? Sie würde nicht vergessen, was sie in den letzten Wochen erlebt hatte. Sie würde plötzlich beides haben. Ihr altes und ihr neues Ich ... und all das, was sie hatte zurücklassen wollen, würde wiederkehren.

Sie blieb stehen, schloss kurz die Augen und wandte sich dann zu den anderen um. Jeki ging keine fünf Meter hinter ihr, und sobald er sie eingeholt hatte, setzte sie sich wieder in Bewegung.

„Erzähl mir was über die Morde", verlangte sie.

Sie wollte nicht länger über Levi nachdenken. Es war zu anstrengend und zermürbend. Es gab Wichtigeres.

„Was genau möchtest du wissen?", fragte Jeki, und Nym zwang sich zurück in die Gegenwart.

„Sie wurden alle mit einem Göttlichen Dolch getötet, richtig?"

„Richtig."

„Also muss der Mörder ein Göttlicher Soldat sein."

Jeki schüttelte den Kopf und hob einen Ast an, damit sie darunter hindurchschlüpfen konnte. „Das glaube ich nicht."

„Warum?"

„Weil es dumm wäre. Es gibt nur eine Handvoll Soldaten, die einen Göttlichen Dolch besitzen, und die

Wunden, die ein solcher zufügt, sind eindeutig zu identifizieren. Der Tatverdacht würde zu schnell auf einen dieser Soldaten fallen und es den Ermittlern erleichtern, den Täter zu fassen. Warum sollte ein Mörder also den Dolch nutzen, obwohl es doch noch so viele andere Methoden gibt, einen Menschen zu töten?"

„Vielleicht vermutete der Soldat, dass ihr keine Nachforschungen in euren eigenen Reihen anstellen würdet. Was ihr unvorsichtigerweise ja auch nicht getan habt, oder?"

„Nein, haben wir nicht. Und auch ich halte das für falsch."

Stirnrunzelnd sah zu ihm auf. „Tust du?"

„Natürlich. Man hätte die Morde näher untersuchen müssen."

„Warum hast du es dann nicht getan?"

Er zögerte, faltete die Hände und strich abwesend seine Daumen übereinander.

„Warum hast du es dann nicht getan, Jeki?", wiederholte Nym ihre Frage, diesmal mit Nachdruck.

Er senkte den Blick und sagte schließlich: „Weil Api wollte, dass ich die Untersuchung abbreche."

Beinahe wäre sie über eine Wurzel gestolpert. „Was?", fragte sie verwirrt. „Aber Api ist der Gott der Vergeltung! Er liebt es, Menschen für ihre Vergehen zu bestrafen."

„Ich weiß. Dennoch hat er mir deutlich zu verstehen gegeben, dass ich nicht weiter nach dem Mörder suchen solle. Er war der Ansicht, dass wir ihn ohnehin nicht zu fassen bekämen."

„Aber ... das ergibt absolut keinen Sinn. Außer natürlich einer der Götter selbst ist für die Morde verantwortlich."

„Das hat Api bestritten. Und ich glaube ihm."

Sie nickte, denn auch sie selbst hielt es für äußerst unwahrscheinlich, dass sich einer der Götter die Hände schmutzig machte. Sie hatten andere Mittel und Wege, Menschen verschwinden zu lassen. Leise, unbemerkte Wege.

„Ich verstehe es trotzdem nicht", flüsterte Nym und hielt ihren Blick auf das Kreisgebirge gerichtet, dessen Fuß sie beinahe erreicht hatten.

Die Ereignisse wurden immer abstruser. Keines der Puzzleteile, das Nym vor die Füße geworfen wurde, passte zusammen.

Tergon war seit einem Jahrzehnt nicht mehr gesehen worden. Api hatte die Erinnerungen ihrer Mutter sabotiert und sie somit in den Wahnsinn getrieben. Jemand wollte Vea töten. Scheinbar unwichtige Menschen waren mit einem Göttlichen Dolch ermordet worden. Jaan kannte die Götter. Valera hatte Jeki und ihr bei der Flucht verholfen. In Bistaye wusste niemand von der Existenz der Wahrheitsleser. Nym hatte eine Verbindung zu Apis Gedanken.

Es gab einfach zu viele Dinge, die sie nicht verstand!

Unruhig presste sie ihre Lippen aufeinander, während das massige Kreisgebirge durch das sich lichtende Baumstammmeer in ihr Sichtfeld rückte. Spitz zulaufende düstere Berge reihten sich aneinander, manche von Schneekuppen bedeckt, andere grün schimmernd. Eine Armee aus monströsem Geröll, das nur darauf wartete, sie zu verschlucken.

„Wer waren die anderen Opfer, Jeki?", fragte sie,

während sie ihren Blick hob und die schiere Größe des vor ihnen liegenden Felsmassivs zu erfassen versuchte.

Doch Jeki kam nicht dazu, zu antworten, denn Leena rief: „Können wir kurz stehen bleiben?"

Überraschenderweise gehorchten ihr alle. Sogar Levi, der, wie Nym nun bemerkte, mit leicht verengten Augen auf ihren Rücken gestarrt zu haben schien, zumindest wandte er den Blick jetzt, als sie sich umdrehte, hastig ab.

„Was gibt's, Leena?", fragte Nym und atmete tief ein. Die Luft roch nach feuchten Blättern, Kälte und Moos.

„Nun", sagte die Brünette nachdenklich. „Ich halte es für klug, zu entscheiden, welchen Teil des Kreisgebirges wir erforschen wollen, bevor wir einfach blind drauflosgehen. Vielleicht ist es euch noch nicht aufgefallen, weil ihr alle ein eingeschränktes Sichtfeld oder auch einen eingeschränkten Verstand habt – wer kann das schon so genau wissen? –, aber das Gebirge ist riesig." Sie vollführte eine ausladende Bewegung in Richtung der Berge.

Nym schob ihren Unterkiefer hin und her. Der Vorschlag war gar nicht dumm. Im Gegenteil: Er war ziemlich klug. Sie ärgerte sich, dass sie nicht selbst daran gedacht hatte. Ihr war es lediglich wichtig gewesen, endlich etwas zu tun, um die Götter zu Fall zu bringen. An die Vorgehensweise hatte sie nicht allzu viele Gedanken verschwendet. Ach, du liebe Güte. Sie wurde wie Levi!

„Aber woher sollen wir bitte wissen, wo wir suchen müssen?", fragte Filia seufzend und ließ ihren Blick über die kilometerlange Bergkette schweifen.

„Vielleicht durchkämmen wir einfach das ganze Gebirge? Systematisch von links nach rechts?", schlug Leena vor.

Nym wollte ihr den Vogel zeigen, als Levi ihr die Aufgabe abnahm und den Kopf schüttelte. „Das kann Wochen oder Monate dauern. Wir haben keine Monate! Provo will in zehn Tagen angreifen, vielleicht sogar früher, und wer weiß, was die Rebellen gerade treiben? Womöglich kämpfen die Bauern bereits gegen die Göttliche Garde und abertausende Menschen sterben in genau diesem Moment."

„Du weißt wirklich, wie man die Stimmung hebt, Levi", bemerkte Filia trocken.

„Es ist nicht meine Aufgabe, die Stimmung zu heben", stellte er fest. „Das war immer Ros."

„Ja, und wir alle vermissen ihn schrecklich. Blabla", sagte Leena augenverdrehend. „Können wir uns bitte wieder auf das Wesentliche konzentrieren? Wo würdest du anfangen, Levi?" Leena gestikulierte in Richtung der Berge. „Wo sollen wir hin, wenn du es doch offensichtlich am best–"

„Dorthin", unterbrach Nym sie und streckte den Arm aus.

Alle wandten sich zu ihr um.

„Dorthin", wiederholte sie und nickte in die angezeigte Richtung, auf das Tal zwischen den zwei größten Bergen der Gebirgskette.

„Und das weißt du, weil dein besorgniserregend merkwürdiges Gehirn es dir zugeflüstert hat?", wollte Leena skeptisch wissen.

Nym lächelte verkniffen. „Das weiß ich, weil es die logischste Wahl ist. Das Tal wird von den beiden höchsten Bergen geschützt, die sehr eng beieinanderstehen. Vermutlich gibt es nur wenige Wege dort hinein. Der Schutz vor Angreifern ist also gewährt. Wenn ihr genau hinseht, könnt ihr erkennen, dass ein Fluss in dem einen Berg entspringt, und wenn ich eine geheime Unterkunft für ein ganzes Volk bauen müsste, würde ich es nahe einer Wasserquelle tun. Außerdem liegt dort am Berghang noch fast kein Schnee. Das Tal scheint entweder von einer weiteren, von uns aus nicht sichtbaren Felswand vor der Kälte geschützt zu sein, oder die Gerüchte sind wahr und ein Tropenwald liegt dahinter, dessen Klima auf das Tal überschwappt.. Was weiß ich. Die hohen Berge eignen sich jedenfalls wunderbar dafür, Späher zu positionieren, die bei einem Angriff der Götter frühzeitig Alarm schlagen könnten. Ich zumindest würde diesen Ort wählen, um mich zu verstecken und mein Volk zu verteidigen."

Stille legte sich über die Gruppe. Eine überraschte, faszinierte Stille, die Nym unwohl zumute werden ließ.

„Also, wenn du gerade beweisen wolltest, dass dein Kopf nicht merkwürdig ist, dann hast du versagt", sagte Leena schließlich leise und schüttelte ungläubig den Kopf.

„Salia hat recht", bemerkte Jeki, der direkt neben Nym stand. „Es ist die logischste Wahl."

Niemand widersprach und wortlos setzte sich die Gruppe in Bewegung. Nym reckte ihr Kinn und blickte zu der Stelle, die sie soeben noch beschrieben hatte. Sie lag zwei, vielleicht drei Tagesmärsche von ihnen entfernt. Je nachdem, was ihnen auf dem Weg begegnen würde. Die Kreisberge waren Schauplatz unendlich vieler Gruselgeschichten, die über das letzte Jahrtausend hinweg von Generation zu Generation weitergegeben worden waren. Keine einzige schien jedoch spezifisch darauf einzugehen, was genau in dem Gebirge lungerte. Bösartige Kreaturen, die Menschen in Fetzen rissen und bis zur Unkenntlichkeit zerfleischten? Schattendämonen? Alte, vergessen geglaubte Magie?

Es konnte alles und nichts sein.

„Weißt du", flüsterte plötzlich eine Stimme an ihrem Ohr, und ihre Nackenhaare stellten sich auf, als sie Levi neben sich erkannte. „Wenn ich irgendwann mal ein Volk verstecken muss, dann würde ich das gerne mit dir tun."

Sie musste lächeln und senkte den Blick. „Ich denke nicht, dass ich die Richtige dafür bin. Ich bin es leid, mich zu verstecken. Ich will endlich anfangen zu leben."

„Das werden wir", murmelte er und klang so überzeugt von seinen Worten, dass Nym ihm fast glaubte.

❦

Jeki hatte in seinem Leben noch nicht gefroren.

Geschwitzt hatte er in seiner goldenen Rüstung fast jeden Tag, aber gefroren? In Bistaye herrschte ein trockenes, heißes Klima, das er bereits mehr als einmal verflucht hatte, doch je höher sie stiegen, desto mehr begann er, das Wetter seines Heimatlandes wertzuschätzen. Der beißende Wind fraß sich durch seine Kleiderschichten, fuhr ihm in Ärmel und Hosenbeine und versteifte seine Muskeln. Mehr als einmal hatte er das Gefühl, dass der Wind ihn härter traf als alle anderen, während der Ikano der Luft ein paarmal zu oft mit seinen Fingern zuckte. Aber er würde eher Dreck essen, als diese Vorwürfe laut auszusprechen. Wer wollte schon das Weichei sein, das sich ungerecht behandelt fühlte? Er würde mit der Kälte zurechtkommen. Zur Not konnte er ja immer noch Salia darum bitten, ihn aufzuwärmen. Ja, das würde dem verfluchten Luftikus sicherlich gefallen.

Jeki legte den Kopf in den Nacken und betrachtete den steinigen Weg vor ihm. Er hatte gehofft, dass es nicht allzu lange dauern würde, einen einfachen Berg zu besteigen. Nicht dass Jeki viel Erfahrung damit hatte – das einzige, was in Bistaye bestiegen werden konnte, war der Götterdom. Dennoch war er sich fast sicher, dass sie das Tal, auf das Nym gezeigt hatte, unter normalen Umständen innerhalb eines Tages erreicht hätten. Das Problem an dem Kreisgebirge war jedoch, dass es aus einer Unmenge an kleinen, nicht zu umgehenden Geröllhügeln bestand. Ihre Gruppe wurde zu einem ständigen, anstrengenden Auf und Ab gezwungen und musste mehr als einmal ein undurchdringliches Waldstück umgehen. Zumeist gab es außerdem nichts, was auch nur ansatzweise als Pfad hätte bezeichnet werden können, und die Felsen, über die sie springen und klettern mussten, wurden oftmals von mannsgroßen Spalten durchzogen, die kaum ohne Hilfe seiner Ikanokraft überwunden werden konnten.

Ja, Jeki verstand, warum die Kreisberge als gefährlich galten. Zwar hatte er noch kein fleischfressendes

Monster zu Gesicht bekommen, das ihm das Gehirn aus dem Kopf saugen wollte – so wie es ihm seine Mutter einmal erzählt hatte –, aber schon über ein Dutzend Mal hatte er Wege erschaffen, wo keine waren, oder Erde verhärten müssen, die sonst unter ihren Füßen weggerutscht wäre. Wenn er so bescheiden sein durfte: Alle hier konnten verdammt froh sein, ihn an ihrer Seite zu haben.

Die Freude über seine Anwesenheit äußerte sich jedoch leider darin, dass es an ihm hängen blieb, vorwegzugehen und dafür zu sorgen, dass die anderen – vor allem Filia – nicht ernsthaft stürzten.

Er musste es der Flüchtigen lassen: Sie hatte Biss. Kein einziges Mal hatte sie sich über ihr hohes Tempo beschwert, auch wenn der Schweiß in Strömen ihr Gesicht hinunterfloss und sie so oft hingefallen war, dass ihre Handflächen blutig waren. Sie besaß nicht den Körper einer Kriegerin, aber den dazu passenden Geist. Dennoch war es dumm von ihr gewesen, mitzukommen. Aber wer war Jeki, sie darauf hinzuweisen? Sie hasste ihn ohnehin schon genug. Da brauchte er ihr keinen weiteren Anlass dazu geben, ihn im Schlaf zu ermorden.

Er sah sich um, um sicherzugehen, dass er die anderen nicht verloren hatte, bevor er die Steine vor ihm darum bat, sich tiefer in die Erde zu graben. Ein vertrautes Kitzeln setzte in seinen Fingerspitzen ein und der Boden unter ihm vibrierte freundschaftlich, bevor er sich seinem Willen unterwarf und den Weg ebnete.

Jeki schritt voran. Der von ihm geschaffene Pfad bestand aus fester Erde, und zum ersten Mal seit Stunden musste er sich nicht mehr darauf konzentrieren, wo er hintrat. Stattdessen schweiften seine Gedanken zu dem gestrigen Gespräch mit Salia.

Sie hatte Tergons Existenz angezweifelt.

Es war wahr, der vierte Gott war mysteriöser als die drei anderen zusammen. Er wohnte keinem einzigen der strategischen Treffen bei. Er kümmerte sich nicht um das Tribunal, um den Handel oder um die Organisation der Garde.

Jeki glaubte nicht daran, dass die Götter Tergon verstoßen hatten. Noch weniger glaubte er, dass der Gott der Vergebung gestorben war. Aber dennoch ... Was war seine Funktion? Hatte er eine? Oder war er die Menschen einfach so leid geworden, dass er Bistaye verlassen hatte?

Jeki lachte trocken. Die Götter und ihre Geheimnisse. Merkwürdig, dass er sich die vergangenen sechsundzwanzig Jahre nicht allzu sehr an ihnen gestört hatte und sie jetzt plötzlich der Grund dafür waren, warum er seine gesamte vorhergegangene Existenz anzweifelte.

„Was ist so witzig, Tujan?", wollte eine Stimme hinter ihm wissen.

Er wandte den Kopf und sah in das neugierige Gesicht der Brünetten – Leena –, die zu ihm aufgeschlossen war.

„In meinem Leben ist im Moment überhaupt nichts witzig", sagte er wahrheitsgemäß und drehte ihr wieder den Rücken zu. Aber so leicht ließ sich die Soldatin nicht abschütteln. Sie beschleunigte ihre Schritte und lief schließlich neben ihm her.

„Und dennoch hast du gelacht", bemerkte sie.

Ja, die drastische Kehrtwende, die sein Leben in den

letzten Wochen genommen hatte, war schließlich ur-komisch. Und zu weinen wäre so schrecklich unorigi-nell. „Manchmal sollte man lachen, auch wenn es nichts zu lachen gibt", stellte er fest. „Ist gut fürs See-lenheil."

Leena verdrehte die Augen. „Ganz ehrlich, ich bin überrascht, dass Göttliche Soldaten überhaupt dazu fähig sind, die Mundwinkel zu heben. Die Geschich-ten, die man so hört ..."

„... sind Geschichten", informierte er sie schnaubend.

„Euch wird also nicht der kleine Finger abgeschnit-ten, solltet ihr zu laut lachen?"

„Nein."

„Die Götter werfen euch nicht in Eiswasser, solltet ihr ihnen widersprechen?"

Jeki hatte keine Ahnung. Niemand widersprach den Göttern. „Nein", antwortete er dennoch.

„Ihr ..." Sie zögerte, bevor sie die Stimme senkte und fragte: „Ihr müsst in eurer Aufnahmeprüfung auch kein Kind töten? Eines der gottlosen Neugeborenen?"

Jeki biss sich auf die Zunge, bevor er ruckartig den Kopf schüttelte. „Nein. Die Götter ziehen es vor, es ... selbst zu tun." Um sicherzugehen, dass die Kinder wirklich ihren Tod fanden.

Leena lachte bitter. „Echte Helden, eure Götter, was?"

Jeki schwieg und sah zu Boden. Er hatte das Töten der Säuglinge nie für richtig gehalten. Er brauchte keine Asavez, die ihn auf die Grausamkeit dessen aufmerksam machte.

„Sie testen sie, bevor sie die Kinder töten, richtig?", fragte Leena weiter nach, und Jeki wünschte, sie wür-de endlich still sein.

„Ja", sagte er leise und beschleunigte seinen Schritt.

Die Soldatin tat es ihm gleich. „Wie sieht dieser Test aus?"

„Sie ... berühren sie."

„Eine idiotensichere Methode also. Da bin ich aber froh."

„Hör auf, mich anzusehen, als trüge ich die Schuld daran", knurrte er. „Mit den Morden an den gottlosen Kindern habe ich nie etwas zu tun gehabt."

Leena hob eine Augenbraue. „Natürlich."

Sie glaube ihm nicht, und Jeki konnte nicht genau sagen, warum ihn das störte – doch das tat es.

Er war kein schlechter Mann. Ja, er hatte einer Menge Rebellen das Leben genommen, aber er war dabei nie grausam gewesen. Hätte er sie nicht getötet, hätte es jemand anderes getan. Er war ein guter Mensch, verdammt! Er hatte stets versucht, zwischen richtig und falsch zu unterscheiden – und mit einem Mal fand er sich in einer Welt wieder, in der alles, was er zu wissen gemeint hatte, auf den Kopf gestellt wurde. Gut war schlecht. Richtig war falsch. Gehorsam war Verrat.

Auf einmal verstand er, wie schwierig es für Salia sein musste, mit ihrer wahren Identität konfrontiert zu werden. Zwei Minuten mit einer Soldatin der Asavezischen Armee und er fing an, jede seiner Entscheidungen zu hinterfragen. Wie schlimm musste es dann erst sein, sein gesamtes altes Leben von Grund auf anzuzweifeln, weil man es aus einer anderen Perspektive kennengelernt hatte?

„Womit hast du dir den Göttlichen Dolch verdient?", durchbrach die Brünette nach einer Weile die Stille, die Jeki gerne beibehalten hätte. Sie nickte zu seinem Gürtel. „Kriegen den nicht nur die Ober-Soldaten, die den fünfhundertsten Gegner gemeuchelt haben?"

Jeki biss die Zähne aufeinander und sah sich hilfesuchend nach Salia um. Sie würde Leena bestimmt zum Schweigen bringen können. Doch seine Verlobte befand sich am Ende ihrer Truppe zusammen mit dem Ikano der Luft, der ihr gerade die Hand reichte, um ihr über einen größeren Felsen hinwegzuhelfen. Als ob Salia seine verdammte Hilfe nötig hatte!

Ruckartig wandte Jeki sich wieder ab und versuchte die aufwallende Eifersucht niederzuringen. Sie würde ihm nicht helfen.

„Also?", sagte Leena und erinnerte ihn daran, dass sie immer noch da war.

„Ich habe ihn bekommen, als ich zu Apis Erstem Offizier aufgestiegen bin", sagte er knapp.

„Und das bist du, weil ..."

„Ich der Beste bin."

Sie schnaubte. „Weißt du, du und Levi, ihr seid euch wirklich nicht unähnlich. Kein Wunder, das Nym sich nicht entscheiden kann."

Jeki kniff die Augen zusammen und ermahnte sich, dass es unklug wäre, Leena zu schlagen.

„Also, ist der Dolch so gut, wie alle behaupten?"

„Ja."

„Wie werden sie geschmiedet?"

„Das wirst du Thaka fragen müssen, er ist es, der sie anfertigt."

„Tatsächlich? Ein Gott, der mit seinen Händen arbeitet?"

„Du bist doch auch ein Mädchen, das nicht feinfühlig genug ist, um zu bemerken, dass jemand nicht mit ihm reden will. Brechen wir heute doch mal mit den Klischees."

„Oh, ich merke es. Es interessiert mich nur nicht", stellte sie fröhlich fest. „Also, der Dolch ... er widersetzt sich jeder Ikanokraft?"

Er nickte. „Außer der seines Trägers."

„Interessant. Meinst du, das bezieht sich auch auf die Götter?"

„Was?"

„Ob der Dolch auch gegen die Kräfte der Götter resistent ist. Oder ob Thaka ihn so geschmiedet hat, dass die Götter eine Ausnahme darstellen. Sonst würde er sich ja selbst und seinen eigenen Ikanokräften schaden, nicht wahr?"

Jeki runzelte die Stirn. Darüber hatte er noch nie nachgedacht. „Ich weiß es nicht", gab er ehrlich zu.

„Wirklich?" Leena schien überrascht.

„Ich habe nie gegen einen Gott gekämpft. Weder mit dem Dolch noch auf andere Art und Weise."

„Sie unterrichten euch also gar nicht?"

„Nein. Dafür haben wir unsere Ausbilder."

„Oh. Ach so." Sie schnaubte. „Dann ist eure Garde ja keinen Deut besser vorbereitet als die unsere! Dabei dachte ich immer, die Götter würden ihre Soldaten in ihren geheimen Kampfeskünsten unterweisen, sodass sie unzerstörbar werden. Ich dachte, sie würden all ihr geheimes Wissen an euch weitergeben. So wie dieser Punkt am Hals, den Nym kennt. Der Punkt, der einem das Bewusstsein raubt."

„Nein. Der Akkupressurpunkt war eine Ausnahme", murmelte Jeki und wandte sich wieder zu Salia um.

Wenigstens lagen die dreckigen Finger des Ikanos der Luft nicht mehr auf ihrer Hand.

„Sind sich wohl zu schade, die Götter", bemerkte Leena schulterzuckend.

„Ja, vielleicht", sagte Jeki langsam und die Falten gruben sich tiefer in seine Stirn.

Mit jedem Wort aus Leenas Mund, kam er sich dümmer vor. Sie stellte so viele Fragen. So viele legitime Fragen, an die er nie einen Gedanken verschwendet hatte.

War er doch so viel blinder gewesen, als er es sich eingestehen wollte?

.

Kapitel 3

*Apis Stimme ertönte. „Es sind keine zehn Jahre mehr, Thaka.
Die Zeit läuft dir davon."*
„Zehn Jahre sind mehr als genug", knurrte der Gott der Ge-
rechtigkeit. „Nur, weil für dich keine Hoffnung mehr besteht,
solltest du nicht versuchen, mich nervös zu machen."
Api lachte. Ein leises, tiefes Lachen, das Karu die Nackenhaare
aufstellte. „Ich bin auf deiner Seite, alter Freund. Es wundert
mich allerdings, dass Valera so schweigsam ist."

„Die Waffen sind da!"
„Was? Jetzt schon?" Vea sah Janon verwirrt an
und sprang von ihrem Bett auf. Ihre Beine zitterten
vor Aufregung. „Sollten die nicht erst innerhalb der
nächsten Woche kommen?"

Das ging ihr alles zu schnell ... und gleichzeitig ent-
wickelte es sich doch zu langsam. Je eher der Krieg begann, desto eher war er vorbei. Aber ... je eher der
Krieg begann, desto eher begann auch der Krieg!

„Ich habe keine Ahnung, warum sie schon hier sind",
meinte Janon schulterzuckend und hielt ihr die Tür
auf.

Vea zögerte, bevor sie hindurchtrat.

„Es wird alles gut", flüsterte Janon ihr ins Ohr und
zog seinen Arm eng um ihre Schultern.

„Wie kannst du das sagen?", fragte sie und blieb abrupt stehen. „Es werden so viele Menschen sterben. Und wir wissen es und können es trotzdem nicht aufhalten."

„Veränderungen fordern Opfer", murmelte Janon. „Wir wussten, auf was wir uns einlassen, oder?"

Vea nickte steif und sah auf die dreckigen Holzdielen vor ihr. „Es ist dennoch etwas anderes. Es zu wissen und es selbst zu erleben. So kurz davor zu stehen."

Sanfte Finger legten sich unter ihr Kinn und hoben es an. „Vea, ich will nicht lügen. Es liegen furchtbare Zeiten vor uns. Menschen werden sterben. Kinder ihre Mütter, Väter, Geschwister verlieren. Aber ich ziehe lieber mit dir in einen Krieg, als ein ruhiges Leben ohne dich zu führen."

Sie lachte, auch wenn ihre Augen brannten. „Das ist genauso romantisch wie lebensmüde. Und wir müssen dennoch darüber reden, was wir tun werden, sobald der Krieg wirklich ausbricht. Fliehen wir zusammen mit den Kindern, die nach Asavez geschafft werden? Bleiben wir, um zu kämpfen?"

Janon verzog das Gesicht und ließ seine Finger ihre Wange hinauffahren. „Wir sind furchtbare Kämpfer."

„Das sind wir. Wir hatten nie vor, auf dem Schlachtfeld zu stehen. Wir sind eine Gefahr für uns selbst."

„Wir sind nicht die Richtigen für einen Krieg."

„Überhaupt nicht", stimmte sie zu.

Er sah sie an, legte auch die andere Hand um ihr Gesicht und seufzte laut. „Also bleiben wir?"

Sie lächelte und schloss die Augen. „Wir bleiben", murmelte sie, bevor sie sich auf die Zehen stellte und ihn küsste.

„Weißt du, ich habe mich schon in viele gefährliche

Situationen begeben", stellte Janon fest, als sie sich wieder zurück auf ihre Fußballen sinken ließ. „Aber seit ich dich kenne, scheine ich von einer Todesfalle in die nächste zu stolpern."

„Ich wollte dein Leben nur ein wenig aufregender machen", sagte sie.

„Und du warst erfolgreich." Wieder seufzte er, bevor er ihre Hand nahm und sie den Flur entlangzog.

Sie stiegen die Treppen hinunter, und auf der untersten Stufe blieb Vea überrascht stehen. Sie hatte fest damit gerechnet, einen Karren voller Schwerter und Dolche in der Küche vorzufinden. Aber stattdessen stand dort nur ein Mann, der sich mit Brag unterhielt, während Ro und Nika mit Brags Schwester Tala diskutierten und sie offenbar dazu bewegen wollten, nach oben zu gehen. Doch das junge Mädchen sah keinen Anlass dazu, ihnen zu gehorchen, sondern ließ sich mit vorgeschobener Unterlippe auf den dreckigen Boden fallen und legte die Hände auf die Ohren.

So konnte man Probleme natürlich auch lösen.

Vea ließ Janons Hand los und durchquerte den Raum, die Augen auf den Boten der Asavez gerichtet, der in der grauen Kluft eines Diamantarbeiters gekleidet war. Seine Haare waren fast schwarz und er hatte das breite Kreuz eines Soldaten, aber die Augen einer sanftmütigen Kuh.

„Was ist hier los?", wollte sie wissen. „Wo sind die Waffen?"

Die beiden Männer wandten sich zu ihr um und der asavezische Soldat hob skeptisch eine Augenbraue. „Und du bist?", wollte er wissen.

„Sie ist diejenige, die von Jaan den Auftrag bekommen hat, sich um die Logistik der Rebellenformation zu kümmern", erklärte Ro, der hinter ihr stand. Vea entging keineswegs, wie bedeutungsschwer er Jaans Namen aussprach.

„Oh." Der Soldat runzelte die Stirn und nickte schließlich, so als verstünde er. „In Ordnung. Ich bin Berun von Kars, Erster Offizier des Bataillons von Savora."

Savora? Davon hatte Vea noch nie gehört. War das eine Stadt in Asavez?

„Ich bin Vea Kerwin, aber einen schicken Titel habe ich nicht", stellte sie achselzuckend fest.

Der Mann lächelte knapp. „Das dürfte kein Problem darstellen." Er reichte ihr einen Fetzen Pergament. „Dort ist das Inventar der Waffen aufgelistet, die wir derzeit noch in Amrie verstecken. Wir konnten schlecht mit Karren voller Schwerter in die Fünfte Mauer spazieren. Provodes sagte, dass ihr dabei helfen würdet, die Waffen zu verteilen und in die Mauern zu schmuggeln."

Er sah erwartungsvoll in die Runde.

Vea hätte gerne angefangen zu lachen, aber das hätte das falsche Bild vermitteln können. Sie hatte in den letzten Wochen gelernt, dass die Asavez offensichtlich kein Problem damit hatten, unvorbereitet zu einem Auftrag zu erscheinen und sich dann helfen zu lassen.

„Hat er das?", meinte Brag hölzern, während Vea dem Soldaten das Pergament entriss und das Waffeninventar studierte.

„Ja", war Beruns schlichte Antwort.

„Na, da freuen wir uns doch, dass uns noch eine weitere lebensbedrohliche Aufgabe anvertraut wird", bemerkte Janon trocken.

Vea winkte ab, die Augen weiterhin auf das Pergament gepinnt. Sie machten sich um die falschen Dinge Sorgen. „Die Waffen müssen nach und nach hineingeschmuggelt werden", murmelte sie abwesend. „Wir brauchen keinen großen Sammelplatz für sie. Sie sollen zu jedem kampfbereiten Mann und jeder kampfbereiten Frau gebracht werden, sodass sie überall in der Sechsten Mauer verteilt sind. Das sollte kein Problem sein. Alle Bauern müssen Teile ihrer Ernte auf den Markt nach Amrie fahren. Jedem einzelnen sollte es also möglich sein, auf dem Rückweg ein paar Schwerter in seinem Karren verschwinden zu lassen. Die Soldaten kontrollieren sie kaum. Sie sind zu faul und die Bauern zu viele. Die Herausforderung wird es sein, die Bauern halbwegs mit der Führung eines Schwerts vertraut zu machen, und die Waffen gerecht und schlau zu verteilen, denn es sind zu wenige." Sie hielt Berun das Pergament vors Gesicht. „Könnt ihr in Asavez nicht zählen? Es gibt fast zwei Millionen Bauern. Mehr als die Hälfte davon wird kämpfen wollen. Die Anzahl der Waffen ist lächerlich! Wenn wir gewinnen wollen, kann nicht jeder nur mit einer Mistgabel bewaffnet gegen die Göttlichen Soldaten antreten."

Berun fühlte sich nicht im Mindesten angegriffen. Er nickte nur und hob entschuldigend die Schultern. „Das ist alles, was wir erübrigen konnten. Wir mussten auch an unsere eigene Streitmacht denken."

„Das mag ja sein, aber ... es sind trotzdem zu wenige." Sie reichte das Pergament an Ro weiter, der neugierig zu ihr getreten war. „Wir haben den Bauern versprochen, dass wir sie unterstützen werden. Wir haben ihnen versichert, dass wir die Waffen stellen werden. Es war schwer genug, sie davon zu überzeugen, mitzumachen. Wenn wir jetzt nicht Wort halten ..." Sie stieß zischend Luft aus. „Wir brauchen mehr Waffen."

„Vea hat recht", sagte Brag seufzend und lehnte sich mit dem Rücken an die Haustür. „Die Bauern vertrauen auf unsere Hilfe. Wir können ihnen jetzt nicht eröffnen, dass die Waffen kaum für ein Viertel von ihnen reichen werden."

Berun hob erneut die Achseln. „Wie gesagt: Es tut mir leid."

„Aber –"

„Wisst ihr, wer eine Menge Waffen besitzt?", unterbrach Janon sie, der sich auf einen Stuhl am Tisch gesetzt hatte.

„Wer?", wollte Vea verwirrt wissen.

„Die Göttliche Garde", bemerkte er und betrachtete seine Fingernägel. „Die Göttliche Garde bewahrt innerhalb jeder Mauer tatsächlich so viele Waffen auf, dass sie es gar nicht merken würde, wenn ein paar davon auf mysteriöse Weise verschwänden."

Ro, der offenbar eine neue Suizidmission witterte, von denen sie in letzter Zeit zugegebenermaßen genug gehabt hatten, sah ihn entsetzt an. „Bist du des Wahnsinns? Natürlich würde sie es merken!"

Janon schüttelte den Kopf und sein Lächeln wurde immer breiter. „Ich habe Jahre damit zugebracht, die Garde zu studieren. Dank meines Bruders habe ich die interessantesten Einsichten in ihre Politik erhalten. Die Göttlichen Soldaten sind arrogant und faul. Jekis Worte. Sollten sie das Tor zu Dritten Mauer jede Nacht zusperren? Ja. Doch tun sie es? Nein. Denn es wäre zu aufwendig. Sollten sie jeden kontrollieren, der ihre Mauer betritt? Ja. Doch tun sie es? Nein. Denn wer wäre mutig und wahnsinnig genug, sich widerrechtlich Zutritt zu verschaffen? Sollten sie Diebstähle melden? Ja. Doch tun sie es? Nein. Denn es wäre peinlich für sie und würde eine Menge Papierkram bedeuten. Sollten nur ausgewählte Personen Schlüssel zu den Waffenkammern der Garde besitzen? Ja. Aber ist dem auch so? Natürlich nicht! Denn wie anstrengend wäre es, jedes Mal jemand Zuständigen zu finden? Mittlerweile kursieren so viele Schlüssel zu den Waffenkammern, dass man sie an all unseren Händen nicht abzählen könnte. Es wird kein Inventar geführt – denn wer hat die Zeit, Pfeilspitzen zu zählen? –, und Jeki hat sich mehr als einmal darüber beschwert, dass jeder Soldat sich Waffen nimmt, wie es ihm beliebt, Dolche verschludert und sie einfach so ersetzt, sich nicht die Mühe macht, sein Schwert zu schärfen, sondern sich einfach ein neues nimmt. Thaka lässt so viele Waffen schmieden, dass die Kammern nur so überquellen. Es ist sein größtes Hobby. Also: Sollte es ein Problem sein, der Göttlichen Garde Waffen zu stehlen? Ja. Aber ist es das? Nein."

Selbstzufrieden verschränkte er die Hände im Nacken und sah grinsend zu ihnen auf.

„Aber –", begann Ro, der noch immer nicht begeistert wirkte, doch Janon unterbrach ihn erneut mit einer fahrigen Handbewegung.

„Wir dürfen eben nicht gierig werden. Wir dürfen nur hier und da etwas nehmen. Von jedem Lager etwas. Genug für uns, aber dennoch so wenig, dass die Garde es nicht bemerkt. Das wird eine Gruppenaufgabe werden. Jeder Rebell, der es sich zutraut, einen Schlüssel zu klauen oder ein Schloss zu knacken, muss mitmachen, sonst werden die Waffen am Ende nicht genügen. Und natürlich sollten sie nicht alle an einem Abend gestohlen werden. Aber ansonsten ... sehe ich absolut kein Problem. Außerdem gefällt mir der Gedanke, der Garde weiter auf der Nase herumzutanzen. Schlechte Angewohnheit von mir, fürchte ich."

Vea musste lachen. Es hatte also auch seine guten Seiten, dass er das letzte Jahrzehnt über immer wieder in die Dritte Mauer spaziert war.

Ro stöhnte hörbar auf. „Und ich dachte, seit Levi weg ist, würden wir damit aufhören, uns die ganze Zeit beinahe umzubringen."

„Genau, Süßer", sagte Nika und tätschelte seinen Arm. „Mit dem bevorstehenden Krieg und alledem war das sehr wahrscheinlich."

„Schön, das ist ein guter Plan", gab Brag widerstrebend zu, der die Unterhaltung stumm verfolgt hatte. „Fehlt noch immer eine Lösung dafür, wo und wie wir die Sechste Mauer in das Einmaleins des Kampfes unterweisen können. Es wird schwierig, die Bauern auszubilden. Es gibt keinen sicheren Ort und nicht genug Zeit, aber versuchen müssen wir es trotzdem."

„Auch ohne Ausbildung werden die Bauern eine Hilfe sein – allein aufgrund ihrer zahlenmäßigen Überlegenheit", meinte Ro. „Aber dennoch wäre es klug, ihnen zumindest zu zeigen, wie sie sich mit einem Schwert nicht selbst abschlachten. Das wird dann meine Aufgabe sein, schätze ich?"

„Wofür haben wir dich sonst hierbehalten?", fragte

Nika gespielt irritiert.

„Wegen meines Charmes und Witzes?"

„Nein, du Frosch, dafür gibt es schon mich", seufzte Janon melodramatisch. „Du musst dir eine andere Rolle suchen."

„Ihr schweift vom Thema ab", stellte Vea fest. „Halten wir fest, dass ihr beide halluziniert, und kommen wir zurück zu den wichtigen Dingen: Wie sollen wir die Sechste Mauer im Kampf unterweisen, wenn alle – "

„Was ist eigentlich mit der Siebten Mauer?", meldete sich eine dünne Stimme von Richtung Boden. Abrupt wandten sich alle Gesichter zu Tala. Alle Anwesenden schienen vergessen zu haben, dass auch sie noch anwesend war. Das junge Mädchen stand auf und sah mit großen Augen zu ihrem Onkel hoch. „Alle reden immer von der Sechsten Mauer, aber was ist mit der Siebten? Sollten die nicht auch ein paar Schwerter bekommen? Ich dachte, ihr wolltet alle gleich behandeln." Sie sah vorwurfsvoll zu Brag. „Du sagst immer, dass jedes Menschenleben gleich viel wert ist und die Bettler nichts dafür können, dass sie betteln müssen. Dass die Götter daran schuld sind, wenn Menschen krank sind oder arm oder allein. Vielleicht wollen die auch kämpfen. Oder beschützt werden. Ich finde das sehr falsch von euch, Menschen auszuschließen, nur weil sie ... anders sind."

Vea tauschte einen Blick mit Janon, der ein Lächeln nicht verbergen konnte.

„Sie hat recht", meinte er schließlich. „Die Siebte Mauer wird aus jeder Diskussion ausgeschlossen. Sei es bei den Bistaye oder den Asavez. Das ist nicht gerecht. Die Siebte Mauer –"

„Bei den verdammten Göttern, die Siebte Mauer!" Vea schlug sich mit der Hand auf die Stirn. „Wir können sie in der Siebten Mauer trainieren! Es ist so, wie Janon sagt: Niemand kümmert sich um die Siebte Mauer. Es gibt dort nicht einmal eine Ausgangssperre!"

„Ja, weil es keine Häuser gibt", bemerkte Brag trocken.

„Eben! Die Garde patrouilliert dort höchstens einmal am Tag und sie interessiert sich nicht dafür, ob sich die Bettler gegenseitig abschlachten – sie begrüßen es sogar, weil sie der Schandfleck unseres Landes sind, der ohnehin ausgelöscht gehört. Es ist eine ganze Mauer, die kaum unter Bewachung steht. Welcher Ort könnte besser sein, um Kämpfer zu trainieren?"

„Aber die Sechste Mauer wird kontrolliert", sagte Brag kopfschüttelnd. „Jede Nacht wird überprüft, ob die Bauern zurück in ihren Häusern sind, jede Nacht – "

„Dann muss das Training eben tagsüber stattfinden", stellte Vea fest. „Wie sagt ihr immer?" Sie fixierte Ro. „Im Schatten suchen sie dich, im Licht schauen sie nicht hin?"

Ro kratzte sich unangenehm berührt am Kopf. „Nun ja, schon, aber es klingt doch etwas … absurd."

„Na und?" Die ganzen letzten Wochen waren absurd gewesen! Daran konnten sie sich wirklich nicht orientieren. „Wir schlagen zwei Fliegen mit einer Klappe. Wir rekrutieren Bettler und … nun ja, Gesindel für den Krieg und unterrichten die Bauern."

„Ich glaube, dass Jaan sie zur Taktikerin erklärt hat,

steigt ihr etwas zu Kopf", murmelte Ro deutlich hörbar aus seinem Mundwinkel zu Nika.

„Ich finde die Idee gut", meinte diese nur schulterzuckend. „Eine andere Lösung gibt es nicht, oder? Also müssen wir wohl mit ein wenig Absurdität vorliebnehmen."

„Das scheint doch sowieso die asavezische Spezialität zu sein", bemerkte Janon achselzuckend.

„Provodes hatte recht", sagte Berun kopfschüttelnd. „Das wird eine innovative Streitmacht, die ihr da zusammenstellt. War das dann vorerst alles? Meine Männer erwarten mich bis Sonnenuntergang zurück."

„Nein, Moment, da gibt es noch etwas", sagte Vea und legte den Kopf schief. „Wo wir gerade bei Absurditäten sind ... wir würden gerne dreihunderttausend Kinder aus der Sechsten Mauer nach Asavez schaffen und gleichzeitig die Eingänge der Fünften blockieren, um die Garde einzukesseln. Irgendwelche Vorschläge?"

Nyms Muskeln brannten. Sie hatte es sich einfacher vorgestellt, die Kälte aus ihren Gliedern zu vertreiben, aber ihr Energieverbrauch war schlichtweg zu hoch, als dass sie ihren Körper dauerhaft warmhalten und dennoch zügig den Berg hochklettern konnte. Filia, die vor ihr lief, gab ihr Bestes, sich die Erschöpfung nicht anmerken zu lassen, aber Nym konnte ihre Knie zittern sehen, jedes Mal, wenn sie auf einem der größeren Felsen innehielten, um sich neu zu orientieren. Die Sonne stand nun tief am Himmel und allzu lange würden sie nicht mehr weiterlaufen können. Bei Nacht wäre es purer Wahnsinn, über die scharfen Felsformationen zu steigen. Sie sollten bald anfangen, sich einen sicheren und geschützten Ort zum Schlafen zu suchen.

Nym wollte gerade ebendies vorschlagen, als Jeki, der ihre Truppe anführte, an einem Vorsprung stehen blieb, über den sie nicht hinwegsehen konnte, und sich zu ihnen umwandte.

„Was ist?", wollte sie wissen, und ihre Hand fuhr automatisch zu ihrem Gürtel, an dem ihr Dolch hing. „Hast du etwas Verdächtiges entdeckt?"

Seit mehr als acht Stunden waren sie unterwegs und bis jetzt hatten sie nichts weiter als ein paar Vögel und Echsen gesehen. Sie waren über keine erloschene Feuerstätte gestolpert. Hatten keine Kratzspuren eines wilden Tieres entdeckt. Nichts dergleichen. Die Berge waren gespenstisch still und jeder Schatten, der von einer der Felsformationen auf Nyms Füße geworfen wurde, ließ sie zusammenschrecken. Die Geschichten konnten doch nicht alles nur Erfindungen sein! Es war unmöglich, dass Millionen von Menschen Angst vor ... *nichts* hatten.

„Nichts Verdächtiges, nein", meinte Jeki, der sie nun fast entschuldigend ansah. „Aber ich fürchte, Salia, du wirst jetzt lernen müssen, zu schwimmen."

Sie spürte, wie ihr das Blut aus dem Gesicht floss. „Was?" Hastig eilte sie den Rest des Berges hoch, nur um neben Jeki abrupt innezuhalten.

„Oh", stieß sie aus und ihr Hals wurde eng.

Vor ihr erstreckte sich ein endlos langer Streifen trüben Wassers. Ein völlig unberührt wirkender See aus milchigem Grau, der zu beiden Seiten kein Ende zu nehmen schien. Diese kalte Farbe hatte sie in der Natur noch nie so gesehen. Sie erinnerte an das Gesicht eines leblosen Mannes. Eines Toten, aus dem auch der letzte Tropfen Blut gesickert war. Das Wasser war still. Auf seiner auffällig glatten Oberfläche spiegelten sich die Schneespitzen der Kreisberge wider. Wenn man den See zusammen mit den spitzen Bergen betrachtete, sah das Gebirge fast aus wie ein Monster, das sein hungriges Maul aufriss und seine messergleichen Zähne fletschte.

Das alles bestärke Nym nicht gerade darin, freiwillig ins Wasser zu springen, um auf die andere Seite zu gelangen.

Sie schluckte, sah nach links, sah nach rechts. Der See schien in die Unendlichkeit zu führen. Als wäre er ein Burggraben, der Eindringlinge am Weiterkommen hindern sollte. Sie konnten ihn nicht umgehen. Sie hatten nicht genug Zeit, um tagelang nach einem Ende suchen, das womöglich gar nicht existierte. Sie mussten hinüber.

Langsam wandte sie den Kopf und sah zu Levi, der misstrauisch die glatte Seeoberfläche anstarrte.

„Kannst du mich nicht", räuspernd zog sie die Hände in die Ärmel ihres Mantels, „rüberwehen, oder so?"

Levis Mundwinkel zuckten. „Rüberwehen?"

„Na, mit Luft herübertragen", spezifizierte sie und vollführte mit ihren Händen wellenartige Bewegungen, um ihm auf die Sprünge zu helfen.

Seine zuckenden Mundwinkel verwandelten sich zu einem Lächeln. „Nym. Es freut mich sehr, dass du endlich meine rechtmäßige Heldenhaftigkeit anzuerkennen scheinst. Und du hast recht mit deiner implizierten Aussage: Ja, ich bin der Beste. In allem. Aber ich bin leider kein Vogel. Die Luft ist mein Freund, aber fliegen kann ich trotzdem nicht."

„Natürlich nicht", murmelte sie. „Weil dein dickes Ego dich herunterzieht. Was ist mit dir Jeki?" Hoffnungsvoll wandte sie sich an den anderen Mann. „Kannst du nicht einfach den Boden anheben? Eine Brücke aus Steinen bauen?"

„Kannst du den See austrocknen?", stellte er die Gegenfrage.

Sie schnaubte. „Natürlich nicht. Ich würde vor Erschöpfung tot umfallen."

Er nickte. „Da hast du deine Antwort."

Na, so viel zu den beiden ach so tollen Helden.

„Es ist wirklich nicht sehr weit, Nym", meinte Leena ungeduldig. „Vielleicht dreihundert Meter. Das schafft man locker."

Doch als Nym zu Filia hinüberblickte, spiegelte sich auf ihrem Gesicht dieselbe Unsicherheit wider, die sie selbst verspürte.

„Ich kann nicht gut schwimmen. Wir hatten in der Sechsten Mauer nur einen Tümpel, in dem wir noch stehen konnten. Und ich bin müde", flüsterte sie und zog den Kopf in ihren Mantelkragen zurück. „Können wir den See nicht morgen überqueren? Ich weiß nicht, ob meine Beine dreihundert Meter durchhalten. In der Kälte schon gar nicht."

„Ich könnte das Wasser aufheizen", murmelte Nym. „Nicht alles, aber einen Teil. Den, den wir durchqueren."

„Und wir können nicht hierbleiben", informierte

Leena Filia entschuldigend. „Hier oben sind wir vollkommen ungeschützt. Dort hinten jedoch, an den Felswänden –"

„Das ist alles überhaupt kein Problem", ging Levi dazwischen. „Nym, ich ziehe dich durchs Wasser. Du brauchst nichts zu machen, außer ruhig zu bleiben. Und der Erdklumpen hier neben mir kann Filia –"

„Warum nimmst du Salia und ich Filia?"

Levi runzelte verwirrt die Stirn. „Haben wir nicht gerade festgestellt, dass ich der Beste bin?"

Jeki schnaubte. „Der Beste in was? Im Schwachsinn erzählen?"

„Unter anderem auch darin, ja."

„Ich werde mich um Salia kümmern", sagte Jeki mit Nachdruck.

„Du bist viel zu erschöpft", meinte Levi gespielt tadelnd. „Du musstest doch schon den ganzen Tag Steine wälzen und uns den Weg freiräumen."

„*Ich* werde sie über den See bringen", knurrte Jeki. „Ich bin ihr Verlobter, ich –"

„Jetzt geht das wieder los." Levi verdrehte die Augen. „Wenn ich Nym also jetzt auf der Stelle einen Antrag mache, dann darf ich derjenige sein, der ihr hilft? Weil meine Verlobung mit ihr frischer ist? Oder wie läuft das?"

Also, jetzt wurde Nym doch hellhörig. Soweit sie wusste, hielt Levi von einer Hochzeit in etwa so viel wie von einem Tritt in den Magen. Wenn sie es sich recht überlegte, dann zog er Letzteres vielleicht sogar vor.

„Du kannst ihr keinen Antrag machen, weil sie bereits verlobt ist!"

„Ihr habt euch getrennt", erinnerte Levi ihn.

„Sie hatte ihre Erinnerung verloren!"

„Woraufhin ihr getrennt wart, also, für mich macht das keinen Unterschied, dass –"

„Meine Güte, haltet beide die Klappe", fuhr Leena sie genervt an, die Hände in die Seiten gestemmt. *„Ich werde Nym übers Wasser helfen* – und sie vom Fleck weg heiraten, wenn es nur bedeutet, dass ihr endlich mit eurem Macho-Kinderkram aufhört."

Die Männer warfen sich noch einen letzten bösen Blick zu, dann schwiegen sie.

Nym seufzte. Vielleicht wäre Leena gar keine so schlechte Wahl. Zumindest in den letzten Tagen war sie so etwas Ähnliches wie nett zu ihr gewesen. Und es würde ihr ganzes Dreiecksdilemma lösen. Definitiv eine Überlegung wert.

„Schön", sagte Levi trocken. „Filia, ich helfe dir, sonst versuchst du auf der Mitte des Sees noch, Tujan zusammen mit dir in den Tod zu reißen."

Filia widersprach nicht.

Nym sah skeptisch zu Leena. „Wie gut kannst du schwimmen?"

„Besser als Levi fliegen kann", erklärte sie und nickte zum See. „Sollen wir dann?"

„Ich, also … ähm …" Sei beugte sich leicht über den Vorsprung und zog eine Grimasse. „Wie wollen wir denn überhaupt ins Wasser kommen?"

Leena schnaubte. „Wir springen. Das sind höchstens sieben Meter."

„Aber was, wenn der See nicht tief genug ist?"

Wieso hatte denn niemand hier Angst? Das war doch absurd!

„Ist er", sagte Jeki und legte ihr sanft eine Hand auf die Schulter. „Ich kann den Boden ertasten. Wir können gefahrlos springen."

Schade.

„Schön", sagte Nym und reckte das Kinn. Sie war eine verdammte Ikano. Eine Soldatin. Sie hatte keine Angst.

Tief durchatmend schritt sie zum Rande des Felsens und streckte ihre Hände aus. „Die Wärme, die ich an das Wasser abgeben kann, wird aber nicht allzu lange anhalten", warnte sie. „Ich kann nur die Oberfläche erwärmen, aber die Kälte wird von unten durchdringen."

„Solange ich nicht verbrenne oder zum Eisklotz werde, ist mir das herzlich egal", stellte Levi fest und trat zurück, um Nym Platz zu machen.

Der Rest der Gruppe folgte seinem Beispiel, während Nym ihre Hände ausstreckte. Es war nicht schwer, Wasser zu erwärmen. Sie machte es andauernd. Meistens, wenn sie zu faul dafür war, einen Topf aufzusetzen und fünf Minuten darauf zu warten, bis das Wasser kochte. Dennoch bedeutete es ein gewisses Maß an Anstrengung, eine so große Fläche zu erhitzen, während das Wasser gegen sie arbeitete. Ihre Fingerspitzen wurden kalt, so als würde sie ihre Hände in die Feuchtigkeit halten. Von allen Seiten fuhr Kälte in ihre Glieder. Sie schloss die Augen.

Um gegen ihre Angst anzukämpfen. Um sich zu konzentrieren. Sie würde das blöde Wasser nicht gewinnen lassen.

„Okay. Mehr geht nicht", sagte sie nach ein paar Minuten, als ihre Fingerspitzen wieder warm geworden waren.

Filia sah nicht überzeugt aus. „Bist du sicher, dass wir nicht auf der Stelle erfrieren werden? Oder –"

„Ich vertraue Nym", unterbrach Levi sie, und im nächsten Moment nahm er Anlauf und sprang mitsamt Rucksack von der Klippe. Für eine kurze Zeit sah es so aus, als würde er durch die Luft laufen. Seine Beine bewegten sich, der Wind schien ihn zu tragen, bis er sich nach vorne beugte und in einem eleganten Kopfsprung die Oberfläche des Sees durchbrach.

Nym hielt den Atem an und ihre Finger zitterten, während sie ihren Blick angespannt auf die Stelle gerichtet hielt, an der Levi soeben untergetaucht war. Sie war so nervös, dass sie noch nicht einmal einen Witz darüber machen konnte, was für ein Angeber er doch war.

Warum tauchte er nicht wieder auf? War es doch kein normaler See? Die Farbe hätte sie stutzig machen sollen! Sie war nicht natürlich. Was, wenn sie durch irgendeine Art von Magie ...

„Also, mollig warm ist was anderes, aber es ist in Ordnung", drang eine Stimme von unten hinauf, und Nym stieß einen zischenden Atemzug aus, als sie in etwa zwanzig Meter Entfernung seinen Kopf im Wasser entdeckte. Sie wollte ihn anschreien, dass er sie nicht so hätte erschrecken dürfen, doch sie konnte nicht. Ihr Hals war zu eng.

„Filia, spring du als nächstes", wies Levi sie an. „Danach Nym und Leena und Klumpi als letztes. Er kann helfen, falls Leena zu müde wird, um Nym zu schleppen."

„Du kannst mich mal, Levi", rief Leena zurück. „Meine Ausdauer ist tausendmal besser als deine."

„Ich soll springen?", fragte Filia. Ihre Stimme war zwei Oktaven höher gerutscht.

„Es ist wirklich nicht allzu tief", munterte Leena sie lächelnd auf.

Das sah Nym anders! Sie hatte kein Problem damit, gegen vier Soldaten gleichzeitig anzutreten, aber in ein ihr unbekanntes Gewässer zu springen, das aussah wie das bleiche Gesicht des Todes? Das war eine ganz andere Kategorie.

„Je länger du haderst, desto kälter wird das Wasser", flüsterte Nym.

„Danke für die aufmunternden Worte", schnaubte Filia als Antwort, bevor sie die Augen schloss, loslief und   sprang.
Nym hielt es nicht für die beste Idee, nicht dort hinzusehen, wohin man sprang, aber jetzt konnte sie ihr auch nicht mehr helfen. Sekunden später tauchte Filia mit ihren Fußspitzen ins Wasser. Im Gegensatz zu Levi ließ sie sich keine Zeit damit, wieder aufzutauchen. Sie spuckte Wasser und schwamm dann hastig in Richtung Levi, der ihr entgegenkam.

„Wir sind dran", sagte Leena fröhlich, die sich nicht im Mindesten an der Aufgabe, einen fremden See zu durchschwimmen, zu stören schien.

„Gebt mir euer Gepäck", warf Jeki ein, als er Nym auch schon ihren Beutel vom Rücken zog. „Ich kann es tragen. Konzentriert ihr euch nur darauf, auf die andere Seite zu kommen."

Nym warf ihm einen dankbaren Blick zu, als Leena sie an der Hand nahm. „Fertig? Alles klar. Los."

Sie zerrte an ihrem Arm, trieb sie zum Laufen an,

und bevor Nym wusste, wie ihr geschah, verlor sie den Boden unter den Füßen und fiel.

Und fiel.

Und fiel.

Und wurde vom Wasser verschluckt.

Kapitel 4

Valera? Die Göttin der Vernunft befand sich ebenfalls in der Bibliothek? Das ergab drei Götter. Karu sollte gehen. Oder sich bemerkbar machen. Aber sie konnte nicht. Sie war zu neugierig. Sie wollte wissen, worüber die Götter sprachen. Warum lief ihnen die Zeit davon?

„Ich bin schweigsam, weil ich nichts zu sagen habe", ertönte da die helle durchdringende Stimme der Göttin der Vernunft. „Ihr redet genug für uns alle. Mir reicht es vollkommen, diese hübsche Münze zu betrachten, die ich bald mein Eigen nennen werde."

Nym schwebte.

All ihre Probleme verflüchtigten sich in der Dunkelheit, die sich vor ihr auftat. Stille drückte auf ihre Ohren, aus denen ihre Gedanken flohen. Sie war leer. Frei. Vor ihr lag die Unendlichkeit, und es war an ihr, danach zu greifen. Oder sich von ihr abzuwenden.

Das war es, was sie wollte. Freiheit. Eine gähnende Leere, die sie füllen durfte. So, wie es ihr gefiel. So, wie sie es für richtig hielt. Ohne Leid, ohne die Schwere in ihrer Brust, ohne Reue.

Ohne all das, was sie weiter in die Tiefe zog, was auf ihr lastete wie ...

„Wer bist du? Sag mir, wer du bist ..."

Nyms Kopf brach durch die Wasseroberfläche und sie schnappte nach Luft.

„Du musst mit den Beinen strampeln", fuhr Leena sie an und zog beide Hände eng um Nyms Oberarme, um sie über der Wasseroberfläche zu halten. „Meine Güte, ich wusste ja, dass du nicht schwimmen kannst, aber ich dachte, du wärst wenigstens schlau genug, zu wissen, dass du deine Beine bewegen musst!"

„Ich ..." Nyms Blick glitt über die Oberfläche, die durch Leenas hastige Bewegungen Wellen schlug.

War die Stimme echt gewesen? Oder hatte sie sie sich nur eingebildet?

„Wasser ist wirklich nicht dein Element, oder?", stellte Leena fest. Ihre dunklen Haare klebten ihr im Gesicht und ließen ihr einen Bart stehen. „Strampel einfach mit deinen Füßen. Auf und ab. Den Rest mache ich."

Sie fasste sie unter den Achseln, während Nym tat, wie ihr geheißen, und mit ihren Beinen gegen die Schwerkraft ankämpfte, die sie zusammen mit ihrer vollgesogenen Kleidung in die Tiefe zu ziehen versuchte.

„Alles in Ordnung bei euch da unten?"

„Alles bestens", rief Leena zu Jeki hinauf, während Nyms Kopf nun beinahe auf ihrer Schulter auflag. Sie fühlte sich wie ein Kleinkind, das über den Rasen getragen werden musste, weil es Angst vor Gras hatte.

„Bist du sicher?", hakte Jeki nach. Er klang besorgt. Womöglich konnte er Nyms Gesicht sehen.

„Ja!", brüllte Leena gereizt.

„Leena? Hast du was gesagt?", ertönte da Levis Stimme. Er war schon hundert Meter vor ihnen. „Ist alles in Ordnung bei dir? Hat Nym eine Panikattacke?"

„Es ist verdammt noch mal alles bestens!", schrie

Leena, und Nym hätte sich jetzt gerne die Ohren zu-
gehalten. Aber sie konnte nicht. Sie musste sich aufs
Atmen konzentrieren. Das war eigentlich ein Zwei-
Mann-Job, fand sie. Dabei sollte ihr jemand helfen.

Ein. Aus. Ein. Aus.

Es war nur Wasser. Nichts als Wasser. Sie trank es
jeden Tag.

„Meine Fresse", hörte sie Leenas Stimme leise an ihrem Ohr. „Weißt du, du solltest dich wirklich mal entscheiden. Die beiden bringen sich sonst noch um. Und
wenn sie es nicht tun, dann übernehme ich das!" Leena schnappte hörbar nach Luft, bevor sie fortfuhr.
„Ich muss mich womöglich übergeben, wenn sich
noch einmal jemand um dich sorgt. Ich weiß wirklich
nicht, was sie an dir finden."

Ja, das wusste Nym auch nicht. Objektiv betrachtet
war sie ein Fall für das Irrenhaus, der jetzt offenbar
nicht nur Stimmen in ihrem Kopf hörte, sondern auch
im Wasser. Wer wollte sich das freiwillig antun?

„Ich werde mich schon noch entscheiden", stieß sie
hervor, mühsam damit beschäftigt, ihr Kinn über
Wasser zu halten. Schwimmen war eine so langsame
Fortbewegungsweise! Das war lächerlich. Säuglinge
robbten schneller.

„Wann denn?", wollte Leena keuchend wissen.
„Wenn einer von beiden im Krieg umkommt und dir
die Entscheidung abnimmt?"

Nym biss ihre Zähne aufeinander. „Denk so etwas
nicht einmal."

Leena seufzte, ob vor Anstrengung oder Frustration
konnte Nym nicht sagen. „Sieh mal, ich verstehe dich.
Es ist eine schwierige Situation. Jeki ist deine Vergan-

genheit, Levi deine Gegenwart – aber wer ist deine Zukunft? Das ist es, woraus die großen Theaterstücke gemacht sind. Und sie sind wirklich heiß. Aber du hältst sie hin. Alle beide. Und das ist ... ein bisschen grausam von dir."

Nym schwieg.

Sie konnte nichts dagegen sagen, denn Leenas Worte entsprachen der Wahrheit. Aber was sollte sie tun? Was war die richtige Wahl? Und was, wenn sie die falsche traf?

„Ich brauche nur etwas Zeit", flüsterte sie und ihre Stimme ging beinahe in dem Plätschern des Wassers unter.

„Nimm einfach Jeki. Wirklich. Lass Levi uns anderen Frauen", schlug Leena außer Atem vor. „Denn Levi ..." Sie seufzte schwer. „Levi ..."

Ihre Hände fuhren über seine nackten Schultern und sie ließ ihren Mund folgen. Sie hatten alle recht. All die Frauen, die sie über ihn hatte reden hören, hatten die Wahrheit gesagt. Er wusste, was er tat! Ihre Hände fuhren tiefer und sie konnte hören, wie sein Atem sich an ihrem Ohr beschleunigte ...

Bei den Göttern, nein!

Nym schluckte Wasser und fing an zu husten. Das wollte sie nicht sehen. An dieser Erinnerung von Leena wollte sie wirklich nicht teilhaben! Sie wollte etwas anderes beobachten. Etwas Unverfängliches! Vielleicht irgendetwas aus ihrer Kindheit.

„Sie sagen, ich bin gut, Vater", sagte sie stolz und

reckte ihr Kinn. „Sie sagen, ich würde Geschick zeigen."

„Nur gut, Leena?" Der Mann sah unbewegt zu ihr hinunter. Seine grauen Augen starr. „Gut ist für diejenigen, die sich mit Mittelmäßigkeit zufriedengeben. Bist du so jemand?"

Ihr Mund wurde trocken und hastig schüttelte sie den Kopf. „Nein. Nein, natürlich nicht, ich –"

„Schön. Also komm zurück und rede mit mir, wenn sie sagen, dass du die Beste bist."

„Okay, Vater."

Nym riss die Augen auf, wieder schluckte sie Wasser und musste husten.

„Wasser ist nicht zum Atmen da, Nym", sagte Leena genervt. „Hat die Göttliche Garde dir denn gar nichts beigebracht?"

„Ich ... ich ..." Sie blinzelte das Wasser von ihren Wimpern und versuchte ihre Luftzufuhr zu regulieren. Was war passiert? Hatte sie gerade gelenkt, welche von Leenas Erinnerung sie zu sehen bekam? Es war so leicht gewesen. Und Leena hatte nicht einmal gemerkt, dass Nym Einblick in ihren Geist erhalten hatte. Das war –

„Wer bist du? Bist du Nym? Bist du Salia? Sag mir, wer du bist."

Ihr Kopf fuhr herum, und hektisch suchte sie mit ihrem Blick den See ab.

„Sag mir, wer du bist. Sag mir, wer du werden willst. Zeig mir deine Wünsche. Zeig mir die Wahrheit. Willst du sie nicht kennen?"

„Hörst du das?", keuchte sie und ihr Kopf fuhr von

einer Seite zur anderen. Ihre Kleidung sog sich mit nasser Kälte voll. Sie zog sie herunter, und hektisch strampelte Nym gegen die Schwerkraft an.

„Was? Was soll ich hören?", fragte Leena verwirrt.

„Wer bist du? Sag mir, wer du bist."

„Ich weiß es nicht", flüsterte sie und ihr Atem blieb in Form weißen Nebels vor ihrem Gesicht hängen.

„Du lügst. Wie alle anderen auch. Du machst dir etwas vor. Du weißt es. Ganz tief in deiner verschmutzten Seele, da weißt du es."

„Nein", widersprach sie hastig. „Nein, ich weiß es nicht."

„Nym?", fragte Leena besorgt, bevor sie schwer atmend Luft holte. „Mit wem redest du?"

Doch Nym achtete nicht auf sie. Ihr Blick huschte über das Wasser und dann ... dann sah sie ein Gesicht. Ein blasses Gesicht, das sich auf der glatten Oberfläche widerzuspiegeln schien. Ein Gesicht umrahmt von weißen Haaren, die mit dem Grau des Wassers verschmolzen.

„Du weißt es. Du kannst mich nicht belügen. Du kannst dich nicht belügen."

„Ich weiß es nicht!", rief sie verzweifelt und fragte sich gleichzeitig, ob sie nicht log. Ob sie nicht schon längst wusste, wie sie sich entscheiden würde. Ihr Herzschlag raste im Einklang mit ihren Gedanken, und Angstschweiß sammelte sich in ihrem Nacken. Ihre Stimme brach auf der Wasseroberfläche und wurde von den Wellen verschluckt – zusammen mit dem fremden Gesicht.

❧

„Geht es noch, Filia, oder soll ich dir helfen?"

„Es ... es ... es ..."

Das wertete Levi mal als Hilferuf.

Er schwamm zu ihr hinüber und griff sie sacht an den Oberarmen. „Es ist leichter, wenn du dich auf den Rücken drehst. Wir haben auch schon mehr als die Hälfte hinter uns."

Filia gehorchte ihm, was ihm beinahe Sorgen bereitete, aber er beschloss, seinen Mund zu halten. Frauen hatten verrückterweise immer ein Problem damit, wenn er sie darauf hinwies, dass sie sich merkwürdig verhielten.

„Danke, Levi", murmelte Filia, während sie ihre Muskeln entspannte und nur noch leicht mit ihren Füßen gegen das Wasser trat.

„Kein Problem." So hatte er bessere Sicht auf Nym, die etwa hundert Meter hinter ihnen lernte, dass man Wasser nicht einatmete. Er konnte das Wasser an den Stellen aufspritzen sehen, an denen sie hektisch mit ihren Füßen darauf eintrat, und er musste schmunzeln.

Es war süß, sie so unbedarft und untalentiert zu sehen. Sonst hatte sie immer die Kontrolle über alles und war die Souveränität in Person, aber in diesem Moment ... sein Schmunzeln wurde zu einem breiten Lächeln. In diesem Moment war sie nichts von alledem.

„Geht das wirklich, Levi? Du sagst mir, wenn es zu schwer wird, oder?"

„Filia, haben wir nicht bereits festgestellt, dass ich der Beste bin?"

„Du bist ein Vollidiot."

Mhm. Warum waren sich alle Frauen in dem Punkt so einig? Hatten sie eine Versammlung abgehalten?

Seine Füße arbeiteten stetig und trotzdem kam er in dem milchigen Gewässer nur mühsam voran. Wenigstens hatte noch kein glitschiger oder haariger Körper seine Füße gestreift. Wenn es wirklich irgendwelche Monster in diesen Bergen gab, dann wäre dieser See der perfekte Lebensraum für sie. Doch darüber wollte er lieber nicht allzu lange nachdenken.

Es war anstrengend, mit gefülltem Rucksack zu schwimmen, und wenn sie endlich aus dieser verdammten Kälte kamen, würde Nym alles für sie trocknen müssen, aber es hatte keine andere Möglichkeit gegeben. Die Zeit lief ihnen davon. Der Krieg lag so nah, dass Levi ihn praktisch riechen konnte. Aber vielleicht war es auch nur der metallische Gestank des Wassers, der ihm zu Kopf stieg.

Er hielt seinen Blick auf Nym gerichtet, die jetzt panisch ihren Kopf hin und her wandte, so als habe sie etwas im Wasser entdeckt. Doch bevor er sich Sorgen machen konnte, war sie wieder still.

„Du liebst sie, oder?", fragte Filia leise.

Wenn Levi nicht der Beste gewesen wäre, wäre er in diesem Moment spontan untergegangen. „Wie ... wie kommst du darauf?"

„Es sind die Blicke, die du ihr zuwirfst, wenn du dich unbeobachtet fühlst. Diese ... Sehnsucht. Wenn es eine Emotion gibt, die man in der Sechsten Mauer zu erkennen lernt, dann ist es Sehnsucht. Du siehst sie an, als wäre sie dein Ticket in die Freiheit."

Levi schwieg.

„Weißt du, jemanden zu lieben, ist nichts, wofür man sich schämen müsste", meinte Filia nach einer Weile. „Auch wenn deine Wahl hätte besser ausfallen können."

Er biss die Zähne aufeinander. „Filia, hör auf damit. Du solltest ihr wirklich verzeihen. Sie ist keine Göttliche Soldatin mehr. Sie ist nicht mehr die Frau von früher. Sie ist jemand anderes."

„Glaubst du das wirklich, Levi? Dass sie nicht mehr Salia ist? Oder wünschst du es dir nur so sehr, dass du die Augen vor der Wahrheit verschließt, weil Jeki sonst gewinnen würde."

„Das ist Schwachsinn."

„Wirklich? Warst du schon einmal verliebt, Levi?"

„Warum ist das wichtig?"

„Warst du es schon einmal?", beharrte sie.

„Nein", sagte er schroff.

„Dann weißt du auch nicht, wie blind einen die Gefühle für alles andere machen können."

Und wieder schwieg er. Denn sie sprach nur aus, was er seit jeher von der Liebe behauptet hatte. Sie machte schwach. Dumm. Irrational.

Aber er konnte nichts dagegen tun! Er konnte Nym nicht aufgeben – was blieb ihm also anderes übrig, als sich an dem Gedanken festzuhalten, dass Salia nicht länger existierte? Dass Nym ihren Platz eingenommen hatte?

Levi schwamm schneller und war froh, als er endlich – ohne den leisesten Zwischenfall – das seichte Ufer erreichte, an dem sie stehen konnten. Er ließ seinen Rucksack und seinen nassen Mantel auf den felsigen Boden fallen. Hatte er geglaubt, der See sei frisch gewesen, so war das nichts im Vergleich zu der Kälte, die sich jetzt in seine Haut fraß. Selbst wenn er den Wind blockierte, fror er bis auf die Knochen. Aber das hinderte ihn nicht daran, zurück in den See zu stapfen, als Leena und Nym endlich das Ufer erreichten. Klumpi schwamm fünfzig Meter hinter ihnen.

„Alles okay?", fragte er und sah in Nyms bleiches Gesicht, während er ihr auf die Beine half. Ihre schwarzen Haare klebten ihr an Nacken und Schultern und sie hatte die Augen weit aufgerissen.

Sie antwortete nicht, sondern starrte nur weiter auf den grauen See hinaus. Seine Oberfläche war immer noch unbewegt. Jetzt, da Levi darüber nachdachte, war dieser Umstand mehr als merkwürdig. Keine ihrer Bewegungen schien das Wasser aufgeraut zu haben und auch der unerbittliche Wind, der durch die Berge pfiff, hatte keinen Effekt auf die spiegelglatte Oberfläche.

„Geht es dir gut?", fragte er und tastete nach ihrer Hand.

„Ich weiß es nicht", flüsterte sie, und noch immer fuhr ihr Blick über den See. Als suche sie ihn nach Monstern ab. Ihre kalten Finger umschlossen seine und erst jetzt merkte er, dass sie zitterte.

„Nym, was ist los?"

Sie warf einen letzten Blick auf die starre Wasseroberfläche, dann schüttelte sie den Kopf und drehte sich ruckartig um. „Nichts", meinte sie. „Soll ich deinen Mantel trocknen?"

Sie wartete nicht auf eine Antwort, sondern streckte ihre Hand aus, während er dabei zusah, wie Nyms Haare in Rekordzeit trockneten. Ihre Kleidung gleich mit.

„Es ist zu still", erklang eine Stimme hinter ihm und Levi riss seinen Blick von Nym.

„Was?"

Tujans Blick huschte über die Umgebung. Über die hohen Felswände, die sie am nächsten Tag würden erklimmen müssen, aber für die kommende Nacht als Schutz dienten. Über die vereinzelten verdorrten Büsche und Bäume, über den See. „Es ist zu still", wiederholte er. „Zu still, wenn man an all die Geschichten denkt, die sich um diese Berge ranken. Es ist zu einsam hier. Zu unangetastet. Einfach ... zu still."

Levi hasste es, aber er war mit Tujan einer Meinung. Die Berge schienen auf etwas zu lauern – und niemand konnte vorhersagen, wann sie zuschlugen.

Wurde sie verrückt?

Nym starrte in die knisternden Flammen und hielt ihr Brot, das sie auf einen Stock gespießt hatte, tiefer hinein.

Wurde sie wahnsinnig? So wie ihre Mutter?

Da war eine Stimme gewesen. Ein Gesicht. Aber niemand anderes hatte sie gehört. Niemand anderes hatte es gesehen.

Wer bist du? Sag mir, wer du bist.

Sie wusste es nicht.

Aber noch während sie das dachte, stahl sich ein anderer Gedanke in ihren Kopf. Ein verräterischer, kleiner, scheinbar harmloser Gedanke, den sie stetig versuchte zu ignorieren. Es war der Hebel. Der unangetastete Hebel in dem Raum ihrer Erinnerung, der so viel mehr verbarg, als seinen goldenen Kern.

Sie schloss die Augen und zog ihren Kopf tiefer in ihren Jackenkragen. Nachdem sie sämtliche Kleidung sowie die Bambusmatten getrocknet hatte, war sie mit den anderen auf die Suche nach Feuerholz gegangen. Die Gruppe wollte keine Aufmerksamkeit auf sich ziehen, aber ohne ein wärmendes Feuer würden sie – bis auf Nym – über Nacht erfrieren. Und außerdem ... war hier niemand. Weder eine Menschen- noch eine Tierseele. Es war ruhig. Nicht einmal der Wind pfiff in ihren Ohren. Er war da, aber er gab keine Geräusche von sich.

Es war unheimlich.

Die Dunkelheit war so schnell gekommen, dass Nym schwindelig geworden war. Sonne und Mond hatten den Platz getauscht und die Sterne leuchteten heller hier oben, als in Bistaye oder Asavez. Und dennoch ... dennoch schien nichts von alledem – weder das Feuer noch der Mond noch die Sterne – besonders viel Licht zu spenden. Es war, als würde die Dunkelheit nach jedem Funken schnappen und ihn mit seinem gierigen Maul ersticken.

„Wir stellen Wachen auf, oder?" Filias nervöse Stimme glich Nyms Emotionen.

„Jap", antwortete Levi. „Wenn in Bistaye ein verrückter Mörder herumläuft, dann will ich das für die Kreisberge nicht ausschließen."

„Also bist du es nicht?"

Levi wandte sich zu Jeki um, der gesprochen hatte, und Nym konnte sehen, wie er die Augen verengte. „Ich bin was nicht?"

„Der Mörder."

Levi schnaubte. „Ob ich der Mann bin, der Nyms Schwester umbringen wollte?"

Jeki zuckte die Schultern, so als verstünde er nicht, warum Levi sich durch seine Aussage angegriffen fühlte. „Was ist mit dem Ikano des Wassers? Oder dem anderen Soldaten, der immer mit euch kommt?"

„Willst du Leena und Filia hier nicht auch noch beschuldigen? Wäre doch diskriminierend, wenn du die Frauen auslässt", sagte Levi.

„Oh ja, gute Idee", meinte Jeki lächelnd, bevor er sich an die Mädchen wandte. „War es eine von euch beiden?"

„Von welchem Mörder redet ihr eigentlich?", wollte Filia verwirrt wissen, die unangenehm berührt auf ihrem Platz herumrutschte.

„In Bistaye treibt ein Serienmörder sein Unwesen", sagte Jeki gelassen. „Ein Serienmörder, der zur gleichen Zeit wie ihr in immer höhere Mauern vorgedrungen ist. Ihr könnt mir nicht sagen, dass das ein Zufall war."

Nym zog ihre Brauen tiefer ins Gesicht und riss das heiße Stück Brot vom Stock. Jeder andere hätte sich dabei verbrannt, aber Nyms Finger kitzelten nur aufgrund der Hitze.

„Sagtest du nicht, dass die Opfer alle mit einem Göttlichen Dolch erstochen wurden?", hakte sie nach. „Niemand von uns besitzt einen solchen."

Filia gab ein trockenes Lachen von sich, und Nym wurde rot.

„Außer mir", korrigierte sie sich. „Aber ich habe niemanden getötet."

Wieder lachte Filia und Nym schluckte.

„Zumindest niemanden von den Männern und Frauen, die ermordet wurden."

„Männer. Es wurde nur Männer getötet", meinte Jeki langsam, den Blick auf die tanzenden Flammen gerichtet. „Allesamt mit einem Göttlichen Dolch erstochen."

„Wenn man genauer darüber nachdenkt, fällt Vea also aus dem Muster, oder?" Levi betrachtete Nym von der Seite aus. „Sie ist weiblich und sollte auch nicht mit einem Göttlichen Dolch ermordet werden. Jemand hat versucht, sie zu erwürgen."

„Aber dieser Jemand trug einen Göttlichen Dolch bei sich", erklärte Nym und biss in ihr Brot. „Ich habe ihn selbst gesehen."

„Er hatte einen Göttlichen Dolch dabei, aber anstatt ihn zu benutzen, hat er versucht, sie zu erwürgen?", fragte Leena verwirrt. „Ziemlich dumm, wenn du mich fragst. Jemandem erfolgreich die Luft abzuschnüren, dauert ewig und ist eine eher unsaubere Angelegenheit. Einen Göttlichen Dolch zu benutzen, geht doch sicher weitaus schneller und ist dabei viel idiotensicherer, oder irre ich mich?"

Es stimmte.

Leena hatte vollkommen recht. Wenn man nicht erwischt werden wollte und in ein mit Menschen überfülltes Haus einbrach, war es nicht sehr weise, jemanden erwürgen zu wollen. Die Wahrscheinlichkeit, dass man dabei überrascht wurde, war zu hoch.

„Wer wurde denn alles getötet?", wollte Leena wissen. „Gibt es ein Muster?"

Jeki zuckte die Schulter. „Die Wahl der Opfer wirkte

eher willkürlich. Lorfin, ein Fischer aus Amrie, der den Göttlichen Palast belieferte. Ein Mann namens Grezan, ein Bauer aus der Sechsten. Zwei Brüder, genannt Pavalas, Tischler aus der Fünften. Sarvin, ein Schmied, ebenfalls aus der Fünften und Lavertas, ein Weinimporteur aus der Vierten. Sie alle hatten nichts Besonderes an sich. Niemand wurde der Rebellion oder eines anderen Vergehens bezichtigt. Sie hatten Familie oder waren alleinstehend. Waren Anhänger der Götter oder verachteten diese. Es scheint keine Gemeinsamkeiten zu geben."

„Sagtest du … sagtest du Grezan?", wollte Filia leise wissen, die Hände zum wärmenden Feuer ausgestreckt. „Yantur Grezan? Aus der Sechsten Mauer?"

„Ja, warum?"

„Ich kannte ihn", stellte sie fest. „Er hat damals nur ein paar Häuser weiter gewohnt. Er … er war nicht sehr beliebt in meiner Region. Hat für die Götter gearbeitet."

Alle sahen überrascht zu ihr hinüber. „Ein Bauer aus der Sechsten Mauer hat für die Götter gearbeitet?", fragte Leena ungläubig.

„Ja. Er hat sich um ihren Garten gekümmert. Den des Palastes. Hat immer damit angegeben, dass er schon Dinge gesehen hätte, von denen wir anderen Normalmenschen nur träumen könnten." Sie verzog das Gesicht. „Es wundert mich nicht, dass er den Tod gefunden hat."

„Na, es mag eben niemand Angeber", murmelte Nym und ihre Mundwinkel zuckten, als sie Levis Blick begegnete.

„Ich erkenne ein Muster", meinte Leena, die ihr Essen bereits vertilgt hatte. „Alle Namen der Opfer tragen ein A in sich. Götter hassen Menschen, die ein A in ihrem Namen haben. Filia, Tujan – wir haben schlechte Karten. Aber Levi und unsere Nym hier werden wohl am Leben bleiben. Vorausgesetzt natürlich, Salia kommt nicht wieder durch."

Levi schnaubte. „Danke für deinen Weitblick, Leena."

Nym ignorierte sie beide. „Aus welchen Gründen tötet man einen Menschen?", fragte sie leise.

„Geld? Macht?", schlug Filia vor.

„Eifersucht. Neid", meinte Leena.

„Informationen", murmelte Jeki.

„Um ihn zum Schweigen zu bringen", bemerkte Levi trocken, seinen Blick auf Jeki gerichtet.

„Um sie zum Schweigen zu bringen", wiederholte Nym nachdenklich. „Um Informationen zu vertuschen ..."

„Aber was können diese Menschen schon gewusst haben", schnaubte Leena verächtlich. „Ein Fischer, ein Bauer und deine Schwester? Es gibt absolut keinen gemeinsamen Nenner, außer dass –"

„Doch. Gibt es." Ruckartig richtete Nym sich auf. „Es gibt einen gemeinsamen Nenner. Es ist der Palast!" Ihr Herz übersprang einen Schlag. „Der Fischer. Er hat den Palast beliefert. Der Bauer. Er hat sich um den Garten des Palastes gekümmert. Vea. Sie hat dem Palast vor Jahren auch schon einmal einen Besuch abgestattet. Es würde mich nicht wundern, wenn die anderen Opfer auch eine Verbindung zum Palast hatten."

„Also stecken die Götter hinter den Morden?", fragte

Leena neugierig.

Nym öffnete den Mund, schloss ihn jedoch nach ein paar Augenblicken wieder. Nein. Das glaubte sie nicht. Die Götter hätten keine Leichen zurückgelassen. Sie hätten die Menschen einfach verschwinden lassen. Sie wusste, wie sie arbeiteten. Sie selbst hatte auf Thakas Wunsch hin dafür gesorgt, dass Menschen sich in Luft auflösten. Nein, die Morde trugen nicht die Handschrift der Götter ... und trotzdem hatten sie sie toleriert. Hatten sogar gefordert, dass jede Untersuchung eingestellt wurde.

Das ergab keinen Sinn.

Wen schützten sie?

„Die Götter haben nichts mit den Morden zu tun", sagte Jeki, als klar wurde, dass Nym nicht antworten würde.

„Woher willst du das wissen?", fragte Leena und sah ihn skeptisch an. „Wenn der Palast die gemeinsame Komponente ist, muss es etwas mit ihnen zu tun haben. Mit dem, was die Männer und Vea gesehen oder gehört haben. Irgendetwas. Sie alle müssen ein Geheimnis kennen, das jemand verbergen will. Und wer würde die Geschehnisse im Göttlichen Palast vertuschen wollen, wenn nicht die Götter?"

„Ich weiß es nicht", sagte Jeki abgehackt. „Aber Api selbst hat mir versichert –"

„Api selbst", schnaubte Levi. „Noch ganz das göttliche Schoßhündchen, wie ich sehe. Leena hat recht. Informationen, die den Göttlichen Palast betreffen, können nur etwas mit den Göttern zu tun haben! Niemand anderes lebt dort."

Jeki presste seine Lippen aufeinander, doch er

schwieg.

Nym blickte vom einen zum anderen und zurück in die Flammen. Leenas und Levis Argumentationskette war logisch. Natürlich mussten die Götter damit zu tun haben, aber … eine Spur aus Leichen zu hinterlassen, passte nicht zu ihnen.

„Die Frage ist nicht, warum“, merkte Filia an. „Die Frage ist: Warum jetzt? Nehmen wir an, sie alle haben irgendetwas im Palast gesehen, was nicht für ihre Augen bestimmt war. Nehmen wir an, die Götter haben sie töten lassen.“ Jeki öffnete den Mund, um ihr zu widersprechen, doch sie hielt ihm eine sehr aussagekräftige Hand ins Gesicht. „Halt die Klappe, Schoßhund“, zischte sie. „Wir stellen hier gerade nur Vermutungen an. Also: Wenn wir davon ausgehen, dass es tatsächlich die Götter sind, die die Morde veranlasst haben, so stellt sich noch immer die Frage, warum sie nicht eher gehandelt haben. Wenn sie jemanden beim Lauschen erwischen, lassen sie die Regelbrecher doch nicht erst nach Hause gehen, wo sie ihr Geheimnis fröhlich herumerzählen könnten. Man sollte doch meinen, dass sie sie sofort töten würden. Und nicht, wie zum Beispiel bei Vea, jahrelang warten, bevor sie eingreifen. Warum bringen sie all die Menschen erst jetzt um?“

Darauf hatte niemand eine Antwort.

Nym stützte das Kinn in ihre Hand und dachte an Vea. Sie war vor Ewigkeiten im Palast gewesen. Vor mehr als fünf Jahren. Und wenn sie etwas Verdächtiges gesehen oder beobachtet hätte, dann hätte sie ihr damals davon erzählt. Warum sollten die Götter sechs Jahre lang damit warten, sie zu töten?

Aber einen anderen Zusammenhang schien es nicht

zu geben. Versteckten die Götter womöglich etwas im Palast?

Frustriert fuhr sie sich mit beiden Händen übers Gesicht. Sie hasste Geheimnisse. Hasste sie von ganzem Herzen.

„Lasst uns schlafen gehen. Ich übernehme die erste Wache", bot Levi an. „Morgen dürfte noch ein wenig anstrengender werden als heute. Ein bisschen Ruhe können wir alle gebrauchen."

„Noch anstrengender?", rutschte es Filia heraus. „Wie könnte es noch anstrengender werden?"

Levis Zähne blitzten auf, als er die Steilwand hinaufsah, die sich neben ihnen auftat. „Sag du es mir, Filia."

Kapitel 5

Münze?
Karus Herz klopfte ihr bis zum Hals, doch sie trat einen Schritt
vor, bis sie durch den Spalt der Tür spähen konnte. Ihr Blick fiel
auf Thaka, der auf und ab ging, die Hände krampfhaft hinter
seinem Rücken verschränkt. Api und Valera konnte sie nicht se-
hen. Sie mussten in den Sesseln außerhalb ihres Sichtfelds Platz
genommen haben.

Es war stickig.

Derselbe Raum. Dieselben Lichter über ihrem Kopf. Dieselbe rote Tür. Derselbe Hebel.

Nym wandte den Blick ab und fragte sich, ob sie jetzt jede Nacht von diesem Ort träumen würde. Ob sie jede Nacht hier stehen und sich quälen würde. Oder ob es an ihr lag, das hier zu beenden. Den Traum ein für alle Mal hinter sich zu lassen. Erneut drehte sie sich um. Der Hebel leuchtete golden unter dem Schein der Lampen, und sie machte einen Schritt auf ihn zu. Fuhr vorsichtig mit ihren Fingerspitzen über das kühle Metall.

War es nicht *ihr* Kopf? War es nicht *ihre* Entscheidung, was sie darin vorfinden wollte? Was sie sehen und nicht sehen wollte?

Sie ließ den Hebel los und schritt stattdessen zu den

dunklen Fenstern, die in die Unendlichkeit gerichtet waren.

Was wollte sie sehen? Was war wichtig? Was musste sie wissen?

Sie streckte ihre Hand nach dem Rahmen aus, ließ ihre Finger in die Schwärze gleiten und zog an ihr. Sofort wandelte sie sich zu einem Bild.

„Salia, wo glaubst du, ist Mama jetzt?"

„Ich ... weiß es nicht."

Veas Kopf lag in ihrem Schoß und sie strich ihr sacht die von Tränen verklebten Haare aus dem Gesicht.

„Meinst du, es ist ein ... ein besserer Ort?"

„Das hoffe ich sehr."

„Aber du glaubst nicht daran?"

„Nein."

„Woran glaubst du dann?"

„Ich glaube daran, dass sie uns sehr geliebt hat", flüsterte sie. *„So wie ich dich sehr liebe."*

Vea lächelte. „Dieb bleibt Dieb, Soldat bleibt Soldat –
"

„Schwester bleibt Schwester."

Sie schlug die Augen auf und atmete zitternd aus. Vea mochte ihr verziehen haben. Doch sie würde noch eine Weile brauchen, bis sie sich selbst vergab.

Sie ließ das Bild ihrer Schwester hinter sich, trat zum zweiten Fenster und starrte in die Leere. Diesmal musste sie nicht einmal ihre Hand nach der Dunkelheit ausstrecken, um eine Erinnerung heraufzubeschwören. Sie kam von allein, nur mit Hilfe eines sanften Gedankenstoßes.

Zeig mir, was ich wissen muss.

Sie erkannte Bücherreihen. Einen geschlossenen Fensterladen. Das Blitzen einer goldenen Robe.

Sie schloss die Augen.

„Ich muss nicht warten, bis uns die Nachricht er-reicht, Api!" Das Gesicht Thakas war vor Wut rot ange-laufen. Seine blonden Haare zeichneten sich hell von seinen rot verzerrten Zügen ab, und sein Finger richte-te sich auf sie.

„Wir beide wissen, dass sie gehen wird! Wir wissen es. Wir werden nicht auf Bestätigung warten. Wir werden handeln. Wir müssen handeln!"

Sie senkte den Blick und betrachtete ihre aneinan-dergelegten Fingerspitzen. Thaka hatte recht. Auch sie wurde unruhig. Sie durften kein Risiko eingehen. Wenn die Ikano des Feuers hinter ihr Geheimnis kam ... nein.

Sie erhob sich, versuchte ihre innere Unruhe nieder-zuringen und einen kühlen Kopf zu bewahren. Das hätte alles nicht passieren dürfen.

„Falls sie in die Kreisberge gehen sollte –", begann sie vorsichtig, wurde aber sofort wieder unterbrochen. „Sie ist höchstwahrscheinlich schon auf dem Weg, Api!", fuhr Thaka sie zornig an. „Sie wird nach der Wahrheit suchen. So wie ihre Mutter nach der Wahr-heit gesucht hat."

Mühsam beherrschte sie ihr Temperament. Ihr Freund musste sich beruhigen. Sie alle mussten mit Vorsicht vorgehen. Das hier war so viel größer als ihre kindischen Zankereien. Bedeutsamer als der Ablauf der Frist.

„Thaka", sagte sie mit fester Stimme. „Selbst wenn sie bereits dort ist: Sie wird die Wahrheit nicht finden. Wir haben eine Abmachung mit ihnen getroffen und sie werden sich daran halten."

„Wirklich? Obwohl wir selbst so kurz davor sind, sie zu brechen?"

„Das können sie nicht wissen."

„Aber sie werden es wissen. Denn das ist es, was sie tun, Api. Sie kennen die Wahrheiten dieser Welt. Unserer Welt!"

Sacht schüttelte sie den Kopf. „Sie werden den Frieden nicht riskieren. Sollte Salia sie finden, was ich bezweifle, werden sie ihr nichts verraten."

„Sie könnte es immer noch selbst herausfinden."

„Wie sollte sie? Sie ist intelligent, aber keine Wahrheitsleserin."

„Api", zischte Thaka. „Es ist ein Risiko, das wir nicht eingehen dürfen! Das ist ein –"

Die Tür ging auf und Thaka hielt augenblicklich inne. Doch es war nur Valera, die die beiden jetzt interessiert musterte. „Was habe ich verpasst?"

„Du!" Thakas Finger schwang zu seiner Mitgöttin. „Es ist deine Schuld. Du hast sie gehen lassen. Du hast ihr die Freiheit geschenkt!"

„Ladet mir nicht eure Fehler auf, meine Freunde. Es war euer Plan, der misslungen ist. Ihr habt sie alle unterschätzt. Sie hat die Freiheit verdient."

Thaka schnaubte wutentbrannt. „Oh bitte, Valera! Tu nicht so, als wäre es ein selbstloser Akt gewesen!"

„Selbstlos?" Sie lachte schrill. „Natürlich war es nicht selbstlos. Es war strategisch gesehen die richtige Wahl – und das ist es, was dich wirklich ärgert, Thaka.

Dass die Steine neu gelegt wurden."

„Du hast seinen Rat angenommen."

Sie zuckte unbeteiligt mit den Schultern. „Es war ein guter Rat. Solltest du mir je einen geben, werde ich auch ihn berücksichtigen. Aber das ist heute Abend nicht das dringliche Thema, oder? Haben wir bereits Nachricht erhalten? Ist sie auf dem Weg in die Kreisberge?"

Sie schüttelte den Kopf. „Keine Nachricht. Aber Thaka hier ist davon überzeugt, dass sie gehen wird oder bereits unterwegs ist."

Valera seufzte. „Du weißt, wie sehr ich es hasse, dem werten Gott der Gerechtigkeit rechtzugeben, aber... ich glaube, ihr wart nicht die Einzigen, die sie unterschätzt haben. Ich fürchte, ihr beide habt uns da einen großen Feind geschaffen. Vielleicht haltet ihr in Zukunft mehrmals inne, bevor ihr wieder in fremden Köpfen herumpfuscht."

Sie knirschte mit den Zähnen. Es war so typisch von Valera, die Schuld auf ihr abzuladen. Die Göttin hatte schon immer gewusst, wie sie ihren Kopf am elegantesten aus der Schlinge zog. Aber darum ging es jetzt nicht. Sie mussten handeln.

„Wir werden drei Ikanos senden", sagte sie mit fester Stimme. „Esya soll die Truppe anführen. Wenn Salia geht, werden der Ikano der Luft und Tujan nicht weit sein. Esya ist mit ihren Kampfstilen vertraut."

„Sie sollen noch heute aufbrechen", knurrte Thaka.

Alle nickten, und Valera tippte sich nachdenklich mit dem Zeigefinger an ihr Kinn. „Er wird Jaan schicken, um sie zurückzuholen. Das wisst ihr, oder?"

„Natürlich", murmelte sie. „Aber darauf können wir

uns nicht verlassen. Jaan folgt schon längst nicht mehr nur der übergeordneten Agenda."

„Drei Ikanos, fünf Soldaten", forderte Thaka. „Wir können Jaan nicht trauen. Wenn Esya ihm über den Weg läuft, soll sie ihn töten."

Valera schnalzte missbilligend mit der Zunge. „Damit würdest du unsere Gesetze brechen, Thaka."

„Ach ja? Dann klagt mich an, sobald das Ganze vorbei ist."

„Ich stimme ihm zu, Valera", murmelte sie. „Unsere Gesetze werden nicht mehr von Wert sein, sollte das Kreisvolk Salia in unsere Geheimnisse einweihen."

„Schön. Aber vermerkt im Protokoll, dass ich meine Bedenken geäußert habe."

Sie verdrehte die Augen. „Natürlich. Du bist wie immer unschuldig."

„Eine gewisse Art der Ordnung muss doch eingehalten werden, nicht wahr?", bemerkte Valera milde lächelnd.

Ja, Ordnung musste gewahrt werden. Jetzt war nicht die Zeit, die Dinge dem Zufall zu überlassen. Es gab zu viel zu verlieren. Die Ikano des Feuers hatte lang genug gelebt. Es war Zeit, sie alle zu beseitigen.

Nym fuhr senkrecht in die Höhe.

Ihre Kleidung klebte an ihrem schweißnassen Körper und ihr Atem ging stoßweise. Die Göttlichen Soldaten. Sie würden kommen. Aber wann? Wie viel Zeit blieb ihnen? Wie lange lag Apis Erinnerung zurück? Hatte das Gespräch heute stattgefunden? Gestern? Vor zwei Tagen?

„Salia, alles in Ordnung?"

Ihr Kopf schnellte herum und ihr Blick traf Jekis. Er musste die zweite Wache übernommen haben.

„Sie kommen", keuchte sie. „Sie kommen, um uns zu töten. Sie wollen nicht, dass wir das Kreisvolk finden. Sie haben Angst, sie –"

„Was? Wovon redest du? Wer kommt? Wer hat Angst?"

Jeki beugte sich besorgt zu ihr herunter, und ihr eigenes blasses Gesicht spiegelte sich in seinen Augen wider.

„Du hast eine Menge Albträume in letzter Zeit, oder?", murmelte er. „Hat das einen –"

„Nein!", unterbrach sie ihn und sprang auf die Füße. „Nein, das ist es nicht. Es war kein Traum!"

Sollte sie die anderen wecken? Was, wenn die Göttliche Garde sie schon fast erreicht hatte? Drei Ikanos und fünf Soldaten. Das waren zu viele. Filia konnte kaum kämpfen und zusammen mit Leena wären sie nur zu viert und –

„Salia, beruhige dich. Du hast nur geträumt!"

„Nein! Ich werde mich nicht beruhigen und es war kein Traum", sagte sie entschlossen.

Jeki musste es doch verstehen! Die Götter hatten Angst. Panische Angst davor, dass sie das Kreisvolk erreichten. Sie waren auf dem richtigen Weg. Sie hatten eine Chance, sie zu besiegen. Aber nicht, wenn sie von der Göttlichen Garde niedergemetzelt wurden, bevor sie hinter das Geheimnis kamen, das die Götter so verzweifelt versuchten, für sich zu behalten.

„Jeki", sagte sie mit fester Stimme und versuchte sich zu beruhigen. „Die Götter, sie haben die Garde nach uns geschickt. Sie wollen uns töten, bevor wir das

Kreisvolk erreichen. Sie haben Esya mit der Aufgabe betraut, und sie ist auf dem Weg. Die Soldaten könnten jederzeit hier sein."

„Woher willst du das wissen?", fragte Jeki verwirrt, während das flackernde Feuer verzerrte Schatten an die Felswand hinter ihm warf.

„Ich habe es gesehen! Ich habe gesehen, wie Api es angeordnet hat."

Jeki blickte sich verwirrt um, so als glaubte er, der Gott der Vergeltung könne jederzeit hinter einem Busch hervorspringen. „Was? Wo? Wo hast du es gesehen?"

„In meinen Gedanken, in *seinen* Gedanken, ich –"

„In deinen Gedanken? Du hast also geträumt, dass –"

„Nein! Also ... ja, aber nein." Sie strich sich ihre verschwitzten Haarsträhnen aus der Stirn und atmete tief durch. Es wurde Zeit für die Wahrheit. Kein Geheimnis war die Gefährdung eines Lebens wert. „Ich kann in Apis Geist blicken, Jeki. Seine Erinnerungen durchforsten. Ich weiß, was er denkt, was er fühlt."

„Salia." Jeki legte ihr beruhigend die Hände auf die Schultern. „Du hast schlecht geträumt. Nichts weiter."

„Nein!", fuhr sie ihn an und Levi begann sich auf seiner Bambusmatte zu regen. „Nein", zischte sie leiser. „Ich habe in Apis Geist geblickt. Ich habe eine Verbindung zu ihm. Er hat einen Fehler gemacht, damals als er meine Erinnerung genommen hat, er –"

„Er ist ein Gott, Salia", sagte er behutsam. „Er wäre nicht unvorsichtig genug, so einen großen Fehler zu begehen."

„Jeki", sagte sie eindringlich und leise Verzweiflung kroch in ihr hoch. „Götter sind nicht perfekt. Sieh mich an. Ich bin der größte Beweis dafür. Wären sie vollkommen, wäre ihr Plan dann so fehlgeschlagen? Wäre ich dann auf die andere Seite übergelaufen? Api beherrscht seine Gabe nicht so fehlerfrei, wie er es andere glauben lässt. Er hat meine Mutter bei dem Versuch in den Wahnsinn getrieben und mir hat er aus Versehen etwas von seiner Fähigkeit übertragen."

„Du redest wirres Zeug, Salia", sagte Jeki sanft, und die Sanftheit in seiner Stimme machte sie nur noch wütender.

„*Ich weiß!*", schrie sie. „Ich weiß, dass es wirr ist, aber das macht es nicht weniger wahr!"

„Was zum Teufel ist hier los?" Filia war aufgewacht, und wie es aussah, war sie nicht die Einzige. Levi und Leena waren beide aufgesprungen, als erwarteten sie einen Angriff.

Gut so.

„Jeki, du musst mir glauben", flehte sie. „Sie haben Soldaten geschickt, sie werden –"

„Selbst wenn jemand kommen sollte", sagte er jetzt lauter, sichtlich um Beherrschung ringend. „Wir haben einen Vorsprung. Wir sind schnell. Sie können uns nicht einholen."

„Sie haben drei Ikanos und fünf Soldaten der Göttlichen Garde geschickt! Mit Sicherheit einen Ikano der Erde, der ihnen genauso helfen wird wie du uns. Sie werden schneller sein, sie sind uns vielleicht schon längst auf den Fersen."

„Kann mir bitte jemand sagen, was los ist?", fuhr Filia dazwischen. „Warum ist Nym eine Furie und warum sieht Jeki sie an, als hätte sie sie nicht mehr alle?"

„Ich bin nicht verrückt! Ich habe es gesehen!" Nyms

Ruf hallte von den Wänden wider und sie musste sich zwanghaft daran erinnern, dass sie leise sein sollte, falls die Garde ihnen bereits auf den Fersen war.

„Nym." Dieses Mal war es Levis Stimme. Ruhig und gefasst. „Sag mir, was du beobachtet hast."

Sie ballte ihre Hände zu Fäusten, löste sie wieder, krallte ihre Fingernägel in ihre Beine, suchte nach Ruhe.

„Ich habe in Apis Gedanken gesehen, Levi. Ich habe seine Erinnerung gesehen. In dem Raum, von dem ich dir erzählt habe. In einem der Fenster. Ich habe eine Besprechung der Götter mit angehört. Sie haben Soldaten geschickt. Vielleicht schon vor ein paar Tagen. Vielleicht erst vor ein paar Stunden. Es ist nicht wichtig: Sie werden kommen und uns versuchen daran zu hindern, das Kreisvolk zu finden. Die Götter haben Angst davor, dass wir etwas herausfinden könnten. Sie wollen uns aufhalten."

Levi starrte sie an. Sah ihr in die Augen, sagte nichts. Stille senkte sich über sie, bevor er ganz langsam nickte.

„Okay. Wir sollten früher aufbrechen als geplant und ab jetzt zu zweit Wache halten. Wir können kein Risiko eingehen. Die Götter werden keine Schwächlinge geschickt haben, um uns zu töten, und ich würde es vorziehen, ihnen nicht zu begegnen. Wir sollten –"

„Du glaubst ihr?", unterbrach ihn Leena ungläubig, während Nyms Herz mit jedem seiner Worte größer wurde.

„Ja, ich glaube ihr", sagte Levi kühl. „Api hat in ihrem Kopf herumgepfuscht und ganz offensichtlich etwas falsch gemacht."

Er glaubte ihr.

Ohne nachzufragen.

Ohne sie für verrückt zu erklären. Er nahm sie ernst. Und in diesem Moment war Nym so dankbar dafür, dass nur Jekis Blick, den sie in ihrem Rücken spürte, sie daran hinderte, Levis Kopf mit beiden Händen zu ihrem heranzuziehen und ihn zu küssen.

„Aber das ist vollkommen absurd", stellte Filia verblüfft fest. „Ein Gott würde doch nie zulassen, dass –"

„Ich glaube, er weiß es nicht", sagte Nym und wischte die verschwitzten Hände an ihrer Hose ab. „Er weiß nicht, dass er mir Einblick in seinen Geist gibt."

Sie blickte zu Jeki, der sie immer noch vollkommen überfordert betrachtete. „Du bist dir sicher, dass du nicht geträumt hast?", fragte er vorsichtig.

Sie lachte trocken. „Ich wünschte, es wäre so. Ich –" Ein Knacken durchschnitt die Stille und ihr Kopf fuhr herum. Sie hatte ihren Dolch gezückt, bevor jemand anderes das Geräusch überhaupt bemerkt hatte.

Es knackte erneut, gefolgt von einem Rascheln, und diesmal war sie nicht die Einzige, die alarmiert den Blick hinüber zu den trockenen Büschen huschen ließ, die am Rand der Felswand wuchsen und von denen das Geräusch herrührte.

Filia stolperte einen Schritt zurück, brachte sich hinter dem Feuer in Sicherheit, während Nyms Puls kräftig in ihren Ohren widerhallte. Sie machte einen Schritt seitwärts, sodass der Busch nun genau vor ihr lag. Seine Blätter schienen zu zittern und der Schaft ihres Dolches fing wie automatisch an zu glühen. Levi und Jeki hatten sich zu beiden Seiten neben ihr positioniert, die Hände erhoben.

Es war still. Man konnte nichts hören, außer ihre gehetzten Atemzüge ... und dann brach etwas aus dem Busch hervor.

Nym zuckte zusammen, hob die Waffe über ihren Kopf – aber es war kein Göttlicher Soldat. Es war ein Tier.

Eine große Katze mit spitzen flammenden Ohren und einer ebenso feurigen Schwanzspitze.

„Bei den verdammten Göttern", flüsterte Filia und hob eine Hand zum Mund. „Sind die nicht ausgestorben?"

Niemand antwortete ihr. Nym starrte den Feuerluchs an, der sein weiches Gesicht zu ihr wandte und seine Schnauze leckte.

Er war wunderschön.

Sie ließ ihren Dolch sinken und steckte ihn zurück an ihren Gürtel, während die Katze sich auf vorsichtigen Pfoten an sie heranpirschte.

„Nym, wir wissen nicht, ob er gefährlich ist", warnte Levi sie.

Sie hätte beinahe angefangen zu lachen. Der große Soldat hatte Angst vor einem Kätzchen.

Lächelnd machte sie einen Schritt auf das Tier zu, dessen wachsamer Blick zwischen ihr und dem Feuer hin- und herwanderte. Seine großen gelben Augen gefüllt mit Argwohn.

„Er tut uns nichts", murmelte sie. „Er hat nur Hunger."

„Das ist ja beruhigend", sagte Leena mit hoher Stimme. „Habt bloß keine Angst vor dem Raubtier – *es hat nur Hunger.*"

Nym achtete nicht auf sie, kniete sich hin und

streckte die flache Hand aus. „Hey", flüsterte sie. „Hat das Feuer dich angezogen?"

Wieder leckte sich der Luchs übers Maul, während die Flammen seiner Ohrspitzen im seichten Wind tanzten.

Nym ließ Hitze in ihre Hand strömen, bevor sie ihre Finger leicht zucken ließ und ein Feuerball darin erschien.

Der Luchs gab ein leises Maunzen von sich, überwand die letzten Meter und begann ihr mit seiner rauen Zunge die Flammen aus der Hand zu lecken.

Nyms Lächeln wurde breiter und eine tiefe Ruhe überkam sie. Trotz der Garde, die ihnen auf den Fersen war. Trotz des steinigen Weges, der noch vor ihnen lag. Trotz des Krieges, der über ihnen schwebte, wie eine tiefhängende schwarze Wolke.

Das Leben konnte grausam sein. Das Leben konnte unfair sein. Das Leben konnte unberechenbar sein. Und dennoch war es wert, gelebt zu werden. Wegen vollkommenen Momenten wie diesem.

„Na super", konnte sie Levi leise hinter ihrem Rücken murmeln hören. „Jetzt braucht sie keinen mehr von uns, Tujan. Sie hat jetzt ein Haustier."

❧

„Wie in alten Zeiten, oder?", flüsterte Nika.

„Du meinst die alten Zeiten, in denen wir in Waffenlager eingebrochen sind, um die Göttlichen Soldaten zu bestehlen?", fragte Vea interessiert. „An die erinnere ich mich nämlich nicht. Weil es sie nicht gab!"

Ihre Freundin lachte leise. „Wir müssen eben noch

ein wenig dreister werden. Sonst würde unser Leben ja auch langweilig."

Zurzeit empfand Vea ein langweiliges Leben als gar nicht so unattraktiv. Sie drängte sich näher in die Schatten und wich dem Schein der bereits entzündeten Laternen aus. „Du hast recht. Wir sind in letzter Zeit von einem langweiligen Erlebnis ins nächste gestolpert."

„Seit wann bist du eine solche Pessimistin?"

Vea wusste es auch nicht genau. Vielleicht so seit sechs Jahren? „Lass uns lieber noch mal den Plan durchgehen", flüsterte sie und streckte einen Arm aus, um Nika am Weitergehen zu hindern. „Ich weiß, Janon meinte, es wäre kinderleicht, die Garde zu bestehlen – aber Janon wäre auch beinahe wegen Hochverrats hingerichtet worden. Seiner Sicht auf die Welt ist nicht immer zu trauen."

Nika nickte verständnisvoll, auch wenn ihre Mundwinkel zuckten. „Stimmt. Ich meine: Er hat sich ja auch Hals über Kopf in *dich* verliebt. Der Kerl ist eindeutig plemplem."

Das war er.

Was für ein Glück.

„Also." Vea presste ihren Rücken an die kalte Hauswand hinter sich. Sie waren noch keiner Wache begegnet, aber das musste nichts heißen. Die Garde besaß die nervige Eigenschaft, immer in den ungünstigsten Momenten aufzutauchen. „Ich knacke das Schloss, während du Wache hältst. Ich stehle mich in die Kammer, während du Wache hältst. Ich stecke die Waffen ein und bringe ein neues Schloss an, während du Wache hältst. Habe ich irgendetwas vergessen?"

„Nein, das war eine sehr akkurate Beschreibung. Auch wenn mir die Arbeitsteilung bei dieser Aufzählung etwas ungerecht erscheint."

Vea hob die Achseln. „Möchtest du lieber einbrechen?"

„Nein, nicht wirklich. Ich habe keine Ahnung, wie man eine verschlossene Tür öffnet."

„Dann hätten wir das ja geklärt. Wir müssen ja auch gar nicht viel mitnehmen. Es wird ganz schnell gehen."

„Redest du gerade mir oder dir Mut zu?", wollte Nika mit gerunzelter Stirn wissen.

„Uns beiden?", bot Vea an.

„Gekauft. Gehen wir weiter?"

Sie nickte und huschte ihrer besten Freundin voran die dunkle Gasse entlang, darauf bedacht, sich so leise und schnell wie möglich zu bewegen. Die erleuchtete Laterne, die sie unter ihrem Mantel verborgen hielt, schlug ihr gegen die Beine und hinterließ sicherlich einige blaue Flecken. Aber darauf konnte sie keine Rücksicht nehmen.

Beide, Janon und Ro, hatten es für keine gute Idee gehalten, die Mädchen alleine gehen zu lassen. Fakt war jedoch, dass Janon und Ro nicht gerade unauffällig und die Mädchen ein eingespieltes Team waren. Sie hatten jahrelang Warnrufe und Ausweichtaktiken perfektioniert, um sich aus dem Haus ihrer Eltern zu stehlen und nicht zuletzt, um Flüchtige zu verstecken. Wenn sie unentdeckt die Rebellengruppe der Vierten Mauer hatten anführen können, dann würden sie auch jetzt nicht erwischt werden.

Wirklich überzeugt waren Janon und Ro davon

nicht gewesen, aber sie wussten wahrscheinlich, dass sie ihren Freundinnen die Idee nicht ausreden konnten.

„Es ist wie ausgestorben heute Nacht", flüsterte Nika von hinten. „Das ist unheimlich. Wo sind all die Soldaten hin, die sonst ihre Wachgänge machen?"

„Keine Ahnung. Vielleicht haben sie eine Versammlung in der Dritten?"

„Alles scheint heutzutage möglich", bestätigte Nika. „Meinst du ... meinst du, die Götter wissen, dass Asavez angreifen wird?"

Daran hatte Vea keinen Zweifel. Die Götter mussten seit fast eintausend Jahren damit rechnen. So wie Asavez auf einen Angriff Bistayes vorbereitet war.

Es hieß, die Götter hätten Asavez bisher in Ruhe gelassen, weil das Kreisvolk sie zum Frieden zwang. Dies galt jedoch nicht andersherum. Niemand hatte je behauptet, dass Asavez nicht Bistaye angreifen konnte.

„Die Götter wissen, dass ein Krieg bevorsteht", flüsterte sie. „Aber sie wissen nicht, wann und wie er passieren wird. Das ist unser Vorteil."

„Kein besonders großer Vorteil. Wenn die Götter mitkämpfen sollten ..."

„Lass uns darüber nachdenken, wenn es soweit ist", murmelte Vea. Sie musste ihren Pessimismus nicht noch weiter anfachen.

Nika atmete hörbar aus. „Schön. Ein Schritt nach dem anderen."

Sie bogen um die nächste Ecke, eilten an Thakas Denkmal vorbei und blieben im Schutz eines Baumes stehen, dessen Wurzeln sich einen Weg durch das Pflaster geschlagen hatten.

Vea starrte auf das kleine hölzerne Gebäude, das sich zwischen zwei Wohnhäusern einreihte und beim besten Willen nur als Schuppen bezeichnet werden konnte.

Janon hatte gemeint, dass die Garde das unscheinbare Äußere der Hütte als Schutz nutzte. Wer würde schon in so einen abgewrackten Schuppen einbrechen?

Nun ja, die Antwort versteckte sich gerade unter einem Baum und sah sich nervös nach links und rechts um.

„Siehst du irgendetwas Auffälliges?", fragte Vea leise.

„Du meinst, bis auf uns? Nein. Ich glaube, die Luft ist rein. Aber der Eingang des Schuppens ist kaum geschützt. Wie lange brauchst du, um das Schloss zu knacken?"

„Ich weiß nicht. Ein paar Minuten? Je nachdem wie stabil es ist."

„Na, dann bleibt ja nur zu hoffen, dass die Garde geizig ist und sich für unantastbar hält."

Ja, das wünschte sich Vea auch. Sie zog zwei Klammern aus ihrem Haar und stopfte den Leinensack, in den sie die Waffen packen wollte, tiefer unter ihren Mantel. Er durfte ihr nicht herunterfallen.

Schließlich wechselte sie einen letzten Blick mit Nika, die ihr zunickte, bevor sie tief durchatmete und sich auf die Hütte zubewegte.

Sie rannte nicht. Ihre Bewegungen waren nicht hastig. Sie schlenderte. Die Fünfte Mauer mochte den Göttern nicht gerade wohlgesonnen sein, aber den Belohnungen, die auf die Köpfe von Rebellen und Dieben ausgesetzt waren, war sie es sehr wohl. Wenn sie jemand von einem der Fenster aus beobachtete, dann sollte derjenige besser niemanden sehen, der auffällig geheimnistuerisch auf der Straße herumschlich. Vea erreichte die Tür und positionierte sich absichtlich so davor, dass ein Außenstehender nicht sehen konnte, was sie am Schloss tat. Sie könnte auch mit einem Schlüssel daran herumhantieren, anstatt mit zwei metallenen, unbiegsamen Haarklammern.

Dennoch: Veas Herz hämmerte in ihrer Brust und ein dünner Schweißfilm bildete sich auf ihrer Stirn, während sie mit den Nadeln in dem glücklicherweise schlecht verarbeiteten Schloss herumstocherte. Ihre Muskeln waren merkwürdig steif und es fiel ihr schwer, sich zu konzentrieren. Die Angst drückte auf ihre Lunge und ließ ihre Hände zittern.

Beruhige dich, flüsterte sie sich selbst zu. *Beruhige dich! Du wirst nicht erwischt. Hier ist niemand.*

Immer wieder sprach sie sich selbst Mut zu, bis das Schloss endlich ein leises Klickgeräusch von sich gab und seine Schließe öffnete. Erleichtert ließ Vea es in eine ihrer tiefen Taschen gleiten und atmete einen Schwall Luft aus, bevor sie durch die Tür huschte und sie fest hinter sich schloss. In der Fünften Mauer ließ man Türen nicht offen stehen.

Sie hielt inne und stellte ihre Laterne auf den Boden. Fahles Licht fiel auf den Inhalt der Kammer, und Veas Kinnlade sank langsam nach unten.

Eine Unzahl an Klingen spiegelte die kleine Flamme wider. Die Reflexion warf flackernde Muster an hölzerne Wände und Decke und ließ flüchtige Schatten über Veas Haut tänzeln.

Dolche lagen in aus Stroh geflochtenen Körben,

hunderte von Schwertern waren an eisernen Halterungen an den Wänden befestigt worden. Schilde reihten sich aneinander, sehnige Bögen und die dazu passenden Pfeile stapelten sich auf einem Regal. Es gab Armbrüste, Messer, Äxte, Säbel, Waffen, mit denen Vea die Göttliche Garde noch nie hatte kämpfen sehen, und so viele davon, dass es Tage gedauert hätte, sie zu zählen. Kein Wunder, dass keiner der Soldaten sich dazu bereit erklärte, Inventur zu führen.

Kopfschüttelnd betrachtete sie das Arsenal an versprochenem Schmerz und zog den Beutel aus ihrem Mantel. Wenn die Menschen wüssten, welche Reichtümer sich direkt unter ihrer Nase befanden …

Sie lief zuerst zu den Dolchen, die nicht so sperrig sein würden, und begann wahllos, sie in den Sack zu stecken. Sie ging so fahrig vor, dass sie ihre Finger mehrmals an den scharfen Klingen schnitt, doch je schneller sie fertig war, desto eher war sie wieder draußen. Es befanden sich so viele Dolche in den drei Bottichen, dass Vea ordentlich zulangte. Und selbst als zwanzig Waffen entwendet waren, sah man noch keinen Unterschied. Dennoch ging sie zügig zu den Schwertern hinüber. Die Bögen ließ sie aus. Niemand in der Sechsten Mauer würde dazu fähig sein, einen zu bedienen. Sie wären nutzlos. Auch die Armbrüste beachtete sie nicht. Es dauerte viel zu lang, sie zu laden und zu spannen. Der Schütze wäre bereits dreimal tot, bevor er seinen ersten Schuss löste.

Sie nahm einen zweiten Sack aus ihrer Tasche und hob vorsichtig ein paar der langen Klingen an. Die Schwerter wogen viel weniger, als sie erwartet hatte. Die Garde legte offenbar Wert auf leichtes Material, und Vea war froh drum, das erleichterte Nika und ihr den Transport. Sie hob ein Schwert nach dem anderen in den Sack und achtete darauf, die kleineren Exemplare zu nehmen, die zwar einen engeren Kampfradius hatten, aber leichter zu beherrschen sein würden.

Mit dem Handrücken strich sie sich gerade den Schweiß von der Stirn, als ihr Blick auf eines der Regale fiel, auf dem silberglänzende Pfeilspitzen aufbewahrt wurden – unterbrochen von einem goldenen Leuchten.

Ihre Lippen öffneten sich leicht und der Leinensack glitt aus ihren Fingern. Die Schwerter fielen klirrend zu Boden, doch Vea hörte sie kaum.

Dieses Leuchten ... sie erkannte es. Sie stieg über die Säcke, über die Laterne, streckte die Finger danach aus. Ihre Fingerknöchel streiften die kühlen Pfeilspitzen, als sie sie beiseiteschob, bis sie zu dem matten Leuchten vordrang. Sie griff danach und zog den Gegenstand zu sich heran, bevor sie ihn in ihrer Handfläche betrachtete.

Es war eine Münze. Ein goldener Nomis, der matt glänzte, im Schein der Laterne jedoch zu leuchten schien. Vea drehte ihn in den Fingern. Er war alt. Seine Ränder waren angelaufen, die Oberfläche aufgeraut. Stirnrunzelnd betrachtete sie die Münze. Sie hatte die Größe eines Fünf-Nomis-Stücks. Aber die Fünf war nicht die Zahl, die darauf gedruckt worden war. Eine eng aneinandergedrängte Eintausend war darauf zu erkennen. Die Nullen schon fast bis zur Gänze abgewetzt.

Vea entfuhr ein Lachen.

Eintausend? Es gab kein Eintausend-Nomis-

Stück ... und doch meinte sie, genau dieses schon einmal gesehen zu haben. Sie betrachtete auch die Rückseite, auf der die Sieben Mauern eingraviert worden waren. Winzige feine Worte befanden sich in den Zwischenräumen. Aber sie waren zu klein, und es war zu dunkel. Vea konnte nicht erkennen, was sie sagten. Sie hielt sich die Münze näher an ihr Gesicht, verengte die Augen ...

„Aufmachen!"

Ihr Kopf fuhr herum.

„Aufmachen!"

Jemand hämmerte mit der Faust an die Tür und ihr Puls schnellte in die Höhe. Kälte durchflutete sie in Wellen, und sie ließ die Münze fallen. Sie musste Nikas Warnruf überhört haben, sie ...

„Aufmachen!"

Panisch sah sich Vea im Raum um, suchte nach einem Versteck – und das war der Moment, in dem sie eine weiße Hand hinter einem der geflochtenen Körbe hervorlugen sah.

Das Blut rauschte in ihrem Kopf, das Hämmern an der Tür schlug gegen ihre Schläfen und Übelkeit kämpfte sich den Weg ihren Hals hinauf. Sie stolperte über den Korb mit den Dolchen, fiel auf die Knie, neben die Hand. Neben den leblosen Körper, der zur Hand gehörte. Neben das Blut, das aus dessen Hals pulsierte.

„Nein", keuchte sie. „Nein ..." Sie starrte in das leblose Gesicht, in die leeren grünbraunen Augen. „Nein." Was passierte hier? Das war unmöglich.

Sie streckte die Hände aus, presste sie auf die Schnittwunde am Hals der Verletzten. Klebriges Blut sickerte über ihre Finger, hörte nicht auf zu fließen. Bildete eine Pfütze neben ihren Knien.

„Aufmachen!", dröhnte wieder die Stimme durch die Tür.

Doch sie konnte ihr nicht Folge leisten. Konnte sich nicht bewegen. Konnte ihre Hände nicht von dem blutigen Hals nehmen. Konnte nicht atmen. Konnte nicht verstehen. Konnte ihrer Mutter kein Leben mehr einhauchen.

Ihr Atem ging schwer, ihre Finger krallten sich in das tote Fleisch, ihr Herz splitterte.

Die Tür brach auf und donnerte gegen die dahinterliegende Wand. Ihr Kopf fuhr herum, das Glänzen der goldenen Rüstung blendete sie durch ihren Tränenschleier hindurch und der Geruch nach Eisen, den das Blut an die Luft abgegeben hatte, vermischte sich mit dem Geruch nach Zimt. Zimt und Staub.

Der Soldat im Türrahmen starrte sie an. Ließ den Blick zu dem reglosen Körper neben Vea gleiten.

„Vea Kerwin?", fragte er, seine Augen, die unter dem Sehschlitz des goldenen Helmes aufblitzten, unerbittlich. „Du musst mitkommen."

Sie schüttelte den Kopf, drängte ihre Finger näher aneinander, um die Blutung zu stoppen – doch es hatte bereits aufgehört zu fließen. War kalt geworden. Wie der Körper, zu dem es gehörte.

„Du musst mitkommen", wiederholte der Soldat. „Die Götter erwarten dich in ihrem Palast. Du kannst ihr nicht helfen. Sie ist tot."

„Nein", flüsterte sie hektisch. „Nein, sie ist nicht tot, sie … nein!"

Starke Hände packten sie an den Oberarmen, zerrten sie von dem Körper ihrer Mutter weg. Sie schlug um sich, versuchte sich zu wehren, stemmte ihre Füße in den Boden.

„Nein!", schrie sie. „Lasst mich! Nein! Salia! Nein, ich ... nein! Salia, hilf mir!"

Die Hände zogen sie weiter, sie trat mit dem Fuß aus, ihre Finger klebten zusammen, hinterließen Blutstropfen auf dem Boden. Staub wirbelte auf, der Geruch nach Zimt verflüchtigte sich, die schwarzen Haarspitzen des toten Körpers verschwanden – und mit ihm alles andere.

Vea hockte auf dem Boden. Auf ihrer rechten Seite lag ein Beutel gefüllt mit Dolchen. Auf ihrer linken einer mit Schwertern.

Die flammende Kerze in der Laterne hinter ihr erfüllte die Kammer mit tanzenden Schatten. Es war still.

Zitternd sah sie von links nach rechts. Der Raum war wie ausgestorben. Der Mantel klebte an ihrem schweißnassen Rücken. Es roch nach Metall. Nach Leder.

Sie suchte den Boden ab, doch er war leer. Sie blickte zur Tür, doch die war fest verschlossen. Ihr Blick huschte zu dem Regal mit den Pfeilspitzen, doch kein goldener Schimmer ging von dort aus.

Sie hob die Hände vors Gesicht, versuchte ihren hektischen Atem zu beruhigen. Blut klebte an ihrer Haut. Doch es war ihr eigenes, das aus den flachen Schnitten auf ihren Handflächen drang, die sie sich beim Einsammeln der Dolche zugefügt hatte.

Ihre Knie schlugen gegeneinander, als sie sich auf

die Hände stützte und vom Boden abdrückte. Ihre Glieder zitterten so heftig, dass sie Schwierigkeiten damit hatte, einen festen Stand zu finden.

Sie schloss die Augen, holte rasselnd durch die Nase Luft und atmete durch den Mund wieder aus. Sie musste hier raus. Die Garde ... sie war nicht hier gewesen. Noch nicht.

Fahrig stopfte Vea sich die kleine Laterne unter ihren Mantel, griff nach den Enden der Säcke, umklammerte den rauen Stoff und zwang ihre Beine dazu, sich zu bewegen. Sie drückte vorsichtig die Holztür auf, ließ die Beutel in den Schatten der Hütte sinken, und brachte das alte Schloss an der Tür an.

Das Metall der Schwerter und Dolche klirrte leise gegeneinander, als sie die Säcke wieder hochhob, und noch bevor sie einen Schritt machen konnte, war Nika an ihrer Seite und nahm ihr einen der Beutel ab, bevor sie sie am Ellenbogen packte und in die nächstbeste Gasse zog, die sie vor neugierigen Blicken verbarg.

„Was hat so lange gedauert?", zischte ihre Freundin. „Ich war kurz davor, nachzusehen, was du da drinnen treibst. Du kannst froh sein, dass keine Soldaten vorbeigesehen haben."

Keine Soldaten.

Da waren keine Soldaten gewesen.

Keine Münze.

Keine tote Mutter.

„Ich ... es war dunkel", flüsterte sie. „Ich konnte nicht viel erkennen."

„In Ordnung. Ist jetzt auch egal. Wir sollten uns schnell aus dem Staub machen. Und versuchen, die Waffen nicht allzu laut gegeneinanderschlagen zu lassen."

Nika lief los, doch Vea brauchte noch ein paar Atemzüge, bevor sie ihr folgte. Sie blickte aus der Gasse. Zurück zum Schuppen, der als Waffenkammer diente.

Etwas Kaltes kroch in ihre Adern und betäubte ihr Herz.

Es war Angst.

Vea wusste, dass sie Janon gesagt hatte, es ginge ihr gut. Sie wusste, dass sie ihre Zwei-Tages-Ohnmacht als unbedeutend abgetan hatte. Aber das konnte sie jetzt nicht mehr.

Ihre tote Mutter war vor ihr auf dem Boden erschienen. Karu Kerwin, die seit Jahren nicht mehr lebte. Es war so real gewesen, es war so … Sie riss ihren Blick von der Hütte los und zwang sich dazu, mit den Schatten zu verschmelzen. Nika zu folgen.

Sie konnte sich nicht länger einbilden, dass alles in Ordnung war.

Irgendetwas stimmte nicht mit ihr.

Kapitel 6

„Ich brauche eine neue Idee", murmelte Thaka, den Blick starr auf den Boden gerichtet. „Der verdammte Anführer der Asavez macht es mir wirklich nicht leicht. Ich brauche einen neuen Plan. Einen Plan, den selbst er nicht durchschaut. Irgendetwas, mit dem keiner rechnet. Irgendetwas . . ."
„Ich vermisse Tergon", unterbrach ihn Valera mit einem schweren Seufzen. „Er wüsste, wie er Thaka zum Schweigen bringt."

„E r folgt uns immer noch", stellte Nym überrascht fest.

„Natürlich folgt er uns!" Levi schnaubte. Was hatte sie erwartet? „Du hast ihn gefüttert. Weiß doch jeder, dass man wilde Feuerluchse nicht mit Feuer füttert. Sie werden anhänglich."

Ihre Mundwinkel zuckten. „Er ist süß, oder?"

„Noch süßer wäre er als Pelzmantel."

Sie schlug Levi hart gegen den Oberarm. „Eher mache ich aus dir eine Handtasche!"

„Au." Er rieb sich den Punkt, an dem ihre Faust gelandet war. Den Punkt, an dem vor ein paar Wochen noch ein Pfeil gesteckt hatte.

„Und jetzt stell dir vor, wie du dich fühlst, wenn ich dir deine Haut abziehe", sagte sie mit vielsagendem Blick.

Nym war an diesem Morgen offenbar mal wieder in einer romantischen Stimmung.

„Du weißt, dass du ihn nicht behalten kannst, oder?", fragte Levi und warf einen Blick über seine Schulter auf die Wildkatze. „Es ist ein wildes Tier."

Nym zuckte mit den Achseln. „Jedes Tier lässt sich dressieren. Ist doch so, Levi, nicht wahr?" Sie sah ihn vielsagend an.

„Impliziert deine Aussage, dass ich ein dressiertes Tier bin?"

„Ich impliziere gar nichts." Sie hob abwehrend ihre Hände. „Aber die Schlüsse, die du ziehst, sind dann ja doch aussagekräftig, oder?"

Sie lächelte ihn breit an, bevor sie ihren Schritt beschleunigte und zu den anderen aufschloss.

Levi folgte ihr mit seinem Blick und ein Lächeln zupfte an seinen Mundwinkeln. Es war ihm bisher nicht bewusst gewesen, aber er genoss es, wie sie ihn jeden Tag aufs Neue herausforderte. Jedes Wort, das er mit ihr wechselte, stürzte ihn tiefer in ihm unbekannte Gefilde, und vielleicht war es nur der Mann in ihm, der die Provokation liebte, aber ... es war unmöglich, eine Frau zu finden, die so war wie Nym. Die ihm das Wasser reichen konnte, ihn zum Lachen, zum Nachdenken und zur Weißglut bringen konnte. Nym war einzigartig, und die Vorstellung, dass sie nur ein kleiner Teil der Persönlichkeit Salias sein sollte, der darauf wartete, wieder verschluckt zu werden, war unmöglich ... oder?

Er schloss die Augen und seufzte.

Filias Worte hallten in seinem Kopf wider.

Glaubst du das wirklich, Levi? Dass sie nicht mehr

Salia ist? Oder wünschst du es dir nur so sehr, dass du die Augen vor der Wahrheit verschließt, weil Jeki sonst gewinnen würde.

War es so?

Machte die Liebe ihn blind für die Realität?

Wie oft hatte er selbst an anderen kritisiert, dass Liebe dumm machte? Wie oft hatte er sich darüber lustig gemacht, wie dämlich und abhängig Ro war – und jetzt war er vielleicht keinen Deut besser.

Das kratzte nicht nur an seinem Ego, das verunsicherte ihn gleich auf mehreren Ebenen. Was wiederum an seinem Ego kratzte.

Er war sich ziemlich sicher, dass Nym irgendetwas für ihn empfand. Aber er hatte keine Ahnung, ob das im Mindesten an das heranreichte, was Salia für Tujan empfunden hatte.

Alle waren davon überzeugt, dass Salia sich noch in Nyms Innerem versteckte. Dass Nym letztendlich noch immer dieselbe Person war, Salia, die nur darauf wartete, hervorzubrechen. Er selbst war der Meinung, dass sie alle absolut keine Ahnung hatten. Nym mit eingeschlossen.

Salia war nicht Nym, und Nym war nicht Salia. So einfach war das. Was nicht bedeutete, dass Nym nicht wieder zu Salia werden könnte, falls sie ihre Erinnerung zurückbekäme.

Er stöhnte leise und richtete seinen Blick wieder auf Nyms Rücken. Letztendlich war seine innere Diskussion völlig irrelevant. Es ging nicht darum, was er dachte. Es ging darum, was *sie* dachte. Er konnte sich Erklärungen zurechtlegen, sich Überzeugungen hingeben – aber wenn sie ihn nicht wollte, dann konnte er nichts dagegen tun. Nym war wie der Feuerluchs. Ein Wesen der Flammen, das niemand sein Eigen nennen konnte. Es lag an ihr, sich zu entscheiden, wem sie folgen wollte. Oder vielleicht eher, wen sie folgen lassen würde.

Seufzend presste er die Lippen aufeinander und massierte sich mit der rechten Hand den Nacken. Ihm kam der Gedanke, dass er einen Krieg für sie gewinnen würde, wenn es nur bedeutete, dass sie sich für ihn entschied.

Ja, die Liebe machte ihn blind. Blind wie jeden anderen Deppen, der sich nicht gegen sie zu wehren wusste. Nur ... er hätte es nicht ändern wollen.

„Bei den scheiß Göttern, Levi, ich hatte recht!"

Sein Kopf fuhr hoch, und er sah, wie Nym lachend einen Arm nach etwas ausstreckte.

Die Gruppe hatte bei ihrem Ruf innegehalten und wandte sich nun zu ihr um. Alle starrten in die Richtung, in die sie deutete, doch niemand schien zu verstehen, was so faszinierend war.

„Hast du noch einen zweiten Feuerluchs gefunden, den du gerne adoptieren würdest?", fragte Levi stirnrunzelnd.

Sie verdrehte die Augen und schüttelte den Kopf. „Nein. Es ist der Sifunas! Der Schmetterling, der unglaublich hoch fliegen kann und heilende Kräfte hat. Ich habe Liri von ihm erzählt. Am ersten Tag. Als ihr mich auf dem Alten Altar gefunden habt."

Richtig. Da klingelte etwas. Er überwand die letzten Höhenmeter, die ihn von ihr trennten, und betrachtete den Busch näher. Er hatte geglaubt, er würde blühen. Dass er rotgoldene Blüten tragen würde. Doch jetzt erkannte er, dass es Unmengen an Schmetterlingen waren, die auf den ausgedorrten hellbraunen Blättern saßen.

„Der Sifunas", flüsterte Nym und ihre Augen blitzten auf.

„Hört mal, es ist ja schön, dass Nym ihr Herz für Tiere entdeckt hat", rief Leena von oben. „Glaubt mir, zu jeder anderen Zeit hätte ich diese Chance genutzt, um mich mit ihr über die grausamen Zustände in den Schlachtereien auszutauschen. Aber hatte unsere Tierliebhaberin nicht behauptet, dass die Göttliche Garde uns nach dem Leben trachtet? Sollten wir da nicht etwas zügiger vorankommen?"

„Du hast recht, Leena", stimmte Nym zu. „Geht weiter, ich hole gleich auf."

„Salia –"

„Jeki, ich komme gleich", sagte sie lachend. „Geht!"

Sichtlich widerstrebend wandte ihr der Ikano der Erde den Rücken zu, während Nym sich den Rucksack von den Schultern zog und sich darüber beugte.

„Was genau hast du vor?", wollte Levi wissen.

„Du bist ja immer noch hier", sagte sie überrascht. „Ich brauche dich nicht. Geh."

Dass sie niemanden brauchte, wusste er, seitdem sie kurz davor gewesen war, ihn bei ihrem ersten Übungskampf umzubringen. Er blieb dennoch, wo er war, und beobachtete sie dabei, wie sie einen gläsernen Behälter aus ihrer Tasche zog, in dem sie bis zum Vorabend Brotteig aufbewahrt hatte. Der Feuerluchs setzte sich neben ihn und sah wachsam umher, so als versuche er, Nym in ihrem Moment der Unaufmerksamkeit zu schützen.

„Dafür braucht sie dich nicht, Kumpel", murmelte Levi. „Dafür hat sie mich."

Unerwarteterweise antwortete der Luchs nicht.

Levi seufzte leise und sah dabei zu, wie Nym ihren Göttlichen Dolch vom Gürtel zog und dann mehrmals beherzt damit auf den Deckel des Behälters einstach, bevor sie ihn öffnete und mit einer flinken Bewegung über einen der Schmetterlinge stülpte.

„Wozu –"

„Für Liri", unterbrach sie ihn lächelnd und verschloss den Behälter mit dem aufgeregt flatternden Inhalt wieder. „Sie würde es mir nie verzeihen, wenn ich ihr aus den Kreisbergen kein Souvenir mitbringe."

❧

Jeki gab ihnen noch eine halbe Stunde.

Eine halbe Stunde, bis es Zeit wurde, zu rasten. Eine halbe Stunde, bis es zu dunkel wurde, um weiter den Berg zu erklimmen. Eine halbe Stunde, bevor er mit dem Ikano der Luft die Geduld verlor.

Ihm war bewusst, warum er vorgehen musste. Ihm war klar, dass sie am schnellsten vorankamen, wenn er den Weg ebnete, während Salia und Voros hinten nach der Göttlichen Garde Ausschau hielten. Schutz boten. Leider war Rationalität ein kostbares Gut, das ihm im Moment einfach zu teuer schien. Er hatte sich nie für einen eifersüchtigen Mann gehalten – aber andererseits hatte Salia ihm auch nie Grund zur Eifersucht gegeben.

Das musste aufhören. Er konnte sich nicht richtig konzentrieren. Wenn er nicht aufpasste, dann …

Ein spitzer Schrei ließ ihn zusammenfahren und sein Kopf schnellte herum – gerade rechtzeitig, um Filia von dem schmalen Schotterweg rutschen zu sehen, den Abhang zu ihrer Rechten hinunter.

Instinktiv ließ er seine rechte Hand nach oben fahren. Er hatte keine Zeit, präzise zu sein, keine Zeit, die Erde weich werden zu lassen. Seine Muskeln spannten sich schmerzhaft an, während er die Geröllschicht zusammenstaute und sie sich aus dem Boden emporheben ließ. Schweiß sammelte sich auf seiner Stirn, als er die Bergmasse mit reiner Willenskraft dazu zwang, nicht weiter den Hang hinunterzurutschen, sondern sich waagerecht in die Höhe zu stemmen. Die Erde protestierte, Schutt schabte aneinander, ließ seine Ohren klingeln, während sich Stein für Stein seinem Befehl beugte. Wie ein ungehorsames Kind, das sich gegen seine Eltern wehrte, letztendlich aber nachgab.

Er biss die Zähne aufeinander, beide Hände nun zu Fäusten geballt. Die Erde bebte unter seinen Füßen und spitze Steine fuhren daraus hervor. Es war zu anstrengend, er konnte nicht auf alles gleichzeitig achten, er –

Ein scharfer Schmerz fuhr seinen Arm hinauf, und ungläubig starrte er auf das Blutrinnsal, das seinen Unterarm hinunterlief. Einer der emporspringenden Steine hatte seine Haut aufgeschlitzt.

Wollten sie ihn verarschen?!

Das konnte nicht ... das war einfach nur klasse!

Erst die Götter, dann Salia und jetzt hatte sich auch noch sein eigenes Element gegen ihn verschworen.

„Filia", knurrte er das Mädchen an, das immer noch

völlig erstaunt zwei Meter den Abhang hinunter da-
lag. „Würdest du bitte wieder auf den Weg kommen?
Ich bin ein Ikano der Erde, aber selbst mir fällt es
schwer, Berge zu versetzen, also ..."

„Oh!" Sie riss die Augen auf und beeilte sich, die An-
höhe hochzuklettern. Leena streckte einen Arm nach
ihr aus und hievte sie zurück auf den Weg.

„Alles okay?", wollte sie besorgt wissen und besah
sich Filias Beine, an denen Schürfwunden und erste
blaue Flecke zu erkennen waren.

„Alles gut, nichts passiert", flüsterte Filia mit zitternder Stimme. Ihr Blick fixierte Jeki, und Leenas Blick
folgte ihrem. Ruckartig öffnete Jeki seine Fäuste.

Die Last glitt augenblicklich von seinen Schultern.
Das Geröll floss den Abhang hinab, schlug gegeneinander, zog Erde mit sich und ließ den Weg erzittern,
bevor es endlich nach einer gefühlten Ewigkeit zum
Liegen kam und nichts als Staub und Stille zurückließ.

Jeki atmete zischend aus und wischte sich den
Schweiß von der Stirn. Seine Haut klebte. Vor Dreck
und Blut.

„Tut mir leid, ich habe nicht aufgepasst, ich bin einfach abgerutscht, ich ... danke." Filia sah ihn verblüfft
an, als wäre er Thaka persönlich, der gerade bekannt-
gegeben hätte, er würde das Gott-Sein aufgeben, um
Kuchenbäcker zu werden.

Jeki senkte den Blick.

In dieser Gruppe war er der Bösewicht, der sich gerade merkwürdig verhalten hatte, indem er ein Leben
gerettet hatte. Diese Art von Realität war ihm so
fremd, dass er beinahe laut angefangen hätte zu lachen. Es war absurd. Wie man auf der einen Seite der

Gute und auf der anderen plötzlich der Böse sein konnte. Was für dumme Kategorien.

„Kein Problem", meinte er knapp und wischte sich fahrig das Blut vom Arm, das nicht aufhören wollte, daran hinabzuperlen. Als er das dritte Mal versuchte, die roten Tropfen zum Stillstand zu bringen, gesellte sich eine weitere, kleinere Hand zu seiner.

„Der Schnitt sieht tief aus, Jeki", murmelte Salia, die Augenbrauen unzufrieden ins Gesicht gezogen. „Wir sollten dort oben unser Nachtlager aufschlagen, dann kann ich mir das mal ansehen."

„Nein, wir sollten noch so lange weiterlaufen, wie es geht, wir –"

„Ich hätte mich anders ausdrücken sollen", schnaubte sie. „Wir *werden* dort oben unser Nachtlager aufschlagen, damit ich mir das mal ansehen kann. Wenn du den Weg vollblutest und der Göttlichen Garde somit eine Spur legst, die direkt zu uns führt, hilft uns das auch nicht weiter."

Sie hob herausfordernd das Kinn und wartete offenbar darauf, dass er widersprach. Aber er wusste es besser.

„In Ordnung", sagte er seufzend.

„Gute Antwort", flüsterte sie grinsend. „Du musstest einfach den Helden spielen, was?"

„Ich kann einfach nicht aus meiner Haut."

༺ఞౣ༻

„Au!"

„Stell dich nicht so an. Das tat nicht weh."

„Wollen wir die Plätze tauschen?"

„Du könntest einen Verband nicht ordentlich anbringen, würde dein Leben davon abhängen, Jeki."

„Das liegt nur daran, dass du mich nie hast üben lassen."

Sie zuckte die Schultern. „Daran kann ich mich nicht erinnern."

Ihr Gegenüber lachte, bevor sie den Verband fester um seine Wunde zog, sodass er zischend Luft einsog. „Meine Güte, das macht dir viel zu viel Spaß."

Nein, tat es nicht. „Du hättest besser aufpassen sollen", murmelte sie.

„Filia hätte besser aufpassen sollen."

„Das auch. Aber du ... du hättest dich besser konzentrieren müssen, du ..." Sie holte tief Luft und sah ihn ernst an. „Du wirst dich nicht noch einmal verletzten, Jeki, hast du mich verstanden?" Er saß im Schneidersitz auf seiner Matte und Nym kniete vor ihm, sodass sie auf Augenhöhe waren.

Seine Mundwinkel zuckten. „Ist das ein Befehl?"

„Und ob das einer ist."

„Machst du dir Sorgen um meine Sicherheit, Salia?", fragte er belustigt.

Ja. Sie hatte so viel Angst um seine Sicherheit, um Levis Sicherheit und Veas Sicherheit, dass ihr Herz keine ruhige Minute hatte.

„Versprich mir einfach, dass du vorsichtig bist", murmelte sie und verknotete den Verband. Jekis Wunde hatte aufgehört zu bluten und es war keine schlimme Verletzung gewesen, aber ... welche standen ihm noch bevor? Nym hatte Angst davor, in die Zukunft zu blicken. Sie hatte Jeki schon so viel gekostet. Sein ihm bekanntes Leben. Seinen Ruf. Seinen Glauben. Seinen Stolz. Sie würde es nicht ertragen, ihm noch mehr zu nehmen.

Etwas Warmes streifte ihre Beine und verwundert blickte sie zu Boden, nur um zu sehen, wie der Feuerluchs sich neben sie legte. So als hätte er gespürt, dass sie Trost brauchte.

Abwesend strich sie über seinen Kopf, bevor sie sich wieder auf Jeki konzentrierte. Sie schuldete es ihm, wenigstens zu versuchen, sich an ihre Gefühle für ihn zu erinnern.

„Das letzte Mal, als *ich* dich darum gebeten habe, vorsichtig zu sein, hast du dir dein Gedächtnis löschen lassen und bist auf die Seite der Asavez übergelaufen", merkte Jeki an und betastete den weißen Verband.

„Na, dann mach es einfach besser als ich", stellte sie müde lächelnd fest. „In Ordnung?"

Er nickte abwesend, den Blick auf seine Fingerspitzen gesenkt, und als er das nächste Mal aufsah, lag eine Entschuldigung in seinen Augen. „Ich hätte dir glauben sollen, Salia."

„Was meinst du?"

„Als du mir erzählt hast, du könntest in Apis Geist sehen. Ich hätte dir glauben sollen."

„Das ist schon okay", sagte sie kopfschüttelnd. „Es klang ja auch verrückt."

„Nein. Es ist nicht okay. Ich würde dir mein Leben dreifach anvertrauen, Salia. Du solltest das Gleiche bei mir können."

Ihre Augen brannten und sie nickte fest. „Das tue ich."

Und es war die Wahrheit. Sie war sich bei nichts so sicher, wie bei der Tatsache, dass Jeki ihr Leben über seines stellen würde. Zu jeder Zeit. Doch Levi würde dasselbe tun. Hatte es schon mehr als einmal getan.

Er nickte, fast erleichtert, bevor seine Miene wieder nachdenklich wurde.

„Fühlst du dich auch so?", fragte er und sein Blick schweifte zu dem Feuer, das zu ihrer Rechten flackerte, während seine Hände abwesend über seine Knie strichen.

„Was meinst du?"

„Fühlst du dich wie der Bösewicht. Wie derjenige, der alles falsch gemacht hat, obwohl es zu dem jeweiligen Zeitpunkt immer richtig war?"

Sie ließ ihre Hand sanft zu seiner rauen Wange fahren und zwang ihn dazu, sie anzusehen. „Du bist nicht der Bösewicht, Jeki", flüsterte sie eindringlich. „Du bist einer der besten Männer, die ich kenne. Du hast ein gutes Herz."

„Und dennoch denkst du, dass ich auf der falschen Seite stehe. Ist es nicht so?"

Sie schüttelte den Kopf. „Ich denke, dass du im Moment selbst nicht weißt, auf welcher Seite du stehst."

„Ich bin auf *deiner* Seite, Salia. Ich bin immer auf deiner Seite."

Ihre Brust wurde eng. Ihre Augen brannten und die Liebe, die aus jedem seiner Worte floss, grub sich in ihre Poren. Sie wollte sie festhalten, wollte sie von sich stoßen, wusste nicht, was sie mit ihr anfangen sollte – und als Jeki seine Hand in ihren Haaren vergrub und sie sanft küsste, hielt das Gefühl an. Das Gefühl von Vertrautheit, Fremdheit, Ungewissheit. Das Gefühl, dass sie jede Berührung genau so sehr brauchte, wie sie vor ihr zurückschrak. Dass sie jede Berührung genoss, gleichwohl sie wusste, dass sie sie nicht verdiente.

Sie löste sich von ihm … und ihr Blick fiel auf Levi, der keine vier Meter hinter ihnen stand und sie anstarrte.

Sie ließ ihre Hand sinken und sprang hastig auf. Der Feuerluchs, der immer noch neben ihr gelungert hatte, maunzte verärgert, doch sie beachtete ihn nicht. Es fühlte sich an, als hätte sie etwas Verbotenes getan, und ihr Herz zog sich schmerzhaft zusammen, denn das war es, was Levis Augen taten. Unwillkürlich fragte sie sich, wann sie die Macht darüber gewonnen hatte, Levi Voros zu verletzen.

Levi warf das Holz zu Boden und wandte sich von ihnen ab. Sie atmete tief ein und schloss für einen Moment die Augen. Sie wünschte, sie würde überhaupt nichts fühlen. Wünschte, alles wäre leichter. Wünschte, ihr Herz würde leer sein. Stumpf.

Doch die Schuld, die sie verspürte, wenn sie Jeki ansah und daran dachte, was sie ihm genommen hatte, vermischte sich mit der Schuld, die sie bei Levis verletztem Gesichtsausdruck empfand. Alles war schwer. Wieso war alles nur so schwer?

„Ich gehe Feuerholz suchen", murmelte sie und wandte Jeki den Rücken zu.

Sie brauchte Zeit für sich allein. Ein paar Momente, in der ihre Gedanken nur ihr gehörten. Nicht Jeki. Nicht Levi. Und vor allem nicht Api.

Levis Blut kochte.

Es machte ihn wahnsinnig. *Sie* machte ihn wahnsinnig.

Liri hätte ihm jetzt gesagt, er solle sich beruhigen. Naha hätte behauptet, er solle sich erst abkühlen, bevor er unüberlegte Entscheidungen traf.

Aber ihm war nicht danach.

Er starrte Nym nach, sah ihr dabei zu, wie sie praktisch vor ihm und Jeki floh und sich in ein paar trockene Büsche schlug, die noch nicht der Kälte zum Opfer gefallen waren.

Nein, es reichte. Er würde nicht länger um das Thema herumschleichen. Die Eifersucht und die Unsicherheit zerfraßen ihn von innen heraus und machten es ihm unmöglich, einen klaren Gedanken zu fassen. Er musste wissen, was sie fühlte.

Er knackte mit seinen Fingerknöcheln und ohne weiter darüber nachzudenken, ließ er sein gesammeltes Holz fallen und setzte ihr in die Büsche nach. Es war ihm egal, dass ihm alle nachstarrten. Sie würden eine Zeit lang auf sich selbst aufpassen müssen.

Nym hatte es offenbar eilig gehabt, denn er brauchte einige Minuten, bis er sie einholte. Trockene Äste knarzten verräterisch unter seinen Füßen, doch er hatte ohnehin das Gefühl, dass Nym sich seiner Anwesenheit längst bewusst war. Zumindest reckte sie den Mittelfinger über ihre Schulter in die Höhe.

„Geh weg. Ich will jetzt nicht diskutieren", sagte sie, ihm immer noch den Rücken zugewandt. Dummerweise war sie in eine Sackgasse geraten. Eine steile Felswand erhob sich vor ihr aus dem Boden – und sie konnte genauso wenig fliegen wie er.

Er konnte sehen, wie ihre Schultern sich schwer hoben und senkten. So als würde sie tief ein- und ausatmen. So als müsse sie sich beruhigen. Schön, mit dem Gefühl nicht allein zu sein.

Er tat es ihr gleich, sog die kühle Abendluft in seine Lungen, stieß sie durch seine Nase wieder aus. Feinfühligkeit war hier der Schlüssel. Er würde sich zusammenreißen. Sie freundlich fragen, warum sie Tujan geküsst hatte. Sie darum bitten, ihre Gefühle zu erläutern.

„*Was bei den verdammten Göttern stimmt nur nicht mit dir?!*", fuhr er sie an.

Augenblicklich flog ihr Kopf zu ihm herum. „Oh nein! Du fängst nicht an, mir Vorwürfe zu machen!" Ihre blauen Augen schienen Feuer gefangen zu haben und ihre Haut glühte. „Du nicht, Levi!"

„Na, wer sollte es denn sonst tun? Etwa das Weichei Tujan?" Seine Stimme prallte von der Felswand ab und schlug ihm zurück ins Gesicht. „Du hast mir mal gesagt, dass ich wissen müsste, wer Feind und wer Freund ist, Nym! Du hast gesagt –"

„Was willst du damit sagen?" Ihre Hände hatten sich zu Fäusten geballt, und Levi wusste nicht, ob das besser oder schlechter als der Mittelfinger war. „Dass ich eine Bedrohung bin?"

„Es geht nicht um dich, Nym. Es geht um *ihn*."

Sie schnaubte. „Er ist kein Feind, Levi."

„Ach ja? Ein Freund ist er auch nicht."

„Er hilft uns! Er hat Filia das Leben gerettet."

„Oh, gib dich nicht auch nur eine Sekunde dem Irrglauben hin, er würde das für irgendeinen von *uns* tun. Er tut es für *dich*, Nym. Weil er dich für seine Verlobte hält!"

Sie senkte den Blick und rang ihre Hände ineinander. „Levi. Er … er *ist* mein Verlobter."

Seine Zähne knirschten und es fühlte sich an, als wolle sein Herz aus seiner Brust fliehen. Als suche es einen Ausweg, nur um nicht mehr fühlen zu müssen.

„Ist er nicht", sagte er mit bebender Stimme. „Er ist Salias Verlobter. Und du bist nicht Salia."

Nym lachte hohl. „Ach wirklich? Du scheinst nur leider der Einzige mit dieser Meinung zu sein."

„Meine Meinung ist scheißegal, Nym! Es geht um deine. Es geht darum, wer *du* glaubst zu sein."

„Ich weiß es nicht, Levi!" Sie warf ihre Hände in die Luft. „Ich weiß es einfach nicht!"

„*Schwachsinn!*", schrie er sie an. „Das ist so ein Blödsinn. Du weißt genau, wer du bist! Du hast nur Angst davor, einen Teil von dir zurückzulassen. Und das verstehe ich, Nym. Verdammt, ich verstehe es doch. Das ist eine Entscheidung, die du nicht mehr rückgängig machen kannst. Du willst niemanden verletzen, tust es aber trotzdem, indem du dir Zeit damit lässt, eine Wahl zu treffen. Und das nur, weil du Angst davor hast, die Entscheidung zu treffen, von der du weißt, dass du sie eines Tages wirst fällen müssen."

„Du weißt überhaupt nichts, Levi." Sie presste die Lippen so fest aufeinander, dass sie weiß hervortraten. „Du steckst nicht in meiner Haut. Es ist nicht schwarz und weiß. Es ist alles grau. Alles nur grau!"

Er schüttelte den Kopf und knackte mit dem Kiefer. Er musste seine Gedanken ordnen. Musste sich auf das Wesentliche konzentrieren, musste … „Hast du mit ihm geschlafen?", entfuhr es ihm.

Ungläubig sah sie ihn an. „Bitte was?"

Okay, das war zwar nicht, was er eigentlich hatte sagen wollen, aber jetzt war der Feuerluchs aus dem Sack.

„Ob du mit ihm geschlafen hast", knurrte er. „Ist dieser Satz so schwer zu verstehen?"

„Ich ... was?"

„Nym! Hast du mit ihm geschlafen oder nicht?"

„Ähm ... wann?"

„*Wann?!*"

„Na ja, ich bin mit ihm verlobt. Ich gehe also stark davon aus, dass ich schon mit ihm geschlafen habe. Irgendwann."

„Danach, Nym! Nachdem du die Erinnerung verloren hattest."

„Nein."

Er verengte die Augen. „Lass es mich anders formulieren: Wolltest du es?"

Sie schwieg.

„Bei den scheiß Göttern, Nym!"

„Nein, Levi!" Sie machte einen wütenden Schritt auf ihn zu und presste ihren Zeigefinger auf seine Brust. „Du machst mir keine Vorwürfe, du Heuchler! Du hast die letzten zehn Jahre rumgehurt und –"

„Aber das war doch *vor* dir!" Er fuhr sich mit beiden Händen in die Haare. „Das kannst du doch gar nicht vergleichen."

„Ich ..." Nyms Mund öffnete sich und schloss sich wieder. „Was?"

Hatte er eine Sprachstörung, oder was? „Wir sind einen Vertrag eingegangen, Nym", unterrichtete er sie wütend. „Wir hatten eine Abmachung!"

„Wovon zum Teufel redest du?"

Mit jedem Wort, das von seinen Lippen kam, schien sie verwirrter. Was er absolut nicht verstand. Er hatte sich in seinem Leben noch nie so klar ausgedrückt.

„Ich habe dich gefragt, ob wir zusammen Pause machen wollen, und du hast ‚in Ordnung' gesagt. In meinen Augen bedeutet das was! In meinen Augen ist das sowas wie ein Versprechen. Und Versprechen bricht man nicht. Versprechen –"

„Levi!", unterbrach sie ihn laut. „Woher zum Teufel hätte ich wissen sollen, dass diese zwei Sätze, die wir vor Wochen gewechselt haben, eine solche Bedeutung für dich haben?! Es kommt doch ständig nur Mist aus deinem Mund! Woher soll ich wissen, was du empfindest? Deine Emotionen sind das reinste Fort! Wer kann schon ahnen, was für Gefühle du alles in deinen Verliesen versteckst oder wie ehrlich sie sind?"

Das wurde ja immer besser! Hallo?! Er hatte sie gefragt, ob sie mit ihm Pause machen wollte! Das hatte er noch nie getan. Bei niemandem. „Ich habe keine ehrlichen Gefühle für dich?", schrie er sie an. „Meine Gefühle sind der einzige Grund, warum Tujan noch am Leben ist! Ich *liebe* dich, Nym. Aber das heißt doch nicht, dass ich aufhören werde, mich über dich aufzuregen. Denn verdammte scheiße, das ist unmöglich!"

„Aber ..." Ihre Augen waren so weit aufgerissen, dass Levi in ihnen den gerade aufgegangenen Mond widerspiegeln sehen konnte. „Warum ... warum streitest du denn dann nur mit mir?"

„Weil das ganz offensichtlich die einzige Möglichkeit für mich ist, mit dir zu kommunizieren. Hast du es noch nicht rausgefunden, Nym? Ich bin beschissen in Emotionsdingen. Es liegt einfach nicht in meiner Natur, dich zärtlich anzusehen und dir mit süßer Stimme zuzuflüstern, dass mein Herz nur für dich schlägt. Aber das heißt doch nicht, dass das beschissene Ding nicht schon längst dir gehört!"

Mit geöffnetem Mund starrte sie ihn an, und wenn sie nicht bald etwas sagte, dann musste Levi sich leider den Abhang hinunterstürzen.

„Levi", flüsterte sie. „Ich ..."

Ein spitzer Schrei durchriss die Nacht, gefolgt von einem heftigen Ruck, der die Erde zum Beben brachte.

Kapitel 7

„Jaja, wir alle wissen, dass Tergon dein Liebling ist, Valera“,
knurrte Thaka. „Kein Grund, es immer wieder zu erwähnen. Er
ist fort, seit Ewigkeiten. Warum noch so nostalgisch?“
„Ich langweile mich, werter Freund. Ich habe nichts zu tun. Ihr
haltet das Gleichgewicht auch ohne meine Hilfe. Hätte ich ge-
wusst, wie einfach es wird, hätte ich mich damals vielleicht an-
ders entschieden. Um es ein wenig aufregender zu gestalten.“

„Willst du ihnen nicht hinterherrennen und
überprüfen, ob sie dreckige Dinge in den Büschen tun?“

Jeki schnaubte und würdigte Leena keines Blickes.
„Nein.“

„Also machst du dir keine Sorgen?“

„Nein.“ Das war gelogen, aber wenn er es oft genug
sagte, glaubte er sich vielleicht irgendwann selbst.

„Mhm, du hast deine Emotionen auf jeden Fall besser im Griff als Levi“, meinte Leena sichtlich beein-
druckt und stocherte mit einem Ast im Feuer herum,
darauf bedacht, den Luchs nicht zu treffen, der es sich
in den Flammen gemütlich gemacht hatte.

„Jeder hat seine Emotionen besser im Griff als Levi“,
stellte Filia fest, die bereits flach auf dem Rücken auf
ihrer Bambusmatte lag.

Die Nahtoderfahrung an diesem Tag hatte sie offenbar erschöpft. Jedoch nicht genug, um sie davon abzuhalten, Jeki alle paar Minuten einen skeptischen Blick zuzuwerfen. Es war, als versuche sie in seinen Kopf zu schauen. Als versuche sie herauszufinden, was seine Hintergedanken dazu gewesen waren, ihr Leben zu retten. Doch da musste er sie enttäuschen. Der einzige Gedanke, den er gehabt hatte, war: *Scheiße.* Mehr Zeit war ihm gar nicht geblieben.

Jeki betastete seinen verbundenen Unterarm und trank dann einen Schluck aus seinem Trinkschlauch. Wasserquellen gab es hier genug. Das einzig Positive an ihrem Aufstieg in die Kreisberge. Und sein Arm ... nur ein Kratzer. Salia hatte dafür gesorgt, dass der Schnitt sich nicht entzündete und er tat kaum noch weh.

Er legte den Kopf in den Nacken und betrachtete den Mond dabei, wie er höher stieg und die Sonne endgültig von ihrem Platz verdrängte. Sie waren fast an ihrem Ziel. Es lag noch ein hoher Berg vor ihnen, doch dahinter ... dahinter lag das Tal, in dem Salia das Versteck des Kreisvolks vermutete.

Er wusste nicht, ob sie recht behalten würde. Ebenso wenig wusste er, ob er sich wünschte, dass sie es tat.

Das Kreisvolk.

Er dachte an das Buch, das er einst Api hatte lesen sehen. *Die Geschichte des Kreisvolks.* Ja, er zweifelte nicht daran, dass es dieses Volk gab. Aber er fürchtete, dass sie sich nicht würden finden lassen, wenn sie nicht gefunden werden wollten. Ebenso wie er fürchtete, dass es keinen Weg gab, die Götter zu stürzen. Denn sonst hätte es doch sicher schon einmal jemand versucht.

Das Feuer vor ihm knackte. Filia hatte die Augen geschlossen. Leena lächelte, als der Luchs mit der Pfote nach ihrem Stock schlug.

Es war ruhig. Es bestand kein Grund zur Besorgnis. Sie hätten genauso gut auf einem Zeltausflug sein können – wenn in diesem Moment nicht Wind aufgekommen wäre.

Jekis Nackenhaare richteten sich auf und sein Kopf glitt langsam von rechts nach links. Seine Augen suchten die Dunkelheit ab. Seine Muskeln spannten sich an.

Es war den ganzen Tag über windstill gewesen. Seltsam ruhig. Sie waren niemandem begegnet. Es hatte keine Auffälligkeiten gegeben, aber jetzt ... jetzt schien sich etwas in der Atmosphäre verändert zu haben. Als hätte die Luft angefangen zu flimmern. Eine stumme Warnung der Berge.

Er lachte trocken auf.

War er jetzt schon wahnsinnig geworden? War es das, was die Berge taten? Einem den Verstand rauben?

Aber er war nicht der Einzige, der sich nun aufrichtete und in die Dunkelheit starrte. Leena ließ ihren Stock fallen und schritt zum Rande der Lichtung und von dem Feuer weg, das ihnen nur beschränkt Licht spendete. Der Luchs spitzte die Ohren und erhob sich ebenfalls.

„Filia, steh auf!", flüsterte Leena angespannt und trat zu Jeki.

Das Mädchen öffnete erschrocken die Augen. „Was ist los?"

„Wir kriegen Besuch", murmelte Jeki und fixierte das

Ende des steinernen Aufstiegs, den sie heute selbst genommen hatten.

Schotter knirschte unter schweren Schritten. Der Wind nahm zu, strich ihm durch die Haare, fuhr unter sein Hemd, als eine Reihe düsterer Schemen aus der Dunkelheit in den fahlen Schein des Feuers glitt.

Filia kam abrupt auf die Füße und gesellte sich zu Leena und ihm. Mit verengten Augen betrachtete Jeki die in goldene Rüstungen gewandten Soldaten vor ihm. Allesamt hatten auf ihre Helme verzichtet.

„Welch netter Besuch", spottete er, während er seine Finger anspannte und nach der Erde unter seinen Füßen tastete. „Ich fürchte nur, ihr hättet euch ankündigen sollen. Wir haben weder Tee noch Wein, den wir euch anbieten können."

Da standen fünf einfache Soldaten. Jeki kannte ihre Gesichter, aber hätte über ihre Namen nachdenken müssen. Sie hatten ihre Hände an den Knauf ihrer Schwerter gelegt und ihre Rücken durchgestreckt. Sie warteten auf weitere Anweisungen. Denn das war es, wofür sie lebten.

Jeki machte sich keine Sorgen um sie. Er könnte sie wahrscheinlich alle allein besiegen. Es war die Dreiergruppe, die sich vor ihnen postiert hatte, die ihm das Adrenalin in den Körper pumpte.

Zur Rechten stand Turio, ein Ikano der Erde. Er hatte ihn selbst ausgebildet, hatte ihn den Umgang mit dem Element gelehrt. Zur Linken stand Blaytes, ein stürmischer Ikano der Luft, der dazu neigte, zu handeln, bevor er nachdachte, aber leider nicht untalentiert war. Und in der Mitte ...

„Esya, gerade von dir hätte ich ein höheres Maß an

Höflichkeit erwartet", sagte er gespielt enttäuscht, während sein Blick kurz zu dem Schwert flackerte, das er unachtsam auf seiner Bambusmatte hatte liegen lassen. Wenn Element gegen Element kämpfte, dann war ein einfacher Schwertkampf oftmals einer Schlammschlacht vorzuziehen. Ansonsten konnte es äußerst dreckig werden.

„Die Höflichkeit treibt einem die Garde aus, Jeki", sagte Esya milde lächelnd. „Hast du das etwa schon wieder vergessen? Kaum eine Woche ein Verräter und schon erinnerst du dich nicht mehr an die letzten wundervollen zehn Jahre?" Sie legte gespielt verletzt eine Hand auf ihre Brust. „Das tut weh, Jeki. Wo du es doch warst, der unsere ungeschriebene Gesetze erst formuliert hat."

Er hob eine Schulter. „Dinge ändern sich."

Esya lachte trocken auf, und auch ihre Nebenmänner grinsten. „Was du nicht sagst. Keiner von uns hätte gedacht, einmal genau hier zu stehen. Ist es nicht so, Jungs?"

Die anderen Ikanos nickten, und Jeki erkannte Hass in ihren Augen.

Eisen ist dicker als Blut.

„Ihr glaubt, ich habe die ungeschriebenen Gesetze gebrochen?", fragte er schnaubend. „Ihr scheint das Wichtigste von allen vergessen zu haben. *Vertraue niemandem. Vor allem nicht dem, dem du am meisten vertraust.*"

„Ich habe dir nicht vertraut!", fuhr Esya ihn an. „Ich habe Api gewarnt. Ich habe ihm gesagt, dass deine Loyalität bei *ihr* und nicht bei ihm liegt. Aber hat er auf mich gehört?"

Jeki gähnte herzhaft. „Jaja, Esya. Du bist ein missverstandenes Geschöpf, das niemand je richtig wertgeschätzt hat. Deine alte Geschichte langweilt mich."

„Jeki", zischte Leena kaum verständlich hinter ihm. „Hältst du es für schlau, sie noch wütender zu machen?"

Ja, das tat er. Esya machte Fehler, wenn sie wütend war. Und Fehler waren es, die sie brauchten.

„Was ist mit dir, Turio?", fragte er interessiert. „Was tust du hier? Hatte ich dich nicht in die Sechste Mauer geschickt, um den Bauern dabei zu helfen, ihre Felder zu bestellen?"

Der Mann zu Esyas Rechten fletschte die Zähne. „Ich fürchte, du hast keine Weisungsbefugnis mehr, Jeki. Es tut mir leid, dir das sagen zu müssen, aber unter den Soldaten der Göttlichen Garde ist deiner Person gegenüber ein kleines bisschen Hass aufgekommen. Das ist es nun einmal, was wir Verrätern gegenüber fühlen."

„Und dennoch hättest du bei den Bauern bleiben sollen. Erde umzugraben entspricht deinen Fähigkeiten. Und Blaytes habt ihr auch mitgebracht. Süß. Erde, Feuer, Luft. Es scheint mir fast, als wolltet ihr gegen uns antreten. Erhofft ihr euch etwa einen ausgeglichenen Kampf? Solltet ihr es nicht besser wissen?"

„Im Moment sehe ich nur einen Ikano, Jeki. Nur dich", meinte Esya lächelnd. „Wo sind denn deine Geliebte und ihr Liebhaber? Haben sie dich zurückgelassen? Es sieht so aus, als wärt ihr deutlich in der Unterzahl."

Jeki konnte ein leises Wimmern hinter sich wahrnehmen, das er Filia zuordnete, die Esya offenbar recht gab. „Es kommt nicht auf die Anzahl der Soldaten an, Esya. Sondern auf ihre Fähigkeiten."

„Rede dir das nur weiter ein, Jeki. Dich selbst und andere zu blenden, ist dir bis jetzt ja immer gut geglückt. Aber ich weiß es besser. Die Götter wissen es und du weißt es auch. Ich habe dir gesagt, dass das passieren wird, Jeki. Verräter zahlen mit dem Leben."

„Eine blutige Währung."

„Das hoffe ich doch." Esyas Stiefelspitzen knirschten im Kies, als sie ihr Gewicht nach vorne verlagerte.

„Schön. Dann kannst du jetzt ja endlich deine persönliche Vendetta gegen mich führen, Esya", sagte Jeki gelassen. „Ist es nicht das, was du dir schon seit geraumer Zeit wünschst? Endlich ist es soweit. Dein Traum wird wahr."

„So weit würde ich jetzt nicht gehen", sagte die Ikano seufzend und neigte den Kopf zur Seite. „Das wird er erst, wenn du und deine liebreizende Verlobte von Würmern zerfressen seid."

„Esya, wieder bist du es, die unsere ungeschriebenen Gesetze missachtet."

„Es gibt kein *uns* mehr, Jeki", knurrte sie. „Du gehörst nicht mehr zu uns."

Er ignorierte sie. „*Kämpfe bis zum Tod – aber sei kein Narr.* So heißt es, nicht wahr? Also ... sei nicht dumm, Esya. Kämpfe nicht gegen mich. Du weißt, dass du nicht gewinnen kannst. Das konntest du noch nie."

„Es gibt für alles ein erstes Mal", zischte sie, bevor sie in Flammen aufging. „*Angriff!*"

Noch bevor Esya ihren Ausruf beendet hatte, zog Jeki seine Arme ruckartig nach oben. Die Erde brach auseinander, fuhr in die Höhe, formte eine Wand aus Stein und Dreck.

„Filia, versteck dich, sonst bist du die Erste, die stirbt", schrie Jeki über den Lärm hinweg, bevor seine Arme nach unten gedrängt wurden. Der gegnerische Ikano der Erde begann gegen Jekis Macht zu kämpfen. Er riss am Boden, machte Jeki die Kontrolle über sein Element streitig und forderte Gehorsam über die Erde und Steine, die sich bereits Jeki unterwarfen. Jeki hatte keine Zeit, sich zu versichern, ob Filia seinen Rat angenommen hatte, denn in diesem Moment zersprang die Erdwand unter einem heftigen Windstoß in tausend Stücke.

❧

Nym rannte schneller. Sie sah von lodernden Flammen erhellten Rauch und Erdbrocken, die in die Luft stieben, hörte einen zweiten Schrei. Levi war ihr dicht auf den Fersen, doch sein Keuchen ging in dem lauten Knallen von gegeneinander krachenden Steinen unter. Stille Verzweiflung bahnte sich einen Weg ihren Hals hinauf, doch sie presste sie wieder hinunter. Emotionen würden jetzt niemandem helfen.

Ihre Ärmel blieben an den Dornen eines verdorrten Busches hängen, doch sie riss ihn los und rannte weiter. Levi war ihr auf den Fersen, trieb sie weiter an und überholte sie in genau dem Moment, als ein Schauer aus Erde auf sie niederfiel.

Der Dreck kam nie bei Nym an. Levi hatte die Arme ausgebreitet und lenkte die Luft über ihnen so, dass die Steine wie ein Regen aus Schutt und Asche links und rechts von ihnen zu Boden prasselten.

Nym hustete, presste ihre Augen zusammen, versuchte durch die dicke Schicht aus Staub zu blicken, die unkontrolliert durch die Nacht wirbelte. Doch sie konnte kaum was sehen. Sie meinte zwar, zwei golden schimmernde Schemen vor sich zu erkennen, konnte es jedoch nicht mit Gewissheit sagen.

Und dann entflammte die Nacht. Eine lichterloh brennende Gestalt riss die Arme in die Höhe und erleuchtete die Soldaten, die sie flankierten.

Es war die Garde. Esya.

Wut gemischt mit Panik zerfraßen Nyms Inneres. Ihre Haut glühte heiß auf, wollte es der Esyas gleichtun, als Levi sie überholte. Er war schneller, hatte längere Beine.

„Jeki!", schrie sie, während sie über einen Riss in der Erde sprang. Doch ihre Stimme wurde von der Nacht verschluckt, wie die Frischluft vom Staub. Sie hatte die Gestalten jetzt beinahe erreicht, Levi war längst von der Wand aus Dreck umhüllt worden. Sie wich einem Gesteinsbrocken aus, der aus der Erde geschossen kam, stolperte beinahe über einen weiteren Stein, der in ihre Kniekehle gerammt wurde. Zwei Ikanos des gleichen Elements aufeinanderzuhetzen, war keine gute Idee. Luft, die miteinander kämpfte; Erde, die nicht wusste, wem sie gehorchen sollte. Niemand konnte mehr kontrollieren, was wirklich passierte.

„Jeki!", brüllte sie. „Je–" Der Sauerstoff wurde aus ihren Lungen gepresst, als eine harte Wand aus Luft gegen ihre Seite prallte. Ihre Füße hoben vom Boden ab, ihr Kopf wurde zur Seite gerissen und ihre Rippen knackten, als sie mit dem Rücken voran gegen eine kalte Steinwand krachte. Ein glühend heißer Schmerz zuckte durch ihre ohnehin schon verletzte Schulter. Sie versuchte einzuatmen, doch ihre Lungen protestierten. Ein schmerzhafter Druck senkte sich auf ihr Trommelfell, hinterließ ein hohes Piepen in ihrem Ohr, blendete alle anderen sie umgebenden Geräusche aus, während sie die Wand hinunterglitt, hart mit den Knien aufschlug und ihr Oberkörper zur Seite kippte.

Sie zitterte, versuchte die Macht über ihren Körper zurückzugewinnen. Sie drehte sich auf den Rücken. Schnappte nach Luft. Atmete Erde. Sie wollte husten, doch eine unsichtbare Kraft drückte ihr aufs Zwerchfell und verbot es ihr.

Ein goldener Schemen beugte sich über sie, doch ihre Augen tränten zu sehr, als dass sie Genaueres hätte erkennen können. Sie tastete nach ihrem Gürtel, zwang ihre Hand dazu, sich zu bewegen.

Ein dumpfes, triumphales Lachen ertönte. Eine gezückte Klinge erschien in ihrem Blickfeld.

Sie riss den Göttlichen Dolch von ihrem Gürtel und stach damit zu. In das, was ihr am nächsten war. In Augen, Wangen, Hals des Soldaten.

Warmes Blut floss über ihre Hand, verklebte ihre Haare, tropfte auf ihre Nase, in ihren Mund. Übelkeit flutete ihren Magen. Sie spuckte aus, während der Körper ihres Gegners schwer auf den ihren sank. Seine Gliedmaßen zuckten unkontrolliert, schlugen gegen ihre schmerzenden Rippen, verwehrten ihr den Sauerstoff, den sie so dringend brauchte. Sie ließ flüssige Lava durch ihre Adern gleiten, konnte riechen, wie die Haut des sterbenden Soldaten verschmorte – dann wurde der Körper ruckartig von ihr gerissen.

„Alles in Ordnung?" Leena stand über ihr. Sie wollte ihr auf die Beine helfen, doch dann zuckte sie fluchend vor ihrer heißen Haut zurück.

Nym japste, sog Luft in ihre Lungen, hievte sich keuchend auf alle Viere. Keine Zeit, zu verschnaufen. Keine Zeit, ihre Rippen zu betasten. Keine Zeit, schwach zu sein.

„Ich komm zurecht, Leena. Hilf den anderen", würgte sie hervor.

Sie stieß sich auf die Beine, versuchte Halt auf der sich unter ihren Füßen aufbäumenden Erde zu finden, während hinter ihr kleine Steinlawinen der Schwerkraft nachgaben, die Felswand hinunterkullerten und den Kies aufspritzen ließen.

Leena stand schon nicht mehr neben ihr. Sie war nach vorne gehetzt in Richtung der Stichflammen, die den Staub tanzen und das Blut an Nyms Händen glühend orange aufleuchten ließen.

Hastig riss Nym ihren Kopf herum und suchte die Gestalten ab, die sich so schnell bewegten, dass sie wie das sie umgebende Feuer zu flackern schienen. Ihr Blick blieb an einem Schemen hängen, der vor einem goldenen Glänzen zurückwich und unbeholfen mit einem Schwert nach ihm schlug.

Nym stieß sich vom Boden ab, konnte einen schweren blonden Zopf erkennen, der von Blut und Dreck verschmutzt war.

Ihre freie Hand ging in Flammen auf und die Hitze gab ihr Kraft. Vertrautheit. Sie sprintete nach vorne – doch sie war nicht schnell genug. Sie sah, wie der Soldat mit dem Schwert ausholte, direkt auf Filias Herz zielte ... ein Fauchen hallte durch die Nacht. Leuchtende Punkte flackerten in der Dunkelheit, dann versank die Klinge des Angreifers in weichem Fleisch. Doch es war nicht Filias. Der Feuerluchs hatte sich vor das Mädchen geworfen und war im Sprung von dem Schwert erfasst worden. Er schleuderte durch die Luft, wurde von einem aufgewirbelten Stein getroffen und fiel mit einem dumpfen Aufprall dem Soldaten vor die Füße.

Nein!

Verzweiflung und Wut fluteten Nyms Sinne, während der Göttliche Krieger den leblosen Körper der Katze beiseitetrat, lachte und erneut das Schwert hob. Filias Waffe glitt ihr aus der Hand, Nym konnte sehen, wie sie die Augen schloss ... doch diesmal war sie nah genug. Sie sprang, nutzte die Schutzlosigkeit des gegnerischen Nackens aus, presste ihre brennende Handfläche auf die glatte Haut. Der Soldat ging tot zu Boden, noch bevor Filias Schwert die Erde berührte.

Levi. Leena. Filia ... der Luchs.

Wo war Jeki?

„Filia, versteck dich!", brüllte sie und ihre Lunge schmerzte bei jedem Wort, das ihre Lippen verließ. Doch es war wichtig, dass Filia ihr gehorchte. Das Mädchen hatte keine Chance gegen einen Soldaten, geschweige denn einen Ikano – und sie durfte nicht sterben. Diese Last konnte Nym nicht auch noch auf ihren Schultern tragen. Es war zu viel. Zu viel Tod, zu viel Verderben, zu viel Schmerz. Sie wollte das alles nicht. Hatte es nie gewollt! Es musste aufhören.

Tränen liefen ihre Wangen hinab, während sie einem weiteren goldgewandeten Soldaten dabei zusah, wie er von Leena niedergestochen wurde. Für die Götter starb. Die Erde verschluckte seine Leiche wie eine Katze einen toten Fisch.

„Nym, jetzt! So wie in Lyrisa", brüllte Levi zu ihrer Rechten, und ohne zu zögern, ließ sie ihre Hand in Flammen aufgehen.

Ihre blutverkrusteten Haare peitschten ihr schmerzhaft ins Gesicht, als eine Orkanböe ihr das Feuer aus der Hand trug. Sie stemmte sich gegen den Wind, der um ihren Kopf herumwirbelte, und wieder raubte es ihr den Atem, als ihr ein zweiter Windstrahl ins Gesicht schlug. Der Feuerball, der sich aus ihrer Faust löste, blieb für einen Moment in der Luft stehen. Er wurde von zwei gegnerischen Winden erfasst, zusammengedrückt, verzerrt, zerrissen und wieder in seine Ursprungsform gepresst. Levis Angriff wurde stärker und Nyms Fersen versanken im Boden, als sie sich gegen den peitschenden Luftstrom stemmte und versuchte, den Halt nicht zu verlieren.

Der Feuerball bäumte sich auf, wurde zu einem Wirbelsturm aus Flammen, der die vor Anstrengung verzerrte Miene des gegnerischen Ikanos erhellte. Der bärtige Mann hatte beide Hände erhoben. Seine Finger zitterten, seine langen Haare zogen Kreise um seinen Kopf. Und Nym erkannte auf seinem Gesicht den genauen Moment, in dem er realisierte, dass er nicht gewinnen konnte. Sie sah den Moment, in dem er einsah, dass Levi stärker war. Dass er sterben würde. Sein Gesicht wurde aschfahl, seine Augen weiteten sich, Entsetzen tropfte von seinen Zügen, seine Finger bogen sich unnatürlich weit nach hinten – und im nächsten Moment umfing ihn der Feuerball. Seine markerschütternden Schreie durchschnitten sogar

das Tosen des Windes und das Aufschlagen des Ge-
rölls. Nym rannte los, auf den in Flammen stehenden
Soldaten zu. Sie wollte nicht mehr töten. Hasste, dass
sie es dennoch tun musste. Hasste es, weiter unschuldige Leben nehmen zu müssen, die nichts mit diesem
sinnlosen Kampf zu tun hatten. Das Mindeste, was sie
tun konnte, war, seinen qualvollen Tod zu beschleu-
nigen.

Sie warf sich in die Flammen, die auf ihrer geschun-
denen Haut kitzelten, tastete nach der Halsschlagader
des sich windenden Ikanos und durchbrannte sie mit
nur einem Griff. Der Körper des Soldaten erschlaffte
und Nyms Tränen verdunsteten zischend auf ihren
Wangen.

Sie musste das beenden. Sie musste den Ikano der
Erde töten, damit Ruhe einkehrte. Damit die Geröllla-
winen zum Stillstand kamen. Damit sie das Kreisvolk
finden und die Götter stürzen konnten.

Ruckartig sprang sie auf und lief auf den dichten
Erdnebel zu, der ihnen allen die Sicht verschleierte.
Dort mussten sich die Ikanos der Erde befinden. Jeki.

Ihre Muskeln brannten, ihre Schulter ächzte, kleine
Kiesel, die aus der Erde sprangen, schlitzten ihre Haut
auf, hinterließen Schnittwunden auf ihren Wangen,
doch sie kümmerte sich nicht weiter darum. Der Nebel umfing sie wie eine warme Decke und blendete
ruckartig alle Geräusche aus. Sie lief weiter, riss ihre
Kleidung an spitzen Steinen auf.

„Jeki!", schrie sie. „JEKI!"

„Nicht Jeki, nur ich", flüsterte ihr plötzlich jemand
ins Ohr. „Nur ich."

Abrupt riss Nym ihren Ellenbogen nach oben. Sie

stieß gegen einen Arm, sodass der Dolch ihres Gegners nicht mit der Klinge in ihren Hals, sondern mit dem Schaft gegen ihren Kopf stieß. Ein glühend heißer Schmerz zuckte durch ihre Schläfe, und sie taumelte zur Seite. Sie riss ihre Arme hoch, um ihr Gleichgewicht nicht zu verlieren, und fand Halt an einem Haarschopf. Esya schrie auf, die Steine unter ihren Füßen bröckelten – und dann stürzten sie beide zugleich.

Nym fiel. Ihre Hände um die Schultern ihrer Gegnerin geklammert. Als sie seitwärts auf unebenem, aber weichem Erdboden aufschlug, wurde ihr Kopf so hart nach hinten gerissen, dass sie sich in die Innenseite ihrer Wange biss. Sie schmeckte Blut, spuckte aus, während Esya dumpf neben ihr aufkam. Ihr hatte es den Dolch aus der Hand geschlagen und als sie nach ihm tasten wollte, zerrte Nym an ihrem Arm, zerkratzte ihn mit ihren Fingernägeln. Esya versuchte sich zu befreien, doch in diesem Moment gab die Erde unter ihnen erneut nach. Sie stürzte über Nym hinweg, zog sie mit sich den Hang hinunter.

Zusammen rollten sie den Berg hinab, überschlugen sich, versuchten die Oberhand zu gewinnen, während Millionen kleiner Felsspitzen sich durch Nyms Kleidung in ihre Haut bohrten. Sie spürte, wie Erde an den blutverschmierten Stellen ihres Gesichtes hängen blieb, bis sie schließlich, begleitet von einem metallenen Geräusch, das Esyas Rüstung verursachte, als diese auf einem breiten Stein aufschlug, zum abrupten Halt kamen.

Nym tastete automatisch nach ihrem Dolch, doch sie konnte ihn nicht finden. Sie musste ihn bei ihrem

Sturz den Hang hinunter verloren haben, sie mu–

Esyas brennende Faust traf sie am Jochbein und die Wucht des Schlags ließ Nym zur Seite wegkippen. Der Schmerz zuckte zu ihrer Schläfe, brannte im Einklang mit dem Rest ihres Körpers.

Doch sie würde nicht aufgeben. Nicht gegen *sie*.

Sie rollte sich auf den Rücken, Esyas Gesicht kam in ihr Blickfeld und mit einem Wutschrei ließ sie ihre Faust nach vorne schnellen. Die Ikano musste genauso desorientiert sein wie sie, denn sie wich nicht einmal aus. Nyms Knöchel platzten auf, als sie auf Esyas Kiefer trafen, doch sie achtete nicht darauf. Sie ließ ihre zweite Faust der ersten folgen und konnte Esyas Nasenbein unter ihren Knöcheln brechen spüren. Konnte das zufriedenstellende Knacken hören, den darauf folgenden Aufschrei.

Mühsam versuchte sie sich auf die Füße zu stemmen, doch eine Hand griff nach ihrem Knöchel und riss daran. Erneut stürzte sie auf ihre Hände, versuchte ihren Ellenbogen gegen Esyas Seite zu schlagen. Die andere Ikano des Feuers hatte sich jedoch ebenfalls auf alle Viere aufgerichtet und ihr Blick haftete nun an einer Stelle ein paar Meter über ihnen.

Und dann sah Nym ihn auch. Ihren Dolch. Den Göttlichen Dolch, dessen Schaft die Flammen widerspiegelte, die wie automatisch aus ihren beiden Händen loderten.

Gleichzeitig hechteten sie den Hang hinauf, rutschten auf der Erde aus, grabschten nach dem Metall. Esya war größer, lag höher am Berg, ihre Finger nur Zentimeter von der Waffe entfernt. Nyms Nägel kratzten über ihr Handgelenk, versuchten ihren Arm nach unten zu ziehen – doch sie war zu langsam. Die Soldatin hatte den Schaft des Dolchs bereits fest im Griff, und bevor Nym wusste, wie ihr geschah, lag sie auf dem Rücken, die Klinge erbarmungslos an ihren Hals gedrückt.

Nyms Arme wurden von Esyas Knien in die Erde gepresst und bei jedem Atemzug, den sie nahm, schien die Klinge näher an ihre heftig schlagende Pulsader zu rücken.

„Was sind deine letzten Worte, Salia?", keuchte Esya, ihr Blick so hasserfüllt, dass Nym meinte, ihn bitter auf der Zunge schmecken zu können. „Mit welchen mickrigen Worten möchtest du dein viel zu langes Leben beenden?"

Sie wusste es nicht. Sie hatte keine.

„Du kämpfst auf der falschen Seite, Esya", flüsterte sie und Tränen rannen ihre Wangen hinab.

Sie wollte nicht sterben. Sie hatte keine Angst vor dem Tod, aber sie hatte Angst vor dem, was sie zurückließ.

„Du kämpfst für Götter, die den Dreck unter ihren Fingernägeln über dich stellen würden." Ihre Stimme zitterte und sie schmeckte Blut auf ihren Lippen. „Du denkst nicht nach. Wir alle sollten ihretwegen nicht sterben müssen."

„Die Einzige, die stirbt, bist du", zischte die Soldatin und hob den Dolch an, bereit zuzustoßen.

Nym schloss die Augen.

Dachte an Vea. Dachte an Liri. Dachte an Levi und Jeki. Hoffte, dass Filia überlebte. Wünschte sich, dass die anderen stärker waren als sie. Dass Jeki und Levi weiter nach dem Kreisvolk suchen würden – sollten sie überleben.

Sie hielt die Augen geschlossen und wartete auf ihren Tod.

Doch er kam nicht. Stattdessen drückte ihr plötzlich eine schwere Last auf die Rippen und sie spürte, wie eine warme Flüssigkeit ihre Kleidung tränkte.

Ihre Lider flatterten auf und der Geruch nach Eisen drang ihr in die Nase. Esyas Gesicht lag in die Erde gedrückt neben ihrem Kopf, während Blut aus einer klaffenden Stichwunde im Rücken der Ikano in Nyms Kleidung sickerte.

Was war passiert?

Nym riss ihre Arme unter Esyas Knien weg, die keinen Druck mehr ausübten, ließ ihre Hände entflammen und suchte die Umgebung hektisch nach einem Lebenszeichen ab.

Ihr Blick traf den blassblauer Augen.

Perplex öffnete sie den Mund. Es war Jaan.

Kapitel 8

„Freu dich nicht zu früh, Valera." Karu konnte sehen, wie Thaka den Mund zu einer dünnen Linie presste. „Noch ist nichts entschieden."

Provos Vertrauter zog Esyas lebloses Körper von ihr und taxierte sie mit einem kurzen Nicken, bevor er den Abhang hochsprintete und noch im Lauf sein Blut durchtränktes Schwert hob.

Was tat er hier?

Nym griff hastig nach ihrem Dolch und drückte sich mühsam auf die Füße, während sie sah, wie Jaan die letzten Meter des Berges überwand. Dort oben tobte immer noch ein Wust aus Wind und Erde, doch jetzt konnte Nym einen goldenen Schimmer am Rand des Abhangs erkennen. Ein Schemen, der die Hände hoch erhoben hatte.

Jaan sprang vom Boden ab, griff sein Schwert in der Luft mit beiden Händen und rammte es mit der Klinge zuerst in den Spalt zwischen Rüstung und Hals.

Der Soldat klappte zusammen.

Nym stolperte den Hang hoch und wärmte ihren Körper von innen. Ihre Kleidung war steif durch das getrocknete Blut, das an ihr haftete wie die Schuld, die sie mit sich trug. Ihre Lungen brannten. Ihre Rippen schmerzten. Ihre pochende Schulter trieb ihr Tränen in die Augen. Ihr Gesicht war angeschwollen, ihre Lippen aufgerissen – und als sich eine abrupte Stille über die Ebene senkte, die Steine auf einmal still liegen blieben, der Wind sich legte und die Silhouetten jedes einzelnen toten Körpers auf dem Felsplateau sichtbar wurden, füllte stille Verzweiflung ihr Herz.

Die Zerstörung, die angerichtet, und das Blut, das geflossen war, breitete sich in all der Grauenhaftigkeit des Krieges vor ihr aus. Sieben Soldaten lagen hier. Sieben furchtbar verunstaltete Soldaten – und ein toter Feuerluchs. Nym führte die Hand zu ihrem Mund, als sie das blutverschmierte Tier sah, das neben der Feuerstelle lag. Die unschuldige Katze, die selbstlos ihr Leben für einen ihr fremden Menschen geopfert hatte. So wie es jeder einzelne Krieger tat, der in der bevorstehenden Schlacht fallen würde.

Dies war das Werk einer Handvoll Soldaten – wie würde das Schlachtfeld erst nach einem Krieg zwischen zwei aufeinandergehetzte Nationen aussehen?

Sie fuhr sich mit dem Handrücken über den Mund, wollte das daran haftende Blut an ihrer Hose abwischen, fand jedoch keine saubere Stelle.

Zitternd atmete sie aus, setzte Fuß vor Fuß, auch wenn ihre Beine protestierten und drohten, unter ihrem Gewicht nachzugeben. Ihr Blick fuhr über die Gesichter der dastehenden und schweigenden Gestalten.

Erleichterung überflutete ihre aufgeschürften Sinne, als sie nicht nur Jeki, Levi und Leena, sondern auch Filia im flackernden Licht stehen sah, welches das von der Erde fast erstickte Feuer spendete.

Es war ein Wunder, dass sie alle überlebt hatten. Schlicht und ergreifend ein Wunder.

Sie betrachte Filia und Leena, die sich erschöpft auf den Boden sinken ließen. Filias Haare waren fast schwarz vor Dreck und Blut. Sie sah Jeki an, der müde und erleichtert lächelte, als er sie erblickte, seine Kleidung zerrissen, der Boden um ihn herum aufgewühlt. Sie blickte zu Levi, der sie mit aschfahlem Gesicht anstarrte, und schließlich ... schließlich sah sie zu Jaan.

Der Erste Offizier wischte seine blutige Klinge an seinem Mantel ab, der vom Kampf ansonsten vollkommen unberührt schien. Jaans blasse Haut leuchtete sauber in der Nacht auf und seine Miene war leer. Nicht traurig. Nicht wütend. Nicht erleichtert.

Leer.

„Was tust du hier, Jaan?", flüsterte sie. Die Stille trug ihre Stimme klar durch die Nacht, während die Flammen des Feuers träge an den Holzscheiten hochzüngelten.

Jaan antwortete nicht, er fuhr damit fort, seine Klinge zu säubern, vollkommen unberührt von all den Blicken, die nun auf ihm lagen.

„Ich habe dir eine Frage gestellt."

„Das ist mir bewusst, Nym", sprach der blasse Mann nun endlich. „Und *ihr* habt direkte Anweisungen missachtet."

„Das ist mir bewusst, Jaan", imitierte sie seine Stimme.

„Gut. Dann kommt es für euch sicherlich nicht überraschend, dass ich euch darum bitten muss, umzukehren."

Nym umklammerte den immer noch in ihrer Hand

liegenden Dolch fester. „Das werden wir nicht."

Unbeeindruckt von ihrer Aussage hob Jaan eine Augenbraue. „Ich fürchte, ich muss darauf bestehen."

„Jaan." Es war Levi, der sprach. Seine Stimme war ruhig, aber bestimmt. „Die Götter haben drei Ikanos geschickt, um uns aufzuhalten. Sie haben Angst. Das Kreisvolk *muss* existieren."

„Natürlich existiert das Kreisvolk", sagte Jaan gelassen. „Aber es ist nicht unser Freund. Sie werden euch nicht helfen."

„Sicher können sie uns helfen!", widersprach Leena, die auf dem Boden saß. „Sie sind die Einzigen, die mehr wissen als wir."

Jaans blassblauer Blick wanderte zu ihrem Gesicht und einer seiner Mundwinkel hob sich. „Ich habe nicht behauptet, dass sie euch nicht helfen *können*. Ich sagte lediglich, dass sie euch nicht helfen *werden*. Ihr verschwendet eure Zeit."

Prüfend starrte Nym ihn an, während die Kälte der Berge langsam durch ihre Kleidung sickerte. Keine innere Wärme schien sie vertreiben zu können.

Jaan hatte aufgehört, seine Klinge zu putzen, hob sie hoch und ließ sie zurück in seine Scheide fahren. Bei der Armbewegung glitt sein Mantel zur Seite und das darunterliegende Hemd rutschte nach oben. Nym folgte der Bewegung mit ihrem Blick ... und ungläubig klappte ihr die Kinnlade herunter.

Da hing ein verzierter Dolch an seinem Gürtel. Ein Dolch, auf dessen Schaft ein von einem Schwert durchstoßener Schild eingeprägt worden war.

Jaan trug einen Göttlichen Dolch bei sich.

Jaan, der mit Thaka gesprochen und mit Valera zusammengearbeitet hatte. Der geheimnisvolle Jaan, der während ihrer Mission andauernd davongeschlichen war.

Jeki hatte sich gefragt, ob einer von ihnen der mysteriöse Mörder gewesen sein könnte. Er war davon überzeugt gewesen, dass die Morde sich mit ihnen bewegt hatten. Von den äußeren Mauern nach innen – und Jaan war während ihres Aufenthalts in den Mauern ständig fort gewesen. Unterwegs, um ... um was zu tun?

Sie starrte den Ersten Offizier perplex an. Aber das würde bedeuten ... das würde heißen, dass er ... dass Jaan ...

Wut kochte in ihre hoch, und bevor sie darüber nachdenken konnte, hatte sie bereits einen Satz nach vorne gemacht und Jaan mit einem Bein die Füße unter dem Körper weggezogen. Im nächsten Moment presste sie ihre Knie auf seine Arme und ihren Dolch an seinen Hals. So wie Esya es vor wenigen Minuten noch bei ihr getan hatte.

„*Nym!*"

„Was zum –"

„Salia!"

„Jetzt ist sie vollkommen durchgedreht."

Die Stimmen redeten durcheinander, spiegelten Unglaube, Unverständnis und Schock wider, doch das war ihr egal. Das Blut pochte schmerzhaft in ihren Ohren und sie musste jede Faser ihres Körpers daran hindern, in Flammen aufzugehen und Jaan so auf der Stelle zu töten.

„Du wolltest sie umbringen", zischte sie und suchte nach Schuld in den vor Überraschung geweiteten Augen. „Du warst es. Ist es nicht so? Du hast sie alle getötet!"

„Nym!" Eine Hand packte ihren Arm, in dem sie den Dolch hielt, und wollte ihn von Jaans Kehle wegziehen, doch sie stieß sie weg.

„Lass mich, Levi", schrie sie ihn an. „Er trägt einen Göttlichen Dolch bei sich! Woher hast du ihn, Jaan? Bist du ein Spion? Warum hast du sie alle umgebracht?" Ihre Stimme wurde mit jedem Wort lauter und hallte stumpf von den Felswänden wider.

„Nym." Levis Stimme flüsterte eindringlich in ihr Ohr. „Er hat dir gerade das Leben gerettet! Er hat uns *allen* das Leben gerettet, er –"

„Er wollte Vea töten!", fuhr sie ihm dazwischen, gegen das unerbittliche Brennen in ihren Augen ankämpfend, und presste ihren Dolch nur noch fester an Jaans Hals. „Er ist der Mörder, Levi! Er muss es sein. Er kennt die Götter, er steht in Valeras Gunst, er will uns aufhalten, weil er auf *ihrer* Seite ist, er ... wer *bist* du Jaan?!" Sie schüttelte ihn am Kragen, doch den Ersten Offizier schien dies nicht sonderlich zu kümmern. Er sah sie immer noch stur an, die Überraschung auf seinen Zügen war einer kühlen Ausdruckslosigkeit gewichen.

Wo war die Schuld? Sie suchte nach einem kleinen Fünkchen Schuld, das ihr die Wahrheit verriet! Aber vielleicht war er auch unfähig, welche zu verspüren? Das hätte sie noch nicht einmal gewundert.

„Nym!" Diesmal war es Leena, die ihren Namen rief. Sie war aufgesprungen und hatte sich hinter Jaans Kopf gekniet, den Blick eindringlich auf Nyms Gesicht gerichtet. „Er kann nicht auf der Seite der Götter stehen. Er hat jahrzehntelang gegen sie gekämpft. Er hat sein Leben tausendfach riskiert, um die Rebellen zu retten und Bistaye einzunehmen. Wenn er ein Spion wäre, dann wäre er ein lausiger! Wir sind besser gegen Bistaye positioniert denn je. Und das größtenteils seinetwegen. Er kann nicht auf der Seite der Götter stehen!"

„Auf unserer Seite steht er aber auch nicht!", schrie Nym. Sie verlor so langsam die Beherrschung. Warum bemerkte niemand, dass Jaan eine Gefahr für sie war? Dass er gegen sie arbeitete! *Warum wollte denn niemand hinsehen?* „Er hat sie umgebracht, all die unschuldigen Leute! Er wollte Vea töten! Auf wessen Befehl soll er gehandelt haben, wenn nicht auf den der Götter? Er hilft ihnen dabei, etwas zu verheimlichen. Ich habe gehört, wie Thaka mit ihm gesprochen hat. Und der Gott hat ihn einfach ziehen lassen. Jaan kennt Tergon! Er hat von ihm gesprochen. Valera hat ihm geholfen, sie ... sie ..." Sie holte tief Luft, als ihr schwindelig wurde.

Was für eine Rolle spielte Jaan in dem Ganzen? Er schien nirgendwo und überall hineinzupassen. Er war ...

„Vielleicht solltest du ihn mal selbst zu Wort kommen lassen", schlug Jeki leise vor, und Nyms Kopf fuhr nach oben. Er hatte sich ebenfalls zu ihnen gesellt und legte Nym nun eine beruhigende Hand in den Nacken. „Lass ihn sich doch erklären."

Sie riss ihren Kopf wieder in Jaans Richtung und sah ihn auffordernd an. Sie wollte Antworten. Brauchte die Antworten so sehr, dass es wehtat – also wartete sie.

Stille legte sich über sie.

Eine verräterische Stille, die Nym das Trommelfell zu zerreißen schien.

Alle starrten Jaan an.

Er schwieg.

„Rede", knurrte sie. „Woher hast du den Dolch?"

„Ich habe ihn von einem Gott", sagte Jaan ruhig. „Und es würde mir sehr helfen, wenn du deinen von meinem Hals nehmen könntest."

„Welchem Gott?"

„Das geht niemanden von euch etwas an."

Nym biss sich ihre ohnehin schon blutige Lippe auf. „Jaan", sagte sie mit vor Wut zitternder Stimme „Vielleicht ist es dir nicht bewusst, aber ich bin so kurz davor, dich umzubringen, dass ich deinen Tod bereits riechen kann. Du hast versucht, Vea zu töten! Allein dafür würde ich dir schon gerne das Leben nehmen. Also erkläre dich oder ich töte dich gleich jetzt."

„Nym!", zischte Levi. „Er ist Jaan. Wir können ihn nicht einfach umbringen."

„Natürlich kann ich!", brüllte sie. „Was glaubst du, wird er mit uns tun, wenn wir uns entgegen seiner Anweisung weiterhin auf die Suche nach dem Kreisvolk begeben? Erkläre dich, Jaan. *Wer* bist du? Und auf wessen Anweisung hin handelst du?"

Ein Blutstropfen löste sich aus Jaans Hals, weil sie den Dolch so fest auf seine Haut presste, und perlte an seiner bleichen Haut hinab.

Nym wartete.

Wartete eine scheinbare Ewigkeit, bis ihr Gefangener endlich den Mund öffnete.

„Ich habe nichts zu sagen", flüsterte er. „Du behältst

deine Vergangenheit für dich, Nym. Ich die meine."

Nein. Nein! Das war inakzeptabel. „Woher kennst du die Götter? Was hast du in der Zweiten Mauer getrieben, als du mit Thaka sprachst?"

„Ich habe dir das Leben gerettet", erklärte er langsam, die Augen nun zu Schlitzen verengt. „Mehrfach mittlerweile. Ich habe einen Gefallen bei Valera eingefordert, damit sie dir half, zu fliehen. Verurteilst du mich dafür, Nym? Oder möchtest du mir dafür danken, indem du mich tötest?"

„Wieso ... *Wieso*, bei den verdammten Göttern, bist du dazu in der Lage, bei Valera einen Gefallen einzufordern?"

„Das ist nicht von Interesse für dich."

Sie legte den Kopf in den Nacken und lachte trocken auf. „*Nicht von Interesse?* Alles ist für mich von Interesse! Wenn du so ein guter Freund von Valera bist, warum arbeitest du dann für Provo, warum –"

„Warum hast du all die Leute ermordet?"

Es war Jeki, der sie unterbrach, und der einzige Grund, warum sie ihn nicht anbrüllte, er solle die Klappe halten, war, dass sie die Antwort selbst hören wollte.

Doch Jaan achtete gar nicht mehr auf sie.

Sein Blick war nach oben gehuscht, hatte sich auf einen Punkt über Jekis Schulter gerichtet, und dann, ganz leise, seufzte er. Der Erste Offizier schloss die Augen, seufzte erneut und schüttelte kaum merklich den Kopf, sodass das Messer einen roten Striemen auf seiner Haut hinterließ.

Nym wandte irritiert ihren Kopf – bevor sie erschrocken aufsprang, den Dolch zum Kampf erhoben.

Überrascht folgten Jeki, Leena und Levi ihrer Geste. Filia hingegen blieb einfach sitzen. Als sei sie zu müde, auch nur den kleinen Finger zu rühren. Doch auch ihr Blick ging zu der Stelle, die nun alle anstarrten.

Auf dem Felsvorsprung über ihnen stand ein Mann.

Er trug eine weiße, vollkommen unbefleckte Robe, die mit einem blauen Gürtel an seiner Taille zusammengefasst wurde. Er war unbewaffnet und machte keine Anstalten, sich zu bewegen.

Alles, was er tat, war, die sich ihm bietende Szene in sich aufzunehmen und jeden von ihnen einzeln zu betrachten. Für einen kurzen Moment blieb sein Blick an Jaan hängen und er hob eine einzelne Augenbraue, doch dann huschte er weiter.

„Schön", sagte er schließlich leise. Seine Stimme war dunkel und tonlos. „Wir haben euch bereits erwartet. Folgt mir."

Kapitel 9

„Natürlich ist nichts entschieden", sagte Valera verächtlich. „Jeder hier weiß, worauf es hinauslaufen wird. Auf ein einfaches Kräftemessen der Armeen. Ich hatte mehr Feingefühl, mehr Aufregung erwartet. Mehr als neunhundert Jahre sind verstrichen und keiner von euch hat es auch nur ansatzweise geschafft, seinem Ziel näherzukommen. Also frage ich mich, was in den letzten zehn Jahren schon noch Großartiges passieren soll? Ihr habt bereits alles ausprobiert. Jedes Mittel, jede Hinterlist, jede Art der rohen Gewalt. Warum das Ganze nicht frühzeitig abbrechen und mir die Münze geben?"

Vea streckte ihr Bein unter dem Tisch aus, zog es wieder ein, streckte es wieder aus. Sie schluckte, versuchte dasselbe mit ihrem anderen Bein. Ihre Muskeln schmerzten. Vielleicht bildete sie es sich ein, aber es kam ihr vor, als würde sich diese Bewegung mühsamer anfühlen, als sie es sein sollte. Sie tat dasselbe mit ihren Fingern. Diese fühlten sich noch vollkommen normal an.

Vielleicht hatte sie nur Muskelkater … vielleicht log sie sich auch etwas vor. Sie hatte mit niemandem über das, was in der Waffenkammer vorgefallen war, geredet. Janon machte sich ohnehin schon zu viele Sorgen und würde ihr eh nicht helfen können. Nika würde nur in Panik ausbrechen. Ro kannte sie zu wenig, als dass sie ihm so etwas Wichtiges anvertraut hätte, und

Brag hatte alle Hände voll damit zu tun, die Rebellen zu mobilisieren und die letzten Schritte vor dem ersten Kampf einzuleiten.

Sie lehnte sich in ihrem Stuhl zurück. Ein einzelner Lichtstrahl drang durch einen Riss in den geschlossenen Fensterläden und blendete sie. Sie schloss die Augen.

Ein goldener Gang. Zwei Paar Hände, die sich fest um ihre Oberarme zurrten. Angst. So unendlich tiefe Angst. Sie wusste doch nicht, was die Worte ihrer Mutter bedeuteten, sie hatte doch keine Ahnung –

Sie schlug die Augen auf und starrte auf ihre Arme, an denen sich eine Gänsehaut hinaufgearbeitet hatte. Was war los mit ihr?

Eine völlig neue Art von Furcht legte sich über sie. Eine leise, lodernde, an die Oberfläche drängende Furcht. Hastig zog sie die Hände vom Tisch und umklammerte ihre Beine, die viel zu langsam auf ihre Anweisung, sich zu bewegen, reagierten.

Sie schluckte, versuchte ihr flatterndes Herz zu beruhigen, sah auf – und zuckte zusammen. Alle starrten sie an.

„Ähm … okay?", sagte sie langsam.

Brag schnaubte. „Du hast keine Ahnung, worüber wir gerade gesprochen haben, oder?"

Nein. „Entschuldige, ich …" Ihr Geist fischte nach einer Ausrede, doch er fand keine, weswegen sie schließlich nur seufzte und die Schultern hob. „Ich habe nicht zugehört. Habt ihr etwas Wichtiges gesagt? Einen Weg gefunden, die Götter zu stürzen und diesen Krieg zu beenden, noch bevor er beginnt?"

Nika versteckte ein Lächeln hinter ihrer Hand,

Janon gab sich nicht die Mühe. „Wenigstens versucht einer von uns, optimistisch zu sein", bemerkte er und legte einen Arm auf Veas Rückenlehne.

Brag verdrehte die Augen. „Vea könnte vorschlagen, vor dem Krieg noch kurz die Sandkörner der Sakre-Wüste zu zählen, und du würdest immer noch etwas Wunderbares an ihren Worten finden."

Janon nickte. „Die Sandkörner zu zählen, ist eine tolle Idee! Denn ganz ehrlich: Ich glaube, in der Wüste ist es gerade angenehmer als in den Bistayischen Mauern. Wir sollten noch heute aufbrechen."

„Zu wenig Wasser", gab Ro zu Bedenken. „Aber nach dem Krieg hätte ich gegen einen Kurztrip nichts einzuwenden."

„Schön", sagte Nika laut. „Können wir uns dann jetzt wieder auf die Problematik der zu verriegelnden Tore konzentrieren? Nachdem Ro schon eine halbe Stunde damit verschwendet hat, sich über die mühseligen Fortschritte mit der Kampfausbildung der Bauern und Bettler lustig zu machen?"

„Hey, ich habe mich auch über die lächerlichen Sicherheitsvorkehrungen der Göttlichen Garde in der Siebten Mauer lustig gemacht", verteidigte sich Ro. „Meine Feststellung war also nicht diskriminierend. Und auch wenn die Fortschritte mühselig sind – wenigstens gibt es welche."

Nika verdrehte Augen. „Jaja, du bist ein fantastischer Lehrer, bla bla. Brag, warum redest du nicht?"

„Danke, Nika", sagte Brag, dessen Blick sich deutlich verdüstert hatte.

Vea verstand ihn ja. Der bevorstehende Krieg war nicht lustig, aber die Sache war doch die: Wenn man sich nicht mehr gestattete, zu lachen, was hatte man dann noch?

„Also, ich sagte gerade, dass es am Süd- und Westtor am schwierigsten sein wird, die Stellung zu halten."

Vea nickte, spitzte die Ohren und beugte sich vor, um sich auf seine Worte zu konzentrieren. Brag hatte recht. Das Osttor würde von der asavezischen Garde versiegelt werden. Sie würde ihre Zelte direkt vor diesem Ausgang aufschlagen. Darum würden sie sich also nicht kümmern müssen. Es waren die anderen drei Tore, die sie würden sperren müssen. Sie könnten versuchen, die Eingänge mit Metall zu blockieren, aber es fand sich zu viel Stein und Erde in direkter Umgebung. Die Ikanos würden eine Metallbarrikade einfach aus den Angeln heben. Und so würde es sich mit jedem anderen Element verhalten. Nein, was die Versiegelung der Tore anging, käme es nicht auf Finesse an. Dort würde es allein um Kraft gehen. Vea rieb sich mit der flachen Hand über die Augen.

„Wie viele Ikanos der Erde stehen unter dem Befehl der Götter?", wollte sie wissen.

„Sieben", antwortete Janon, der alles über die Garde zu wissen schien, was irgendwie wichtig war.

„Sechs", korrigierte Ro. „Einen haben wir bei den Diamantklippen getötet."

Vea nickte. „Gut. Ohne Jeki Tujan sind es noch fünf." Die Zahl war immer noch viel zu hoch. „Fünf verdammte Ikanos der Erde, die uns daran hindern können, die Tore zu schließen", murmelte sie. „Nicht zu vergessen diverse Ikanos der Luft, die uns allesamt wegwehen werden."

„Hey, Frau Gerade-noch-Optimistisch. Du vergisst

etwas Grundlegendes", sagte Ro gelassen und klopfte ihr aufmunternd auf die Schulter. „Die Bistaye sind nicht die Einzigen mit Ikanos auf ihrer Seite. Wir in Asavez haben selbst unseren Anteil an starken Kämpfern. Niemand wird uns wegwehen. Abgesehen davon glaube ich nicht, dass die Götter alle Ikanos direkt an die Front schicken werden. Zumindest ein paar werden zum Schutz der Zivilisten der Inneren Mauern eingesetzt werden."

Brag lachte trocken. „Glaubst du wirklich, dass sie so viel Wert darauf legen, ihr Volk zu schützen?"

„Ja", antwortete Ro ungerührt. „Weil die Soldaten nicht kämpfen werden, wenn das bedeutet, dass sie ihre Familien ohne Schutz zurücklassen müssen. Und was sollen die Götter mit einem Land, in dem kein Volk lebt, das sie regieren könnten?"

Widerwillig nickte Brag. „Gut. Also bleibt es unmöglich, die Anzahl der agierenden Ikanos zu bestimmen."

„Ja, aber zumindest wissen die Götter nicht, dass wir angreifen, oder?", gab Nika zu Bedenken. „Sie können ihre Ikanos nicht von Beginn an strategisch positionieren und werden einige Zeit brauchen, sie zu mobilisieren."

Das war es, worauf Vea hoffte. Zusätzlich dazu, dass die Götter nicht mitkämpfen würden. Denn wenn sie das taten ... die Geschöpfe, die alle Elemente in sich vereint trugen ...

Vea wurde sofort wieder nervös und auch Janons Hand, die ihr beruhigend über den Nacken strich, half ihr nicht, ihren Herzschlag zu verlangsamen.

Ro räusperte sich. „Was haltet ihr davon, nur um die Stimmung zu lockern, noch einmal darüber zu reden, wo ihr Mädchen euch während des Kampfes befinden werdet?", fragte er und sein Blick schweifte über Nika und Vea, die links und rechts von ihm saßen. „Ich denke, jetzt ist der richtige Augenblick, einen Ort –"

„Ro!", unterbrach Nika ihn kopfschüttelnd und boxte ihm gegen den Arm. „Ich dachte, das Gespräch hätten wir schon geführt. Ich werde überall hingehen, wo du hingehst, Vea wird überall dort hingehen, wo ich hingehe, und Janon wird überall hingehen, wo Vea hingeht."

Ro seufzte schwer. „Das ist tatsächlich eine wunderschöne Menschenkette, und Nika, ich weiß, du kannst gut mit einem Dolch umgehen, aber ich bin ein ausgebildeter Ikano und werde in der ersten Reihe am Südtor stehen, um dabei zu helfen, es zu versiegeln und die Wachsoldaten auszuschalten."

Nika reckte ihr Kinn. „Na, dann hoffe ich für dich, dass in der ersten Reihe noch Platz für uns ist. Vea und ich werden genauso kämpfen wie jeder andere auch."

„Ihr seid –"

„– genauso gut ausgebildet wie jeder einzelne Bauer", murmelte Vea. „Ro, wir sind ebenso dazu fähig, ein Stück Holz zu halten wie jeder andere. Nika kann ihre Messer werfen. Ich und Janon können dich mit einem Schild vor Angriffen aus der Luft schützen, während du deine Wassermagie wirken lässt. Wir haben das doch alles schon durchgesprochen."

Vea hatte eingesehen, dass es sinnlos sein würde, ihr ein Schwert zu geben. Sie würde damit höchstwahrscheinlich ihre Nebenmänner köpfen und nicht die Göttlichen Soldaten. Aber ein Schild ... der war etwas vollkommen anderes. Den konnte sie stemmen. Für wie lange blieb offen, aber eine Weile würde sie es schon durchhalten.

„Lass sie, Ro", seufzte Brag. „Mir war schon von vornherein klar, dass die Mädchen nicht zusammen mit Tala und den anderen Kindern nach Bistaye geh–"

„Was? Nein!", protestierte seine Schwester sofort, die die letzte halbe Stunde über nur stumm der Besprechung beigewohnt hatte. „Ich will hierbleiben, ich will –"

„Nein, Tala. Und wir werden nicht darüber diskutieren. Das Schlachtfeld ist kein Ort für Kinder."

Das Schlachtfeld war kein Ort für irgendwen.

Tala presste ihre Lippen aufeinander, sprang von ihrem Stuhl auf, stampfte auf den Boden und rannte die Treppen hinauf.

Für einen Moment schloss Brag die Augen, als es an der Tür klopfte.

Vea zuckte zusammen. Schweiß bildete sich in ihrem Nacken, während sie darauf wartete, dass jemand „Aufmachen!" schrie. Angst und Übelkeit sammelten sich in ihrem Magen ... doch nichts dergleichen passierte.

„Es sieht aus, als wäre mein zweiter Plan gerade eingetroffen", bemerkte Brag zufrieden, und zu Veas Erleichterung stand er auf und schlenderte zur Tür. Sie hatte sich das Klopfen nicht eingebildet. Er hatte es auch gehört.

Ihr Atem beruhigte sich, doch ihre Beine zitterten. Sie presste die Fußsohlen auf den Boden, versuchte zwanghaft, die hastigen Bewegungen zu kontrollieren – versagte jedoch. Ihre Muskeln gehorchten ihr nicht.

Brag öffnete unterdessen die Tür, in der eine rothaarige Frau in brauner Tunika mit breitem Gesicht zum Vorschein kann. Hastig winkte er sie herein, bevor er das Schloss wieder verriegelte.

„Dies ist Lijua", sagte er mit gesenkter Stimme, so als hätte er mit der Frau und dem frischen Luftzug auch eine Horde Soldaten in sein Heim gelassen. „Sie ist Ärztin und wird meinen zweiten Plan in die Tat umsetzen."

„Tierärztin", korrigierte die Rothaarige ihn. „Und das bedeutet in der Fünften Mauer nicht viel, weil ich mir das meiste aus gestohlenen Büchern selbst beigebracht habe."

Brag machte eine wegwerfende Handbewegung. „Verkauf dich nicht unter Wert. Du hast Tala sehr geholfen, als ihr der Husten nachts den Schlaf geraubt hat."

Ein rosa Hauch überzog Lijuas Wangen, und sie nickte, bevor sie neugierig in die ihr entgegenblickenden Gesichter sah.

Stirnrunzelnd musterte Vea die Frau. Ärztin? Hatte Brag sie ihretwegen geholt? Hatte er gemerkt, dass mit ihr irgendetwas nicht stimmte?

„Ich wollte vorgeschlagen", fuhr Brag fort, „Nerrew Hegins Haus als Krankenlager zu nutzen. Ich habe schon mit ihm gesprochen und er ist einverstanden. Es steht relativ zentral zwischen Süd- und Westtor, und ich halte es für eine gute Idee, Verletzten einen Ort zu geben, den sie aufsuchen können. Lijua wird das Krankenlager beaufsichtigen,"

Die Frau nickte und Vea tat es ihr gleich. Sie konnten jede Hilfe gebrauchen.

Während die Rothaarige die Dinge aufzählte, die sie benötigen würde, gruben sich Veas Fingernägel weiter in ihre zitternden Oberschenkel. Lijua war eine Ärztin, sie kannte sich mit Krankheiten aus. Vea konnte diese Chance nicht verstreichen lassen. Wenn ihr jemand helfen konnte, dann diese Frau.

Immer fester drückte Vea die Handflächen auf ihre Beine, während sie fieberhaft darüber nachdachte, wie sie alleine mit ihr sprechen könnte. Sicher würde Lijua nicht lange bleiben. Sobald sie geklärt hatten, welche Materialien Brag für sie besorgen sollte, würde sie gehen und …

„Ich habe eine Frage", platzte es aus Vea heraus und abrupt wandten sich alle zu ihr um. Blut sammelte sich in ihrem Kopf und ihr Herz schlug heftig gegen ihren Kehlkopf, doch sie zwang sich zur Ruhe. Niemand hier sollte erfahren, dass es ihr nicht gut ging. Sie hatten genug Sorgen. „Woher wissen wir, dass sie die Richtige ist, um ein Lazarett zu leiten", fuhr sie fort und gab sich dabei Mühe, einen skeptischen Blick aufzusetzen. „Wie können wir darauf vertrauen, dass sie wirklich weiß, wovon sie spricht? Sie selbst sagt, dass sie ausschließlich Tiere behandelt. Womöglich wäre es schlauer, wenn wir uns noch nach jemand anderem umsehen, der sich mit Mensch–"

„Ich verstehe etwas von meinem Fach", unterbrach Lijua sie langsam und blickte sie irritiert an.

„Tatsächlich? Was würdest du dann zum Beispiel einem Patienten raten, der zu dir kommt und …", Vea stieß Luft aus, so als müsste sie über ihre nächsten Worte nachdenken, „sagen wir über Schwindelgefühle, Muskelschmerzen oder Muskellähmung klagt und unter Halluzinationen leidet. Was wäre dann deine Diagnose?"

„Vea, das ist kaum eine Kriegsverletzung", raunte Brag ihr kopfschüttelnd zu. „Darum geht es –"

„Ich würde ihm sagen, dass er so gut wie tot ist", unterbrach Lijua den Schmied und verschränkte die Arme vor der Brust.

Vea erstarrte. Sie spürte, wie die Farbe aus ihrem Gesicht wich. Augenblicklich hörten ihre Beine auf zu zittern. „Wie ... wie kommst du darauf?", wollte sie wissen, während ihr Inneres sich zusammenzog und ihr Blut auf einmal zäh wie Honig durch ihre Adern zu fließen schien.

„Nun", sagte Lijua und sah sie angriffslustig an. „Für mich hört sich das nach einer Vergiftung mit einem starken Nervengift an. Ich habe das schon oft bei Kühen beobachtet. Es gibt eine stachelige Pflanze, die in der Wildnis wächst und bei Berührung ein Gift freisetzt, das zuerst die Gliedmaßen und dann die Atemwege betäubt. Bei einer Kuh dauert es ein paar Tage, bis sie stirbt, bei einem Menschen vermutlich nur wenige Stunden – wenn das Gift unverdünnt ist. Es gibt kein bekanntes Gegenmittel. Die Tiere brechen in scheinbar unbegründete Panik aus, so als würden sie Dinge sehen, die gar nicht existieren. Und je tiefer sie ins Delirium fallen, desto näher kommt der Tod. Der Patient sollte seine letzten Stunden also besser genießen und seinen Angehörigen noch einmal sagen, dass er sie liebt. Zufrieden?"

Nein.

Vea öffnete den Mund, wollte etwas sagen ... doch es

kam kein Ton heraus. Ihre Gedanken rasten. Das konnte nicht sein. Wie sollte sie mit diesem Gift in Berührung gekommen sein? Es musste noch eine andere Möglichkeit geben. Sie würde nicht ... das war unmöglich!

Erneut klopfte jemand an die Tür und allesamt schraken zusammen. Das Blut pochte laut in ihren Ohren, doch sie zwang sich, den Kopf zu wenden. Diesmal war es Ro, der aufsprang und zur Tür eilte. Lijua und Brag traten zur Seite, während Ro einen Blick durch das Guckloch warf, das Brag vor wenigen Tagen durchs Holz gebohrt hatte.

Er stieß deutlich hörbar Luft aus, bevor er die Tür öffnete. Der Mann, der sie schon einmal aufgesucht hatte, um die Lieferung der Waffen zu bestätigen, trat ein.

„Ihr wirkt angespannt", stellte er fest, als die Tür hinter ihm in den Rahmen schlug.

Nika schnaubte, während Janon „Witzig", murmelte.

Vea sagte nichts. Ein Gefühl der Hoffnungslosigkeit machte sich in ihr breit. Mit jedem Schlag ihres müden Herzens wurde es weiter durch ihre Adern gepumpt. Tiefer in ihren Körper. Was war, wenn Lijua recht hatte? Wenn sie sterben musste.

Der Gottlose Soldat wusste die genervten Blicke wohl zu deuten, denn er lächelte nur kurz und kam dann sofort zur Sache.

„Provo schickt mich. Ich soll euch über die nächsten Schritte informieren."

Vea blinzelte und lehnte sich weiter nach vorne. Sie ignorierte das Kribbeln in ihren Füßen. Ignorierte den goldenen Schleier, der sich immer wieder vor ihre

Sicht schob, nur um sich Sekunden später aufzulösen. Ignorierte die Angst und die Panik und die Schwärze, die sie zu verschlucken drohte – denn sie musste sich konzentrieren. Was nutzte es, sich Sorgen zu machen, wenn sie ohnehin nicht gerettet werden konnte? Sie hatte keine Macht über das, was mit ihr passierte. Aber sie hatte die Macht, Bistaye zu helfen. Ihrem Volk zu helfen.

„Wieso schickt Provo *dich*?", wollte Ro verwirrt wissen. „Ist Jaan nicht hier? Provo vertraut doch sonst niemand anderem, wenn es darum geht, so wichtige Nachrichten zu übermitteln."

Der Bote hob die Schultern. „Ich weiß nicht, wo er ist. Vielleicht gerade auf dem Weg hierher."

„Mhm ..." Ro stellte noch eine weitere Frage, doch Vea blendete ihn aus. Stattdessen starrte sie ihre Finger an, die auf einmal zitterten. Hastig schloss sie sie zur Faust.

„Alles okay, Vea?" Sie zuckte bei Janons leiser Stimme an ihrem Ohr zusammen.

„Alles ... okay." Sie nickte. „Ich bin nur nervös."

„Es ist bald vorbei", versprach er, und wieder nickte Vea. Doch bei seinen Worten beschlich sie erneut das Gefühl der Verzweiflung, das sie so vergebens versuchte, von sich fortzuschieben. Denn sie wusste es. In ihrem Inneren hatte sie es schon die vergangenen Tage gewusst. Ja, es würde bald vorbei sein.

„Vea ... *ihr müsst die Wahrheit erfahren. Du musst mir zuhören. Hör mir ganz genau zu. Es sind alles Lügen.*"

Wieder zuckte sie zusammen, und die Stimme in ihrem Kopf verstummte.

Sie lehnte sich näher zu Janon, presste ihre Wange an seine, doch die Kälte wollte nicht aus ihren Gliedern verschwinden. Stattdessen fand die auf einmal vertraut klingende Stimme den Weg wie von ganz allein in ihren Kopf zurück.

„Du darfst nicht vergessen, was ich dir sage. Sie werden versuchen, dich vergessen zu lassen, aber du musst dich dagegen wehren. Du bist stark. Du wirst es schaffen. Auch ohne mich."

Ihre Augen brannten und sie biss sich schmerzhaft fest auf ihre Unterlippe, um die Tränen zurückzuhalten. Der goldene Schimmer verstärkte sich.

Sie sah Ro. Sie sah Nika. Sie nahm Janons Bein an ihrem wahr. Aber gleichzeitig spürte sie den Griff von zwei starken Händen an ihren Schultern, die sie vorantrieben. Sah mit Wandteppichen geschmückte goldene Wände. Kronleuchter bestehend aus hunderten von Kerzen.

„... also werden wir in drei Tagen angreifen."

Ihr Kopf fuhr in die Höhe und die goldenen Konturen verschwanden. „Was?", keuchte sie. „In drei Tagen schon?"

Provos Bote betrachtete sie mit hochgezogenen Augenbrauen, so als sei er überrascht, dass sie sprach, doch er nickte.

„Ja. Je schneller, desto besser."

Vea hatte geahnt, dass Salia nicht rechtzeitig zurückkehren würde, aber dennoch überkam sie bei dem Gedanken daran, ohne sie in den Krieg ziehen zu müssen, ein mulmiges Gefühl. Sie brauchten Salia. Sie brauchten die Informationen, die sie hoffentlich von dem Kreisvolk bekommen würde. Und ... sie wollte sie noch einmal sehen. Ein letztes Mal.

„Drei Tage", flüsterte sie. Wie lange würde Salia brauchen, um das Kreisvolk zu finden und das Geheimnis der Götter zu lüften?

Wieder nickte der Bote, bevor er sich erneut an Ro wandte. „Verbreitet die Nachricht. In drei Tagen bei Sonnenaufgang. Wir werden uns um die Kinder und Alten kümmern. Sie aus den Mauern zu schleusen, sollte einfacher werden als gedacht. Die Göttliche Garde wird sich auf die Tore und unsere Armee konzentrieren."

„Und dann?", fragte Vea leise. „Wir greifen an und was passiert dann?"

„Dann hoffen wir, dass wir nicht alle abgeschlachtet werden", murmelte der Soldat und verschwand im nächsten Moment aus der Tür. Vea starrte ihm nach, und eine drückende Stille senkte sich über sie.

Langsam ließ sie ihren Blick schweifen. Über Lijua, die Ärztin. Über Nika, ihre beste Freundin. Über Ro, den Ikano des Wassers. Über Brag, einen der mutigsten Männer, die sie kannte. Bis er auf Janon liegen blieb.

Die Chance, dass sie alle überlebten, war gering. Sie konnten nicht alle in den Krieg ziehen und lebend wieder heimkehren.

Die drückende Panik, die ihr Herz durchflutet hatte, verebbte. Die Angst legte sich und machte Resignation platzt. Vorsichtig atmete sie ein und aus. Vea wollte nicht sterben. Aber war das nicht besser, als im kommenden Krieg die Menschen, die sie liebte, einen nach dem anderen fallen zu sehen?

Vielleicht ... vielleicht wäre es leichter, die Erste zu

sein, die ging.

❦

Der Mann sprach nicht.

Stumm lief er ihnen voraus, und es war sinnlos, ihm Fragen zu stellen, denn er beantwortete sie ja doch nicht. Kein weiteres Wort war über seine Lippen gekommen, seit er sie dazu angewiesen hatte, ihm zu folgen. Nym hatte erwartet, dass Jaan versuchen würde, sie aufzuhalten. Doch er tat nichts dergleichen. Er blieb ebenso stumm wie der in Weiß Gewandete. Sein Gesichtsausdruck gab jedoch deutlich zu verstehen, dass er mit den neuesten Entwicklungen unzufrieden war, aber vielleicht war ihm aufgegangen, dass er nicht gegen sie alle würde kämpfen – und gewinnen – können. Was Nym nicht daran zweifeln ließ, dass er es dennoch versuchen würde. Vielleicht wenn sie schliefen. Wenn die Zeit günstiger war. Er wollte sie davon abhalten, Antworten zu bekommen. Er arbeitete für die Götter. Sie war sich sicher. Seine genaue Rolle konnte sie noch nicht benennen, aber ... er war nicht ihr Freund. War es wahrscheinlich nie gewesen.

Unruhe, Zorn und der Anflug von Hass saßen in ihrem Nacken. Was war Jaan nur für ein Mann, der wochenlang vorgab, den Rebellen helfen zu wollen, aber in Wirklichkeit sechs unschuldige Menschen beseitigte? Was war Jaan nur für ein Mann, der mit Vea am Tisch saß, ihre Fragen beantwortete und noch am selben Abend versuchte, sie umzubringen?

Nyms Muskeln ächzten, während sie den nächsten Felsvorsprung überwand, ihren Blick immer noch auf den Rücken des blassen Mannes gepinnt. Sie hatte darauf bestanden, als Letzte zu gehen. Beide, Jeki und Levi, hatten widersprechen wollen, doch ein eiserner Blick hatte genügt, um sie zum Schweigen zu bringen.

Sie war zu Tode erschöpft, ihre Rippen schmerzten bei jedem Atemzug und sie wollte nichts sehnlicher, als aus ihrer blutverschmierten Kleidung zu schlüpfen – doch sie würde Jaan nicht aus den Augen lassen.

Er hatte Antworten. Er wusste mehr als sie alle. Und sie würde nicht ruhen, bevor er ihr erzählte, was sie wissen wollte – oder sie ihn tötete. Sie war so nah dran. So nah an der Wahrheit. Sie konnte sie auf ihrer Zunge schmecken. Auf ihrer Haut spüren.

Der Weg war mühsam. Es war dunkel und kalt und die Steine glitschig. Es war lebensmüde, bei Nacht zu wandern, dennoch hatte Nym nicht einmal darüber nachgedacht, ob sie dem fremden Mann folgen sollten.

Er musste dem Kreisvolk angehören. Selbst in der Dunkelheit legte er den Weg mühelos zurück, so als sei er ihn schon viele Male gegangen. Und wer sonst sollte sie erwarten, wenn nicht das Kreisvolk?

Niemand hatte ihr widersprochen, als sie den Rest der Gruppe dazu aufgefordert hatte, der Bitte des Mannes nachzukommen. Nicht einmal Filia, die aussah, als könne sie kein Bein mehr vor das andere setzen.

Nym hielt einen Ball aus Feuer in der Hand, der ihr den Weg erleuchtete. Die anderen mussten mit dem stumpfen Mondlicht und einer Fackel, die Levi aus seinem Rucksack hervorgezaubert hatte, vorliebnehmen. Nym war so auf Jaans Rücken fixiert, dass sie gegen Leena prallte, als diese stehen blieb.

„Warum hältst du an?", wollte sie ungeduldig wissen.

„Weil er es auch getan hat", murmelte Leena und nickte nach vorne.

Tatsächlich. Ihr Anführer, dessen Robe in der Dunkelheit hell leuchtete, hatte auf einer schmalen Ebene vor einem Höhleneigang angehalten.

„Rastet", sagte er und wandte sich langsam um. „Ich komme morgen wieder."

Und bevor irgendwer Zweifel an seiner Aussage äußern konnte, war er bereits im düsteren Eingang verschwunden.

Stille legte sich über sie, dann ließ Filia geräuschvoll ihren Rucksack fallen und sank augenblicklich daneben zusammen.

„Er sagte, rastet", flüsterte sie, als sie die Blicke bemerkte, die sich auf sie richteten. „Ich gehorche ihm nur. Er hat sehr autoritär gewirkt, nicht?"

Leena überwand die letzten Höhenmeter und löste die Bambusmatte von ihrem Rucksack. „Setz dich hier drauf, Filia", murmelte sie. „Der Boden ist eisig kalt. Du holst dir sonst noch den Tod."

„Wir sollten unser Lager zumindest im Eingang der Höhle aufschlagen, dort sind wir windgeschützter", sagte Levi, dessen Stimme sich anhörte wie brüchige Äste in einem Sturm. „Wenn ich mich nicht irre, ist das hier sogar eine Feuerstelle." Er nickte in die Dunkelheit. „Nym, wärst du so freundlich?"

Noch bevor er zu Ende gesprochen hatte, füllte Nym bereits ihre Handflächen mit wärmendem Feuer. Sie folgte Leena, ihr Blick noch immer auf Jaan gerichtet, der ihn unbeteiligt erwiderte. Es stand keine Vorsicht in ihm. Keine Angst.

Noch immer keine Schuld.

Irrte Nym sich womöglich? War er es doch nicht gewesen, der all diese Morde begangen hatte? Aber warum hatte er sich dann nicht einmal die Mühe gemacht, es abzustreiten? Und warum trug er einen Göttlichen Dolch, obwohl er kein Mitglied der Göttlichen Garde war?

Sie hockte sich auf den Boden am Höhleneingang und ließ die Flammen auf die Feuerstelle übergleiten. Schwarz gefärbte Äste und sogar Kohlenstücke waren darin zu erkennen. Als würde hier regelmäßig Besuch vorbeikommen und Feuer machen.

Filia und Leena rutschten tiefer in den Höhleneingang und seufzten wohlig auf, als die Wärme sie erreichte. Mühsam zwang Nym sich dazu, den Blick von Jaan abzuwenden. Stattdessen starrte sie nun in das Innere der Höhle. Doch alles, was sie erkennen konnte, war eine tiefe, gnadenlose Schwärze. Das sanfte Licht der Flammen wurde nach ein paar Metern einfach verschluckt und nichts als ein großer dunkler, in die Unendlichkeit führender Schatten blieb zurück.

„Ich schlage vor, Jaan zu fesseln", durchbrach Nym die Stille, denn irgendwer musste es ja sagen.

Die Gruppe schwieg, und Nym konnte sehen, wie einer von Jaans Mundwinkeln zuckte.

„Wenn ihr es nicht tun wollt, übernehme ich das", setzte sie mit vor Wut zitternder Stimme hinzu. „Jaan hat all diese unschuldigen Menschen umgebracht. Er hat zugegeben, einen Gefallen bei Valera eingefordert zu haben – er muss mit den Göttern unter einer Decke stecken. Wieso sonst hat er eine so enge Verbindung zu ihnen?"

„Nym", sagte Leena nun fast flehentlich. „Es gibt bestimmt eine einfache Erklärung. Vielleicht hat er einen Trick angewendet, um die Göttin zu täuschen, er –"

„Ich gebe Nym recht."

Leenas Kopf schnellte nach oben. „Das kann nicht dein Ernst sein, Levi! Nur, weil du noch einmal mit ihr in die Kiste will–"

„Halt die Klappe, Leena!", unterbrach Levi sie grob, und in seiner Stimme lag nichts von seiner sonstigen Leichtheit. „Er hat keinen einzigen von Nyms Vorwürfen zurückgewiesen. Er trägt einen Göttlichen Dolch. Er bestreitet nicht, mit Valera und Thaka gesprochen zu haben – also sag mir, Leena: Wenn du zu Valera gehen oder Thaka treffen würdest, was würden die Götter mit dir tun?"

„Ich ... also ..."

„Sag es mir, Leena!", fuhr er sie an.

„Sie würden mich auf der Stelle töten", sagte sie ernüchtert.

„So ist es", erwiderte Levi grimmig und sein Blick glitt zu Jaan. „Also, mein *Freund*. Erkläre mir: Warum haben die Götter, die du so oft als deine größten Feinde bezeichnet hast, dich nicht getötet? Warum haben sie dir stattdessen einen kostbaren Dolch geschenkt?"

Jaan starrte stur in Levis Augen. Die Lippen eine dünne Linie der Unzufriedenheit. Das erste Anzeichen von Emotion.

Und dann sah Nym, wie sein Blick wanderte. Ganz langsam, vorsichtig fast, glitt er zu Filia, die erschöpft gegen ihren Rucksack gelehnt dasaß. Zu Leena, die ihn mit großen bittenden Augen ansah. Zu ihr selbst, die mit geballten Fäusten dastand. Zu Jeki, der nichts als ein stummer Beobachter war. Schließlich sah er wieder Levi an, der verbittert und vorwurfsvoll zurückblickte.

„Er hatte recht. Ich bin wohl doch weich geworden", murmelte er leise zu sich selbst, bevor er sich im Schneidersitz auf den Boden sinken ließ und seine Arme ausstreckte. „Fessel mich", forderte er und senkte das Kinn. „Hindert mich daran, meinen Auftrag zu beenden."

„Also gibst du zu, einen Auftrag zu haben?", fragte Nym zornig.

„Natürlich habe ich einen Auftrag", sagte er gelassen. „So wie ihr alle nur einen Auftrag ausführt. Und sei es der durch euer Schicksal selbst auferlegte. Also fessel mich. Ich würde mir auch nicht trauen."

Nym wechselte einen Blick mit Levi, doch der schien genauso überrascht wie sie selbst.

„Ich mache das", seufzte Jeki. „Ich bin der Außenstehende, ich kenne den Kerl nicht. Aber wenn er tatsächlich all die Leute in Bistaye ermordet hat, dann fühlt sich das Fesseln fast an, als würde ich meinem alten Beruf nachgehen."

Er zog ein Seil aus seinem Rucksack und kniete sich vor Jaan, der tief in Gedanken schien. Nym bemerkte, dass der fast verheilte Schnitt an Jekis Unterarm wieder aufgerissen war – doch neben all den anderen kleinen blutverkrusteten Verletzungen fiel er jetzt kaum noch auf. Die Wunden würden ihn nicht umbringen. So wie Nyms pochender Kiefer und ihre geprellten Rippen sie nicht das Leben kosten würden. Levi hatte kaum sichtbare Verletzungen davongetragen. Er wusste sich mit seinem Luftschild zu schützen, doch er sah so erschöpft aus, dass Nym ihn gerne in den Arm genommen hätte, dabei war sie selbst so müde, dass sie sich kaum aufrecht halten konnte. Sämtliche Knochen fühlten sich an, als hätte jemand einen Käsehobel über sie geschoben.

Ich habe keine ehrlichen Gefühle für dich? Meine Gefühle sind der einzige Grund, warum Tujan noch am Leben ist! Ich liebe dich, Nym.

Sie schloss die Augen und atmete tief ein und aus. Vorsichtig führte sie die Finger an ihre rissigen Lippen und zuckte zusammen. Das würde schon wieder werden. Sie würde wieder zusammenwachsen. Ihre Hand fand den Weg zu ihrem Herzen. Sie würde heilen. Irgendwann.

Als sie die Augen wieder öffnete, war Jaan bewegungsunfähig gemacht worden, und ihr fiel es leichter, zu atmen. Morgen warteten hoffentlich Antworten auf sie.

Sie rollte ihre Matte aus und legte sich hin, während Levi immer noch dastand und sie alle ansah. Sie betrachtete, als wären sie Geister.

Nym konnte ihn verstehen. Im Grunde waren sie genau das. Geister ihrer selbst, die heute noch einmal mit dem Leben davongekommen waren. Doch für wie lange?

Der Krieg grollte unheilvoll am Horizont, und Nym hatte aufgehört, daran zu glauben, dass sie lebendig aus der Sache herauskommen würde. Vielleicht hatte sie auch aufgehört, es sich zu wünschen.

Gut. Böse. Recht. Unrecht. Richtig. Falsch. Freund. Feind.

Die Menschen würden immer versuchen, zu unterscheiden. Ewig versuchen, ihr Gegenüber in Schubladen zu packen, um sich ihr Leben zu erleichtern. Sie würden kategorisieren, für besser und schlechter befinden, verallgemeinern. Das würde sich nicht ändern. Götter hin oder her.

Sie schluckte und kämpfte erneut gegen ihre Tränen an. Die Müdigkeit überrollte sie, und sie wünschte sich nichts sehnlicher, als dass es endlich vorbei war. Dass sie ihre Schwester in den Arm nehmen und ihr sagen konnte, dass alles gut werden würde – und es dieses Mal keine leeren Floskeln waren. Sie wollte neu anfangen und das alles hinter sich lassen. All das Blut, das ihre Hose härtete. Sie einengte. Ihr die Bewegungsfreiheit nahm.

Nym schloss die Augen. Vertraute darauf, dass Jeki und Levi aufpassen und ihr für diesen Moment die Last nehmen würden.

Und noch bevor sie in einen unruhigen Schlaf sank, konnte sie Filias matte Stimme hören. „Danke fürs Leben retten, Nym."

❧

Levi übernahm die erste Wache. Froh darum, ein paar Momente mit seinen Gedanken allein zu sein. Er hatte die letzten Wochen über versucht, das Gefühl zu ignorieren – aber er hatte Angst.

Angst vor dem Krieg. Davor, dass ihm wichtige Menschen ihr Leben lassen würden. Davor, dass er selbst sterben würde. Er war dem Tod schon so oft von der Schippe gesprungen, dass er davon überzeugt war, dass er da draußen lauerte und darauf wartete, es ihm endlich heimzuzahlen.

Und Levi hatte Angst davor, dass nicht nur Jeki sein Vertrauen in die Falschen gesetzt hatte.

Jaan war der engste Vertraute Provos. Wenn Jaan etwas mit den Göttern zu tun hatte – was war dann Provos Rolle? War er etwa auch mit den Göttern bekannt? Verband sie etwas, das er bis zu diesem Zeitpunkt übersehen hatte?

Aber das war unmöglich! Provo bereitete gerade einen Krieg gegen sie vor. Er wollte ihr Land einnehmen. Es ergab zwar keinen Sinn, aber noch weniger glaubte Levi, dass Provodes keine Ahnung davon hatte, was Jaan tat. Er musste wissen, dass Jaan mit den Göttern vertraut war. Vielleicht nutzte er dies sogar für seine Zwecke. Vielleicht war das der Grund, warum Provo Jaan mit den wichtigsten Einsätzen in Bistaye betraut hatte. Weil er wusste, dass Jaan seine Gegner kannte. Andererseits war Jaan vielleicht auch ein Überläufer. Vielleicht betrog er Provo, vielleicht ...

Levi ließ seinen Nacken kreisen.

Vielleicht.

„Du solltest dir keine Vorwürfe machen, Levi."

Ruckartig ließ er sein Kinn sinken, den Blick auf Jaan gerichtet. „Was?"

„Du bist ein guter Soldat. Du hast eine Menge Gutes getan. Manche Dinge wirst du nie verstehen und manche Dinge stehen nicht in deiner Macht. Finde dich damit ab."

Levi gab ein freudloses Lachen von sich. „Sag mir

nur eins, Jaan", flüsterte er. „War es Provo, der die Morde angeordnet hat? Oder handelst du nach deiner eigenen Agenda?"

Der blasse Mann lehnte sich gegen die Höhlenwand und schüttelte kaum merklich den Kopf. „Manche Dinge, Levi, solltest du einfach akzeptieren. Es hält dich länger am Leben."

„Ist es das, was du getan hast? Hast du dich damit abgefunden, dass manche Dinge nicht in deiner Macht stehen? Damit es dich länger am Leben hält?"

„Ich habe mein Leben schon vor langer Zeit verschenkt", murmelte Jaan. „Die Menschen waren nie gut zu mir – verurteile mich nicht dafür, dass ich denen loyal gegenüberstehe, die es sind."

„War ich nicht freundlich zu dir, Jaan?", wollte Levi spöttisch wissen. „Habe ich dich schlecht behandelt?"

„Nein", sagte Jaan ruhig und schloss die Augen. „Und deshalb lebst du noch."

Wie rührend. Wenn Levi nicht aufpasste, fing er gleich an zu weinen. „Was ist mit den sechs Menschen in Bistaye? Waren die schlecht zu dir? War Vea zu unhöflich? Wolltest du sie deswegen töten? War das Ganze ein persönlicher Rachefeldzug?"

„Nichts an diesem Krieg ist persönlich. Hast du das immer noch nicht verstanden, Levi? Wir alle haben nichts mit den Entwicklungen der letzten Jahre zu tun. Der Krieg würde ohne jeden Einzelnen von uns stattfinden. Mit jeder anderen Nation."

Levi verstand nicht, was Jaan meinte. Aber er hatte sich schon vor langer Zeit daran gewöhnt, dass der Erste Offizier in Rätseln sprach.

„Warum bist du dann Teil davon, Jaan?", fragte Levi

leise, und seine Stimme wurde beinahe von dem Knistern des Feuers überdeckt. „Warum führst du Aufträge für Provo aus?"

Die Mundwinkel des Gefangenen zuckten, die Augen blieben geschlossen. „Aus Liebe, Levi. Dem einzig guten Grund, irgendetwas zu tun." Und damit lehnte er seinen Kopf gegen die Felswand hinter sich und schloss die Augen. Offenbar war für ihn die Unterhaltung beendet.

Aus Liebe.

Levis Blick huschte zu Nyms geschundenem Gesicht und sein Herz zog sich schmerzhaft zusammen.

„Wen liebst du, Jaan?", wollte er wissen.

Doch der andere Mann antwortete nicht mehr.

Kapitel 10

Thaka schnaubte laut. „Geht es jetzt wieder um Tergon? Darum, dass du ihn vermisst?"
„Es war so viel lustiger mit ihm", beschwerte sich Valera und klang dabei fast quengelig. So wie Salia, Karus älteste Tochter, wenn sie ihr verbot, im Haus mit Feuer zu spielen. „Aber ihr musstet ihn ja verscheuchen. Ihr musstet ja diese wahnwitzige Idee haben, dass . . ."

Wenn Nym geglaubt hatte, dass ihre Schmerzen über Nacht nachlassen würden, so hatte sie sich geirrt. Als der erste Lichtstrahl über den Horizont kletterte, ihr Gesicht erwärmte und in ihren immer noch müden Augen brannte, war es, als würde sie jeden einzelnen Knochen ihres Körpers spüren. Und sie alle protestierten gegen die Idee, sich zu bewegen.

Sie presste ihre Zähne aufeinander und drückte sich in die Senkrechte. Ihr Gesicht war abgeschwollen, aber ihre Rippen ächzten noch immer bei jeder Bewegung.

Ihr erster Blick galt Jaan, der an der gegenüberliegenden steinernen Wand lehnte und ins noch immer brennende Feuer sah. Er hob sein Kinn nicht in ihre Richtung, obwohl er gehört haben musste, dass sie wach war, und Nym war das nur recht. Die Wut, der Hass, die Angst – sie waren anstrengend. Wenn es die

199

Möglichkeit gäbe, so viele Emotionen wie möglich in ihren Rucksack zu stopfen und jemand anderem die Last zu übertragen, dann würde sie es tun. Ihr zweiter Blick galt Levi, der während seiner Wache eingeschlafen sein musste. Sie konnte es ihm nicht verübeln.

Gähnend streckte sie ihre schmerzenden Glieder, fachte das fast erloschene Feuer wieder an – und schrak im nächsten Moment zusammen. Fußschritte näherten sich.

„Wacht auf, Leute", zischte sie. „Es kommt jemand."

Auch die anderen fingen an, sich zu regen, und Filia fuhr so abrupt aus ihrem Schlaf, dass ihr Rücken knackte. Hektisch sah sie sich um, bevor sie nach dem Dolch tastete, der offenbar unter ihrer Matte lag.

„Sie werden euch nicht angreifen", gab Jaan Entwarnung. Er war aufgestanden, die Hände noch immer vor dem Körper zusammengebunden, und für einen Moment sah es aus, als würde er beten. „Das Kreisvolk hält nicht viel von Gewalt. Solange ihr keine Waffe zieht, werden sie es auch nicht tun, also würde ich dir empfehlen, den Dolch wegzustecken, Filia. Das könnte ein falsches Bild vermitteln."

Nym war sich sicher, dass sie Jaan noch nie so viel an einem Stück hatte reden hören, und brauchte einige Momente, um sich von diesem Schock zu erholen.

Jeki offensichtlich nicht. „Warum weißt du so viel über dieses Volk?", wollte er misstrauisch wissen.

„Weil ich hier war."

„Aber du sagtest, du hättest das Kreisvolk nie getroffen", erinnerte ihn Leena verdutzt.

„Ich habe gelogen", erwiderte Jaan gelassen, den Blick in die Schatten der Höhle gerichtet.

Nym tat es ihm gleich, und es dauerte nicht lange, bis der Mann vom Vortag in seinem weißen Gewand aus der Dunkelheit in das fahle Licht des Feuers trat.

„Folgt mir", sagte er. Er verfügte offenbar nur über ein eingeschränktes Vokabular.

Hektisch begannen sie ihre Dinge zusammenzupacken und die Waffen so zu verstauen, dass sie nicht direkt ersichtlich waren.

„Macht euch nicht die Mühe", murmelte Jaan belustigt. „Sie werden es wissen. Sie werden alles wissen."

Und dann folgte er dem Weißgewandeten in die Tiefen der Höhle. Nym schulterte ihren Rucksack und hastete ihm hinterher, aus Angst, er könne sich verstecken oder doch noch fliehen. Ihre mit Feuer gefüllte Hand hielt sie in die Höhe, sodass Jaans Rücken beleuchtet wurde und sie sehen konnte, wo sie hintrat. Die dumpfen Schritte hinter ihr ließen sie wissen, dass die anderen ihnen folgten, während sie die Augen verengte, um besser sehen zu können.

Doch es war sinnlos. Die Dunkelheit, die sie umgab, schien drückender und unerbittlicher als sonst, und das Licht ihrer Flamme reichte kaum einen Meter weit. Alles, was sie sah, war Stein. Dunkelgrauer feuchter Fels. Mal glatt, mal rau. Und dann ... dann war da noch etwas anderes. In der Ferne, wenn sie über Jaans Schulter hinwegsah, erkannte sie ein kleines Licht, das mit jedem Schritt, den sie tat, größer wurde.

„Warum können geheimnisvolle Völker ihr Versteck nie an schönen, offenen Plätzen haben? Warum müssen sie immer an gruseligen Orten wohnen?", murmelte Filia hinter ihr.

„Halt dich einfach an unser Feuermädchen. Sie macht wenigstens etwas Licht", erwiderte Leena, und Nym hörte, wie beide ihre Schritte beschleunigten.

Sie hatte jedoch keine Zeit, sich nach ihnen umzudrehen, sie war zu sehr damit beschäftigt, die Umrisse zu studieren, die sich nun deutlich vor dem Licht abzeichneten. Ihr Anführer hob seine Hand und der Schemen in der Ferne erwiderte die Geste.

Jaan wurde langsamer und schließlich musste Nym einen Schritt nach rechts machen, damit sie nicht mit ihm kollidierte.

„Was ist?", wollte sie schroff wissen.

„Für das allgemeine Wohl würde ich vorschlagen, dass du vorgehst. Es wäre nicht von Vorteil, wenn ich der Erste bin, den sie sieht."

„Sie?"

„Die Geheimniswahrerin des Kreisvolkes – ihre Anführerin."

„Warum sollte sie dich nicht sehen wollen?"

„Weil sie mich schon vor langer Zeit dem Tod geweiht hat – und ich die Dreistigkeit besitze, immer noch am Leben zu sein", flüsterte er, und Nym war es fast so, als würde sie ein Schmunzeln aus seiner Stimme heraushören.

Jaan ließ sich noch ein wenig weiter zurückfallen, und auch wenn Nym es nicht gefiel, ihn aus den Augen zu lassen, so konnte sie nichts dagegen unternehmen. Denn der Weißgewandete war in dem Licht stehen geblieben, das offenbar das Ende der Höhle markierte. Nym strengte ihre Augen an, doch es war ihr unmöglich, durch die Helligkeit hindurch einen Blick auf das Dahinterliegende zu erhaschen.

Der Führer sprach kurz mit der einzelnen Gestalt, die, wie Nym erkannte, ein rotes Gewand anstelle eines weißen trug. Sie nickte knapp, bevor sie dem Mann mit einer raschen Handbewegung bedeutete, zu gehen. Dieser folgte ihrer Geste, schritt in das Leuchten, das sich aus nächster Nähe mit einem dahinterliegenden blauen Himmel verband, und verschwand.

Nym verlangsamte ihre Schritte und taxierte die Frau, die geduldig auf sie wartete.

Sie hatte langes weißes Haar, musste das Alter von fünfzig Jahren schon überschritten haben, und in ihrem ovalen Gesicht saßen wachsame hellbraune Augen, die sie neugierig betrachteten. Das rote Gewand hüllte ihren Körper ein wie die Blütenblätter einer Blume ihren Stempel und gab ihr eine unverkennbare Ausstrahlung von Erhabenheit und ... ja, Macht.

Die Art und Weise, mit der ihr Gegenüber das Kinn wie selbstverständlich höher trug als die anderen, war unverkennbar. Träge blieb der Blick der Frau an ihr hängen, bevor er weiterglitt und auch die anderen Gesichter in sich aufsog.

Die Anführerin des Kreisvolks schien nicht überrascht, Jaan zu sehen – sicherlich war ihr von seiner Anwesenheit berichtet worden –, dennoch schürzte sie bei seinem Anblick missbilligend die Lippen.

„Jaan." Ihre Stimme war leise und dunkel. Wie Finger, die über eine raue Oberfläche strichen. Nyms Nackenhaare stellten sich auf und ihr war, als hätte sie sie schon einmal gehört. In einer fernen Erinnerung. „Niemals hätte ich damit gerechnet, dass du dich je wieder hierher verirren würdest. Ich dachte, wir hätten dir und Provodes deutlich gemacht, was wir von eurer Anwesenheit halten."

„Habt ihr, Alani. Und ich entschuldige mich. Es war nicht meine Absicht, bis an diesen Ort zu gelangen. Ich wäre früher umgekehrt, hätte ich gekonnt." Er hob seine gefesselten Hände in die Höhe. „Ich habe nicht vor, länger als nötig zu bleiben."

„Schön." Sie nickte und schien ihm einfach so zu glauben.

Irritiert blickte Nym zwischen Jaan und der Frau hin und her. Sie traute keinem einzigen Wort, das aus seinem Mund kam! Und was sollte das bedeuten, sie hatte es ihm und Provodes deutlich gemacht? Waren sie etwa gemeinsam hier gewesen?

„Nun, was tut ihr hier?"

Alani wandte sich dem Rest der Gruppe zu, und Nym konnte Jaan leise schnauben hören, so als sei die Frage der Frau lächerlich. Diese jedoch ignorierte den untypischen emotionalen Ausbruch des Soldaten.

„Wir sind hier, um den Menschen von Asavez und Bistaye zu helfen." Es war Filia, die einen mutigen Schritt nach vorne gemacht und gesprochen hatte. „Wir wollen sie von den Göttern befreien."

Alani ließ ihre Schultern sinken und seufzte schwer. „Enttäuschend. Ich hatte die Hoffnung gehegt, dass die Menschen in den letzten Jahrzehnten dazugelernt hätten. Aber so wie jedes in dieser Welt lebende Geschöpf lügt auch ihr nach wie vor. Ich verstehe es nicht. *Alle* wollen sie ihr wahres Gesicht verbergen. Woher kommt diese Neigung?" Sie schnalzte missbilligend mit der Zunge und wandte sich zu Jaan. „Wenigstens du versuchst es nicht mehr. Aber das ist auch das einzig Gute, was ich über dich zu sagen habe."

Protestierend öffnete Filia den Mund. „Es ist die Wahrheit!"

„Nein", widersprach die Frau gelassen. „Vielleicht die Wahrheit der anderen, aber nicht deine. Du bist nicht hier, um der Menschheit zu helfen. Du bist hier, weil dich der selbstsüchtige Wunsch nach Rache antreibt. Du willst das Blut der Götter fließen sehen, weil sie dich haben bluten lassen. Und dieser Zorn ist nicht einmal verwerflich, er ist natürlich und ich akzeptiere ihn ... solange du aufhörst, deswegen zu lügen."

Das Mädchen aus der Sechsten Mauer riss die Augen weit auf und blickte die Anführerin des Kreisvolkes fassungslos an. „Woher –"

„Du wirst sehr schnell erkennen und hinnehmen müssen, Mädchen, dass wir jede jämmerliche Wahrheit sehen, die ihr panisch zu ersticken versucht", sagte ihr Gegenüber ungeduldig. „Ihr könnt versuchen, eure Wahrheiten noch so sorgfältig in einfallslosen Lügen zu verstricken – uns könnt ihr nichts vormachen. Wir sehen, was selbst ihr vergessen habt. Wir sehen, was ihr nicht preisgeben wollt. Wir sehen, was ihr zu verdrängen hofft. Also, macht es euch leichter und hört auf, euren menschlichen Schwächen zu verfallen. Hört auf, zu lügen."

Alani hatte die Worte ohne Vorwurf ausgesprochen. So als wolle sie eine Erklärung abgeben ... und dennoch hatte Nym das Gefühl, dass sie soeben gewarnt worden waren. Dass die Anführerin des Kreisvolks sie zwar duldete – für den Moment –, sich dies aber sehr schnell ändern konnte.

„Schön", sagte Leena und schob sich kaum merklich vor die noch immer schockiert aussehende Filia. „Filias Absichten mögen andere sein, als den Menschen aus Bistaye zu helfen. Aber was ist mit dem Rest von uns? Wir wollen helfen, wir –"

„Schließt du dich in dieses große Wir mit ein?", forderte Alani zu wissen.

„Ich ... was?" Leena leckte über ihre Lippen und schlang nervös die Hände ineinander. „Natürlich tue ich das. Ich –"

„Und schon wieder: eine Lüge. Sagte ich nicht gerade, dass ihr mit Unwahrheiten nicht sehr weit kommen werdet?"

„Was soll das denn heißen?" Leena machte einen Schritt zurück. Offensichtlich fühlte sie sich angegriffen. „Ich will wirklich helfen! Ich –"

„Nein, du bist hier, weil du deinen Vater stolz machen willst. Weil du ihm beweisen willst, dass du doch die Beste bist. Weil du ruhmreich zurückkehren willst, um so endlich das Ansehen und die Liebe von ihm zu bekommen, nach der du dich seit Jahrzehnten sehnst."

Leena schoss die Röte ins Gesicht, und so sehr sie zu versuchen schien, Worte zu formen – sie versagte.

„Ihr lügt, ohne es zu merken. So sehr habt ihr euch schon daran gewöhnt. Er zum Beispiel", fuhr Alani fort, die sich nicht im Mindesten an Leenas Sprachlosigkeit störte und nun auf Jeki deutete. „Er möchte überhaupt nicht hier sein. Er fürchtet sich so sehr vor der Wahrheit, die wir ihm geben könnten, dass er lieber die Augen und Ohren verschließen würde. Und auch damit wirst du nicht weit kommen, junger Ikano der Erde. Wer sich vor Wahrheiten versteckt, verliert sich irgendwann in seinen eigenen Lügen. Und der junge Ikano der Luft ... seine Intention mag nobel sein,

206

doch das Glück der Menschen in Bistaye interessiert ihn nicht im Geringsten. Alles, was er möchte, ist, seiner Schwester eine bessere, friedlichere Zukunft zu garantieren. Wie ich sagte: nobel. Doch letztendlich ist er genauso selbstfixiert wie ihr. Wie ich sehe, wächst und gedeiht der Egoismus der Menschheit wohl noch immer prächtig."

Stille breitete sich aus. Jeki und Levi blieben stumm, denn keiner von beiden schien etwas gegen die ausgesprochenen Anschuldigungen vorbringen zu können. Niemand konnte sich vor seiner eigenen Wahrheit verstecken.

„Und was ist mit mir?", wollte Nym leise wissen. Ihre Stimme war ruhig und fest. Denn sie fürchtete sich nicht vor der Wahrheit. Nicht vor dieser. Sie wusste, warum sie hier war.

Alani sah sie prüfend an, fuhr mit dem Blick ihre Gesichtszüge nach. „Sag du es mir", bemerkte sie schließlich lächelnd. „Sag du es mir und ich verrate dir, ob es die Wahrheit ist."

„Ich bin hier, um den Menschen ihr eigenes, selbstbestimmtes Leben zurückzugeben. Ich bin hier, damit der endlose Kampf nicht umsonst war. Damit jedes verlorene Leben eine Bedeutung bekommt. Damit unsere Völker aufhören, sich ein universelles Feindbild zu basteln, und anfangen, jeden Menschen einzeln zu betrachten. Nicht als Gegner, sondern als Individuum. Ich bin hier, damit Gerechtigkeit nicht länger von den Göttern definiert, sondern von uns selbst entworfen wird."

Langsam nickend taxierte die Anführerin des Kreisvolks sie. „Es ist schön, zu sehen, dass du dich zumindest deine Überzeugungen betreffend nicht selbst belügst, auch wenn es dir in anderen Teilen deiner Persönlichkeit so schwerfällt", murmelte sie.

Nym beschloss, nicht auf ihre letzten Worte einzugehen. Alani provozierte sie mit Absicht. Nym würde das Spiel nicht nach ihren Regeln spielen.

„Nun gut", sagte Alani mit einem Lächeln, als wäre der Ausruf eine direkte Antwort auf Nyms letzten Gedanken gewesen. „Was also erhofft ihr euch von uns?"

„Die Wahrheit", antwortete Nym.

Das Lächeln der Frau wurde breiter. „Menschen auf der Suche nach der Wahrheit. Wie untypisch. Meist sind sie doch in ihrem Netz aus Lügen viel zufriedener. Aber schön ... ihr wünscht euch, die Wahrheit über die Gesichter der Götter zu erfahren. Man sollte meinen, da seid ihr bei dem Volk der Wahrheitsleser richtig, nicht wahr?"

Hinter Nym gab Filia einen hohen Laut der Verwunderung von sich. Doch Nym war weder von Alanis Eingeständnis überrascht, noch darüber dass sie den Grund für ihr Kommen kannte. Natürlich war das Kreisvolk eine Gruppierung von Wahrheitslesern. Wer sonst, außer die Wahrheitsleser, hätte hinter das Geheimnis der Götter kommen können?

„Sind wir etwa *nicht* am richtigen Ort?", wollte Nym forsch wissen.

„Das wird sich zeigen", murmelte Alani, ihren Blick auf einen Punkt über Nyms Schulter gerichtet. Irritiert wandte sie sich um. Es war Jeki, den die Anführerin beobachtete.

Bevor Nym jedoch nach dem Grund fragen konnte, sprach Alani bereits weiter. „Ich muss sagen, ich bin überrascht. Zumindest von dir, einem Göttlichen Soldaten, hätte ich die Frage danach erwartet, wobei es sich um einen Wahrheitsleser handelt."

Jeki hob die Augenbrauen. „Ich weiß, was ein Wahrheitsleser ist, aber vielen Dank für die Sorge um meine Bildung", antwortete er trocken.

„Du weißt es? Tatsächlich?" Alanis Blick huschte zu Jaan, der, wie Nym auffiel, misstrauisch die Augen verengte. So als würde Alani gleich etwas Verbotenes tun. „Woher?"

„Api hat es mir erzählt."

„Wirklich?"

„Für eine Frau, die behauptet, sie wisse, wann jemand lügt, stellt Ihr ziemlich viele Fragen."

Alani lächelte seicht. „Ich weiß, dass du die Wahrheit sagst, aber ich hatte dennoch das Verlangen, meiner Verwunderung Ausdruck zu verleihen."

„Alani ...", flüsterte Jaan drohend.

„Was ist denn, alter Freund? Ich darf doch wohl überrascht darüber sein, dass ein Göttlicher Soldat weiß, was ein Wahrheitsleser ist, obwohl in seinem Land keine existieren."

Jekis Blick huschte unsicher zwischen Jaan und der Anführerin hin und her. „Es ... es gibt Wahrheitsleser in Bistaye. Sie halten sich nur bedeckt, weil sie wissen, dass ihre Gabe benutzt werden könnte. Sie fürchten sich vor der Zwietracht, die entstehen würde, wenn Menschen von ihrer Existenz und ihrer Macht wüssten."

Mit jedem von Jekis Worten war Alanis Lächeln breiter geworden und sobald er geendet hatte, lachte sie sogar einmal kurz und hell auf.

„Es waren Apis Worte", sagte Jeki gepresst, scheinbar schwer damit beschäftigt, sich zur Ruhe zu zwingen.

„Ja, Api sagt eine Menge, junger Soldat. Ihr Menschen seid nur zu unkonzentriert und ängstlich, um genau hinzuhören. Ihr achtet auf die Dinge, die gesagt werden – nie auf die Dinge, die *nicht* gesagt werden. Dabei sind diese so viel wichtiger."

„Ich verstehe nicht ganz", sagte Jeki, sichtbar verwirrt.

„Es muss doch auch Wahrheitsleser in Bistaye geben. Es würde keinen Sinn machen, wenn nur in Asavez Menschen mit dieser Fähigkeit geboren würden."

„Natürlich", sagte Alani ungeduldig. „Aber glaubst du etwa wirklich, dass die Götter, die nichts mehr fürchten, als dass jemand hinter ihr Geheimnis kommt, Wahrheitsleser in ihrem Volk dulden würden?"

„Nun, sie müssen! Was bleibt ihnen für eine Wa–" Er brach ab. Legte sich eine Hand an die Stirn, öffnete den Mund. „Die gottlosen Kinder", hauchte er. „Sie sind Wahrheitsleser. Die Götter lassen sie töten, um die Gefahr im Keim zu ersticken."

„Gottlose Kinder? So nennen sie sie?" Wieder lachte Alani ein hohes kurzes Lachen, das so gar nicht zu ihrer tiefen Stimme und ihrem vorangeschrittenen Alter zu passen schien. „Ich bitte euch, dieser Lüge sind die Menschen verfallen? Gottlose Neugeborene? Es sind Säuglinge. Sie sind weder gottesfürchtig noch gottlos. Sie können keine Entscheidungen treffen. Wagt es denn niemand, die Worte der Götter zu hinterfragen?"

„Ich verstehe schon", knurrte Jeki, sichtlich damit kämpfend, die Kontrolle über seine Stimme zu bewahren. „Api hat mich belogen und ich war zu leichtgläubig, es zu bemerken."

„Du brauchst dich deswegen nicht schlecht zu fühlen", meinte Alani unbeschwert. „Wer soll in dem Wald aus Lügen schon den Überblick bewahren? Denn diese Eigenschaft ist euch doch allen gemein. Ob Menschen, Ikanos oder Götter. Ihr lügt. Und wenn in einem Land niemand dazu in der Lage ist, diese Lügen zu erkennen – wie viel Macht gibt das dann wohl demjenigen, der ungeniert seine eigene Wahrheit verbreiten kann?" Ihr Blick blieb auf Jaan liegen. „Wie viel Macht haben die –"

„Du bewegst dich am Rande der Abmachung, Alani", unterbrach Jaan sie, und Nym konnte nicht umhin, eine drohende Note aus seiner Stimme herauszuhören.

„Das tue ich", sagte die Anführerin unbeeindruckt. „So wie ihr euch seit Jahren an derselben Grenze herumtreibt. Glaubst du, wir wissen nicht, was ihr da tut, Jaan? Denkst du, uns ist nicht klar, dass ihr euch durch jedes kleine Schlupfloch drängt, das sich euch bietet? Gibst du dich dem Irrtum hin, dass wir nicht genauestens über die Vorgänge in Bistaye und Asavez unterrichtet sind? Und jetzt willst du mich dafür schelten, dass ich einen Zeh auf die Linie gesetzt habe, die ihr euch seit Jahrhunderten zurechtbiegt?"

„Schelten, Alani? Nichts läge mir ferner. Ich möchte dich lediglich an deinen Schwur erinnern."

„Natürlich. So wie auch dein enger Freund Provodes uns diese Warnung vor fast zwanzig Jahren aussprach?", fragte sie amüsiert. Nyms Blick glitt verwirrt zwischen Jaan und seinem Gegenüber hin und her. Sie hatte das Gefühl, die beiden führten zwei Unterhaltungen. Eine, die sie aussprachen, und eine weitere stumme, die sich aus den Worten zusammensetzte, die ungesagt blieben.

„So ist es", sagte Jaan lächelnd.

„Und jetzt schickt er dich, um sie zu erneuern?"

„Oh, keineswegs. Wie ich bereits sagte: Ich hatte nie vor, euch zu besuchen. Provo hatte die vage Vermutung, dass euer Groll gegen mich noch zu tief sitzen könnte."

„Es wäre tatsächlich klüger gewesen, uns nicht unter die Augen zu treten. Auch wenn ich das Wort Groll nicht in den Mund nehmen würde – du bist hier einfach nicht willkommen."

„Wir sind es schon?", rutschte es Nym heraus.

Der dunkle Blick der Anführerin glitt augenblicklich zu ihr. „Dazu kommen wir jetzt." Sie strich sich ihre rote Robe glatt und machte einen Schritt zurück, weiter auf das helle Licht zu, das jegliche Sicht auf das Dahinterliegende verbarg. „Wir sind sehr wütend auf die Götter. Mein Urahne, der Gründer des Kreisvolks und Verfasser jeglicher Schriften, die über uns existieren, hat vor fast einem Jahrtausend eine Abmachung mit den Göttern getroffen, der wir alle unterliegen. Götter und Kreisvolk. Doch in den letzten Jahrzehnten haben die Götter sich redlich Mühe gegeben, jede noch so dünne Grenze unserer Vereinbarung bis zum Zerreißen auszudehnen – und genau dasselbe werden wir auch tun. Ich kann euch nicht die Wahrheit geben, nach der ihr sucht. Aber ich kann euch helfen, sie selbst zu fin–"

„Alani ..."

„Nein!" Sie hielt einen Finger hoch und brachte Jaan

zum Schweigen. „Du hast dich vor zwanzig Jahren für die falsche Seite der Wahrheit entschieden, Jaan. Wir gaben dir deine Chance, du hast sie nicht genutzt. Ich werde die dir so kostbare Abmachung nicht brechen – aber ich werde ihre Grenzen so weit biegen, wie es in meiner Macht steht. So wie ihr es schon immer getan habt. Ich habe deine Freunde nicht hergebeten. Sie sind selbst zu mir gekommen. Ich habe mich nicht eingemischt. Du kannst mir nichts zur Last werfen."

Ihr. Immer wieder benutzte sie dieses Wort. War Jaan Teil der Götter? War er ein Verräter?

„Wenn du nicht wolltest, dass sie unsere Hilfe bekommen, hättest du sie töten sollen. Jetzt ist es zu spät." Sie atmete tief durch. „Ich werde euch Zugang gewähren. Jedem Einzelnen von euch. Unter einer Bedingung: Ihr haltet euch an unsere Regeln."

„Was für Regeln?", wollte Filia sofort wissen. Aus jedem ihrer Worte tropfte Misstrauen, und Nym konnte es ihr nicht verdenken. Auch sie konnte nicht behaupten, dass sie Alani als sonderlich vertrauenswürdig oder gar sympathisch empfand. Die Anführerin des Kreisvolks strahlte eine stumme Arroganz aus, die jeden von ihnen wissen ließ, welche Rasse die fortschrittlichere war.

„Nur eine Regel: Für den kurzen Zeitraum, den ihr bei uns verbringen werdet, verschreibt ihr euch der Wahrheit."

„Der Wahrheit?", fragte Leena kleinlaut, und Nym konnte sie schlucken hören.

„Ja. Der puren Wahrheit. Ihr lügt nicht. Ihr denkt nach, bevor ihr redet. Ihr wendet keine unehrliche Art an, an Informationen zu kommen, außer ich erlaube es euch. Außerdem benutzt ihr keine Waffen. Wir werden sie euch nicht abnehmen, das würde dem Vertrauen, auf dem das Zusammenleben unseres Volkes basiert, widersprechen, aber wir bitten euch darum, sie nicht zu verwenden."

Nichts ließ Nym daran zweifeln, dass diese Bitte eine Warnung war, und so blieb ihr nichts anderes übrig, als zu fragen: „Was passiert, wenn wir die Regel missachten?"

„Dann werde ich euch töten lassen", sagte Alani sachlich.

„Prima", sagte Levi trocken. „Wenn Sarkasmus auch als Lüge gewertet wird, dann sind wir alle bereits tot, bevor wir ‚Thaka stinkt' sagen können."

Ein mildes Lächeln zog an Alanis Mundwinkeln. „Ich werde großzügig genug sein, über die den Menschen eigenen Sonderheiten hinwegzusehen. Ihr seid schließlich nichts weiter als Opfer eurer Gesellschaft, und dafür wird euch niemand bestrafen. Wir wollen lediglich, dass ihr die Wahrheit als das uns Kostbarste anerkennt und damit pfleglich umgeht. Das ist alles. Und ihr tätet besser daran, nicht zu versuchen, uns in die Irre zu führen. Die ungeübten Wahrheitsleser mögen euch anfassen müssen, um euch zu durchschauen. Uns reicht die Berührung eines Blickes. Also: Seid ihr einverstanden?"

Nym drehte sich um und blickte in Leenas und Filias von Unsicherheit gezeichnete Gesichter.

„Ihr müsst nicht mitkommen", flüsterte sie. „Ihr könnt hier auf uns warten."

Beide, Leena und Filia, schüttelten sofort den Kopf. „Nein. Ich gehe", sagte Filia. „Ich bin zu weit gekommen, um jetzt umzukehren."

„Ja", bestätigte Leena. „Wir werden aufpassen, was wir sagen und ... tun."

„Gut", sagte Alani und stahl damit Nym die Antwort. „Dann noch eine letzte Sache: Bevor ich euch gestatte, einzutreten, müsst ihr mir euer ehrliches, wahres Gesicht zeigen. Unser Zuhause ist ein Ort der Wahrheit und darf nicht von Lügnern betreten werden."

Nyms Nacken versteifte sich, als ein ungutes Gefühl dort hinunterkletterte. Eine Unruhe erfüllte sie, dessen Ursprung sie nicht benennen konnte, die es ihr jedoch erschwerte, zu atmen.

„Wie ... wie machen wir das?", fragte Filia vorsichtig. „Unser wahres Gesicht zeigen? Ich bin nicht geschminkt oder so. Das ist Blut, was mir im Gesicht hängt!"

Alani lächelte nachsichtig. „Sagt mir einfach, wer ihr seid und was eure Absichten sind, das ist alles. Also, Filia. Wer bist du? Sag mir, wer du bist."

Nym starrte Alani an und ihr Herzschlag beschleunigte sich. Er hämmerte gegen ihre Brust, pumpte Adrenalin und Panik durch ihre Adern.

Wer bist du? Sag mir, wer du bist.

Die Stimme! Sie wusste, woher sie sie kannte. Es war die Stimme aus dem See. Das Gesicht aus dem See. Alani hatte sie beobachtet, hatte ihr die Frage bereits gestellt, auf die sie jetzt eine Antwort verlangen würde. Als hätte sie versucht, sie darauf vorzubereiten, was kommen würde. Als hätte sie gewusst, dass sie sich mit der Antwort schwertun würde. Dass sie ihr nicht sagen konnte, wer sie war.

Die Angst vernebelte ihre Sinne, und sie konnte sehen, wie Filia sprach, wie Leena etwas sagte, aber sie verstand kein Wort. Das Blut rauschte in ihren Ohren, und während sie den beiden Mädchen dabei zusah, wie sie in dem Tor aus Licht verschwanden, pochte ihr Blut unangenehm heftig in ihrer Halsschlagader.

Sie waren so nah am Ziel. So kurz davor, eine Möglichkeit zu finden, die Götter zu töten. Sie hatten eine gerechte Chance, sie zu besiegen – und jetzt sollte es daran scheitern, dass sie nicht wusste, wer sie war? Jetzt sollte all das vergebens sein, weil sie nicht sagen konnte, ob sie Nym oder Salia war? Ob sie ... ob sie ...

„Jaan, du darfst gehen, ohne deine Hintergründe zu verraten", sagte Alani, und Nym riss sich ins Diesseits zurück, als die Anführerin des Kreisvolks mit einem stumpfen Dolch seine Fesseln durchtrennte. „Ich weiß bereits mehr über dich, als ich je wissen wollte, und die Abmachung bindet dich an die Lüge, die du lebst. Also geh."

„Deine Güte ist unermesslich, Alani", murmelte Jaan, rieb sich seine Handgelenke und verschwand ebenfalls am Ende der Höhle.

„Was, nein!" Nym machte sofort einen Schritt nach vorne.

„Ihr müsst auf ihn aufpassen! Er darf nicht entkommen, er –"

Alani lachte leise. „Oh, glaub mir, Jaan wird nicht ohne euch gehen. Denn dann hätte er versagt. Also mach dir keine Sorgen. Ikano der Luft, Ikano der Erde ... ihr seid dran."

Levi seufzte lautstark, während Nyms Hände anfingen zu zittern und sich Schweiß auf ihrer Stirn sammelte.

„Ich bin Levi Voros, geboren als Levi Sorvo in der Zweiten Mauer. Ich bin Soldat, ich bin Bruder, ich bin verliebt – und seit ein paar Stunden kein Anhänger von Provodes, dem Anführer der Asavez mehr. Ich bin selbstsüchtig und schäme mich nicht dafür, denn in einer von Egoismus geleiteten Welt kann man nur gewinnen, wenn man nach ihren Regeln spielt. Ich will die Götter stürzen. Aus Rache, weil sie meiner Schwester das Leben nehmen wollten, und aus Angst davor, dass sie es immer noch tun könnten. Ich hege keine bösen Absichten gegenüber dem Kreisvolk. Solange es mir friedlich gesinnt ist, werde ich es auch sein."

Alani nickte. „In Ordnung, du kannst gehen."

Levi bewegte sich nicht vom Fleck, den Blick starr auf Alani gerichtet. „Ich warte, bis Nym fertig ist."

„Wenn das dein Wunsch ist. Ikano der Erde?"

„Ich bin Jeki Tujan und ich bin weder Anhänger der Asavez noch Anhänger der Götter", seine Stimme war gepresst, wütend, und Nyms Herz blutete. Alles, woran er geglaubt hatte, war verraten worden. Alles, wonach er gelebt hatte, war eine Lüge. Alles, was er noch hatte, war seine Hoffnung, dass ...

„Ich würde gerne noch mehr sagen, doch das kann ich nicht", fuhr Jeki fort. „Denn alles, was ich bin, was ich jemals war, ist ungewiss. Alles, was ich sagen wollen würde, könnte eine Lüge sein, von der ich nicht weiß, dass sie eine ist. Also belasse ich es dabei, dass ich Jeki Tujan bin und mich vor jeder Wahrheit fürchte, die kommen wird und die ich nicht daran hindern kann, mich zu finden."

Alani betrachtete ihn eine Weile nachdenklich, bevor sie nickte. „Du willst auch warten, nehme ich an?"

Sein Kiefer knackte, als er nickte.

„In Ordnung. Nun bleibst nur noch du" Alani wandte sich langsam zu Nym, die ihre Hände an den Seiten zu Fäusten geballt hatte.

Ihr Atem ging flach und schnell. Ihr Herz brannte. Ihre Schläfen pochten. Und die Angst zerfraß sie von innen wie kaltes Feuer.

„Wer bist du? Sag mir, wer du bist."

Die Frage blieb im feuchten Raum hängen. Stand zwischen ihnen wie der Vorbote eines Schmerzes, der im nächsten Moment folgen würde.

Nym senkte ihr Kinn, starrte den grauen Fels zu ihren Füßen an, atmete gegen die Last an, die ihre Brust niederdrückte.

„Ihr habt mir diese Frage schon einmal gestellt", flüsterte sie.

„Ja, das habe ich. Und du bliebst mir eine Antwort schuldig."

Nym schüttelte den Kopf, biss ihre Zähne aufeinander. „Nein, ich habe geantwortet. Ich sagte bereits, dass ich es nicht wüsste."

„Du hast gelogen."

„Nein." Der Kloß in ihrem Hals drückte auf ihre Luftröhre. „Habe ich nicht. Ich sagte, ich wüsste es nicht, und das ist die Wahrheit."

„Nein, das ist sie nicht. Du belügst den Menschen, zu dem du am ehrlichsten sein solltest – und das bist du selbst. Du kennst die Antwort. Aber du hast Angst davor, sie auszusprechen. Stricke reißen zu lassen. Menschen zu verletzen. Selbst verletzt zu werden. Alles, was dich von der Wahrheit trennt, ist Angst."

„Nein", widersprach sie und ihre Stimme zitterte nun, ebenso wie ihre Hände. „Nein, ich weiß nicht, ob ich jemals meine Erinnerungen zurückkommen werde, ich weiß nicht, wie ich dann empfinden werde, ich –"

„Hör auf, zu lügen." Alanis Stimme war sanft und nachsichtig, aber ihre Augen waren es nicht. „Du weißt doch längst, wie du deine Erinnerungen zurückerlangen könntest. Du weißt es seit Wochen. Du hättest sie dir längst zurückholen können. Die Frage ist: Warum hast du es nicht getan?"

Nyms Mund wurde trocken und ihre Lippen öffneten sich, um erneut zu widersprechen, doch kein Ton kam heraus.

„Du weißt, wie du dich wieder erinnern könntest?" Jekis Stimme war leise, kaum wahrnehmbar, und doch schien sie von den Wänden widerzuhallen. Als würde die Schuld, die auf Nyms Schultern lastete, sie verstärken. „Salia? Du weißt es?"

Sie schlug die Wimpern nieder und eine Träne verfing sich darin.

Es tat weh.

Zu wissen, dass Alani recht hatte. Zu wissen, dass sie das Unvermeidliche nur weiter hinausgezögert hatte. Die Entscheidung nicht hatte fällen wollen, obwohl sie doch schon längst in Stein gemeißelt war.

Sie war feige.

Sie war so unendlich feige.

Sie schluckte, atmete, kämpfte die Tränen nieder – bevor sie sich nach links wandte.

„Was ist los, Nym?", wollte Levi vorsichtig wissen, seine Hand halb zu ihrem Gesicht erhoben. Doch sie schüttelte den Kopf und machte einen Schritt zurück.

„Bitte geh", flüsterte sie. „Geh vor. Zu den anderen."

Seine Brauen zogen sich zusammen. „Nein, warum –
"

„*Geh.*" Ihre Stimme war fast flehentlich, und verwirrt folgte er ihrer Anweisung.

„Ihr auch. Bitte", setzte Nym in Richtung Alani hinzu, sobald Levi verschwunden war. Die Anführerin des Kreisvolks nickte stumm und folgte ihm.

Und dann war Nym mit Jeki allein.

Kapitel 11

„Tergon hat selbst entschieden, zu gehen", unterbrach Api Vale-
ra. „Meine Güte, es war seine Idee!" Er klang nicht aufgebracht
oder wütend – dennoch ließ seine Stimme keinen Widerspruch
zu, und Karus Kehle wurde trocken. „Und er wird wiederkom-
men."

D ie Stille drückte auf ihr Herz.
Sie war nicht leer. Nicht freundlich. Sie war kalt
und gnadenlos, und mit jeder Sekunde, die verstrich,
zitterten ihre Hände stärker. Nym hatte Angst davor,
ihren Blick zu heben, doch sie tat es dennoch. Sie war
lange genug ein Feigling gewesen.

„Du erinnerst dich?", flüsterte Jeki. In seinen dunklen Augen spiegelten sich Unverständnis und eine
stumme Bitte wider. Und Nym wünschte sich so sehr,
dieser Bitte nachkommen zu können. Wünschte sich,
ihm alles geben zu können, was er verdient hatte. Was
er von ihr brauchte.

Doch sie konnte nicht.

„Nein. Ich erinnere mich nicht, Jeki." Ihre Stimme
war Sand, der durch eine Glasuhr rieselte. „Aber ... ich
weiß, was ich tun müsste, um mich zu erinnern."

Er presste die Lippen aufeinander. Nickte. Schüttelte

den Kopf. „Und warum ... warum tust du es dann nicht einfach?", fragte er leise. Seine Worte waren wie Finger, die vergeblich versuchten, den rieselnden Sand aufzuhalten. „Wir könnten dort weitermachen, wo wir aufgehört haben."

Es war eine Bitte. Eine verzweifelte Bitte, die mit jedem Wort kleine Nadeln durch Nyms Herz stieß.

„Wir können nie wieder dorthin zurück, Jeki. Das weißt du", flüsterte sie mit erstickter Stimme. „Wir können nie wieder *wir* sein. Es ist zu viel passiert. Wir wissen zu viel."

„Nein." Sie konnte ihn schlucken sehen, während er den Kopf schüttelte. „Nein, das stimmt nicht. Die Umstände sind unwichtig. Sie waren nie von Bedeutung. Wir können wir sein. Du musst dich nur daran erinnern, dass du mich liebst, du –"

„Aber das tue ich, Jeki." Der Kloß in ihrem Hals brach in tausend Stücke und wurde von ihrem Blut in jede Zelle ihres Körpers transportiert – und diesmal konnte sie ihre Tränen nicht mehr zurückhalten. „Ich liebe dich." Das Salz perlte an ihren Wangen hinab und verfing sich an ihrer Unterlippe. „Ich weiß, dass ich dich liebe. Ich weiß, dass ich dich geliebt habe. Ich weiß das alles. Ich erinnere mich an das Gefühl. Ich erinnere mich an die Nähe, an die Vertrautheit. Und trotzdem ... trotzdem ist es nicht genug." Die Splitter gruben sich in Haut, Lunge, Herz. „Weil die Erinnerungen an dich nicht allein bleiben können. Weil sie in all den anderen Dingen verankert sind. Du erinnerst mich daran, wer ich war, Jeki. Und ... das bin ich nicht mehr. Das möchte ich nicht mehr sein. Mir klebt so viel Blut an den Händen. Es lasten so viele leichtfertig getroffene Entscheidungen auf meinem Herzen. Ich habe so viele furchtbare Dinge getan ... Jetzt habe ich die Möglichkeit, sie nie wieder durchleben zu müssen. Sie für immer zu vergessen. Und ich kann diese Chance nicht verstreichen lassen. Du ... du warst das Wunderbarste, das Beste, das Schönste, was ich in meinem alten Leben hatte. Aber du warst das Einzige. An deiner Seite werde ich immer eine Göttliche Soldatin sein. Immer Salia sein. Und bei Levi, da ... bin ich einfach nur Nym."

„Du entscheidest dich für ihn", sagte er tonlos und sein Blick brannte sich in ihr Gesicht.

Sie antwortete nicht. Wollte es nicht. Musste es nicht.

Schwer schlug sie die Lider nieder, ließ die stummen Tränen weitere Salzspuren auf ihre Wangen malen und legte die Hand auf ihre Brust, als könne sie so ihr Herz zusammenhalten. „Du wärst die bessere Wahl, Jeki", flüsterte sie. „Du wärst die sichere Wahl. Du bist wahrscheinlich die richtige Wahl. Aber du bist nicht meine. Du bist ihre, Salias. Würde ich dich wählen, bekäme ich meine ganze Vergangenheit zurück. Und dorthin will ich nie mehr zurück. Ich ertrage es nicht. Die bleichen, leblosen Gesichter wiederzusehen. Die Schreie zu hören. Wenn ich könnte, würde ich –"

„Hör auf zu reden. Bitte."

Sie blickte auf. Jeki hatte den Kopf zur Seite gewandt und starrte mit zusammengepressten Zähnen in die Dunkelheit.

„Jeki, ich –"

„Nein, Salia." Er schüttelte den Kopf, wandte sich wieder ihr zu, und Nym sah, wie sich ihre eigenen

Tränen in seinen Augen widerspiegelten. „Hör auf. Ich will sie nicht hören. All die Gründe, all die Ausreden. Ich will das alles nicht hören. Ich will es nicht verstehen, ich will es nicht erklärt bekommen, ich will nicht wissen, warum ich dich verliere. Also hör auf, zu reden. Hör auf, zu sagen, dass du mich liebst und dich trotzdem für ihn entscheidest. Hör auf!" Er atmete zitternd ein. „Lüg mich einfach an. Sag mir, dass du deine Erinnerung nicht wiederbekommen kannst. Dass du nicht willst, dass ich auf dich warte. Dass du alles versucht hast. Lüg mich einfach an." Seine Tränen fielen nicht an seinen Wangen hinab. Sie blieben in seinen Wimpern hängen, warfen Kristallmuster auf seine Haut. „Denn die Wahrheit ... die Wahrheit ist grausam."

„Aber du hast die Wahrheit verdient, Jeki", hauchte sie. „Du hast Ehrlichkeit verdient."

„Nein. Ich hatte dich verdient", murmelte er, bevor er ihr seinen Rücken zuwandte und die Dunkelheit ihn verschluckte.

Nym starrte ihm nach, krampfte ihre Hände zusammen, ließ sich in die Hocke sinken und vergrub ihr Gesicht in den Armen, die noch immer nach Erde und Blut rochen.

Sie hatte nicht gelogen.

Sie liebte ihn.

Doch manchmal war Liebe nicht genug. Mit Jeki an ihrer Seite würde sie nie loslassen können. Sie würde nie diejenige werden, die sie sein wollte. Nie vergessen, an wen sie sich nicht erinnern wollte.

Sie musste ihn loslassen, um weitermachen zu können.

Nur, warum fühlte es sich an, als hätte sie soeben die bessere Hälfte ihres Lebens verloren?

❧

Er hatte alles verloren.

Stumpfer Schmerz zerrte an seiner Brust, an seinen Schläfen, an seinen Lungen. Machten jeden Atemzug zur Tortur. Er betäubte ihn, ließ seine Haut kalt werden. Seine Schuhe stießen lose Steine in die ihn umhüllende Dunkelheit. Sie ließen hohle Töne in der Stille zurück, die nie an seine Ohren drangen.

Er hatte alles verloren.

Seinen Stand. Seinen Ruf. Alles, wofür er die letzten Jahre gearbeitet hatte. Seinen Glauben. Sein Gespür für Richtig und Falsch.

Er hatte alles verloren.

Die Sicherheit seiner Familie. Seine Verlobte. Die Liebe.

Sein Leben.

Er hatte es alles verloren!

Er tastete sich weiter voran, wartete darauf, dass die Dunkelheit aufhörte, seine Sinne zu ersticken. Wartete darauf, dass er wieder atmen konnte.

Doch der Moment kam nicht.

Und er würde nie kommen.

Es war nichts, wie es war. Es war nichts, wie es hatte sein sollen. Es war nichts, wie er es vorhergesehen hatte.

Es ergab alles keinen Sinn. Man hatte ihn der Sinnhaftigkeit seines Lebens beraubt.

Er wischte sich fahrig mit der flachen Hand den

Schweiß und die Tränen vom Gesicht, die zusammengeflossen waren und die niemand mehr würde voneinander unterscheiden können. Seine Fingerspitzen kribbelten, während sie automatisch den vor ihm liegenden Weg ebneten.

Er hatte alles verloren ... aber nein. Das stimmte nicht.

Er hatte es nicht verloren. Es war ihm genommen worden.

Die Taubheit verstummte. Floss langsam aus seinem Körper und ließ nur zwei Dinge zurück.

Schmerz und Wut.

Eine heiße, zerstörerische Wut, die ihn seine Finger in den Schaft seines Schwertes krallen ließ.

Er war benutzt worden. Alles, was er in den letzten Jahren getan hatte, basierte auf Lügen. Auf Geschichten, die ihm erzählt worden waren und die er gutgläubig geschluckt hatte.

Die Götter hatten ihn benutzt, um ihre Lüge aufrechtzuerhalten. Hatten ihm erzählt, was er hören wollte, damit er nicht weiter nachhakte. Und er war ihnen gefolgt.

Doch das würde aufhören.

Das alles hier würde ein Ende finden!

Sie hatten ihn gebeten, die Morde nicht weiter zu verfolgen. Keine Fragen mehr zu stellen. Seine Verlobte aufzugeben.

Doch er würde nicht länger ihren Befehlen folgen.

Sie waren keine Götter – sie waren Lügner. Und Jeki tolerierte keine Betrüger.

Er hatte das Ende des Tunnels erreicht und starrte auf die steinige Ebene vor ihm. Auf die Berge, die sich vor ihm auftaten. Auf den schmalen Streifen Blau, den er am Horizont erkennen konnte. Den Appo.

Er ballte seine Hände zu Fäusten, tastete nach der Erde unter seinen Füßen – und riss seine Arme nach oben.

„Nym?"

Eine Hand berührte sie sacht am Arm und sie zuckte zusammen.

Beinahe verlor sie das Gleichgewicht, konnte sich gerade noch halten. Sie hockte am Boden und starrte in die Dunkelheit, in die Jeki verschwunden war. Tränen verklebten ihre Wimpern und ihr war kalt. Ihr war kalt bis auf die Knochen und ihr fehlte die Energie, sich zu wärmen.

Es war alles so ungerecht.

„Nym?" Ein Arm legte sich sanft um ihre Taille und half ihr auf die Beine. „Was ist los? Wo ist Tujan?"

Sie konnte ihr Kinn nicht heben. Es käme ihr wie ein Verrat vor, ihn jetzt anzusehen. „Er ist fort", flüsterte sie und ihr Blick glitt zu ihrer rechten Hand. Zu dem schweren Verlobungsring an ihrem Ringfinger. „Er ist ... gegangen."

„Was? Warum? Er würde dich doch nicht alleine lassen."

Sie presste ihre Augenlider zusammen, um gegen das erneute Brennen anzukämpfen, während sie langsam den Ring abstreifte und in ihre Hosentasche gleiten ließ. Sie besiegelte die Endgültigkeit ihrer Entscheidung.

„Ich habe ihm die Wahrheit gesagt", wisperte sie, und die Wärme des Körpers neben ihr kämpfte sich durch ihre steife Kleidung. „Und dann ist er gegangen."

Wieder starrte sie in die Höhle und erwartete fast, dass Jeki jeden Moment wieder daraus hervortreten würde. Ihr erklären würde, dass er verstand und sie trotzdem weiterhin gemeinsam das Ziel verfolgen konnten, dem Geheimnis der Götter auf die Spur zu kommen … doch natürlich tat er das nicht.

Er wollte alles oder nichts.

Bereits bevor sie die Worte ausgesprochen hatte, war ihr das bewusst gewesen. Jeki wollte sie ganz – oder gar nicht. Und dafür konnte sie ihn nicht verurteilen. Sie hatte ihn nicht darum bitten können, zu bleiben. Denn er hatte recht. Sie war grausam. Sie hatte ihn verlassen, um ihr Gewissen zu erleichtern.

Langsam legte sie eine Hand auf ihren Mund und ein Zittern durchlief ihren Körper, als sie durch ihre Finger Luft einsog. Der Arm um ihre Taille zog sich fester.

„Was ist die Wahrheit, Nym?"

„Dass ich nicht mehr zurückkann. Dass ich nicht mehr bin, wer ich einmal war", flüsterte sie und die Unwiderruflichkeit ihres Entschlusses schnitt in ihr Fleisch wie ein fremdgeführtes Schwert.

Sie hatte ihr altes Leben hinter sich gelassen. Zusammen mit Jeki war der letzte Teil ihres Lebens als Salia verschwunden. Er würde sie nie wieder so ansehen wie damals am Dock, als er ihr das erste Mal gesagt hatte, dass er sie liebte. Er würde nie wieder nur für sie lachen. Es war alles vorbei. All ihre Erinnerungen an ihn hatte sie als wertlos abgetan. Sie hatte sie geopfert, um neuen, klaren, von Schuld befreiten Erlebnissen Platz zu machen.

Wie verletzt er sein musste. Wie wütend. Sie hatte ihm das Herz gebrochen. Sie hatte sieben Jahre Beziehung einfach weggeworfen.

Und es war die richtige Wahl gewesen. Er hatte jemand Besseren verdient, als eine Soldatin, die nicht mehr die Frau sein wollte, in die er sich damals verliebt hatte. Aber er würde ... er konnte nicht ...

„Ich muss ihn zurückholen", flüsterte sie auf einmal schockiert und wollte sich von dem Arm losreißen, der sie hielt. „Ich muss ihn aufhalten. Er kann nicht allein durch die Kreisberge wandern, er kann nicht allein zurück nach Bistaye. Sie werden ihn abschlachten! Meinetwegen! Weil ich ihn mitgenommen habe. Weil er meinetwegen die Garde verraten hat, er –"

„Nym", flüsterte die sanfte Stimme an ihrem Ohr, während auch ein zweiter Arm sich um sie schloss. „Er wäre auch ohne dich aus der Mauer geflohen. Er hätte seinen Bruder nicht sterben lassen."

„Was macht das für einen Unterschied?", fuhr sie ihn an, und es war das erste Mal, dass sie Levi direkt ansah. Sie versuchte ihn von sich wegzustoßen, drückte ihre Fäuste gegen seine Brust. „Er wird nach Bistaye gehen, er wird die Götter angreifen wollen. Ich *kenne* ihn." Die Schuld drückte auf ihre Lunge und ließ sie hektischere Atemzüge nehmen. „Er wird hingerichtet werden! Sie werden ihn töten. Meinetwegen! Ich musste ihn verlassen, aber ich ertrage es nicht, ihn zu *verlieren*. Er hat nichts von alledem verdient, nichts von dem, was ihm zugestoßen ist, was ihm genommen wurde." Die Tränen rannen erneut ihre Wangen hinab und brachten neue Kälte über sie. Ihr Zwerchfell zog sich schmerzhaft zusammen und presste Übelkeit in ihren Magen. „Er hat das alles nicht verdient, er ... wir müssen ihn zurückholen, ich muss wissen, dass er in Sicherheit ist, ich muss wissen, dass er ..., dass er ..."

„Nym." Warme Hände legten sich um ihre Wangen, zwangen sie, ihn anzusehen. In die grünen Augen zu blicken, die ihr neues Zuhause waren. Die sie wünschen ließen, sie könnte alles vergessen. Den Krieg. Die Angst. Die Götter. „Er wird nicht zurückkommen. Er wird nicht mit uns gehen", flüsterte Levi, während seine Daumen ihr die Tränen von den Wangen wischten. „Weil er es nicht ertragen wird, in deiner Nähe zu sein. Er braucht Abstand. Wir müssen ihn ziehen lassen. Wir müssen uns auf unser Ziel konzentrieren. Wir werden ihm nachreisen, sobald wir die Informationen haben, für die wir gekommen sind. Wir werden dafür sorgen, dass er keine Dummheiten macht. *Ich* werde dafür sorgen, dass er am Leben bleibt, das verspreche ich dir. Aber zuerst müssen wir uns auf unsere Aufgabe konzentrieren."

„Aber ..." Sie schluckte die Übelkeit hinunter. „Aber du hasst ihn."

„Ich hasse ihn nicht als Mensch. Ich kann niemanden dafür hassen, dass er dich liebt. Ich habe ihn dafür gehasst, dass er mit mir konkurriert hat."

„Warum solltest du ihm dann helfen wollen, am Leben zu bleiben?"

Levi schloss die Augen, und Nym konnte spüren, wie seine Brust sich schwer hob und senkte. „Weil du ihn liebst und ich *dich* liebe."

Sie schwieg und betrachtete seine Züge, die nichts außer Ernsthaftigkeit zeigten.

„Ich liebe *dich*, Levi", flüsterte sie, während ihre Tränen über seine Daumen liefen. „Ich will dich. Ich will eine Zukunft – und ich will sie mit dir."

„Ich weiß", sagte er und seine Stimme hörte sich an, als hätten sich Nyms Tränen darauf gesammelt. „Auch ich will all das. Will es so sehr, dass ich den Krieg gerne hinter uns lassen und einfach nur wegrennen würde. Aber unsere Zukunft hat noch nicht begonnen. Und ich mag der ungeduldigste Ikano dieser Welt sein, aber ich werde warten müssen. Bis die Götter tot sind. Bis die Zeit beginnt, die wir alle verdient haben. Und dennoch: Nur, weil du deine Vergangenheit jetzt hinter dir lässt, heißt das nicht, dass sie nichts wert ist. Und nur, weil du mich liebst, heißt das nicht, dass du keine Gefühle für Tujan haben kannst und das ...", er räusperte sich, „das ist okay. Also werden wir das Kreisvolk befragen, Jaan zwingen, uns die Wahrheit zu sagen, und dann nach Bistaye aufbrechen, um die Götter zu stürzen und Tujan zu schützen. Einverstanden?"

Sie nickte. Ihr Körper hatte aufgehört zu zittern – auch wenn die Schuld blieb. Aber sie würde lernen müssen, damit zu leben. „Okay."

„Er kann auf sich aufpassen. Er ist der mächtigste Ikano der Erde, dem ich je begegnet bin."

„Okay", wiederholte sie und ließ ihre Wange tiefer in seine Hand sinken. „Wir werden den Krieg gewinnen und Jeki wird nichts passieren."

„Natürlich werden wir den Krieg gewinnen", sagte Levi bestimmt und strich ihr die tränenverklebten

Haarsträhnen aus der Stirn. „Wenn nicht wir, wer dann?"

„Richtig. Wenn nicht wir –"

„Seid ihr bereit?"

Nym zuckte zusammen, sodass Levis Hände von ihrem Gesicht glitten. Alani tauchte in dem Bogen aus Licht auf und betrachtete sie teilnahmslos.

Nym nahm Levis Hand, und eine zeitweilige Ruhe kehrte in ihr ein. Eine flüchtige Zufriedenheit. Fast wie ein Hoffnungsschimmer, der für einen Moment die Dunkelheit der Realität erhellte.

Wenn nicht sie, wer dann?

„Wir sind bereit."

„Gut, dann geht voran."

Alani machte eine ausladende Bewegung in Richtung des weißen Lichts und Nym folgte Levi hinein.

Das Licht war warm.

Es kam von der Sonne. Auf ihrer Haut verfing sich nichts weiter als gebündeltes Sonnenlicht, das durch eine kreisrunde Anordnung von Spiegeln entstand, die den Ausgang der Höhle säumten. Dafür geschaffen, denjenigen, der den Eingang zu dem Quartier des Kreisvolks fand, zu blenden und das Dahinterliegende zu verbergen.

Nym hob eine Hand vor ihr Gesicht, um sich vor dem gleißenden Licht zu schützen, und trat auf die Spiegel. Abrupt schwand das Leuchten und gab die Sicht auf ein Tal frei.

Nym hatte mit ihrer Vermutung recht gehabt.

Das Kreisvolk hatte einen sicheren Ort mit fruchtbarer Vegetation gefunden und zwischen den zwei Bergkämmen sein ganz eigenes Reich errichtet. Nym sah auf einen schmalen grünen Streifen, der seine fehlende Breite durch seine Länge wettmachte. Ein Fluss, an dessen Ufer sich ohne ersichtliches Muster Häuser, Hütten und Zelte aufreihten, teilte das Tal, bevor er im Berg verschwand. Nym konnte das Ende der Stadt nicht erkennen, so weit erstreckten sich das Tal und der Flusslauf zwischen die Berge.

Felder grenzten an die hohen Steinwände, die das Tal säumten, Baumalleen, die Früchte trugen, wechselten sich mit Viehweiden ab – und Nym fragte sich, ob die scheinbare Idylle trog oder ob das Gesetz der Wahrheit, unter dem das Kreisvolk lebte, auch dies verbot.

„Geh du zuerst", murmelte Levi und deutete auf eine aus dicken Seilen gestrickte Leiter, die ins Tal hinab hing. „Die anderen warten unten."

Sie nickte und ließ sich rückwärts über den Felsvorsprung gleiten, bis ihr Fuß die erste Sprosse fand. Schritt für Schritt näherte sie sich dem Boden, und eines war gewiss: Würde das Kreisvolk jemals angegriffen werden, war es mehr als gut geschützt. Es dauerte eine halbe Ewigkeit, bis Nym den Boden erreichte, und mehrfach ging ihr durch den Kopf, was passieren würde, wenn sie die Leiter einfach losließ. Doch sie war noch nicht bereit, aufzugeben.

„Das hat länger gedauert als erwartet", stellte Filia ungeduldig fest, als Nym mit ihren Schuhen das grüne Gras plattdrückte, das im Widerspruch zu der Kälte stand, die sie in der Höhle noch umgeben hatte. Das Klima schien sich schlagartig gewandelt zu haben, und Nym fing an zu glauben, dass die Gerüchte über die naheliegenden Tropenwälder der Wahrheit entsprachen.

„Ist es dir so schwergefallen, dein wahres Gesicht zu zeigen?", drängte Filia weiter.

Nym antwortete nicht.

Manchmal war es schlimmer, die Wahrheit auszusprechen, als tausend Lügen zu erzählen.

Levi sprang neben ihr von der Leiter und blickte ihr ins Gesicht. Eine stumme Nachfrage, ob alles okay war. Sie nickte und wandte sich ab.

„Wo ist Jeki?", wollte Leena in genau diesem Moment wissen und starrte die Leiter hoch, an der nur noch Alani herunterkletterte.

„Er ist gegangen", sagte Levi, bevor Nym gezwungen wurde, eine Antwort zu geben. „Und damit ist das Thema beendet."

Filia und Leenas Blicke fuhren automatisch zu Nym. „Du hast ihn weggeschickt?", fragte Leena ungläubig.

„Ich habe ihn nicht weggeschickt", sagte sie leise und ihre Hände verkrampften sich ineinander. „Ich habe ihm nur die Wahrheit gesagt."

„Oh", machte Filia, und für einen Moment glaubte Nym fast, eine Spur Mitleid über ihre Züge huschen zu sehen. Doch der Ausdruck war zu schnell verschwunden, als dass sie es mit Sicherheit hätte sagen können.

Eine kurze Stille entstand, bis Alani von der letzten Sprosse stieg und Nym sich ihr hastig zuwandte. „Wo ist Jaan?", wollte sie wissen.

„Dort, wo ich unter vier Augen mit ihm sprechen kann", sagte sie kühl.

„Ich will mit ihm reden."

„Nein", sagte die Anführerin gelassen, ihren Blick auf einen Punkt über Nyms Schulter gerichtet.

Abrupt drehte Nym sich um und erblickte den Mann, der ihre Gruppe zu der Höhle geführt hatte. Er hob auffordernd die Augenbrauen und Alani winkte ihm zu, um ihm zu bedeuten, dass sie verstanden hatte. Aber was verstanden?

„Was soll das heißen, nein?", hakte Nym nach. Sie hatten keine Zeit. Mit jeder verstreichenden Minute kam Jeki den Bistayischen Mauern näher. Und sie machte sich nichts vor. Das war der Ort, an den er gehen würde. Er würde seinen Bruder suchen, würde für die Rebellen kämpfen, würde versuchen, die Götter, die ihn verraten hatten, eigenhändig zu töten.

Nym hatte keine Zeit für ein Nein.

„Es bedeutet, dass ihr euch erst waschen, eure Wunden versorgen und dann ruhen werdet, bevor irgendjemand mit euch spricht", erklärte Alani. „Eure Fragen können warten."

Nyms Nägel kratzten über ihre Handinnenfläche. „Nein, können sie nicht, sie –"

„Sie werden warten", wiederholte Alani mit Nachdruck. „Wir sind hier nicht in Asavez oder Bistaye, Ikanomädchen. Wir richten uns nicht nach euren Plänen. Wir werden heute Abend über alles reden. Nachdem wir besprochen haben, was wir euch erzählen können. Nachdem ich mit Jaan geredet habe."

Nym wollten den Mund öffnen, doch ein sanfter Druck auf ihrer Schulter hinderte sie daran. Levi hatte ihr eine beruhigende Hand auf den Rücken gelegt. Eine Hand, die ihr sagte, dass es nicht weise wäre, die Frau, auf der womöglich ihre Zukunft basierte, unnötig wütend zu machen.

„In Ordnung", sagte Nym und senkte ihr Kinn. „Ich

bin wohl zu ungeduldig." Sie hätte fast noch hinzugefügt, dass es ihr leidtat, aber sie ließ es bleiben, denn das wäre eine Lüge gewesen, und zu diesem Thema hatten sie klare Anweisungen bekommen.

„Das bist du", bestätigte Alani und deutete auf eine Hütte zu ihrer Rechten, die keine zwanzig Meter entfernt stand. „Dort werdet ihr alles finden, was ihr braucht. Frische Kleidung, etwas zu essen, Wasser. Wenn wir bereit sind, zu reden, wird euch jemand abholen. Bis dahin werdet ihr das Haus nicht verlassen."

Und dann wandte sie ihnen ruckartig den Rücken zu und lief zu dem auf sie wartenden Mann.

„Kommt", murmelte Levi. „Ich glaube, wir könnten alle ein wenig Ruhe gebrauchen."

Nym nickte und folgte der Gruppe. Doch es war nicht Ruhe, nach der sie sich sehnte. Es war Klarheit.

Sie senkte den Blick und sah auf ihre blutverschmierten Hände hinab. Klarheit und Freiheit.

Nym stand in einem dunklen Raum. Lichter brannten über ihrem Kopf. Sie starrte auf eine rote Tür.

Derselbe Raum. Dieselben Lichter. Dieselbe rote Tür. Derselbe Hebel.

Er schimmerte goldglänzend, lud sie ein, ihn zu berühren. Sie lächelte und lehnte ab.

Langsam ließ sie ihren Kopf in den Nacken sinken und starrte an die Decke. Die gläsernen Lichter blendeten sie nicht, sie warfen einen warmen weichen Schein auf ihr Gesicht, der ihr wohlige Schauer über den Rücken laufen ließ. Sie betrachtete die übriggebliebenen dunklen Kugeln, schloss die Augen und atmete tief ein und aus. Es war nicht mehr stickig, fiel ihr auf. Sie konnte unbeschwert atmen. Ihre Kleidung klebte nicht an ihrer Haut. Ihre Arme waren frei von Blut. Kein Dolch hing mehr an ihrem Gürtel.

Sie blickte aus dem Fenster und betrachtete die vertrauten Bilder. Jekis Gesicht. Levis Gesicht. Vorsichtig trat sie zu den Abbildungen und streckte ihre Hand nach Jekis Zügen aus, doch bevor sie ihn berührte, hielt sie inne. Seine Augen schienen sie nicht anzublicken. Waren verwischt und trüb. Sie ließ ihren Arm sinken, erwartete die Schwere in ihrer Brust, doch sie blieb aus. Sie war es nicht, die Jeki glücklich machen würde.

Ihr Blick glitt über Levi hinweg zurück zu dem Hebel.

Es wurde Zeit.

Ihre Schritte gaben keine Töne von sich. Sie wurden von dem schweren Teppich unter ihren Füßen verschluckt. Sie hob ihre rechte Hand, fuhr mit den Fingerspitzen über das kühle Metall – und ließ los.

Ich brauche dich nicht mehr.

Der Hebel verblasste unter ihrer Berührung, wurde durchsichtig und verschwand. Erneut legte sie den Kopf in den Nacken, während die dunklen Glaskugeln zu Boden fielen, sie in einen Regen aus verwirktem Licht badeten. Sie zerbarsten auf dem Teppich neben ihren Füßen, klirrten untypisch laut, als würden sie Schreie ausstoßen. Doch die Scherben trafen sie nie. Das Licht brach sich in ihnen, warf Mosaikmuster an Wände, Decke und auf Nyms Haut, bis sie ebenso durchsichtig wurden wie der Hebel und verschwanden.

Eine plötzliche Stille umgab Nym. Aber es war keine

drückende Stille. Es war eine friedliche. Das Meer aus Lichtern über ihrem Kopf hatte die dunklen Lücken geschlossen, erhellte den Raum, der auf einmal gar nicht mehr düster und beklemmend wirkte. Er war freundlich. Hell. Ihr Zuhause.

Nym schlug die Augen auf. Ihre Nase war an einen Hals gepresst und ein schwerer Arm hatte sich um ihre Schultern gezogen. Sie atmete den vertrauten Geruch ein und lächelte. Ihr Herz tat weh, aber es würde heilen. Es war ungerecht, dass sie eine Entscheidung hatte treffen müssen – aber das bedeutete nicht, dass es die falsche gewesen war. Sie hob ihr Kinn, rückte leicht von Levi ab und sah in sein Gesicht. Ein einzelner Lichtstrahl fiel darüber und färbte seine Haare bronzen.

Sie zeichnete seine Züge nach. Bemalte seine Wangenknochen, strich mit ihren Handknöcheln über seine Unterlippe.

Der Arm zog sich fester um sie, und Levi lächelte zufrieden.

Und das war das Letzte, was sie sah, bevor sie in einen lang ersehnten traumlosen Schlaf sank.

Kapitel 12

„Wird er das? Wird Tergon zurückkehren?" Valera klang nicht überzeugt. „Was, wenn er zu viel Gefallen an seinem neuen Leben findet? Was, wenn er sich bei neuen Konditionsverhandlungen wieder dafür entscheidet, dass –"
„Darüber kannst du dir Sorgen machen, wenn es soweit ist, Valera!", unterbrach Thaka sie scharf.

L evi hätte gerne ein neues Wort dafür erfunden, wie er sich fühlte. Denn es gab keines, das seinen emotionalen oder geistigen Zustand trefflich beschrieb.

Er war glücklich, verzweifelt, verängstigt, wütend, neugierig und erleichtert.

Glücklich, weil Nym sich für ihn entschieden hatte. Verzweifelt, weil es unmöglich schien, sie zu beschützen. Verängstigt, weil der Krieg unmittelbar bevorstand. Wütend, weil er all die Jahre von Provo und Jaan belogen worden war und es nie hatte kommen sehen. Neugierig darauf, was das Kreisvolk zu sagen hatte. Erleichtert, weil es das Kreisvolk tatsächlich gab und es die Lösung all ihrer Probleme sein konnte.

Doch all diese Emotionen beunruhigten ihn. Sie ließen seine Finger kribbeln und drängten ihn dazu, etwas zu tun. Er wollte den Krieg und die

Schwierigkeiten, die er mit sich brachte, so schmerz-
lich hinter sich bringen, dass er fürchtete, leichtsinnig
zu werden. Unüberlegt zu handeln. Er musste sich beruhigen. Ja, er wollte nicht länger warten, aber er
durfte keine überstürzten Entscheidungen fällen.

„Wie hast du es gemacht?"

Levi schrak zusammen und drehte sich um. Leena
trat aus der Hütte, vor der sie in wenigen Minuten ab-
geholt werden sollten.

„Was?", wollte er verwirrt wissen.

Er trug frische Kleidung, hatte das Blut von seiner
Haut, aber nicht von seinen Händen gewaschen. Es
war in all den Jahren nie leichter geworden. Das Töten. Es nagte an ihm, so wie seine Sorgen.

„Wie du Nym dazu gebracht hast, *dich* statt Tujan zu
nehmen. Du bist sowas von die falsche Wahl!" Leena
sah so ungläubig aus, dass Levi sich beleidigt gefühlt
hätte, wenn er sich nicht schon dasselbe gefragt hätte.

Er *war* die falsche Wahl. Er war launisch, er hatte in
seinem Leben noch keine ernsthafte Beziehung geführt, hatte ein großes Problem mit Intimität und damit, seine Emotionen im Griff zu behalten. Er war ein
Risiko – Tujan wäre es nicht gewesen. Aber dennoch ...

„Sie hat mich gewählt, weil sie Nym ist", murmelte
er, das Gesicht nach vorne auf den Mann gerichtet, der
auf sie zukam. „Sie ist Nym, nicht Salia. Und deswegen
bin ich die perfekte Wahl."

Leena schnaubte leise. „Falls es dir hilft: Ich möchte
nicht länger mit dir schlafen. Das Verliebtsein hat dir
irgendwie die Attraktivität genommen."

„Schande", sagte er abwesend, während der Mann,
der seinen Körper in weiße Tücher gewickelt hatte, so

wie es hier üblich schien, näher kam und ihnen zunickte.

Levis Hand wollte wie automatisch zu einem seiner Dolche wandern, doch er hielt sich zurück. Das Kreisvolk wollte ihnen nicht schaden. Ob es ihnen helfen würde, würde sich jetzt zeigen.

„Nym, Filia. Wir haben Besuch", sagte er in die offene Tür hinein. Die beiden Mädchen brauchten keine fünf Sekunden, um sich zu ihnen zu gesellen. Beide hatten die weißen Tücher, die ihnen zurechtgelegt worden waren, nicht tragen wollen. Stattdessen hatten sie ihre Kleidung notdürftig gewaschen, sodass diese nun feucht und zerschlissen an ihnen herabhing. Es war unmöglich gewesen, sämtliche Spuren von Blut aus den Stoffen zu entfernen, aber das schien weder Nym noch Filia zu stören.

Levi war verwundert darüber, dass es für ihn passende einfache Leinenkleidung gegeben hatte. Aber er war froh drum. Er zog die ihm bereitgelegte Hose einem bodenlangen Rock vor – sollten seine Falten auch noch so schön fallen.

Der in Weiß gewandete Mann war stehen geblieben, taxierte sie alle eine Weile misstrauisch und drehte sich dann mit den Worten: „Folgt mir", um. Es schien, als sei Alani die Einzige, der es erlaubt war, mehr als diese zwei Worte zu benutzen. Fragliches Regierungskonzept, fand Levi.

Die Gruppe tat, wie ihr geheißen, und als Nym ihre Hand in seine schob, fühlte Levis Herz sich an, als würde es für einen Moment so groß werden, dass es all seine Sorgen aus seinem Körper verdrängte.

„Die Menschen hier scheinen äußerst misstrauisch

zu sein, dafür dass sie uns die Wahrheit von den Gesichtern ablesen können", meinte Nym leise an seiner Seite. Ihre Blicke schweiften von links nach rechts zu den Häusern, die sie passierten. Keines der Gebäude passte zusammen. Weder Farbe noch Baustil noch Beschaffenheit der Türen. Selbst der Boden, auf dem sie liefen, folgte keinem Muster. Das Kreisvolk hatte so viele verschiedene Arten von Steinen benutzt, dass Levi schnell den Überblick über die Materialen verlor und es ein Wunder war, dass niemand stolperte. Dies alles schien weniger eine Stadt zu sein, als vielmehr eine willkürliche Ansammlung von Behausungen, die stetig von Feldern, wild blühenden Wiesen und schmalen Bächen unterbrochen wurde. Chaotisch und gleichzeitig so gewollt unübersichtlich und facettenreich, dass Levi dennoch meinte, ein Muster zu erkennen. Einen genauen Plan hinter der so sorgfältig inszenierten Idylle, die nicht so willkürlich war, wie es den Anschein hatte.

Doch weder die Häuser noch der Boden waren es, die ihre Aufmerksamkeit auf sich zogen. Es waren die Menschen.

Die Menschen, die in ihren Gewändern abstrus einheitlich im Vergleich zu ihrer Stadt aussahen. Sie unterschieden sich nicht sichtlich von den Bewohnern Asavez oder Bistayes. Aber Levi hatte bei einem Volk aus Wahrheitslesern auch nichts anderes erwartet. Es gab absolut nichts Sonderbares oder Außergewöhnliches an ihnen zu entdecken – abgesehen vielleicht von der Tatsache, dass sie ungeniert vor ihren Häusern standen und sie anstarrten. Nym hatte recht. Misstrauen schien die markanteste Emotion in ihren Gesichtern zu sein. Die Bewohner gaben sich noch nicht einmal die Mühe, sie zurückzuhalten. Ihre Gruppe wurde offen angefeindet, aber wenn Levi darüber nachdachte, dann würde falsche Gastfreundschaft wohl auch gegen ihr Gesetz der Wahrheit verstoßen. Wenn die Bewohner sie also nicht hier haben wollten, dann blieb ihnen nichts anderes übrig, als es ihnen auch zu zeigen. Levi versuchte es nicht persönlich zu nehmen. Das Kreisvolk hielt nichts von falscher Höflichkeit, und verdammt noch mal, er musste sie dafür respektieren. Wie viel Zeit es den Menschen ersparen würde, wenn sie keine höflichen Floskeln mehr austauschten. Nur ... wie viel Zwietracht würde es säen?

„Vielleicht lässt sie gerade der Umstand, dass sie uns die Wahrheit ansehen können, misstrauisch werden", murmelte Levi und drückte Nyms Hand. „Sie wissen, warum wir hier sind. Sie wissen, was wir getan haben. Sie wissen, was wir tun würden, um unser Ziel zu erreichen. Ich glaube, an ihrer Stelle hätte ich auch Angst vor uns. In ihren reinen weißen Gewändern wirken sie so zerbrechlich. Als würde die Vorstellung eines Kampfes fernab von ihren schlimmsten Albträumen liegen. Nicht jeder kann eben so wunderbar unzerstörbar sein wie ich." Er lächelte knapp zu ihr herüber.

„Schön, dass selbst der bevorstehende Krieg dich nicht an deiner Unsterblichkeit zweifeln lässt", sagte Nym schmunzelnd und drückte seine Hand. „Dein Ego ist so groß wie eh und je."

Die Geste war genauso unschuldig wie bestärkend. Nym schien bewusst, dass er sich dem Irrtum hingeben musste, unzerstörbar zu sein – denn wie dumm wäre es sonst von ihm, zu versuchen, die Götter zu stürzen? –, und sie unterstützte ihn in seinem Größenwahn.

„Der Einzigen, der es gelingt, an meinem Ego zu kratzen, bist du, Nym", flüsterte er, während sein Daumen unbewusst über die weiche Haut auf ihrem Handrücken fuhr. „Und das hast du die letzten Wochen über erfolgreich getan. Es wird Zeit, dass das aufhört."

„Ich habe eine ganz schöne Macht über dich, oder?", stellte sie überrascht fest und sah bei dieser Vorstellung so ehrlich verblüfft und unschuldig aus, dass Levis müde Mundwinkel sich hoben.

„Hast du. Lass es dir nicht zu Kopf steigen."

„Werde ich nicht", flüsterte sie. „Solange du deine Macht über mich auch nicht ausnutzt."

Er küsste sie sanft auf die Schläfe, dankbar für jeden dieser kleinen Momente der Normalität. „Nichts läge mir ferner", murmelte er genau in dem Moment, in dem ihr stummer Begleiter anhielt.

Er war vor einer breiten Treppe zum Stehen gekommen, die in ein rundes offenes Theater hinabführte, das von hohen steinernen Rängen umschlossen wurde. Levi vermutete, dass das Kreisvolk hier seine Versammlungen abhielt.

Im untersten Rang saßen fünf Gestalten. Er erkannte zwei von ihnen. Jaan und Alani, die nebeneinandersaßen, beide mit geradem Rücken, die Hände in ihrem Schoß gefaltet. Zivilisiert und ruhig.

Das gefiel Levi nicht.

„Geht", forderte ihr Begleiter sie auf und streckte eine Hand in Richtung der Treppe aus.

Sie folgten seiner Anweisung und stiegen die steinernen Stufen hinab. Levi ließ den Frauen den Vortritt und ging als Letzter. Ihre Schritte hallten von dem grauen Stein wider, doch ihre Gastgeber wandten sich nicht um, sondern starrten stur geradeaus, so als seien sie tief in Gedanken versunken. Erst als Levi die letzte Stufe nahm, blickten die Anwesenden auf. Er machte sich nicht die Mühe, die drei ihm unbekannten Gestalten zu studieren. Er hatte das vage Gefühl, dass sie kein Wort von sich geben würden. Stattdessen sah er zu Jaan, dem Soldaten, der jahrelang an seiner Seite gekämpft hatte – nur um sie alle zu verraten.

Der blasse Mann schaute ihn ausdruckslos an, ließ den Blick über seine Erscheinung gleiten und lächelte dann breit.

Diese Geste war so befremdlich, dass Levi mehrfach blinzeln musste, um sich davon zu überzeugen, dass sie nicht seiner Fantasie entsprang.

„Warum grinst du, Jaan?", fragte er irritiert und gereizt zugleich. Seiner Meinung nach hatte sein alter Freund das Recht, ihn anzulächeln, verwirkt. Nicht dass er davon die letzten zehn Jahre sonderlich viel Gebrauch gemacht hätte. Jaan hätte verrottete Zähne haben können und es wäre Levi bis zu diesem Zeitpunkt entgangen.

„Weil du meine alte Kleidung trägst", sagte er schlicht. „Das ist amüsant. Aber sie steht dir."

Mit offenem Mund starrte Levi ihn an, bevor er an sich selbst hinunterblickte. Das war Jaans *alte* Kleidung? Was für merkwürdige Leute waren das beim Kreisvolk, dass sie zwanzig Jahre lang die gammelige Kleidung eines Mannes aufbewahrten, der eigentlich nie mehr hatte zurückkehren sollen?

„Setzt euch", verlangte Alani und ihre Stimme erlaubte kein Zögern. Sie ließen sich auf den steinernen Stufen nieder, und Levi konnte sehen, wie Filia nervös an ihrem Hemd zupfte. Leena hingegen starrte Nym an, deren Blick wiederum so hasserfüllt auf Jaan lag, dass Levi sich fragte, ob es nicht vielleicht klug wäre, ihr doch noch die Waffen abzunehmen.

„Nun", fuhr Alani fort, sobald auch das letzte Rascheln ihrer Kleidung verstummt war. „Ihr seid hier, um die Geheimnisse der Götter zu erfragen, doch die können wir euch nicht geben. Entschuldigt."

Nyms Rücken versteifte sich neben ihm, und wie automatisch legte er ihr eine Hand in den Nacken. Es würde niemandem helfen, wenn sie die Anführerin des Kreisvolks auf der Stelle tötete.

Es würde niemandem helfen, wenn sie die Anführerin des Kreisvolks auf der Stelle tötete, redete Nym sich ein. Es würde nicht helfen, und doch konnte sie ihre Hände nicht wieder flach auf ihre Beine legen. Sie war unfähig, ihre Fäuste zu lösen.

„Warum habt Ihr uns dann überhaupt Einlass gewährt?", fragte sie mit zitternder Stimme. „Warum unsere Zeit vergeudet?"

Das Kreisvolk war doch keinen Deut besser als jedes andere Volk! Sie verschrieben sich der Wahrheit, redeten sich ein, besser als der Rest der Menschheit zu sein – waren aber nicht bereit, zu helfen.

„Wir haben nicht vor, eure Zeit zu verschwenden,

Ikanomädchen", sagte Alani scharf. „Du hörst mir nicht zu. Ich sagte: *Wir* können sie euch nicht geben. Wir haben vor langer Zeit ein Versprechen gegeben, das den letzten großen Krieg beendet hat. Wir versprachen, die Geheimnisse der Götter zu wahren, solange Bistaye Asavez nicht angreift."

„Aber das wird geschehen!", fuhr Nym sie an, und hätte Levis Hand nicht in ihrem Nacken gelegen, wäre sie aufgesprungen.

Alani schüttelte den Kopf. „Nein. Bistaye wird angegriffen, nicht Asavez. Ein kleiner, aber leider entscheidender Unterschied." Ihr Blick flog kurz zu Jaan, bevor sie ihn wieder auf Nym richtete. „Unser Versprechen gilt. Es zu brechen, liegt nicht in unserer Natur. Wir würden uns damit verletzlich machen. Wir würden den Göttern das Recht geben, uns anzugreifen, und das können wir nicht zulassen. Also ... *wir* können euch die Wahrheit nicht preisgeben. Was nicht bedeutet, dass ihr sie euch nicht *nehmen* könnt."

Nym verstand kein Wort. Sie konnten sich die Wahrheit nicht *nehmen*! Was dachte Alani? Die Wahrheit war keine Frucht, die sie einfach so von einem Baum pflücken konnte. Das war doch der Grund, warum sie überhaupt hier waren. Weil es keinen anderen Ausweg aus dem Krieg gab, außer auf die Hilfe des Kreisvolkes zu hoffen. Weil niemand sonst um das Geheimnis der Götter wusste, außer das Kreisvolk und die Götter selbst!

Sie versuchte die Verzweiflung niederzuringen, die erneut drohte, von ihr Besitz zu ergreifen.

„Was wisst ihr über die Götter?", unterbrach die Anführerin des Kreisvolks Nyms Gedanken. „Welches ihrer Gesichter kennt ihr bereits?"

Nym wollte antworten, doch Filia kam ihr zuvor. „Die Götter sind selbstsüchtig und mehrere Jahrtausende alt. Sie vereinen die Macht der vier Elemente in sich und sind die mächtigsten Geschöpfe dieser und aller Welten. Sie haben die vollständige Bestimmungsgewalt in Bistaye – und sind unsterblich."

Ein mildes Lächeln zog sich über Alanis Gesicht. So als fände sie alles, was Filia gerade von sich gegeben hatte, äußerst amüsant. „Die Götter kamen einst aus der Wüste, gesegnet mit dem ewigen Leben, aber ... ewiges Leben bedeutet nicht Unsterblichkeit, Mädchen."

„Und was soll das heißen?", fragte Filia verwirrt.

„Genau das ist euer Problem", seufzte Alani. „Ihr seht, aber versteht nicht. Ihr fühlt, aber hinterfragt nicht. Ihr akzeptiert, aber kämpft nicht. Ihr seid blind. Ihr seht nur die Dinge, die euer Blick erreicht. Ihr macht vor dem Horizont halt. Ihr seid auf eure Götter fixiert. Dabei gibt es Mächte und Götter, deren Existenz ihr nicht einmal erahnt. Dinge, die sich hinter der Sakre-Wüste abspielen, die ihr nicht verstehen würdet. Taten, die verschwiegen werden sollten. Glaubt ihr wirklich, die Götter sind aus irgendeiner Laune heraus nach Bistaye gekommen? Sie haben nach einer Möglichkeit gesucht, geistige Schwäche zu ihrem Vorteil zu nutzen – und sie in euch Menschen gefunden. Aber natürlich hinterfragt ihr die Hintergründe der Götter nicht. Denn eure Grenzen liegen hier. In den Kreisbergen und vor der Wüste. Und die offensichtlich vor euch liegenden Antworten erkennt ihr nicht als solche. Weil ihr eure Augen vor der Wahrheit verschließt."

Aus den Augenwinkeln bemerkte Nym, wie Filias Blick unsicher zu ihr wanderte, doch sie hielt ihre Aufmerksamkeit auf Alani gerichtet. Was übersahen sie?

„Wir sollen also hinter der Wüste nach einer Lösung suchen?", durchbrach Leena die unangenehme Stille.

„Nein", sagte Alani ruhig. „Alle Informationen, die ihr braucht, habt ihr bereits. Ihr müsst sie nur nutzen."

„Aber wie?", flüsterte Nym hilflos. Sie hatte sich alles, was sie wusste, immer und immer wieder vor Augen geführt, es gedreht und gewendet, aber sie war nie zu einem Schluss gekommen. So sehr sie auch versuchte, das Gesamtbild zu erkennen, die Puzzleteile waren zu verschwommen, um ineinanderzupassen.

„Lass mich dir eine Frage stellen, junge Ikano. Niemand betritt die Kreisberge, richtig?"

„Ja", antwortete Nym.

„Warum betritt niemand die Kreisberge?"

„Weil sie … gefährlich sind", antwortete sie langsam.

„Weil nie jemand lebend aus ihnen zurückkehrt", half Levi aus.

„Weil bestialische Kreaturen sie bevölkern", murmelte Filia.

„Natürlich." Alani lächelte wieder. Dieses milde Lächeln, das Nyms Fingernägel in ihre Handballen trieb. „Nun, lasst mich euch eine weitere Frage stellen: Seid ihr auf eurem Weg einer bestialischen Kreatur begegnet?"

„Nein, aber wir haben ja auch nicht die ganzen Berge durchlaufen", sagte Filia dümmlich. „Und der Feuerluchs –"

„Ein Feuerluchs hat euch nach dem Leben getrachtet?"

„Nun, nein, aber das ändert doch nichts an der Tatsache, dass die Menschen aus den Kreisbergen nicht zurückkehren", meinte Filia.

„Tatsächlich?" Interessiert neigte Alani ihren Kopf zur Seite. „Wie viele Menschen kennt ihr, die in die Kreisberge gegangen sind?"

Alle Blicke richteten sich auf Jaan.

„Ah, er ist also der Einzige? Und er ist nicht lebend zurückgekehrt?"

„Um fair zu sein", sagte Jaan leise. „Du wolltest mich töten."

„Natürlich wollte ich das. Eine Menge Leute wollen dich tot sehen, Jaan. Ich bin da wahrlich keine Besonderheit", meinte die Anführerin spöttisch. „Die Frage ist: Wer hat euch erzählt, dass die Berge gefährlich seien? Und mit was für einer Autorität hat er es getan?"

Nym starrte sie an und ihre Fingerspitzen fingen an zu kribbeln. Sie konnte sich nicht mehr daran erinnern, wer es ihr gesagt hatte. Sie hatte es einfach gewusst. Es war eine allgemein anerkannte Tatsache. Ihr Blick glitt über die Gesichter ihrer Freunde, und in jedem sah Nym die gleiche Frage.

Woher wussten sie es?

Von ihren Eltern. Freunden. Aus Geschichten. Aber woher wussten es ihre Eltern? Woher ihre Freunde? Woher stammten die Geschichten?

Alani lächelte zufrieden. „Ich sehe, ihr versteht, worauf ich hinauswill. Die Menschen reden. Das ist es, was sie tun. Und je absurder und fantastischer das

Thema ist, desto begeisterter wird es verbreitet. Jaja, die Menschen ... sie erzählen mehr, als sie sehen. Sie erzählen mehr, als sie wissen. Sie –"

„Es reicht, Alani", fuhr Jaan ihr dazwischen. „Das ist genug." Seine blassen Augen waren kalt, und Zorn spiegelte sich in ihnen wider. Die stärkste Emotion, die Nym je bei diesem kühlen Mann zu Gesicht bekommen hatte. Doch das war nur ein Grund mehr, ihre Gedanken rasen zu lassen. Sie hatte das Gefühl, dass sie etwas übersah. Dass sie etwas grundlegend Wichtiges nicht zu fassen bekam.

Die Gerüchte über die Kreisberge, sie mussten von den Göttern selbst stammen. Von den Göttern, die hatten verhindern wollen, dass die Menschen ihrem Geheimnis auf die Spur kamen. Sie hatten eine Legende erschaffen, die nicht der Wahrheit entsprach. Aber inwiefern half diese Erkenntnis ihnen, die Götter zu stürzen? Wie konnten sie dieses Wissen gegen sie verwenden? Selbst wenn sie bewiesen, dass die Götter bezüglich vieler Dinge gelogen hatten, so würde sich noch längst nicht das gesamte Volk oder gar die Garde gegen sie wenden. Sie hatten zu viel Angst vor ihnen!

„Und nun, Ikano des Feuers, sage ich es dir ein letztes Mal: *Wir* können euch die Wahrheit nicht geben. Aber du kannst sie dir *nehmen*. Du als Einzige."

„Von woher nehmen?"

„Von dem Einzigen hier, der sie dir geben kann."

Erneut glitt Alanis Blick zur Seite – bis er auf Jaan landete.

Jaan. Der alles wusste und nicht an das Versprechen des Kreisvolks gebunden war.

Aber er würde ihr die Informationen nie freiwillig

geben. Er würde ihr nie einfach die Wahrheit erzählen ... doch das war es auch nicht, wovon Alani gesprochen hatte.

Nym hielt inne und das Kribbeln in ihren Fingern wurde stärker. Sie hatte nicht gesagt, dass Nym die Informationen bekommen würde. Sie hatte gesagt, sie solle sie sich *nehmen* ...

Langsam öffnete sich ihr Mund und starr blickte sie auf ihre Hände hinunter. Konnte sie das? Sich Informationen nehmen? Sich Erinnerungen zu eigen machen?

Ja, natürlich. Sie hatte es sogar schon einmal getan. Bei Leena, im See.

„Api hat schlampig gearbeitet, Feuermädchen", flüsterte Alani. „Er ist kein besonderer Meister darin, den Geist anderer zu manipulieren, und er hat dir wohl aus Versehen noch etwas mehr als nur seinen Abdruck hinterlassen. Er wird sein eigener Ruin sein."

Nym fixierte Jaans Gesicht. Jaans entsetztes Gesicht.

Schockiert riss er die Augen auf und wollte die Hände heben – doch Nym gab ihm keine Zeit, nach einer Waffe zu greifen. Ließ sich keine Zeit, daran zu zweifeln, ob ihr Vorhaben ihre Fähigkeiten überstieg. Sie stürzte nach vorne, schlug Jaans Arme weg, die versuchten, sie aufzuhalten, und presste ihre Hände an seine Schläfen.

„Nein", keuchte Jaan – doch sie schloss bereits ihre Augen und brach in seinen Geist ein.

Kapitel 13

„Das Ende führt zum Anfang." Thakas Stimme ging Karu durch Mark und Bein. „Hast du diese Regel vergessen? Du warst es, die sie aufgestellt hat, wenn ich mich recht erinnere? Er wird sich daran halten. Er wird zurückkehren und seinen Platz einnehmen und wir werden gemeinsam herrschen, bis wir neue Konditionen verhandelt haben. So haben wir es entschieden – und so wird es gemacht."

E s war leicht.
So unglaublich leicht.

Hatte er denn keine Mauer um seinen Geist errichtet? Wie konnte er seine Erinnerungen so sorglos in seinem Kopf herumschweben lassen? Wusste er denn nicht, wie wertvoll sie waren? Wie zerbrechlich? Wie leicht zu stehlen?

Nym stand in einem Raum. Unendlich viele bläulich schimmernde Lichter strahlten über ihrem Kopf und zwei Fenster lagen vor ihr.

Sie lachte laut auf und blickte nach rechts. Sie hatte nicht einmal an die dunkelblaue Tür klopfen müssen – sie stand sperrangelweit offen. Jaan war sich zu sicher gewesen. Er hatte seine Stärke überschätzt. Wie leichtsinnig von ihm, zu denken, dass niemand je versuchen würde, in seinen Geist einzudringen. Nym schüttelte den Kopf und drückte die Tür ins Schloss. Sie wollte keine Gesellschaft. Sie benötigte Zeit. Langsam drehte sie sich einmal um ihre eigene Achse, überflog die Bilder, die an den roten Ziegeln hingen – und hielt inne.

Dort war Provodes abgebildet und daneben ... daneben blickte ihr Vea entgegen. Aber was hatte ihre Schwester in Jaans Kopf zu suchen?

Zögerlich wandte sie ihrer Schwester den Rücken zu und konzentrierte sich stattdessen auf die zwei Fenster, hinter denen sich Schemen bewegten. Sie war nur aus einem bestimmten Grund hier. Sie hob ihre Hand an den linken Rahmen und betrachtete das Bild, das sich vor ihr auftat.

Ein Mann mit blassblauen Augen blickte ihr entgegen. Ein dunkler Bart zierte sein Kinn und seine Wangen, und in seinem Gesicht lag ein Ausdruck des Ekels.

„Du bist nicht mein Sohn, du bist eine Schande." Die Stimme war ein Flüstern in ihrem Geist, die sie kaum berührte und ihr dennoch durch Mark und Bein ging. *„Geh, solange du noch kannst. Nur die Tatsache, dass mein Blut in dir fließt, rettet dir das Leben – dabei hättest du den Tod verdient."*

Die Erinnerung verschwamm und Nym machte einen erschrockenen Schritt zurück. Da war so viel Hass. So viel Wut. Und so wenig Bedauern. Sie atmete zitternd ein und wandte ihren Kopf zu dem linken, friedlicheren Fenster. Die verschwommenen Schemen schärften sich, sobald ihr Blick darauf fiel.

Sie sah eine Stadt, nein, eher ein Dorf. Dunkelrote Dächer, hellgrauer Stein. Grüne Felder. Eine Schmiede.

Sie trat näher heran, ließ ihren Blick schweifen. Sie konnte den Appo erkennen, der im Sonnenlicht glitzerte.

Berlund.

Der Stadtname war in ihrem Kopf, bevor sie ihn hatte denken können. Ihre Finger glitten in das Fenster, wirbelten die Abbildung durcheinander. Die Farben vermischten sich und liefen ineinander.

„Zeig mir seine Geschichte", flüsterte sie. Und Jaans Erinnerungen gehorchten.

Sie ließ den Hammer auf den Amboss niederfahren und Funken stieben von dem erhitzten Metall. Kurzzeitig glühten sie im Zwielicht des Morgengrauens auf, trafen ihre Schürze und versengten ihre Haarspitzen, bevor sie sich in der taufrischen Luft verflüchtigten und wie sterbende Glühwürmchen erloschen. Mit der linken Hand wendete sie die Klinge, während sie das Metall weiter bearbeitete. Sie spürte das vertraute Ziehen in ihren Muskeln, doch dem gab sie schon lange nicht mehr nach. Ihr Puls schlug im Einklang mit dem Klirren, das zwischen Waffe und Hammer entstand, und die Hitze des glühenden Schwertes drang durch den Stoff ihrer Hose. Schweiß perlte ihre Schläfen hinab, und sie strich sich die kurzen Locken aus der Stirn. Die Sonne würde gleich aufgehen, und erwartungsvoll blickte sie vom Schwert auf in Richtung des noch nicht bestellten Weizenfeldes. Sie runzelte die Stirn. Er war spät heute. Normalerweise kam er, bevor der erste Sonnenstrahl den Weizen in Gold tauchte.

Sie setzte einen letzten Schlag auf die erhitzte Klinge

und ließ sie dann in den mit kaltem Wasser gefüllten Eimer gleiten. Zischend verhärtete sich das Metall, orange färbte sich zu grau und die Luft füllte sich mit dem Geruch nach verbranntem Stahl. Wieder huschte ihr Blick an den Horizont und diesmal konnte sie seinen Schemen erkennen. Er hastete an dem Feld entlang, die Hand zu den Ähren ausgestreckt, sodass sie gleichmäßig gegen seine Handfläche schlugen.

Sie lächelte und ein Gefühl der Zufriedenheit machte sich in ihr breit. Er war das Einzige, was sie hier noch hielt. Eigentlich hatte sie längst weiterziehen wollen. Berlund hatte nur ein kurzer Stopp sein sollen. Aber vielleicht würde er mitkommen. Die Welt sehen. Abenteuer erleben. Geheimnisse lüften. Die Kreisberge besteigen.

Mit dem Handrücken wischte sie sich den Schweiß von der Stirn und zog die lederne Schürze über ihren Kopf, bevor sie ihm entgegenschlenderte. Seine Haare hatten die Farbe von Kohle und hingen ihm in die Stirn. Doch er weigerte sich, sie zu schneiden. Er war zu eitel. Eine Eigenschaft, die sie nie ganz hatte nachvollziehen können.

„Hey", sagte er etwas außer Atem. „Es tut mir leid, ich bin spät. Vater hat die Tür verriegelt."

„Warum sollte er die Tür verriegeln?"

Ihr Gegenüber zuckte die Schultern. „Paranoia? Er rechnet jeden Tag damit, dass die Götter in Asavez einfallen."

Sie schnaubte. „Die verdammten Götter wissen es besser, als zu wagen, uns anzugreifen."

„Mag sein." Er rang die Hände ineinander und wich ihrem Blick aus.

„Was ist los?", fragte sie. Irgendetwas stimmte nicht. Sie hatte schon immer die Fähigkeit gehabt, die kleinsten Gerichtsregungen ihrer Mitmenschen zu deuten. Ihr Gegenüber fürchtete sich vor etwas.

Sie streckte die Hand aus und berührte ihn sacht an der rauen Wange, zwang ihn, sie anzusehen.

Er schreckte vor ihrer Hand zurück. „Ich ... werde heiraten, Jaan."

„Heiraten?" Ihre Augenbrauen flogen in die Höhe und automatisch trat sie einen Schritt zurück. „Wen?"

„Die Bäckerstochter. Vater hält es für eine gute Wahl. Weizenbauer mit Bäckerstocher ... was wünscht man sich mehr?"

„Aber du empfindest nichts für die Bäckerstochter", sagte sie langsam und eine Unruhe breitete sich in ihr aus, die ihre Hände zittern ließ.

„Natürlich nicht", sagte er seufzend. „Aber ... ich bin achtzehn. Es wird Zeit."

„Zeit für dich oder für deinen Vater?"

„Zeit eben."

Sie nickte steif und rieb sich die schweißnassen Hände an ihrer Hose ab. „Was gedenkst du also unseretwegen zu tun?", fragte sie leise.

„Wir ..." Er betrachtete seine Zehen und Röte färbte seine Wangen. „Jaan, es muss aufhören. Es ist falsch, was wir tun", flüsterte er.

„Falsch?" Ihr Gesicht blieb regungslos, während ihr das Wort hölzern aus dem Mund fiel. „Es ist nicht falsch, nur weil die Leute es nicht gerne sehen. Die Gesellschaft ist es, die falsch ist."

„Jaan ..." Er wandte den Blick ab und sie konnte ihn schlucken sehen. „Du bist stärker als ich. Warst es schon immer. Dir mag es egal sein, was die Leute reden, aber mir ... mein Vater erwartet, dass ich das Familienunternehmen übernehme. Und dafür muss ich mir eine Braut suchen. So ist es nun einmal, ich bin mir sicher, du könntest auch –"

„Werde ich aber nicht", sagte sie kühl, während ihr Herz gefror. Es war immer das Gleiche. „Mein Vater wollte all dieselben Dinge von mir. Ich solle mich anpassen, mich den Normen beugen. Aber wer gibt ihm das Recht, mein Leben vorzuzeichnen? Und wer gibt es deinem Vater? Ich werde kein Leben führen, das mir die Menschen als richtig vorschreiben, nur weil es so einfacher wäre. Und du solltest es auch nicht. Das zwischen uns ist etwas Echtes. Und das alles willst du wegwerfen, um eine Lüge zu leben, die dich unmöglich glücklich machen kann?"

„Jaan", flüsterte er. „Was bleibt mir für eine Wahl? Wenn die Leute herausfänden, dass ich ..." Verzweiflung tropfte aus seiner Stimme und benetzte ihr Herz. Machte es müde und schwer. Sie kannte dieses Gefühl der Aussichtslosigkeit. Sie hatte sich schon beinahe daran gewöhnt und die Hoffnung bereits aufgegeben, dass das Leben irgendwann leichter werden würde.

„Komm mit mir", flüsterte sie. „Ich will weiter. Nach Süden. Richtung Oyitis. Du wolltest doch schon immer die große Bibliothek sehen, also komm mit mir. Sag deinem Vater die Wahrheit und lass das alles hinter dir. Dein Leben hier ... es ist eine Lüge. Kämpf dagegen an."

„Diese Welt hat keinen Platz für die Wahrheit", murmelte er erschöpft. „Es ist egal, wohin du gehst, Jaan. Die Leute werden es nie akzeptieren. Ich habe es *längst eingesehen. Das solltest du auch tun."*

Aber das würde sie nicht. Die Welt war es, die im Unrecht lag, und sie würde nicht vor ihr niederknien.

„Dann hast du dich dazu entschieden, ein Feigling zu sein", stellte sie leise fest.

„Nein. Ein Feigling war ich schon immer. Du hast dich nur dazu entschieden, einen Feigling zu lieben", sagte er traurig. „Aber du ... du bist stark. Du brauchst mich nicht in deinem Leben. Du bist der beste Kämpfer Berlunds. Du wirst gut zurechtkommen."

Sie nickte, sie hatte keinen Zweifel daran, dass sie alleine für sich sorgen konnte, doch das Gefühl der Aussichtslosigkeit ließ sie nicht los.

Die Welt hat keinen Platz für die Wahrheit. *Was, wenn er recht hatte? Wenn es keinen Ort gab, der sie akzeptierte? Wenn es niemanden gab, der so dachte wie sie?*

Das Bild veränderte sich. Die goldenen Felder Berlunds wurden durch weite Graslandschaften ersetzt, gespickt mit Dörfern, die so klein waren, dass keine Karte sie je verzeichnet hätte. Verschwommene Umrisse flogen an Nyms Augen vorbei und ein Gefühl der Resignation nahm von ihr Besitz. Sprachfetzen blitzten in ihrem Kopf auf.

„Wir haben keine Arbeit für jemanden wie dich. Hast du nicht einmal den Anstand, es geheim zu halten?"

„Wie kannst du Akzeptanz für etwas erwarten, das falsch ist?"

Wieder wandelte sich das Bild.

Keuchend blickte sie auf ihre zitternden Hände, und der Geruch nach Eisen und Stroh stieg in ihre Nase. Sie hockte am Boden, das Blut tropfte von ihren Fingern auf ihre Oberschenkel und perlte seitlich daran hinab. Ihr Schwert lag neben ihren Füßen und an der klebrig-roten Klinge haftete Heu. Hastig wanderte ihr Blick zur Seite und landete auf einem bleichen Gesicht.

Sie hatte ihn getötet. Er atmete nicht mehr. Egal, wie fest sie ihre Hände auf die klaffende Wunde in seiner Brust gepresst hatte, sie hatte ihn nicht retten können. Ihr Schwerthieb war zu präzise gewesen. Hatte das Fleisch geteilt, wie ein Messer weiche Butter. Wie hatte das so aus dem Ruder laufen können? Sie hatte sich doch nur verteidigen wollen. Er war aus dem Nichts aufgetaucht, sein Schwert viel zu entschlossen in seinem Griff. Was war ihr für eine Wahl geblieben?

Ihre bebenden Hände ballten sich zu Fäusten und fahrig griff sie nach dem Heft ihres Schwertes. Sie musste fort von hier. Niemand würde ihr glauben, dass er sie zuerst angegriffen hatte. Was war das für eine Welt, in der Leute sie dafür umbringen wollten, wer sie war?

Ihr Atem rasselte, und hastig rappelte sie sich vom Boden auf. Sie hatte genug von diesem Land. Genug von den Menschen, die sie verurteilten. Hass stieg in ihr auf. Hass auf die Gesellschaft, auf die Kategorien Richtig und Falsch.

Es reichte.

Ihr Gesicht versteinerte, als sie das Schwert zurück

260

in ihre Scheide gleiten ließ und sich am naheliegenden Wassertrog ihre Hände wusch. Sie wusch sich jegliche Emotion aus ihrem Gesicht.

Es war einfacher, nicht zu zeigen, was man fühlte. Man verriet mit seinem Gesicht zu viel. Gab dem anderen zu viel Macht über sich.

Ja, es reichte.

Sie würde nicht vor dieser Welt niederknien – sie würde ihr den Rücken kehren.

Neue Bilder, neue Eindrücke fluteten Nyms Sinne.

Da war der asavezische Laubwald, bunte Blätter tanzten in der Luft, versuchten sich dem Wind zu verwehren, klammerten sich an die Äste und wurden ihm schließlich unterworfen. Gelb und orange leuchtend flatterten sie zu Boden. Dort war der Alte Altar und ... das Kreisgebirge. *„Es heißt, die Kreisberge verbergen die Wahrheiten der Welt."*

Es war kalt. Die Luft war getränkt mit Eiswasser, doch es scherte sie nicht. Sie war bereits eins mit der Kälte geworden. Der Aufstieg war mühsam und zerrte an ihren Kräften. Aber sie hatte nichts zu verlieren und das ließ sie unbeschwerter klettern. Die Wipfel des Laubwaldes unter ihr wurden kleiner. Die namenlosen Dörfer verschmolzen mit den Wiesen. Irgendwann war da nichts mehr, außer dem Willen, weiterzukommen. Höher zu kommen. Anzukommen.

Sie glaubte zu wissen, wo sich das Kreisvolk versteckt hielt. Es war die einzig logische Wahl. Dort musste es sein. Falls es existierte.

Stein. Überall Stein. Ein See. Kälte. Stein.

Eine Höhle. Eine Frau. Sie war jung, keine dreißig, trug ihr hellbraunes Haar kurz und ihr rotes Gewand gab ihr etwas Erhabenes. Alani.

„Du bist einen weiten Weg gekommen, Jaan Foras."

Sie senkte den Kopf, um ihrem Blick zu entgehen.

„Ich trage meinen Nachnamen schon lange nicht mehr", sagte sie ruhig. „Mein Vater nahm mir das Recht auf ihn – und ich gab es gerne auf."

„Also gut, Jaan ohne Namen. Was führt dich zu uns?"

„Mir wurde einst gesagt, dass ihr das Volk der Wahrheit seid."

„Und du suchst nach der Wahrheit?"

„Nein. Ich suche nach einem Ort, an dem ich meine Wahrheit leben kann. An dem die Wahrheit einen Platz hat. An dem niemand eine Lüge lebt und sich selbst verrät. Es ermüdet mich, die Menschen dabei zu beobachten, wie sie ihre wahre Natur verbergen, nur um den Lügen der anderen gerecht zu werden."

„Deine Worte sind ehrlich."

Sie hob das Kinn. „Ihr klingt überrascht."

„Das bin ich. Die Menschen sind kein ehrliches Volk."

Sie verzog verächtlich den Mund. „Die Menschen sind faul. Sie leben die Lüge, weil es bequem ist. Sie leben nach einem selbst auferlegten System von Gerechtigkeit und vorgefertigten Vorstellungen von Richtig und Falsch, um ihre grausamen Taten dadurch zu rechtfertigen."

Alani nickte langsam. „Ich gebe dir recht ... und dennoch: Du trägst eine Menge Wut in dir, Jaan. Eine Menge unterdrückten Hass. Und es klebt Blut an deinen Händen. Deine Seele ist nicht rein."

„Wessen Seele ist das schon?", flüsterte sie. „Es gibt keine unbefleckten Existenzen mehr."

„Bei uns schon", sagte Alani scharf. „Wir streben nach der vollkommenen Wahrheit. Wir leben sie. Du möchtest aufgenommen werden, du möchtest deiner hoffnungslosen Welt entkommen – aber glaubst du, dass du nach unseren Prinzipien leben kannst?"

„Ja."

„Du musst dir sicher sein. Wir tolerieren keine Halbwahrheiten, keinen Hass, keine Gewalt. Verschreibst du dich der Wahrheit, so ist sie bindend. Missachtest du diese Regel, nehmen wir dir im Gegenzug dein Leben."

Ihre Mundwinkel zuckten. „Mein Leben ist zurzeit nicht sonderlich kostbar. Also nehmt es Euch, wenn meine Taten danach verlangen."

Die Erinnerung verflog, und sie wurde in ein Gefühl der Zufriedenheit gehüllt. So als würde die Sonne beständig auf ihr Gesicht scheinen.

Die Stadt des Kreisvolkes war schön. Friedlich. Es gab kaum Streit. Es wurde einander akzeptiert. Es gab nur Richtig, denn ohne Lügen, ohne Zwietracht, ohne zurückgehaltene Unzufriedenheit existierte kein Falsch. Ehrlichkeit war der Schlüssel, doch die Zufriedenheit hielt nicht lang.

Wer bist du, Jaan? Sag mir, wer du bist.

Die Sonne ging auf. Die Sonne ging unter.
Die Sonne ging auf. Die Sonne ging unter.

Die Sonne ging auf. Die Sonne ging unter.

Sie erhellte das grüne Tal in all seiner Pracht. Ließ den Fluss wie hunderte Diamanten glitzern. Ließ die goldenen Ähren leuchten.

Doch die Hülle der Zufriedenheit bröckelte. Sie wurde rastlos. Ihr reichte es nicht, ihre Tage mit dem Bestellen von Feldern, dem Nähen von Kleidung und dem Zubereiten von Essen zu füllen. Tagein, tagaus das Leben eines sorglosen Bauern zu führen, der akzeptiert, aber nicht herausgefordert wurde. Das Kreisvolk kannte keine Aufregung, keinen Streit, keine Angst. Sie lebten ein abgeschiedenes Leben der friedlichen Vollkommenheit, der Einfachheit, der Ruhe und des Stillstandes. Doch ihre Finger fingen an zu kribbeln, ihre Beine konnten nicht mehr stillstehen. Es langweilte sie. Das Kreisvolk langweilte sie und deren Mitglieder wussten es, denn sie konnte nicht lügen.

Hatte sie geglaubt, dass Akzeptanz sie erfüllen würde? Dass eine der Wahrheit unterworfene Welt die bessere war?

Ohne Lügen, die es aufzudecken galt, war die Wahrheit uninteressant. Ohne Geheimnisse gab es keine Privatsphäre. Ohne offene Fragen musste man nicht nach Antworten suchen.

„Wir haben Besuch, Alani."

Ihr Blick glitt von ihrem mit Reis gefüllten Teller zu Noman, dem Späher, der nervös von einem Bein aufs andere trat.

Interessiert beugte sie sich nach vorne, um die darauffolgenden Worte nicht zu verpassen.

Die Anführerin des Kreisvolkes hob fragend die Au-

genbrauen. „Wer ist es?"

„Provodes."

Überrascht ließ sie ihre Gabel fallen, doch glücklicherweise beachtete sie niemand. Alle im Umkreis von
fünf Metern konzentrierten sich auf die Unterhaltung
zwischen Alani und Noman und so bekam niemand
mit, wie ihr Mund aufklappte und ihre Gedanken anfingen zu rasen.

Provodes. Das Oberhaupt der Asavez. Sie hatte ihn
nie persönlich kennengelernt, aber natürlich kannte
sie seinen Namen. Es hieß, er habe es mit fünf Göttlichen Soldaten gleichzeitig aufgenommen und sei als
Sieger daraus hervorgegangen. Dies sei der Grund,
warum so viele ihn zum Anführer gewählt hatten –
gleichwohl er selbst, den Gerüchten nach zu urteilen,
diesen Titel verachtete.

Aber es interessierte sie nicht, ob man dem Gerede
Glauben schenken konnte, sie interessierte lediglich,
warum er hier war.

Kannte er das Kreisvolk? Wusste er von dessen Existenz?

Doch selbst wenn er es tat, was hatte der Anführer
der Asavez mit ihnen zu schaffen? Suchte er nach den
Geheimnissen der Götter? Die Geheimnisse, die ihr
niemand hatte anvertrauen wollen.

„Nannte er den Grund für sein Kommen?", fragte
Alani und erhob sich von ihrem Platz.

„Nein. Er sagte lediglich, dass er mit dir sprechen
wolle."

„Natürlich tut er das." Alani seufzte schwer, und sie
folgte jeder ihrer Gesichtsregungen. Sie sprach, als
kannte sie Provodes. Als sei er schon einmal hier ge-

wesen. *„Ich fürchte, mein Essen wird auf mich warten müssen."* Sie nickte den Anwesenden zu und wollte den Tisch schon verlassen, als sie von ihrem Platz aufsprang. *„Alani. Ich würde dem Gespräch gerne beiwohnen."*

Die Anführerin des Kreisvolks taxierte sie skeptisch. *„Warum?"*, wollte sie wissen.

„Ich bin neugierig", antwortete sie wahrheitsgemäß.

„Das reicht mir nicht als Grund", erwiderte Alani. *„Also, nein. Du wirst nicht beiwohnen. Du sehnst dich doch nur nach ein bisschen Aufregung, Jaan."*

„Was ist falsch daran?"

„Falsch ist, was du bereit bist, dafür zu geben", sagte sie ruhig, bevor sie ihr den Rücken zuwandte und ging. Noman eilte ihr nach.

Die Unruhe, die sie die letzten Wochen verspürt hatte, fiel erneut über sie her.

Was tat Provodes hier? Was ging in Asavez vor sich?

Sie wusste nicht, wie lange sie bereits fort war. Ein Jahr? Fünf Jahre? Das Kreisvolk zählte die Zeit nicht. Es hätte Krieg ausgebrochen sein können und sie hätte keine Ahnung.

Sie erhob sich und brachte ihren Teller zum Küchenhaus, bevor sie sich in Richtung ihrer Behausung aufmachte, die sie am Rand des Tals erbaut hatte. Die Sonne stand tief am Himmel und ihre Strahlen berührten kaum noch die Dachspitzen der Häuser.

Sie hielt ihren Blick in die Ferne auf die dunkle Steinwand gerichtet, an der die Strickleiter hinabhing, die einzige Möglichkeit, ins Tal zu gelangen. Nahe dem Boden konnte sie zwei Gestalten entdecken. Es war unmöglich, aus dieser Ferne Genaueres zu erkennen, und sie hatte Provodes nie gesehen, wusste also nicht, wie er aussah, und dennoch ... eine der zwei Gestalten musste der Anführer der Asavez sein.

Sie blieb stehen, wandte sich um, ließ ihren Blick von links nach rechts schweifen. Die anderen waren alle noch beim Essen. Sie würden mindestens noch eine Viertelstunde beschäftigt sein.

Sie musste es wissen. Musste wissen, was er hier tat. In welcher Beziehung er zu Alani stand. Es würde niemandem wehtun.

Sie wandte sich abrupt nach rechts und verschwand zwischen zwei Häusern. Sie musste das Theater erreichen, bevor die anderen es taten. Das Theater war der Ort, an dem alle wichtigen Besprechungen abgehalten wurden. Ein Ort, an dem es unmöglich war, sich unbemerkt den Teilnehmern zu nähern. Aber auch ein Ort, dessen Akustik fantastisch war. Sie würde sich dort verstecken, ohne dass die anderen sie entdeckten. Sie huschte an den Häusern entlang, hielt sich parallel zum Fluss und erreichte das nahegelegene Theater bereits nach wenigen Minuten. Die oberste Sitzmauer ragte einen guten halben Meter über dem Gras empor und bot genug Platz, um sich dahinter zu verstecken. Der Fluss lag in ihrem Rücken, doch das gleichmäßige Rauschen des Wassers vermochte ihren Puls nicht zu beruhigen. Sie legte sich flach auf das abendtaufeuchte Gras und rückte nach rechts zu einem faustgroßen Loch in der Balustrade. Groß genug, um hindurchsehen zu können und den Innenraum des Theaters im Blick zu haben.

Die Momente strichen dahin, und eine Zeitlang konnte sie nichts anderes außer ihren hektischen

Atem und das fleißige Plätschern des Flusses hören. Doch dann näherten sich die Schritte, auf die sie gewartet hatte. Drei Paar Füße, nicht in Eile, näherten sich dem Steintheater, und im nächsten Moment wurden Stimmen durch die kühle Abendluft zu ihr herübergetragen.

„... wüsste nicht, was wir noch zu besprechen hätten." Das war Alani. „Wir haben bereits vor langer Zeit viel zu viele Worte getauscht."

„Es wird nicht lange dauern, Alani. Glaube mir, meine Zeit ist genauso kostbar wie die deine", sagte eine tiefe, sanfte Stimme, die sie nicht kannte.

„Das bezweifle ich. Zeit scheint bei dir eine Währung ohne Bedeutung zu sein."

„Das würde ich nicht behaupten", antwortete der Mann amüsiert. „Tatsächlich ist es die Zeit selbst, die mich zu diesem Besuch antreibt."

Sie rückte näher an den Stein und presste ihr Auge auf das Loch, als die Sprecher in ihr Sichtfeld rückten. Da war Alani, die die Stufen hinabstieg, dicht gefolgt von Noman und einem ihr unbekannten Mann. Ihr Blick flackerte über seine Erscheinung, während sich kleine aus der Mauer hervorstechende Steine in ihre Wange gruben. Er war kleiner als sie sich einen eindrucksvollen Mann von Provodes' Rang vorgestellt hatte. Seine dunkelbraunen Haare waren kurz geschoren und teilweise von grauen Flecken übersät. Sie schätzte ihn auf Anfang vierzig, auch wenn die wachsamen grauen Augen von einem höheren Alter zu zeugen schienen. Sie betrachtete die schmalen Lippen des asavezischen Anführers und die leicht gebogene Nase und musste zugeben, dass er nicht unattraktiv war. Im Gegenteil. Die Art, wie er sich bewegte, ließ eine anziehende Selbstsicherheit vermuten und das wissende Lächeln, das um seine Lippen spielte, trieb ihr ebenfalls eines auf die Züge. Dieser Mann wusste, was er tat – und es war nicht das erste Mal, dass er mit dem Kreisvolk konfrontiert wurde. Alanis missbilligender Blick schüchterte ihn nicht im Geringsten ein.

Das war interessant.

Die kleine Gruppe setzte sich auf die untersten Steinstufen, während ihr Blick zu dem Gürtel des Gastes glitt, an dem ein schweres Schwert hing.

„Dann sprich, Provodes", meinte Alani kühl. „Sag, was dich daran gehindert hat, diesen Besuch weiter aufzuschieben."

„Ich bin kein Mann vieler Worte, Alani, deswegen werde ich es kurz machen: Veränderung steht bevor. Sie wird kommen und sie muss kommen. Und ich bin hier, um dich darum zu bitten, ihr nicht im Weg zu stehen."

Die Anführerin des Kreisvolks lehnte sich gegen den Stein zurück, die Augen zu Schlitzen verengt.

„Du bittest mich, Provodes?", fragte sie kalt.

Ihr Gegenüber lächelte amüsiert. „Nun, nein, vielleicht ist bitten nicht das passende Wort. Sagen wir, ich möchte deine Erinnerung auffrischen. Deine Hände sind gebunden, Alani, und ich möchte lediglich sichergehen, dass du nicht anfängst, sie zu beschmutzen."

„Nein, natürlich nicht. Deine Hände sind dreckig genug für uns beide, oder?", bemerkte die Anführerin steinern.

„Das ist Auslegungssache."

„Ist es nicht", widersprach Alani. „Das, was ihr tut, ist falsch. Die Veränderung, die ihr erzwingen wollt, ist nicht so vorhergesehen. Glaubst du, ich kenne eure Hintergedanken nicht? Ich sehe die Wahrheit, Provodes, sehe sie jeden Tag. Bistaye ist Opfer eurer Willkür geworden. Ihr seid auf der Suche nach euch geistig unterlegenen Opfern durch die Sakre-Wüste gekommen. Gratulation, ihr habt die Menschen gefunden. Aber das wird nicht für die Ewigkeit halten. Die Menschen werden lernen, hinzusehen, und sie werden anfangen, zu verstehen."

„Das mag sein. Und wenn sich dieser Umstand nicht aufhalten lässt, dann sei es drum. Ich bin lediglich hier, um sicherzustellen, dass sie die Wahrheit, von der du sprichst, nicht durch deine Hand erkennen", sagte Provodes gelassen.

Alani schnaubte verächtlich.

Für einen Moment glaubte sie, ihre Anführerin würde den Gast anspucken, doch schließlich lehnte sie sich einfach nur zurück.

„Schön. Du hast deine Warnung ausgesprochen. Ich kenne meine Pflichten, ich kenne die Abmachung und ich werde mich an sie halten. Die Frage ist ... warum kommst du erst jetzt? Wo ihr doch schon seit mehr als neunhundert Jahren deinen Weg ebnet."

„Wie gesagt: Weil die Zeit es verlangte. Und du machst einen Fehler, Alani. Du sprichst von mir in der Mehrzahl. Ich bin kein Teil mehr von einem Wir. Ich agiere allein."

„Du tust nichts dergleichen und dass du versuchst, mich zu belügen, ist Zeuge dessen, dass du in mehr als tausend Jahren nichts gelernt hast. Du magst jetzt alleine handeln, aber nach dem Schlupfloch habt ihr gemeinsam gesucht – und es gefunden. Und in welcher Manier ihr es nutzt, ist ekelerregend."

Provodes' Miene verhärtete sich und seine Stimme wurde leise, fast bedrohlich. „Du irrst dich. Ich bin kein Teil der Götter mehr. Tergon existiert nicht mehr."

Für einen kurzen Moment hörte ihr Herz auf zu schlagen.

„Nur weil du einen anderen Namen trägst, bedeutet das nicht, dass du deine Identität verleugnen kannst, Provodes." Die Verachtung, mit der Alani den Namen aussprach, blieb unheilvoll in der Luft hängen und ließ ihr Herz augenblicklich wieder zum Leben erwachen. „Du schützt die anderen Götter – und solange du das tust, wirst du nie unabhängig von ihnen agieren. Solange du sie noch als deine Brüder betrachtest, solange du Teil von ihren perfiden Plänen bist, solange wirst du zu ihnen gehören, Tergon."

Tergon.

Der Gott der Vergebung.

Provodes war Tergon. Asavez ließ sich von einem Gott regieren, ohne dass es seine Bewohner wussten?

Nur ... warum? Was war passiert? War er verstoßen worden? Hatte der Gott der Vergebung die Seiten gewechselt? Aber wieso sollte er das tun?

Sie verstand nicht. Das alles hier machte kei–

„Jaan. Das hättest du nicht tun sollen."

Sie schreckte zusammen und rollte sich augenblicklich auf den Rücken. Über ihr stand Noman. Sie war so auf die beiden Streitenden konzentriert gewesen, dass sie nicht bemerkt hatte, wie er das Theater ver-

lassen hatte.

Sie bewegte sich nicht. Spitze Steine drückten ihr in die Wirbelsäule und für ein paar Augenblicke vergaß sie, zu atmen.

Sie war beim Lauschen erwischt worden. Das verstieß gegen das Gesetz der Wahrheit.

Noman bückte sich und zerrte sie an den Oberarmen auf die Beine, nur um sie dann über die niedrige Mauer zu zerren. Sie wehrte sich nicht. Sie hatte die Konsequenzen gekannt und dennoch gehandelt. Bei dem Geräusch, das ihre auf die Steine schlagenden Füße verursachten, blickten Alani und ihr Gast auf.

Die Anführerin des Kreisvolkes öffnete überrascht den Mund, als sie sie erkannte, während Provo sie lediglich mit einem berechnenden Blick fixierte.

„Er hat gelauscht, Alani", sagte Noman bedauernd, während er sie mit dem Knie im Rücken weiter die steinernen Sitze hinunterbugsierte.

Alani gab sich nicht die Mühe, ihre Enttäuschung zu verbergen. „Jaan. War das nötig?", seufzte sie leise, bevor sie sich an Noman wandte. „Hole die anderen. Sag ihnen, wir haben einen Regelbrecher."

Noman nickte und entfernte sich hastig, doch sie achtete weder auf ihn, noch auf Alani. Stattdessen betrachtete sie Provo, der ihren Blick, ohne mit der Wimper zu zucken, erwiderte.

„Ihr seid ein Gott", bemerkte sie lächelnd. „Ihr seid der Anführer der Asavez, dem Volk, das sich für seine Demokratie und seinen Götterhass rühmt – und Ihr seid ein Gott?"

Sie konnte nicht anders, sie musste lächeln.

Sie würde sterben, sie hatte das Gesetz der Wahrheit

missachtet und der Tod war die darauf ausgesetzte Strafe – und dennoch musste sie bei dem Gedanken daran, wie sich die Menschen hatten hinters Licht führen lassen, lächeln. Grinsen beinahe.

Dieselben Menschen, die sie aufgrund ihrer Lebensart aus ihren Häusern und Städten gejagt hatten, dieselben Menschen, die die Götter tagtäglich verfluchten, hatten demokratisch einen Gott als ihr Oberhaupt gewählt.

Sie fing an zu lachen, fuhr sich mit der Hand durch die dunklen Locken, während sie sich vornüberbeugte und ihr das Gelächter wie eine Welle der Befreiung über die Lippen kam.

Was für eine Scharade. Was für eine Scheinwelt.

Es kam ihr auf einmal albern vor, zu glauben, die Wahrheit habe ihren rechtmäßigen Platz in der Welt verloren. Die Lüge war doch genau das, was diese Welt verdiente!

Es war sinnlos, der Wahrheit nachzujagen. Der Gerechtigkeit nachzujagen. Es gab nichts dergleichen.

Jeder fand seine eigene Wahrheit. Jeder lebte nach seiner eigenen Gerechtigkeit. Jeder suchte nach seiner eigenen Freiheit. Und wenn die Menschen diese in ihren Lügen und ihren abstrusen Vorstellungen von Richtig und Falsch fanden, wer war sie dann, sie zu verurteilen? Sie nahmen den leichten Weg. Sie hatten beschlossen, die Augen vor der Wahrheit zu schließen, und waren glücklich damit.

Was hatte es ihr schon gebracht, den schweren Weg zu wählen? Was hatte es ihr genützt, die Welt ändern zu wollen und nach der Wahrheit zu suchen?

Verachtung, Leid und nun den Tod.

Sie hatte den Menschen vorgeworfen, dumm zu sein, dabei war sie es doch, die nicht intelligent genug gewesen war, sich ihrer Dummheit unterzuordnen. Die Menschen waren unverbesserlich – sie hatte es schon immer gewusst, aber nie einsehen wollen. Aber jetzt, wo ein Gott an der Spitze der Gottlosen regierte ... Sie lachte noch lauter.

„Was für ein törichter Mann ich doch bin", murmelte sie und musste wieder lachen.

„Amüsiert dich dein Tod, Jaan?", unterbrach Alani ihren Lachanfall mit verengten Augen.

„Nein", sagte sie kopfschüttelnd, konnte aber nicht aufhören zu lächeln. „Aber mich amüsiert, wo mich mein Weg hingeführt hat. Ich möchte nicht sterben, aber wenigstens sehe ich die Welt vor meinem Tod so, wie sie wirklich ist. Eine einzige Heuchelei. Und deshalb war es das wert, dieses Gespräch zu belauschen."

Alanis Augen blieben kalt. „Jaan, ich habe dich davor gewarnt, was passiert, wenn du die Wahrheit nicht mehr ehrst. Das Kreisvolk macht keine Ausnahmen."

„Meine liebe Alani, wenn mich mein Leben eins gelehrt hat, dann dass ich keine Ausnahme bin", sagte sie leichthin. „Also tu, was du tun musst. Wenn mein Leben verwirkt ist, weil ich das Gesetz der Wahrheit missachtet habe, um ebendiese zu erfahren, dann ist das nur ebenso ironisch wie der Rest unserer aus Lügen gewebten Welt – also sei es drum. Bestrafe mich für meine Neugierde."

Sie ließ sich auf ein Knie nieder und senkte das Haupt, um ihren Nacken zu entblößen. Sie rechnete seit Jahren mit ihrem Tod. Es war bitter, dass sie gerade jetzt sterben würde. Jetzt, da sie endlich begriff, dass man die Welt nehmen musste, wie sie war, um glücklich zu sein. Aber was machte es schon?

Ihr Leben war nicht viel wert. Sie hatte jahrelang versucht, es sinnvoll zu gestalten. Ihm eine Bedeutung zu geben. Doch es hatte nie funktioniert. Was verlor sie also schon, wenn man ihm jetzt ein Ende bereitete?

„Wenn du so leichtfertig mit deinem Leben umgehst, dann hast du es nicht verdient, Jaan", flüsterte Alani. „Wenn du nicht einmal versu-"

„Moment", unterbrach eine tiefe, ruhige Stimme Alanis Rede. „Dein junger Krieger hier hat soeben die Fehler unserer Welt akzeptiert. Nur die wenigsten Menschen sind dazu in der Lage, die Wahrheit zu erkennen. Du solltest ihn dafür nicht mit dem Tod bestrafen. Du solltest ihn belohnen."

Eine eisige Stille folgte, und sie konnte nicht anders, als noch einmal den Blick zu heben. Als sie Provos Blick begegnete, bemerkte sie, dass er lächelte. Breit und ehrlich amüsiert lächelte.

„Wieso interessierst du dich für ihn, Provo?", knurrte Alani. „Er ist ein Mensch, der Zuflucht bei uns suchte und soeben unser einziges Gesetz gebrochen hat."

„Nun, dieses kleine Gesetz ist doch sehr allumfassend, oder?", stellte Provo fest.

„Das ist irrelevant. Er hat sich des Verrats schuldig gemacht und darauf steht die Exekution. Sein Schicksal ist für dich nicht von Belang."

„Wieder muss ich dir widersprechen. Ich bin der Gott der Vergebung", sagte Provo nachdenklich. „Und ich halte es für richtig, hier von dem Konzept derselben Gebrauch zu machen."

„Es liegt nicht in deiner Hand, ein Urteil zu fällen",

sagte Alani abgehackt und die ersten Anzeichen ernstzunehmender Rage zeigten sich auf ihren Zügen.

„Vielleicht nicht", erwiderte Provo, „aber ... sein Leben könnte von Wert für mich sein." Seine Augen blitzten auf, als er die letzten Worte sagte, und das Lächeln vertiefte sich. „Ich glaube, ich würde ihn gerne mitnehmen. Er kennt nun mein wahres Gesicht. Mir ist es nicht erlaubt, Menschen meine Identität zu verraten, wir haben diesbezüglich Regeln festgelegt. Dennoch könnte ich jemanden gebrauchen, der für mich arbeitet – und der die Wahrheit kennt. Es ist schwierig, einen Rekruten zu finden, wenn ich ihm erst erzählen darf, wer ich bin, sobald er bereits in meinem Dienst steht. Er hat außerdem die Statur eines guten Kämpfers. Also: Ich würde ihn gerne mitnehmen."

Verblüfft sah sie zu ihm auf. Mitnehmen? Wohin?

„Mich interessieren deine Wünsche nicht, Provodes", sagte Alani bitter und ein metallenes Schaben erklang, als sie ihr Schwert zog. „Ich mag dir nichts antun können, aber Jaan untersteht meiner Entscheidungsgewalt – und er wird sterben."

Alani hob die Klinge über ihren Kopf und ließ sie niederfahren. Ihr selbst blieb nur noch die Zeit, ihre Augen zu schließen und zu hoffen, dass es schnell gi—

Ein reißendes Klirren erklang und erschrocken riss sie ihren Kopf hoch. Alanis Klinge hatte ihren Hals nie erreicht. Stattdessen war sie auf eine fremde Schneide getroffen.

„Ich weiß, wie sehr ihr Gewalt verabscheut, Alani, also zwinge mich nicht dazu, welche einzusetzen", flüsterte Provo. Er lächelte, doch die Warnung, die in seiner Stimme mitschwang, war unmissverständlich.

Alanis Gesicht war nun eine Grimasse der Wut. „Ihr solltet uns mehr fürchten, Provodes", zischte sie. „Wir kennen alle eure Geheimnisse. Wir könnten euch jederzeit zerstören."

„Aber das werdet ihr nicht. Aufgrund eurer Sucht nach Ehrlichkeit. Nach Anständigkeit. Nach Frieden", erwiderte Provo gelassen. „Eure Stärke ist eure größte Schwäche. Dieselbe Schwäche, aufgrund derer du den jungen Soldaten mit mir gehen lassen wirst. Du siehst die Wahrheit. Du siehst, dass dieser Mann kein böser Mensch ist, nur weil er neugierig war. Du wirst ihn gehen lassen. Und sei es, weil ihr Blutvergießen verabscheut und du weißt, dass welches fließen wird, solltest du meiner Bitte nicht nachkommen."

Die beiden Anführer starrten einander an. Kalte Wut sickerte aus Alanis Poren und schien wie schwarzer Nebel in der Luft hängen zu bleiben. Die Stille, die sich ausbreitete, erstickte jedes Rascheln, jeden Lufthauch, jeden Atemzug. Sie war starr und unnachgiebig – und wurde im nächsten Moment von einem Zischen zerschnitten.

Alani riss ihr Schwert hoch, ein silberner Schleier, der die Luft zerschnitt. Die Klinge wirbelte herum, blitzte rotglänzend in der Abenddämmerung auf, und im nächsten Moment hatte sie ihr Schwert wieder in dessen Scheide verschwinden lassen.

Sie selbst war instinktiv auf die Füße gesprungen und hatte nach ihrer Waffe getastet – doch sie trug keine. Stattdessen blieb ihr nichts anderes übrig, als Provodes anzustarren, der noch immer unbewegt mit erhobenem Schwert dastand. Nur dass ihm jetzt Blut seitlich die Schläfe und Wange hinuntertropfte. Alani *hatte seine rechte Augenbraue in drei Teile gespalten.*

Der Anführer der Asavez bewegte sich nicht. Er hatte nicht einmal mit der Wimper gezuckt. Sein Gesicht war so unbewegt wie noch Momente zuvor, und nichts deutete darauf hin, dass er Schmerzen verspürte.

„Nur als Erinnerung daran, dass ich keineswegs abgeneigt bin, Blut fließen zu sehen, Tergon. Solange es das eure ist. Und jetzt geht", presste Alani zwischen ihren Zähnen hervor. „Geht und wagt es nicht, in den nächsten hundert Jahren noch einmal wiederzukommen."

Kapitel 14

„So wird es gemacht?" Valera schnaubte laut. „Thaka, ist dir aufgefallen, dass noch nie etwas so funktioniert hat, wie du es vorausgesagt hast? All deine Pläne, all deine Versuche, Provo aus der Reserve zu locken, sind gnadenlos gescheitert. Weil der liebe Anführer der Asavez schlauer ist als du!"

Die Szene verwischte und Nym wurde in Dunkelheit getaucht.

Dumpfe Schritte auf Stein hallten in ihren Ohren wider und Feuchtigkeit hing in der Luft, die ihre Stirn benetzte. Sie lief durch einen Tunnel, hielt auf einen Schimmer von Licht zu, der ihre Fußspitzen erhellte.

„Ihr habt mein Leben gerettet", flüsterte sie, während ein blassrosa Streifen am Ende des Ganges aufleuchtete. Die Sonne hatte ihren Arbeitstag fast beendet.

„Das habe ich, nicht wahr?", stellte Provo nachdenklich fest und führte die Hand an seine Augenbraue, die aufgehört hatte zu bluten. „Und dennoch habe ich nicht das Gefühl, dass du erleichtert darum bist."

Sie zuckte die Schultern. „Ich habe noch nicht entschieden, ob diese Welt es wert ist, in ihr zu leben."

„Überraschend düster für jemandem, der gerade dem Tod von der Schippe gesprungen ist."

„Ich bin nicht gesprungen. Ich wurde gestoßen."

Provodes lachte leise und trat mit den Zehen einen Stein vor sich her. „Ist das ein Vorwurf?"

„Fühlt Ihr Euch angegriffen?"

„Nein."

„Dann ist es keiner."

„Gut", stellte der Gott lächelnd fest.

Einige Momente gingen sie schweigend nebeneinanderher, immer auf das Licht zu, bis sie fragte: „Warum habt Ihr es getan?"

„Ich erhoffe mir deine Hilfe. Wie ich Alani bereits berichtete: Ich könnte jemandem wie dich gebrauchen."

„Jemanden wie mich?"

„Ja. Jemanden, der die Wahrheit kennt, jemanden, der nichts zu verlieren hat, jemanden, der mit einem Schwert umzugehen weiß."

„Und diesen Ansprüchen genüge ich?"

„Nun, weißt du mit einem Schwert umzugehen?"

„Ja."

„Dann erfüllst du alle meine Kriterien."

Sie lachte trocken. „Ihr trefft Eure Wahl nicht sehr sorgfältig. Ihr kennt mich nicht. Ich könnte ein Verräter sein oder einer werden."

„Das glaube ich nicht. Und ich lebe schon so lange, dass ich mit aller Bescheidenheit behaupten würde, das Wesen eines Menschen mit nur wenigen Blicken erfassen zu können. Außerdem kann ich mir Sorgfalt nicht erlauben. Die Zeit läuft mir davon."

„Die Zeit wofür?"

Der Gott lächelte. „Später. Zuerst lass mich dir eine Frage stellen." Sie hatten das Höhlenende erreicht und starrten auf die karge Felslandschaft der Kreisberge hinab. Provo blieb abrupt stehen. Seine wachsamen silbernen Augen fixierten ihn. Das getrocknete Blut bröckelte von seiner Wange, doch der Gott war offenbar nicht eitel genug, es sich vom Gesicht zu wischen. „Was erwartest du von deinem Leben, Jaan?"

Irritiert hob sie die Augenbrauen. „Wie bitte?"

„Was du von deinem Leben erwartest."

Sie dachte eine kurze Weile darüber nach, dann hob sie die Schultern. „Ich weiß es nicht. Alles, was ich bisher wollte, hat sich für mich als uninteressant herausgestellt. Das Leben erschließt sich mir noch nicht ganz. Ich konnte bis jetzt noch keinen Sinn in ihm finden."

Provos Mundwinkel zuckten. „Nun ... ich kann deinem Leben keinen Sinn geben, aber ich kann dir eine Rolle zuweisen."

„Eine Rolle als was?"

„Die Rolle als mein Rekrut. Als mein Vertrauter. Als meine exekutive Kraft."

„Und was ist, wenn ich nicht an Eure Pläne glaube?"

„Ich hatte nicht den Eindruck, dass du noch an irgendetwas glaubst, Jaan. Deswegen sehe ich diesbezüglich kein Problem."

Diesmal waren es ihre Mundwinkel, die zuckten. „Warum sollte ich für Euch arbeiten? Ihr seid ein Gott. Ihr belügt Euer Volk. Mir wurde beigebracht, die Götter sowie Lügner zu hassen."

„Und? Hasst du die Götter?"

Auch darüber dachte sie nach. „Nein", stellte sie schließlich überrascht fest. „Ich interessiere mich nicht genug für Euch, um Euch eine derart starke

Emotion entgegenzubringen."

„Und wie stehst du zu Lügnern?"

„Ich ... weiß es nicht mehr. Es ist lange her, dass ich einem begegnet bin. Lügner existieren im Kreisvolk nicht."

Provodes nickte und sein Blick schweifte über den Horizont und den aufgehenden Mond. „Darf ich dir verraten, was ich glaube, junger Krieger? Ich glaube, dass dich die Wahrheit gelangweilt hat. Dass du die Welt verändern wolltest, es aber nicht geschafft hast. Dass du beim Kreisvolk nach etwas gesucht hast, aber nie fündig wurdest. Dass du dich nach Gerechtigkeit gesehnt hast, aber einsehen musstest, dass diese nicht existiert."

Überrascht öffnete sie den Mund. „Woher wisst Ihr das?"

„Wie ich bereits sagte: Ich lebe schon sehr lange. Und Muster wiederholen sich. Die Menschen suchen immer nach demselben. Sie wollen etwas bewegen, doch die meisten sind zu feige, um es auch nur zu versuchen. Dass dies nicht auf dich zutrifft, spricht für dich, aber ..."

„Und Ihr glaubt auch, dass Gerechtigkeit nicht existiert?", unterbrach sie ihn. „Ihr denkt, dass ich sie nicht finden kann?"

Provodes lächelte. „Das denke ich. Thaka sagt immer, dass Gerechtigkeit subjektiv ist. Jeder empfindet das als gerecht, was zu seinen Gunsten spricht. Und das ist nun einmal nicht allgemeingültig."

„Thaka?", wiederholte sie hölzern. „Der Gott der Gerechtigkeit?"

„Der und kein anderer."

„Ihr steht noch in Kontakt?"

„Hin und wieder."

„Gleichwohl Ihr vor Alani behauptet habt, dass Ihr kein Teil der Götter mehr seid? Kämpft Ihr nicht gegen sie, wenn Ihr auf Seiten der Asavez steht?"

„Ja und nein", sagte der Gott vage. „Aber darum geht es jetzt nicht. Es geht um eine Entscheidung, die du zu fällen hast, Jaan. Auch wenn ich dein Leben gerettet habe, stehst du nicht in meiner Schuld – du hättest den Tod vielleicht sogar bevorzugt. Nichtsdestotrotz möchte ich, dass du für mich arbeitest. Ich brauche jemanden, der meine Geschichte kennt und dem ich vertrauen kann. Der Umstand, dass ich ein Gott bin, bindet mir in gewissem Maße die Hände. Es gibt zu viele Wahrheitsleser in Asavez. Ich kann niemanden berühren; die Gefahr, dass meine Identität auffliegt und mein sorgfältig gewobener Plan zerreißt, ist zu groß. Außerdem kann ich mich keinem Gottlosen anvertrauen. Der Hass gegen uns Götter sitzt zu tief. Aber du Jaan – du bist weder Teil des Gottlosen noch eines anderen Volkes. Nicht mehr. Und du hast keine Ahnung, wie besonders und wertvoll dich das macht. Also: Ich werde die Welt verändern. Und du kannst Teil davon sein. Alles, was du tun musst, ist, mein Rekrut zu werden."

Der Mond warf silbernes Licht auf Provodes Haarschopf und weiteres Blut bröckelte von seiner rechten Gesichtshälfte.

„In welche Richtung werdet Ihr die Welt verändern?", fragte sie.

Provo lächelte verschmitzt. „Spielt das eine Rolle? Du verachtest die Menschen, sonst wärst du nicht zum

Kreisvolk gegangen. Du schuldest ihnen nichts. Alles, was ich möchte, ist, ihnen eine Lehre zu erteilen. Ihnen zu zeigen, wie falsch ihre Sicht auf die Welt ist. Wie leichtgläubig sie sind. Und wie verhängnisvoll dieser Umstand für sie ist. Sie geben die Verantwortung ab. Sie sind faul und wählen den leichten Weg. Sie wollen Veränderung, aber fühlen sich nicht zuständig. Haben sie denn etwas anderes verdient, als die Lügen, die ich ihnen auftische?"

Seine Worte gefielen ihr. Alles, was der Gott sagte, gefiel ihr. Denn er hatte recht. Er sah die Dinge so klar vor sich, wie sie es tat. Alles, was die Menschen taten, war reden. Sie malten sich aus, was sein könnte. Sie stellten sich vor, etwas zu tun und einen Unterschied zu machen. Aber sie kamen nie über die Gedanken daran hinaus. Nur die Wenigsten hatten den Mut, zu handeln. Und vor diesen Menschen hatte sie Respekt, aber die anderen ...?

„Ich bin einverstanden", sagte sie leise.

„Gut." Provo lächelte wissend. Als hätte er nie daran gezweifelt, dass sie Ja sagen würde. „Du wirst für mich lügen müssen, Jaan. Ich hoffe, das ist dir bewusst."

Sie nickte. Diese Welt hat keinen Platz für die Wahrheit.

Die Worte ihres ehemaligen Geliebten hallten in ihrem Kopf wider und eine unsichtbare Last schien von ihrem Körper zu fallen. Sie lachte leise. „Darin sehe ich kein Problem. Sagen wir einfach, ich habe eine gute Lüge zu schätzen gelernt."

Dunkelheit.

War es nicht seltsam, wie die Menschen sie verachtet hatten, als sie ihr Selbst noch nicht hatte verstecken wollen?

Der Appo.

War es nicht seltsam, mit welchem Respekt ihr die Menschen auf einmal entgegenkamen? Jetzt, da sie anfing zu lügen?

Mauer um Mauer. Sand, Dreck, Hitze.

So unglaublich seltsam, dass die Menschen nun ihren Rat suchten, sie ehrfürchtig ansahen und von ihren heldenhaften Taten sprachen. Von ihrem Mut. Ihrer Schwertkunst. Ihrem Einfluss auf Provo.

Goldene Rüstungen, der Götterdom, eine Bibliothek.

So seltsam, dass die Menschen einen akzeptierten, sobald man es vorzog, zu schweigen, und ihnen die Möglichkeit gab, sich ihr eigenes Bild zu machen. Provodes hatte recht. Es war einfach, die Menschen zu blenden. Man musste nur wissen, was sie hören wollten. Oder was sie nicht hören wollten.

Bücher.

„Er schickt dich?"
„Ja."
„Und wer bist du, wenn ich fragen darf?", wollte Thaka mit verächtlich verzogenem Mund wissen und

285

stützte sich mit den Händen auf die Rückenlehne einer der breiten Sessel.

„Ich bin Jaan, sein Rekrut. Ihr wart unvorsichtig. So unvorsichtig, dass Provo sich Sorgen macht und wünscht, herzukommen, um nach dem Rechten zu sehen."

„Provo", feixte der Gott.

Sie lächelte seicht. „Es ist nur ein Name. Ihr messt Namen zu viel Bedeutung bei."

„Und du misst dir offenbar zu viel Bedeutung bei!", fuhr Thaka sie an. „Schön, dass Tergon sich einen neuen Rekruten genommen hat, aber wenn er nicht zufrieden mit dem ist, was wir in den Mauern tun, dann soll er es uns selbst sagen."

Sie genoss es, wie sie die Wut in Thakas Gesicht krabbeln sehen konnte. Provo hatte ihr gesagt, dass er nicht erfreut sein würde, zu hören, dass er sich einen neuen Rekruten genommen hatte. Er hatte die Reaktion seines Mitgottes genauestens vorhergesagt.

„Das wird er", sagte sie fröhlich. „Wie ich bereits erwähnte, er wird herkommen. Ich bin lediglich die Vorhut. Ich soll sicherstellen, dass es sich lohnt, zu kommen. Dass die Gerüchte, die er gehört hat, stimmen."

„Und was für Gerüchte wären das?", knurrte Thaka. Seine Finger krampften sich um die Lehne.

„Nun, ihm ist zu Ohren gekommen, dass Karu Kerwin tot ist. Dass sie verrückt geworden ist und sich das Leben genommen hat. Dass sie zuletzt gewirkt hat, als hätte ihr jemand im Kopf herumgepfuscht."

„Das wäre dann wohl ich gewesen." Die Tür flog auf und ein hellblonder Mann mit violetten Augen trat ein. Api. Sein Blick huschte über ihre Erscheinung, und beinahe amüsiert hob er die Augenbrauen. „Er hat sich einen neuen Rekruten genommen? So zeitnah zum Ablaufdatum?"

„Es scheint so", sagte sie knapp. „Also, sind die Gerüchte wahr? Ihr seid in Karus Geist eingedrungen und habt ihn verändert?"

„Ja", sagte Api gelassen. Er wies nicht denselben Jähzorn auf wie Thaka. „Aber ich wüsste nicht, inwiefern das für Tergon von Belang sein sollte. Ich tat es um uns – und nicht zuletzt ihn – zu schützen."

„Dessen ist er sich bewusst. Die Frage, die er sich stellt, ist, ob das Unterfangen wirklich erfolgreich war. Denn ihm ist ebenfalls zu Ohren gekommen, dass Karu Kerwins jüngste Tochter ihr beim Sterben zugesehen hat. Dass Karu kurz vor ihrem Tod klare Worte gefunden und ihrer jüngsten Tochter alles erzählt hat. Alles, was sie jemals über die Götter herausgefunden hat."

Beide, Thaka und Api, starrten ihn mit steinernen Mienen an. „Woher hat er diese Information?"

„Von mir", flüsterte sie lächelnd. „Die Leute reden eine Menge in den inneren Mauern. Das ist ein Problem, das ihr wirklich in den Griff bekommen solltet."

Thaka öffnete zornig den Mund, doch Api hob hastig die Hand, um ihn zum Schweigen zu bringen.

„Es könnte sein, dass Karus Tochter etwas weiß", sagte er langsam. „Genau deswegen haben wir sie zu einer näheren Unterredung eingeladen. Um diese Möglichkeit auszuschließen."

„Wunderbar", sagte sie zufrieden. „Provo würde sehr gerne an dieser Unterredung teilnehmen. Nehmt es *ihm nicht übel, aber er hält euch für inkompetent."*

„Wer ist inkompetent?" Die Tür schwang um ein weiteres Mal auf, und diesmal war es eine dunkelhaarige Schönheit, die die Bibliothek betrat. „Oh, welch nette Unterredung haben wir denn hier?", sagte sie entzückt, als sie die drei Männer und ihre angespannten Mienen erblickte. „Du musst Jaan sein." Sie lächelte sie an und reichte ihr die Hand. „Tergon spricht in den höchsten Tönen von dir. Er ist überzeugt davon, dass du der Schlüssel für –"

„Du weißt, dass Tergon einen neuen Rekruten hat?", unterbrach Thaka sie aufgebracht.

„Natürlich weiß ich es." Valera legte irritiert eine Hand auf ihre Brust. „Aber wo bliebe der Spaß, wenn ich jede Information mit euch teilen würde, die Tergon mir zukommen lässt?"

Thaka funkelte sie zornig an, doch die Göttin der Vernunft lächelte nur. „Thaka, du hast in den letzten Jahren deinen Humor verloren", erklärte sie tadelnd, bevor sie sich an Api wandte. „Hast du Jaan schon die Situation erklärt? Ich halte es für richtig, dass Tergon morgen dabei ist. Hier geht es um uns alle und wir haben abgemacht, dass –"

„Jaja", seufzte Api. „Ich kenne unsere Regeln, Valera, ich habe sie größtenteils selbst aufgestellt. Tergon ist natürlich herzlich eingeladen, das Kerwin-Mädchen zu befragen. Aber selbst, wenn Karu ihrer Tochter etwas erzählt hat: Vea Kerwin ist sehr jung. Sie wird kaum alles verstanden haben. Der Geisteszustand ihrer Mutter in den letzten Monaten war ... verstörend. Und sollte sie doch etwas wissen, dann werde ich ihr dieses Wissen eben nehmen."

„So erfolgreich nehmen, wie das Karus?", fragte sie interessiert.

Api verengte die Augen. „Ich habe einen Fehler gemacht. Das ist mir bewusst. Aber es wird nicht noch einmal vorkommen."

„Verzeiht mir, wenn es mir schwerfällt, das zu glauben. Provo erzählte mir, dass dies nicht der erste Fehler dieser Größe war, der Euch unterlaufen ist."

Api ignorierte diesen Seitenhieb. Thaka nicht.

„Tergon ist seit mehr als neunhundert Jahren fort", zischte er. „Er hat keine Ahnung!"

Oh, da würde sie ihm widersprechen, aber das war nicht ihre Aufgabe. „Schön. Ich werde die Informationen an Provo weitergeben, und er wird sich morgen früh im Palast einfinden. Dann gibt es jetzt nur noch eines zu besprechen."

„Was?", blaffte Thaka, dessen Geduld offenbar aufgebraucht war.

„Provo sagte mir, ich solle Euch um einen Göttlichen Dolch bitten, der jedem Rekruten zustünde."

Thaka presste die Lippen aufeinander und seine Nasenlöcher blähten sich auf. „Du bekommst deinen Dolch", sagte er gepresst. Jedes Wort schien ihn ein hohes Maß an Überwindung zu kosten.

„Wunderbar", sagte sie, ließ ihren Blick noch einmal über die Gesichter der Götter und durch den Raum schweifen – bis er an einem gläsernen Würfel hängenblieb. Er stand auf einem Regalbrett, diente einem der Bücher als Stütze, und eine einzelne alte Münze befand sich darin.

Ihre Mundwinkel verzogen sich nach oben. „Ist sie das?", fragte sie und nickte in Richtung des Regalb-

retts.

Thaka überwand in langen Schritten die Distanz zwischen Sessel und Regal und ließ den Glaswürfel in seine Robe gleiten. „Du bekommst deinen verdammten Dolch, und wir erwarten Tergon morgen früh zu Sonnenaufgang. Und nur damit du es weißt: Du wirst nichts ändern. Ein neuer Rekrut wird Tergon nicht von Nutzen sein. Und jetzt geh."

Sie lächelte. Thakas Worte sagten das eine, doch seine Augen etwas ganz anderes.

Das Bild verblasste und ein wild blühender Rosengarten erstreckte sich vor ihr.

Seltsam, wie sich Dinge entwickelten. Früher von den Menschen verachtet, jetzt von den Göttern gefürchtet.

Gold. Wandteppiche. Goldene Wandteppiche.

Provo legte ihr eine Hand auf die Schulter und sie konnte sein Lächeln spüren, bevor sie es sah.

„Immer wieder schön, nach Hause zu kommen", flüsterte er und sein Atem strich über ihre Ohrmuschel.

„Dann ist alles erledigt?"

„Ja, ich denke schon." Seine Hand glitt von ihrer Schulter, den Arm hinunter und blieb schließlich in der Luft hängen. „Das Mädchen war ziemlich verängstigt, allen Göttern gleichzeitig vorgeführt zu werden. Thaka hat ihr sogar die Münze gezeigt und gefragt, ob ihre Mutter ihr davon erzählt hätte. Zum Schluss hat

Api ihrem jungen Geist einen kleinen Schubs in die richtige Richtung gegeben. Ich traue seinen Fähigkeiten nicht, aber selbst er kann das Auslöschen eines einzigen Erinnerungsstrangs nicht vermasseln. Es bräuchte schon ein traumatisches Erlebnis oder ein starkes Halluzinogen, um ihre Erinnerungen zurückzubringen. Also, ich habe nichts zu befürchten."

„Das ist schön zu hören", bemerkte sie erleichtert. „Ich glaube übrigens, Thaka mag mich nicht."

„Oh, der gute Thaka mag kaum noch jemanden. Er ist sehr nachtragend, nicht zu vergessen ehrgeizig und ein schlechter Verlierer noch dazu."

„Dann werde ich es nicht persönlich nehmen."

Provo lachte leise. „Das solltest du nicht."

Der Gott lächelte sie an und eine Welle der Zuneigung durchflutete sie. Wärme floss in ihren Magen. Eine wohlige Hitze, die sie seit Jahren vermisst hatte. Wer hätte gedacht, dass sie die Akzeptanz, die sie immer gesucht hatte, unter den Göttern finden würde, die man sie gelehrt hatte, zu verabscheuen?

Die Szene riss entzwei und wurde von einem Blatt Pergament ersetzt. Es standen Namen darauf. Sieben Namen.

Warmes Blut floss über ihre Finger, als sie den Mann losließ und er mit einem dumpfen Geräusch auf den Boden fiel. Nummer sechs. Sie bückte sich, wischte ihre klebrigen Hände und den blutbeschmutzten Dolch an seiner Kleidung ab, bevor sie ihn zurück an ihren Gürtel steckte. Es wäre zu auffällig, bei allen Opfern den Göttlichen Dolch zu benutzen. Deswegen würde sie bei ihrem letzten anders vorgehen.

Ja, nur deswegen.

Der Geruch nach Eisen drang an ihre Nase. Hastig stieg sie über den Toten hinweg und trat aus der Gasse hinaus. Es war leicht, zu töten. Schwerer, damit zu leben. Sie ekelte sich noch immer vor dem Geruch und dem Gefühl, aber man lernte, nicht daran zu denken. Darüber hinwegzusehen. So sagte es Provo zumindest immer.

Sie gab sich nicht die Zeit, durchzuatmen oder gar zu seufzen. Sie schlüpfte aus der Gasse und trat auf die dritte der vier Hauptstraßen hinaus. Ein Schatten in der Dunkelheit, den sich niemand die Mühe machte, zu suchen. Provodes hatte vorausgesagt, dass die Götter sie würden gewähren lassen.

Es war vor Jahrhunderten so ausgemacht worden.

Da war wieder Dunkelheit. Die Straße, auf der sie eben noch gelaufen war, wurde durch ein Bett ersetzt, über dem sie aufragte.

Es hatte den Tod nicht verdient.

Ihr Blick flackerte über die ebenen, schlafenden Züge des Mädchens.

Es hatte den Tod nicht verdient.

Aber es kannte Tergons Gesicht. Es könnte Provo wiedererkennen. So wie es der Fischer aus Amrie gekonnt hätte. So wie es der Bauer aus der Sechsten gekonnt hätte. So wie jeder andere, den sie hatte töten müssen. Sie hatten sich zu Schulden kommen lassen, den vierten Gott kennengelernt zu haben.

Es gab keine Gerechtigkeit.

Das Mädchen murmelte etwas im Schlaf und verzog sein Gesicht.

Es hatte den Tod nicht verdient.

Aber Provo konnte nicht mit dem Risiko in Bistaye einfallen, dass jemand ihn als Gott enttarnte. Er konnte nicht regieren, wenn die Leute wüssten, dass die Götter sie hinters Licht geführt hatten. Dass es die Chance auf eine gerechte Demokratie nie gegeben hatte.

Es musste getan werden.

Sie schloss die Augen, atmete durch die Nase ein und durch den Mund wieder aus.

Das waren die schwierigsten Opfer. Die Opfer, die sie für ihren Mut respektierte. Die Ausnahmen. Diejenigen, die handelten und sich eine schöne Zukunft nicht nur ausmalten.

Es hatte den Tod nicht verdient. Aber es musste sterben.

Ihre Hände schlossen sich um den Hals des Mädchens.

Licht. Goldenes Licht. Gold.

„Valera, es dient nicht nur unseren Zwecken, Salia fliehen zu lassen. Es dient auch deinen."

Die Göttin der Vernunft lachte ihr glockenhelles Lachen. „Meinen, Jaan? Wenn sie auf eurer Seite kämpft, gewinnt ihr an unsagbarer Stärke. Vielleicht genug, um die Göttliche Garde zu stürzen."

„Vielleicht. Und ohne sie sind wir vielleicht zu schwach."

„Aber sie wird nicht alleine gehen. Salia wird Jeki

mitnehmen", gab Valera zu bedenken. „Sie muss. Sonst wird Thaka ihn hinrichten lassen. Sie sind nur zusammen von Nutzen."

Sie schüttelte den Kopf. „Salia steht nicht mehr auf eurer Seite. Ihr Gedächtnisschwund hat sie beeinflusst. Sie wird so oder so gehen. Provo bittet dich lediglich darum, ihr bei der Flucht zu helfen. Thaka und Api dazu zu verleiten, in die andere Richtung zu sehen. Oder willst du so kurz vor dem Krieg ein Massaker in der Dritten Mauer anzetteln?"

Valera verengte die Augen, neigte ihren Kopf von der einen zur anderen Seite.

„Schön, Jaan. Ich werde zu ihr gehen. Aber nicht, weil ich denke, dass sie euch wird helfen können. Sondern weil ich sie aus der Gleichung nehmen möchte. Sie ist zu neugierig. Zu klug. Ich glaube nicht, dass sie, wenn es darauf ankommt, irgendeiner Seite von Nutzen sein wird. Aber hierbehalten möchte ich sie definitiv auch nicht. Sie könnte uns gefährlich werden. Also werde ich ihr einen Tipp geben." Sie erhob sich und zog sich ihren schwarzen Gürtel enger um die Taille. „Aber richte Tergon etwas aus: Ich werde recht behalten."

Sie lächelte. „Wieso glaubt das nur jeder Gott von sich?"

„Nun", flüsterte Valera. „Das ist es, was wir tun. An uns glauben."

Nym wurde aus der Erinnerung gerissen und auf einem Marktplatz platziert. Amrie.

Sie studierte die Auslage vor sich. Betrachtete das

*Fläschchen mit der hellvioletten Flüssigkeit. Literio –
der leise Tod. Es musste getan werden und so würde
es für sie am leichtesten sein. So hätte das Mädchen
noch ein wenig Zeit und müsste keine Schmerzen leiden. Sie griff nach dem Fläschchen und begutachtete
eine Reihe an Nadeln. Sie würde die dünnste nehmen.
Das Mädchen würde es nicht einmal merken.*

Der Marktplatz verschwamm und sie stand in einem
Büro mit steinernen Wänden.

*Provo saß über ein Pergament gebeugt hinter sei-
nem Schreibtisch. Er lächelte, und da war wieder das
tiefe Gefühl der Zuneigung, das sie bis in die Zehenspitzen erwärmte. Sie wusste alles über diesen Mann.
Kannte jede Einzelheit seines Gesichtes. Jedes Geheimnis ... fast jedes Geheimnis.*

*„Lass mich dich eins fragen", sagte sie und schlen-
derte zum Schreibtisch hinüber. „Wir sind fast am
Ziel. Die Rebellen formieren sich, wir haben eine fähi-
ge Streitmacht und wir haben eine gute Chance, zu
gewinnen. Die einzige Angst, die du hast, ist, dass Nym
und Levi das Kreisvolk erreichen – ich habe all die
Jahre nicht gefragt, aber jetzt will ich es wissen."*

*Provo blickte auf, als sie sich neben ihn gegen den
Schreibtisch lehnte. „Was möchtest du wissen?", fragte
er amüsiert.*

*„Euer Geheimnis. Das Geheimnis der Götter, von
dem jeder überzeugt ist, dass es existiert. Was ist es?
Wie seid ihr zu bezwingen?"*

*Provo betrachtete sie nachdenklich. „Willst du wirk-
lich, dass ich es dir erzähle? Meine lieben Mitgötter*

könnten dies als Grund nehmen, dich töten zu lassen.
Bist du sicher, dass du es wissen willst?"
  „Ja."

Nein.

„Nun ..."

Nein.

Das Bild stockte. Fing an zu wackeln.

Nein! Diese Erinnerung nicht.

Sie blinzelte, blickte in Provos erstarrtes Gesicht.
Spürte den zitternden Boden unter ihren Füßen. Was
passierte hier?

Raus.

Im nächsten Moment war sie nicht mehr in Provodes' Büro. Sie stand in einem Raum aus roten Ziegeln, blaue bebende Lichter schimmerten über ihr,
zwei schiefhängende Bilderahmen hingen ihr gegenüber – und das ganze Zimmer zitterte.
  Da war ein Hämmern an der Tür, ein Schrei in ihrem Kopf. Die ersten Lichter fielen zu Boden. Putz
bröckelte von der Decke.

Raus. Nicht dieses Bild. Nicht er. Raus.

Nym hielt sich erschrocken die Arme über den Kopf,

als die gläsernen Lampen auf sie niederstürzten. Die Erde unter ihren Füßen brach auf und die Bilderrahmen, in denen sie immer noch Provos Gesicht sah, zerbarsten auf dem Boden zu hölzernen Splittern.

Das Hämmern an der Tür wurde lauter – und dann wurde sie aus den Angeln gehoben. Wind fegte herein, traf sie kalt im Gesicht ...

Nym riss ihre Augen auf.

Licht blendete sie und brannte in ihren Pupillen. Sie zitterte am ganzen Körper und spürte feuchte Erde unter ihren Fingern. Schmierig, klebrig quoll sie unter ihrem Griff hervor. Sie blinzelte gegen das Licht an, versuchte sich wieder im Hier und Jetzt zu fangen und starrte auf ihre Hände.

Es war keine Erde, die zwischen ihren Fingern klebte. Es war Blut.

„Nein", keuchte sie, als ihre Handknöchel etwas Kühles streiften. „Nein, was ... nein!"

Ein Göttlicher Dolch steckte in Jaans Brust. Seine eigenen weißen Finger fest um dessen Schaft geschlossen.

„Es tut mir leid", flüsterte eine raue Stimme und Nyms Kopf fuhr in die Höhe. Sie blickte in Jaans blassblaue Augen, aus denen mit jeder weiteren verstreichenden Sekunde das Leben floss. Der Soldat zitterte am ganzen Körper, und das Einzige, was ruhig zu sein schien, war seine Hand, die den Dolch immer weiter in sein Herz stieß. „Es ... es ... tut mir leid ... wegen Vea. Es tut mir ... leid. Aber ... ich konnte ihn nicht verraten ... kann es nicht ..."

„Was?!" Ihre Augen brannten, und hinter ihr wurden

Stimmen laut. Hände legten sich fest auf ihre Schulter, doch sie schüttelte sie ab. „Was tut dir leid? Was ist mit Vea?! Hast du sie vergiftet?" Panik flutete sie, zerrte an ihren Eingeweiden, während eine einzelne Träne über Jaans papierene Haut floss. Das Sonnenlicht spiegelte sich in ihr. Ließ sie aufleuchten wie einen Diamanten, der krampfhaft versuchte, sich an Jaans Wange festzuhalten. Aber versagte.

„Sie hat den Tod nicht verdient", flüsterte er, bevor seine leblose Hand vom Schaft des Dolches glitt und mit einem dumpfen Ton auf den Steintreppen aufschlug.

Kapitel 15

*„Hör auf, seinen menschlichen Namen zu benutzen!", fuhr
Thaka Valera an, und Karu zuckte aufgrund seiner lauten Stimme zusammen. „Er ist nicht Provo, er ist Tergon. Er ist ein Gott,
auch wenn er sich bei den Menschen offenbar schon so wohl-
fühlt, dass er noch zu einem zu werden droht."*

„Nein!", schrie Nym und rüttelte an Jaans schweren Schultern. „Nein, wach auf! Sag mir, wie ich
meine Schwester retten kann!" Kälte und Hitze
schwappten durch ihren Körper, prallten aufeinander
und drangen an die Oberfläche. „Wie kann ich ihr helfen?" Ihre Finger krallten sich in seine kalte Haut und
sie starrte in seine in die Leere gerichteten blassblauen
Augen, während Übelkeit ihren Magen flutete. „Nein!"

Sie schlug auf ihn ein. Verfluchte ihn dafür, dass er
sich so feige das Leben genommen hatte. Dass er das
Geheimnis der Götter geschützt hatte. Verfluchte ihn
für all die Lügen. Verfluchte ihn für seine Loyalität gegenüber Provo. Verfluchte die Menschen dafür, dass
sie ihn zu dem gemacht hatten, der er gewesen war.

„Du hast sie vergiftet!", brüllte sie ihn an, während
seine Züge unter ihren Tränen verschwammen. „Du
hast sie zum Sterben in Bistaye gelassen! *Wach auf,
Jaan. Sag mir, wie ich sie retten kann!*"

„Nym!"

Jemand packte sie von hinten und zog sie von dem leblosen Körper weg. Weg von Provos einzigem Verbündeten. Provo, der gar nicht Provo war. Provo, der Tergon war. Einer der vier Götter. Ein Gott direkt unter ihrer Nase!

„Nym!" Die Arme zogen sich fester um sie, doch sie kämpfte gegen sie an, trat nach hinten aus, schlug um sich.

Sie hatte keine Zeit. Sie musste nach Bistaye. Musste Vea retten. Hoffen, dass es noch nicht zu spät war. Es war ihre einzige Aufgabe gewesen, Vea zu schützen. Das war das Einzige, um das ihre Mutter sie gebeten hatte. Ihre Mutter, die nicht verrückt geworden war. Ihre Mutter, die nur von den Göttern benutzt worden war, so wie jeder andere Mensch dieser Welt. Wie jeder Soldat Bistayes. Wie jeder Soldat Asavez. Wie sie selbst. Wie Vea.

Sie wusste nicht, was die Götter vorhatten. Wusste nicht, was für eine Zwietracht zwischen ihnen herrschte, aber eines war klar: Niemand von ihnen dachte auch nur einen Moment lang an all die unschuldigen Menschen, die ihr Leben geben würden. Die sterben würden – für nichts. Für einen Krieg, den die Götter unter sich angezettelt hatten. Für einen Krieg, den die Menschen nicht gewinnen konnten. Der nur mit einem Gott an der Macht enden konnte.

„Nym, beruhige dich. Was ist los? Was hast du gesehen?"

Die eindringliche Stimme an ihrem Ohr konnte sie nicht beruhigen. Die eng um sie geschlungenen Arme konnten sie nicht wärmen. Die Lippen an ihrer Wange konnten sie nicht trösten.

Es war aussichtslos. Es war ein aussichtsloser Krieg. Ein sinnloses Unterfangen – solange sie nicht wussten, wie die Götter zu besiegen waren.

Sie hielt inne. Alle Blicke waren auf sie gerichtet. Sie starrte in Leenas schockiertes Gesicht, in Filias weit aufgerissene Augen und in Alanis ausdruckslose Miene.

Abrupt ließ sie ihre Haut heiß werden. Ließ all ihre Verzweiflung und Wut aus ihren Poren schießen, bis Levi fluchend die Arme von ihr riss und sie zu Boden stolperte.

„*Sagt es uns!*", fuhr sie Alani an, die sich mit schräggelegtem Kopf über den leblosen Jaan gebeugt hatte. „Sagt uns, wie man die Götter zerstören kann! *Helft uns!* Die Menschen werden sonst für nichts und wieder nichts sterben. Das ist kein Kampf zwischen den Menschen. Das ist ein Krieg zwischen den Göttern! Tausende Unschuldige werden sterben, nur damit sich die Geschichte wiederholen kann. Wie könnt Ihr Euch noch an alberne Abmachungen halten, wenn so viele unschuldige Leben auf dem Spiel stehen?!"

„Die Menschen stehen nicht in unserer Verantwortung", stellte Alani leise fest.

„Wenn Ihr sie retten könnt, dann tun sie es!", widersprach Nym laut. Ihre Stimme überschlug sich. Ihr Hals brannte. „Wenn Ihr die Götter stoppen könnt, dann liegt es verdammt noch mal in Eurer Verantwortung!"

Alani schüttelte nur den Kopf. „Du hast alles gesehen, was du sehen musstest. Du brauchst unsere Hilfe nicht."

„*Nein!*", schrie Nym und ihre Hände gingen in

Flammen auf. „Er hat sich getötet, bevor ich alle Informationen sammeln konnte, er –"

„Die Informationen, die du nicht von ihm bekommen hast, hast du bereits von mir erhalten. Ihr habt alles, was ihr braucht. Ihr müsst nur noch die Punkte verbinden, damit sich ein Bild ergibt. Mehr kann ich nicht für euch tun", sagte die Anführerin des Kreisvolks ruhig, und die Gelassenheit in ihrer Stimme fachte Nyms Wut nur noch weiter an.

„Ihr habt uns nichts außer vager Andeutungen gegeben", fauchte Nym und machte einen zornigen Schritt auf sie zu. „Ihr habt uns –"

„Nym." Levi stellte sich ihr in den Weg und sah sie eindringlich an. Als ahnte er, dass sie etwas Dummes tun wollte. „Beruhige dich", flüsterte er. „Wir führen keinen Krieg gegen das Kreisvolk."

„Du verstehst nicht!", fuhr sie ihn an und neue Tränen ersetzten ihre alten. „Tergon ist nicht fort. Er ist nicht tot! Er ist Provo! Provodes und Tergon sind ein und dieselbe Person. Und er will Bistaye nicht befreien. Er will nur die anderen Götter … er … ich weiß nicht, was er möchte. Aber wir müssen gehen! Wir müssen sie töten. Wir müssen Vea retten, wir –"

Levis Hände schlossen sich fest um ihre heißen Wangen, doch er zuckte nicht vor ihrer Hitze zurück. Er hielt sie fest in seinem Griff.

„Das werden wir. Wenn Tergon …" Sie sah, wie er schluckte, sich dann jedoch zusammenriss. „Du musst dich beruhigen. Du musst klar denken. *Wir* müssen klar denken. Ich weiß nicht, was gerade passiert ist. Ich weiß nicht, warum Jaan sich … warum er es für nötig hielt …" Levi atmete zitternd aus und brach ab.

„Es ist nicht wichtig. Wir können jetzt keine Dummheiten machen. Wir werden aufbrechen. Wir werden reden. Aber wir müssen ruhig bleiben."

Seine Daumen strichen über ihre Wangen, fingen ihre Tränen auf – und die Hitze floss aus Nyms Körper. Ihre Lippen zitterten und durch die Tränen hindurch fiel es ihr schwer, ihre Umgebung zu erkennen.

Sie blinzelte, atmete ein, atmete aus. „Er hat Vea vergiftet", flüsterte sie und schlug die Wimpern nieder. „Ich weiß nicht genau, wie oder wann er es gemacht hat, aber er hat sie vergiftet und ... Ich kann sie nicht verlieren. Sie hat das Leben so viel mehr verdient, als ich es tue. Ihre Hände sind frei von Blut. Sie ... ich kann sie nicht auch noch verlieren, Levi."

Er nickte. Mehr tat er nicht. Er sagte nicht, dass alles gut werden würde. Erzählte ihr keine Lügen. Er nickte einfach nur. Weil er sie verstand. „Dann lass uns gehen."

Seine Finger tippten ungeduldig auf das Holz.

Tap. Tap. Tap.

Die Töne vermengten sich mit dem leisen Plätschern des an der Wand hinabfließenden Wassers.

Plitsch. Tap. Plitsch. Tap. Plitsch.

Was tun?

Die Zeit verging, während er dasaß und die nervösen Regungen seiner eigenen Finger beobachtete.

Ja ... was tun?

Er lebte schon so unglaublich lange und dennoch hatte er es sich in den letzten Jahrzehnten zur Ge-

303

wohnheit gemacht, seine Entscheidungen nicht mehr auf eigene Faust zu treffen. Es war angenehm, politische Fragen nicht immer allein beantworten zu müssen. Eine zweite Perspektive zu haben. Sehr angenehm.

Tap. Tap. Tap.

Er hätte bereits zurück sein müssen. Es waren vier Tage vergangen, seit ...

Plitsch. Tap. Plitsch. Tap. Plitsch.

Er schloss die Augen und seine Finger hielten inne. Vielleicht hätte er es sich in den letzten Jahren nicht zur Angewohnheit machen sollen, sich auf Jaan zu verlassen. Er war immerhin ein Mensch. Wenn auch ein treuer Mensch. Und dennoch ... was, wenn er seinen Auftrag nicht ausführen würde? Was sollte er dann tun?

Nein, er brauchte einen Plan B. Nur falls Jaan versagte. Falls er aufgehalten wurde. Zu viel stand auf dem Spiel.

Provo stand auf, ließ die hölzernen Stuhlbeine über den Stein schabten und schlenderte zur Tür.

Vielleicht, dachte er, vielleicht war er in seinem Vertrauen zu Jaan zu weit gegangen.

Der Gedanke gefiel ihm nicht, aber er ließ ihn auch nicht los, als er den steinernen Gang hinunterlief, unter dem massiven Kerzenleuchter herging und nach draußen trat. Thaka hatte ihn immer davor gewarnt. Ihm damit in den Ohren gelegen, dass er zu emotional wurde, wenn es um seine Rekruten ging, dass er Bewunderung mit Liebe verwechselte.

Welch eine törichte Aussage. Wie konnte sein Freund über dreitausend Jahre leben und immer noch nicht verstehen, worum es in ihrer aller Existenz ging?

Jaan war anders. Provo hatte es gewusst, als er ihn als jungen Mann mit gesenktem Kopf neben Alani hatte knien sehen, bereit zu sterben.

Thaka und Api lebten schon zu lange das Leben der Götter. Sie kannten das echte Leben doch gar nicht mehr. Das war doch überhaupt der Grund gewesen, warum er gegangen war. Warum er beschlossen hatte, den Vorschlag zu machen, auf den natürlich alle sofort angesprungen waren. Wie hätte es anders sein sollen?

Provo lächelte bei dem Gedanken an ihr Gespräch vor eintausend Jahren und ließ seinen Blick durch das Tal schweifen. Über den flachen Bach, die orangegoldenen Flecken, die die Sonne durch die Löcher in der Höhlendecke warf. Über die blauglänzenden Schindeln der Dächer und die wilden Vorgärten.

Er hatte das alles hier aufgebaut. Es gehörte ihm.

Langsam lief er den gepflasterten Weg entlang, nickte den Leuten zu, die ihn mit großen Augen ansahen, weil sie es nicht gewohnt waren, ihn in der Öffentlichkeit zu sehen, und lauschte seinen Fingern, die gegen seinen Gürtel schlugen. Ja, er lebte isoliert. Das war sein Los. Verdammt zur Einsamkeit. Einer der Gründe, warum Jaan ihn so gut verstand.

Du bist nicht zur Einsamkeit verdammt, Provo. Du wählst sie. Immer und immer wieder, flüsterte die Stimme seines Vertrauten ihm zu, und wieder musste er lächeln.

Vielleicht hatte Jaan recht. Vielleicht wählte er sie. Vielleicht hatte er in seinen dreitausendvierhundertzehn Jahren noch nicht gelernt, wie er ohne sie leben konnte.

Er ließ die Finger um seinen Gürtel herumwandern und zog ein Paar Lederhandschuhe daraus hervor. Der Stoff fühlte sich warm auf seiner Haut an, als er ihn überzog und die Finger geraderückte.

Das Seltsame war, dass er sie in den letzten Jahrzehnten kaum noch verspürt hatte. Die Einsamkeit.

Er bog nach rechts und schritt den steinigen Pfad auf ein Haus zu.

Ihm lief die Zeit davon. Er würde aufbrechen müssen. Heute noch. Bevor die Kämpfe zu weit fortgeschritten waren. Er wollte nach Bistaye reisen und seinen Sieg genießen. Jaan würde wissen, wo er zu finden war.

Er hob seine Hand und klopfte an das Holz.

Tap. Tap. Tap.

Helle, leichtfüßige Schritte waren zu vernehmen, bevor die Tür aufschwang. Lächelnd senkte er sein Kinn zu der Gestalt vor ihm hinab.

„Hallo, Aliri. Ich fürchte, ich muss dich um einen Gefallen bitten. Es geht um deinen Bruder. Lässt du mich ein?"

„Nym! Nym, lauf langsamer!"

Nym ignorierte Filias atemlose Stimme. So, wie sie es getan hatte, als sie an dem Fluss entlanggehetzt waren. Als sie die ewiglange Strickleiter emporgeklettert waren. Und sie würde Filias Einwände auch weiterhin ignorieren – bis sie in Bistaye waren. Bis sie sich vergewissert hatte, dass es Vea gut ging. Bis Nym wusste, dass sie nicht darin versagt hatte, die einzige Aufgabe zu erfüllen, die ihre Mutter ihr je gegeben hatte.

Sie würde nicht aufhören, bis sie das Geheimnis der Götter kannte.

Die Punkte verbinden. Alani hatte ihr gesagt, sie solle die Punkte verbinden – doch welche Punkte sollten das sein? Nym konnte nicht mehr klar denken. Die Angst vernebelte ihren Kopf; die kalte Luft, die über ihren verschwitzten Nacken strich, versteifte ihre Glieder und machte ihre Bewegungen ungelenk.

Literio. Der leise Tod. Dafür gab es kein Gegengift. Wie sollte sie ihre Schwester retten, wenn es kein Gegengift gab?

Nym lachte ein freudloses Lachen und strich sich eine schweißnasse Haarsträhne aus dem Gesicht. Alani lag falsch. Sie hatte ihr nicht genug Informationen gegeben. Sie hatte ihr *nichts* gegeben. Das Kreisvolk aufzusuchen, war die reinste Zeitverschwendung gewesen. Was brachte es ihr, zu wissen, dass Provo Tergon war, wenn sie den Gott genauso wenig töten konnte wie noch vor ein paar Tagen?

Sie hätte bei Vea bleiben sollen.

Nym hielt ihre in Flammen stehende Hand höher, sodass der dunkle Höhlenweg vor ihr heller erleuchtet wurde.

„Nym, bleib doch wenigstens kurz stehen, um uns zu erzählen, was du gesehen hast!" Diesmal war es Leena, die Nym beim Nachdenken störte. „Was hat Jaan dir erzählt? Wie kannst du sicher sein, dass Provo Tergon ist? Vielleicht hat Jaan dich auch nur hinters Licht geführt, vielleicht –"

Ruckartig fuhr Nym zu ihr herum. „Es ist mir egal,

was du denkst. Es ist mir egal, ob ihr mich alle für verrückt haltet. Jaan hat meine Schwester vergiftet, und ich werde sie nicht sterben lassen. Also lauft schneller oder fallt zurück. Wir haben fast drei Tage hier hinauf gebraucht und ich habe nicht vor, mir für den Rückweg genauso viel Zeit zu lassen. Also bleibt stehen, wenn ihr wollt. Ich werde es nicht tun."

„*Wir* werden es nicht tun", korrigierte Levi sie leise und nahm ihre Hand. Er hatte die letzte halbe Stunde geschwiegen, anscheinend tief in seinen eigenen Gedanken versunken, doch jetzt war sein Blick so klar wie eh und je. „Filia, Leena, wir sind schneller alleine. Die Abenddämmerung ist längst hereingebrochen, ihr solltet hier in der Höhle schlafen, bevor ihr morgen den Abstieg auf euch nehmt. Nym und ich werden noch ein paar Stunden weiterlaufen und unser Lager weiter unten am Berg aufschlagen. Und Filia, du solltest dir überlegen, ob du wirklich in den Krieg ziehen willst. Es wird Blut fließen, und mir wäre es lieber, wenn es nicht deines wäre."

Dankbarkeit durchflutete Nym. Dankbarkeit dafür, dass Levi die Entscheidung getroffen hatte. Dankbarkeit für seine Hand, die ihr in diesem Moment wie das Einzige vorkam, dass es wert war, festzuhalten.

Filia öffnete protestierend den Mund, doch Leena legte ihr eine Hand auf die Schulter und brachte sie so zum Schweigen. „Er hat recht, Filia. Wir werden die Nacht hier verbringen und morgen bei Tageslicht weiterlaufen. Es ist die vernünftigste Entscheidung."

Sie nickte Nym bestimmt zu und ließ den Rucksack von ihren Schultern gleiten, während Levi hastig die übriggebliebenen Fackeln aus seiner Tasche zog und sie an Filia reichte.

„Hier, nehmt die. Wir brauchen sie nicht."

Nym entzündete das Holz, bevor sie „Danke" hauchte, Levis Hand fest drückte und ihn weiter den Gang entlang zog.

In ihrem Kopf rechnete sie die Tage durch, die sie brauchen würden, um Bistaye zu erreichen, und leise Verzweiflung keimte in ihr auf, als sie an das Geröll dachte, das sie in der nahenden Dunkelheit würden hinabsteigen müssen. Sie dachte an den See, den sie durchqueren, und an die Steilwand, die sie danach erklimmen würden müssen. Den mühsamen Weg, den sie ohne Jekis Hilfe würden zurücklegen müssen. Ihr Herz zog sich noch ein Stück enger zusammen.

„Wir werden es nie rechtzeitig schaffen", flüsterte sie und beschleunigte ihren Schritt noch einmal. „Der Krieg könnte bereits in vollem Gange sein, er –"

„Das glaube ich nicht", unterbrach Levi sie, während Nym zwei Schritte für jeden der seinen machen musste. „Provo hat Jaan nach uns geschickt. Er wollte uns zurückholen, damit wir das Kreisvolk nicht erreichen – und damit wir den Krieg für ihn gewinnen. Er wird ein paar Tage warten und darauf hoffen, dass Jaan erfolgreich war. Erst dann wird er den Befehl geben, anzugreifen. Ich schätze, wir haben noch einen Tag, bevor unsere Armee –" Er stockte und Nym konnte spüren, wie seine Hand sich fester um ihre verkrampfte. „Ich meine *seine* Armee angreift."

Nym nickte und ließ das Feuer in ihrer linken Hand heißer und heller werden, als sie einen fahlen Lichtschein in der Ferne entdeckte. Sie hatten das Ende der Höhle bald erreicht.

„*Seine* Armee", murmelte Levi, und als Nym ihm einen Seitenblick zuwarf, erkannte sie seine angespannten Züge. Sein Kiefer drohte zu zerspringen, so fest presste er die Zähne aufeinander, und seine Augen verschwanden unter seinen zusammengezogenen Brauen. „Es ist seine Armee, oder nicht? Tergons. Es war nie unsere, die der Menschen. Nicht unsere Armee, nicht unser Land, nicht unsere Freiheit. Wir sind nur Teil seines Plans. Alles, was wir getan haben, taten wir für die Götter – ohne es je zu wissen. Jeder Auftrag, den ich ausgeführt habe, hat nicht uns, sondern Tergon geholfen. Jede Aufgabe, die ich erhalten habe, hat ihn dabei unterstützt, den Krieg vorzubereiten, der keiner unserer Seiten etwas nützen wird. Und dennoch muss der Kampf geschlagen werden! Weil wir uns alle haben blenden lassen und nicht bereit waren, die Augen zu öffnen. Weil die Lüge so viel angenehmer ist als die Wahrheit. Weil die Menschen mit der Realität gar nicht umgehen könnten. Sie brauchen die Kategorien Gut und Böse, weil alles, was sich dazwischen befindet, zu anstrengend, zu ungenau, zu schwer für sie zu greifen ist." Levis Stimme war belegt von Bitterkeit. „Ich wurde benutzt. Du wurdest benutzt. Wir alle wurden benutzt – und wie sehr wir uns doch darüber gefreut haben! Wie glücklich wir darüber waren, eine besondere Rolle einnehmen zu dürfen, in diesem Spiel aus Verlierern."

„Du hättest es unmöglich wissen können, Levi", flüsterte Nym und neue Tränen drängten sich in ihre Augen. Doch sie würde ihnen nicht nachgeben. Sie halfen ihr nicht. „Er hat uns alle hinters Licht geführt. Er ist uns Jahrhunderte voraus. Du kannst dir keine

Vorwürfe machen, Levi. Niemand hätte es ahnen können –"

„Aber ich *habe* es geahnt, Nym", presste Levi zwischen den Zähnen hervor, und sie musste ihn nicht ansehen, um zu wissen, wie sehr er litt. „Nicht, dass Provo ein Gott ist. Aber ich habe geahnt, dass ich zu wenige Informationen bekomme. Dass ich nach Anweisungen handele, die ich nicht zur Gänze verstehe. Und ich habe nachgefragt, aber als ich keine Antworten bekam, habe ich nicht weiter nachgehakt. Weil es so viel leichter war ... Bei den verdammten Göttern, ich habe so viele Leben genommen." Mit zitternder Hand fuhr sich Levi durchs Haar. „Ich habe so viele Menschen getötet, weil ich dachte, dass es das Richtige sei, dabei –"

„Nein. Nein, Levi." Nym blieb abrupt stehen und ließ seine Hand los. Das Feuer zwischen ihren Fingern erlosch. Drückende Dunkelheit umfing sie, als Nym nach Levis Gesicht tastete und es fest mit ihren Fingern umschloss. „So darfst du nicht denken. Gib den Göttern nicht so viel Macht über dich. Wir mögen nicht frei gewesen sein, aber wir sind es jetzt. Und das ist es, was zählt. Jetzt haben wir die Chance, die Entscheidungen der Götter zu hinterfragen, jetzt können wir damit beginnen, gegen sie zu kämpfen."

„Aber ich weiß nicht, ob ich es getan hätte, wenn ich dich nicht getroffen hätte." Levis Stimme war dunkler als die Schwärze um sie herum. „Ob ich je hinterfragt hätte, was ich tue. Ohne dich –"

„Aber ich bin hier, Levi. Ich gehöre hierher, zu dir", sagte Nym mit erstickter Stimme. „Und ich liebe dich, weil ich ohne dich nicht hier stünde. Ohne dich hätte ich die Götter nie hinter mir gelassen. Deinetwegen sind meine jetzigen Erinnerungen überwiegend glücklich. Du bist es, der mich zu Nym gemacht hat. Nicht andersherum. Du warst schon immer ein durch und durch guter Mensch. Und ich werde nicht zulassen, dass die Götter dich daran zweifeln lassen. Ein weiser Mann hat mir mal gesagt, dass es ihn nicht kümmert, wer ich war. Dass es nur wichtig ist, wer ich jetzt bin. Und ich gebe dir hier und jetzt diese Worte zurück."

Sie konnte Levi leise und stetig atmen hören, bevor sie seine Lippen sanft auf ihrem Scheitel spürte. Seine Arme schlossen sich um ihren Körper und zogen sie an sich.

„Nym. Ich war es, der dir das sagte, und ich fürchte, ich bin nicht weise."

„Man kann bescheuert und weise zugleich sein", flüsterte sie. „Ich sage nicht, dass es einfach ist – aber du hast es dennoch perfektioniert."

„Das mache ich nur, um deinen hohen Erwartungen gerecht zu werden", erklärte er ihr, seine Wange nun an ihren Kiefer gepresst, die Lippen in ihrem Nacken.

„Ich erwarte nur von dir, dass du mich liebst, Levi. Mehr will ich gar nicht."

„Das tue ich. Ich liebe dich. Und ich ... gehöre dir, Nym."

Sie lächelte. Trotz allem. Trotz der Angst und der Panik musste sie lächeln. Levi Voros hatte sein Herz verschenkt. An sie. Und das schien ihr absurder als alles, was sie die letzten Tage über die Götter gelernt hatte.

Sie löste sich von ihm und ließ erneut Flammen an ihrem Handgelenk hinaufzüngeln. „Ich glaube, ich habe in meinem Leben noch nie so etwas Kostbares besessen", stellte sie leise fest.

„Dann gehe gut mit mir um", flüsterte Levi lächelnd.

„Das werde ich", erwiderte Nym ernst. „Ich werde dich behandeln wie der zarte Schmetterling, der du bi-" Sie stockte. Blinzelte. Und eine plötzliche Euphorie durchflutete sie. „Bei den Göttern, der Schmetterling!"

Hoffnung keimte in ihr auf und hastig löste sie sich von Levi, um den Rucksack von ihren Schultern zu ziehen. Wie hatte sie das vergessen können? Fahrig öffnete sie den ledernen Beutel.

„Nym, du machst mir Angst", bemerkte Levi ruhig.

„Der Schmetterling!", wiederholte sie und zog mit zitternden Fingern das Glas aus dem Rucksack hervor, in dem sie wenige Tage zuvor den Sifunas gefangen hatte. „Er hat heilende Kräfte, Levi! Erinnerst du dich nicht? Das war eines der ersten Dinge, an die ich mich erinnert habe. Der Sifunas, sein Flügelschlag und der Nektar, den er sammelt, sie ... sie haben heilende Kräfte."

Es gab kein Gegengift, das Vea retten konnte. Aber vielleicht konnte es der Sifunas. Jedoch würde er ihnen nur lebendig helfen können.

„Natürlich", flüsterte Levi und hockte sich zu ihr. „Du hast es Liri erzählt."

Nym nickte und starrte den Schmetterling an, der müde und träge im Glas herumflatterte.

„Wir müssen uns beeilen", sagte sie, während die leise Hoffnung, dass dieses kleine Wesen Vea retten könnte, ihr neue Kraft verlieh. Vorsichtig verstaute sie ihn wieder, bevor sie auf die Füße sprang. „Ich weiß nicht, wie lange er überleben wird. Wir können neue Schmetterlinge sammeln, aber zu Fuß werden wir von hier aus mindestens drei Tage bis nach Bistaye brauchen."

„Wir werden uns beeilen", versprach ihr Levi, neue Entschlossenheit in seinem Blick. „Wir sind schnell, Nym."

Erneut nahm er ihre Hand und zog sie auf das orangegeglühende Licht am Ende des Tunnels zu, das immer heller wurde.

Die Sonne ging gerade unter. Das bedeutete, dass sie den Weg den Berg hinab bald nur noch von Nyms Feuer begleitet würden finden müssen.

„Wie viele Stunden, meinst du, können wir laufen, bis es zu dunkel wird?", fragte sie, als sie das Ende der Höhle erreicht hatten.

„Ich weiß es nicht", murmelte Levi und hielt an. Sie standen auf dem Felsplateau, das den Eingang der Höhle markierte. „Aber wenn der ganze Weg nach unten so aussieht, dann vielleicht die ganze Nacht", fügte er langsam hinzu.

„Was?" Nym, die den Stand der Sonne überprüft hatte, folgte verwirrt seinem Blick ... und öffnete ungläubig ihren Mund.

Vor ihnen lag eine Treppe. Eine in Stein geschlagene Treppe, die in steilen Stufen den Berg hinabführte. Die Felsbrocken waren aufgesprengt und neu zusammengefügt worden. Die Erde an den Rändern sah gefestigt aus und die Stufen waren so glatt geschliffen, wie es sonst nur Wasser über Jahrhunderte hinweg gelang.

„Das ist unmöglich", flüsterte Nym und trat auf die oberste Stufe zu. „Jeki ist mächtig, aber selbst er hätte nicht ... er könnte nicht ..."

„Aber er hat", sprach Levi das Offensichtliche aus. „Es wirkt fast, als hätte ich Tujan all die Jahre unterschätzt."

„Aber er ... ich meine ... das ist ein ganzer Berg, Levi!"

„Wut beflügelt", murmelte er und nahm die erste Stufe.

Ewiges Leben bedeutet nicht Unsterblichkeit, Mädchen.

Die Götter waren nicht unsterblich. Man konnte sie vernichten.

Die Menschen reden. Das ist es, was sie tun. Und je absurder und fantastischer das Thema ist, desto begeisterter wird es verbreitet. Jaja, die Menschen ... sie erzählen mehr, als sie sehen. Sie erzählen mehr, als sie wissen.

Aber was hatte Alani damit sagen wollen? Egal, wie oft Nym die Worte in ihrem Kopf wälzte, ihre Bedeutung erschloss sich ihr nicht.

Sie drehte sich auf ihrer Matte herum, versicherte sich, dass das Glas mit den gesammelten Schmetterlingen noch neben ihnen stand, und rückte enger an Levi heran, der bereits seit einer Stunde gleichmäßig atmete und den Schlaf fand, den Nym vergeblich suchte.

Die Lösung war zum Greifen nah. Das Geheimnis der Götter. Was hatte sie übersehen? Was hatte sie noch nicht hinterfragt?

Ihr habt alles, was ihr braucht. Ihr müsst nur noch

die Punkte verbinden, damit sich ein Bild ergibt.

Aber welche? Welche Punkte?

Nym schloss die Lider und versank in ihren Gedanken. Als sie die Augen wieder öffnete, stand sie in ihrem Gedankenraum. Sanftes Licht strömte von oben auf sie hinab und vor ihr, im rechten Bild, konnte sie Alani erkennen.

Diese Eigenschaft ist euch doch allen gemein. Ob Menschen, Ikanos oder Götter. Ihr lügt. Und wenn in einem Land niemand dazu in der Lage ist, diese Lügen zu erkennen – wie viel Macht gibt das dann wohl demjenigen, der ungeniert seine eigene Wahrheit verbreiten kann?

Sie wischte das Bild fort, denn sie suchte nach etwas anderem.

Da war Provo – nein, Tergon –, wie er Jaan vor dem Tod bewahrte. Wie er sein Schwert hob, um Alani aufzuhalten.

Nym runzelte die Stirn. Tergon, der Gott. Er hob das Schwert, um Alani aufzuhalten.

Ihr Nacken prickelte. Etwas störte sie, doch sie konnte nicht benennen, was es war.

Gib mir mehr, dachte sie. *Gib mir irgendetwas. Zeig mir Apis letzte Erinnerung.*

Sie fuhr mit ihrer Hand in den Rahmen des Bildes, verwischte es und ließ es sich neu bilden. Dort war ein Raum gefüllt mit Büchern. Doch es war nicht die ihr bekannte Bibliothek in Apis Anwesen. Die Regale waren nicht aus Holz. Sie bestanden aus Gold.

„Wir sind alle nervös, Thaka", sagte sie, bemüht, ihre Stimme ruhig zu halten. *„Aber niemandem hilft es,*

Anschuldigungen auszusprechen. Oder sich hier zu verstecken. Die Soldaten werden zurückkehren oder sie werden es nicht. Es liegt nun nicht mehr in unserer Hand. Wir sollten uns auf den Krieg konzentrieren. Anfangen, die Armbrustschützen zu positionieren."

Der Gott der Gerechtigkeit antwortete nicht. Er schritt auf und ab, immer an einer Reihe von Kerzen vorbei, die die edlen Ledereinbände der Bücher beleuchtete. Das Licht spiegelte sich auf den goldenen Oberflächen wider, sodass es aussah, als würden selbst die Wände aus dem teuren Metall bestehen.

„Thaka –"

„Ich habe die Schützen bereits ausgesandt", zischte er. „Denkst du, ich lasse mir von einem neugierigen kleinen Ikanomädchen meinen Sieg stehlen? Nein!"

„Ich bin sicher, du sprichst von meinem Sieg", bemerkte Valera hüstelnd.

„Treib mich nicht zur Weißglut, Valera", fuhr Thaka die Göttin an.

Nym verdrehte die Augen angesichts Valeras wissendem Lächeln und hob die Hand. „Genug mit euch beiden. Wir wollen uns auf den letzten Metern doch nicht zerstreiten. Ich würde vorschlagen, wir verlassen den Palast und gehen zurück in die Dritte Mauer. Dort sind wir näher am Geschehen und Boten können uns schneller erreichen."

Thakas Blick nach zu urteilen, sah er das anders. „Geh, wenn du willst. Ich bleibe hier. Falls es dir entfallen ist: Wir sind verletzlich. Falls auch nur die geringste Chance besteht, dass Salia das Kreisvolk erreicht hat, dann wäre es Selbstmord, sich aus den sicheren Mauern des Palastes zu entfernen."

Wieder machte der Gott der Gerechtigkeit abrupt kehrt, und der Luftzug, der von Thakas wehender Robe ausging, ließ eine der Kerzen erlöschen.

Valera seufzte schwer. „Thaka, zum hundertsten Mal, beruhige dich!" Die Göttin der Vernunft zog ein Streichholzkästchen von einem naheliegenden Tisch und entfachte die Kerze neu ...

Nym fuhr aus dem Schlaf.

Sie wusste es.

Kapitel 16

Karu schlug die Hand vor den Mund. Sie musste sich verhört haben. Tergon konnte nicht der Anführer der Asavez sein! Er war ein Gott. Er kämpfte für Bistaye. Warum sollte er die Seite gewechselt haben?

Vea legte eine Hand auf ihr Herz, um zu überprüfen, ob es noch schlug. Mit der anderen hielt sie Janons Hand fest umklammert, während der Schild auf ihrem Rücken ihr bei jedem schweren Schritt in die Kniekehlen schlug.

Die Realität fühlte sich so fremd an. Alles Gute, alles, wofür es sich zu kämpfen lohnte, schien in unendliche Ferne gerückt zu sein. Als hätte sich ein Nebel über ihren Geist gelegt, der sie nur noch Verzweiflung, Wut und Angst spüren ließ, die sich zu einem schwarzen Nichts aus Hoffnungslosigkeit aufbäumten und auf ihr Herz drückten. Aber es waren nicht ihre Gefühle. Nicht nur. Es war fast so, als würde ihr Blut ihr die Schwärze aufdrängen. Als würde ihr Herz die Dunkelheit mit jedem Schlag weiter in ihren Körper treiben.

Sie war so müde. Ihre Glieder schmerzten, und es fiel ihr schwer, zu atmen. Seit Tagen schon.

Du stirbst, flüsterte ihr eine dünne Stimme zu. *Du*

liegst im Sterben.

Ich werde meinen letzten Atemzug nehmen, antwortete sie. *Aber noch nicht jetzt.*

Ihre Hand war eiskalt, und sie fragte sich, ob Janon das gar nicht auffiel, während sie schweigend weiterliefen.

Sie trug zwei Dolche an ihrem Gürtel, den Schild auf ihrem Rücken. Ros Schwert klirrte gegen seine metallenen Beinschoner. Nikas Wurfmesser schlossen sich zu einem Rock aus Metall um ihre Hüften.

Doch die Bewohner guckten nicht. Sie hatten sich in ihren Häusern verbarrikadiert oder waren bereits selbst auf dem Weg zu einem der Tore zwischen der Fünften und Sechsten Mauer. Die Tore, die sie verschließen würden, um in aller Ruhe die restlichen Soldaten innerhalb der Sechsten und Siebten Mauer auszuschalten, die Kinder fortzubringen und sich neu formieren zu können.

Aber wie lange würden sie die Tore halten können? Wie lange konnte die Asavezische Armee gegen die Macht der Göttlichen Garde ausharren?

Vea sah sich verstohlen um und erkannte etwa ein Dutzend anderer Bewohner, die bewaffnet mit den Waffen der Göttlichen Garde den gleichen Weg bestritten wie sie. In der Fünften Mauer gab es nicht so viele Rebellen wie in der Sechsten. Aber genug. Und sie alle kamen, um zu kämpfen. Denn sie wussten, dass heute der Tag war. Der erste Tag eines Kampfes, der ihre Freiheit bestimmen oder sie für immer in Ketten legen würde.

Vea blickte auf der Suche nach einer goldenen Rüstung über ihre Schulter, doch sie fand keine. Wo befanden sich die Soldaten? Wurde ihnen nicht berichtet, dass große Teile der Bewohner bewaffnet aus der Fünften Mauer in die Sechste zogen?

Unruhe breitete sich in Vea aus. Es würde alles Schlag auf Schlag gehen, so war es zumindest geplant. Sie zählten darauf, dass die Göttliche Garde dank des Überraschungseffektes zahlenmäßig unterlegen sein würde. Aber so kurz vorm Tor niemanden in goldener Rüstung anzutreffen, war seltsam. Wo waren sie alle? Vielleicht direkt vor dem Eingang, auf den sie zusteuerten. Vielleicht patrouillierte heute niemand.

Das Problem war nur, dass auch die Asavezische Armee noch nicht komplett war. Es wäre zu auffällig gewesen, wenn plötzlich tausende von Soldaten aus Asavez gekommen wären, sodass über die letzten Wochen hinweg nur nach und nach Soldaten hatten anreisen können. Der Rest wartete vor der Jeferabrücke auf ihren Einsatz. Vea hatte keinen Überblick darüber, wie viele es waren und was genau ihr Schlachtplan war, doch sie hoffte, dass er gut war.

„Du zitterst, Vea", flüsterte Janon ihr zu und drückte ihre Hand. „Wenn du es dir anders überlegt hast und lieber nicht kämpfen möchtest –"

„Nein", unterbrach sie ihn. „Ich will helfen."

Sie zitterte nicht vor Angst. Sie zitterte, weil ihre Muskeln Schwierigkeiten damit hatten, ihr Gewicht zu tragen.

„Ich will meinem Leben eine Bedeutung geben", flüsterte sie. „Ich will etwas für diese Welt tun." *Bevor es zu spät ist.*

Sie war vergiftet worden. Es musste so sein, wie Lijua gesagt hatte. Seit der Halluzination in der Göttlichen Waffenkammer hatte sie es ohnehin geahnt. Sie wusste nicht wie, aber derjenige, der sie damals im Schlaf hatte umbringen wollen, hatte seine Aufgabe schließlich doch noch erledigt. Sie war nicht krank. Ihr Körper kämpfte gegen ein Gift – und er verlor.

Dabei war es ihr letztendlich gleichgültig, wie sie starb. Sie wünschte nur, sie könnte Salia noch einmal sehen.

„Bist du dir sicher?", fragte Janon. Er klang besorgt.

„Todsicher", murmelte sie zurück und lächelte zu ihm hoch.

Er nickte, seine Miene ausnahmsweise nicht zu einem verschmitzten Grinsen verzogen, sondern so ernst wie der Tod selbst.

„Lächele für mich, Janon", bat Vea ihn. „Bevor wir in den Krieg ziehen ... lächele für mich."

„Ich fühle mich nicht danach, zu lächeln", gestand er ihr.

„Und genau deswegen tue es doch. Alles, was wir jetzt noch haben, ist unser Lächeln. Das sollten wir uns von den Göttern nicht nehmen lassen."

Seine Mundwinkel zuckten, bevor er ihrer Bitte nachkam. „Ich wünschte, mein Bruder wäre hier. Er weiß, wie man am Leben bleibt."

Vea nickte. Sie wusste, was er meinte. Bei Salia war es genauso. Sie hatte stets mit einer Leichtigkeit gekämpft, die Vea nicht einmal beim Geradestehen verspürte.

„Sie sind sicherlich bald zurück." Wenn sie es noch dreimal laut aussprach, dann würde es vielleicht wahr werden.

Ro wandte sich zu ihnen um und sein Blick streifte

nur kurz Veas, bevor er weiter die Umgebung erkundete. „Die Straßen sind wie ausgestorben", flüsterte er. „Wir sind gleich am Tor ... und es ist wie ausgestorben."

Ja, das beunruhigte Vea genauso sehr wie ihn.

Brag war bereits gestern mit Tala in die Sechste Mauer gegangen und dortgeblieben, um sicherzugehen, dass seine Schwester mit den anderen Kindern sicher nach Asavez gebracht wurde. Vea fragte sich, wie viele der anderen Rebellen ebenfalls schon am Vortag die Mauer verlassen hatten. Und wie auffällig es gewesen war. *Ob* es auffällig gewesen war.

Sie bogen um die nächste Ecke und das Tor kam in Sicht. Ein unbewachtes Tor.

Was war hier los?

Veas Griff um Janons Hand wurde fester und ihr träges Herz klopfte plötzlich heftig gegen ihre Rippen.

Wo waren die Soldaten?

Unsicher wechselte sie mit Nika einen Blick, die ihre Hände krampfhaft um den Schaft zweier Wurfmesser gelegt hatte. Sie liefen weiter auf das Tor zu, so wie es ihnen Dutzende andere Menschen gleichtaten, allesamt ängstliche Blicke über die Schultern werfend. Vea sah durch den steinernen Bogen und die geöffneten Holztüren.

Je weiter man in die Mauerkreise eindrang, desto massiver wurden die Tore. Waren sie hier noch aus Holz, bestanden die Tore der Zweiten Mauer, die zu den Adelsfamilien führten, aus Eisen.

Hinter dem Mauerbogen konnte Vea Menschen erkennen. Menschen, die sich, die Gesichter zu ihr gewandt, in einer Reihe aufgestellt und vor der Mauer positioniert hatten, die Waffen gezogen, darauf vorbereitet, sie einzusetzen. Von Schwertern über Mistgabeln bis hin zu Degen konnte Vea alle Variationen an Waffen erkennen. Die im Kampf trainierten Bettler und Bauern sowie die Soldaten der Asavezischen Armee schienen sich zusammengeschlossen zu haben.

Sie beschleunigten ihre Schritte, und als sie die Grenze zwischen Fünfter und Sechster Mauer passierten, erwartete Vea fast, dass irgendetwas Furchtbares geschehen würde. Doch sie durchschritten das Tor ohne einen Zwischenfall.

Vea sah zu Ro, der misstrauisch die Mauer entlangblickte, bevor er ihnen Handzeichen gab, sich in die Reihe der Kämpfenden einzusortieren.

Es waren fünf Menschenreihen und Vea konnte die asavezischen Soldaten deutlich von den Bauern und den heruntergekommen aussehenden Bewohnern der Siebten Mauer unterscheiden. Sie trugen eine schlichte silberne Rüstung und einen schmucklosen schwarzen Schild. Sie machten den Großteil der ersten drei Kampfreihen aus.

Noch immer traten vereinzelte Rebellen durch das Tor in die Sechste Mauer, bis die letzten es hinter sich schlossen – und es geschlossen blieb.

Vea runzelte die Stirn, zog den Schild von ihrem Rücken, flocht ihren Arm durch die Halteschlaufe und ließ es vor sich auf den Boden sinken. Sie und Janon flankierten Ro, der sich direkt vor dem Tor positioniert hatte, und Nika befand sich zu Veas anderer Seite. Der Ikano des Wassers wechselte einen Blick mit einem schwarzhaarigen Mann, der neben Janon stand. Höchstwahrscheinlich der Ikano der Erde, der für dieses Tor eingeteilt worden war. Und dann ... passierte nichts.

Es war still.

Kein Wind wehte. Keiner sprach ein Wort. Kein Ton durchbrach die Ruhe. Bewegungslos standen sie da und warteten.

Und warteten.

Und warteten.

Bis Vea es hörte.

Ein leises, kaum wahrnehmbares Klirren. Der Ton, mit dem sie aufgewachsen war. Den sie unter tausenden wiedererkannt hätte. Der Klang tausender aneinanderschlagender Metallschuppen.

„Die Götter wussten es", hauchte Vea.

„Was?", fragte Ro verwirrt.

„Sie wussten, dass wir heute angreifen würden."

Das Klirren wurde lauter, und Vea fragte sich, ob sie die Einzige war, die es hören könnte.

„Die Garde kommt." Sie fuhr zu dem Ikano der Erde herum. „Verschließ das Tor. Sofort!"

Ein Surren zerschnitt die Stille und unterbrach ihren Ruf. Ein Zischen und Brummen bäumte sich auf, das sich miteinander vermengte und zu dem Surren eines riesigen Bienenschwarms heranwuchs, immer näherkam ... Die Schreie brachen los, als die ersten Pfeilen die Reihen ihrer Soldaten trafen.

Vea riss ihren Schild hoch, der ihr, von der Wucht eines Geschosses getroffen, beinahe gegen die Stirn schlug.

Die gerade noch so sorgfältig aufgereihten Kämpfer stoben auseinander und suchten Schutz in den Häuserreihen oder unter den Schilden der anderen. Staub

wirbelte auf und hustend erhaschte Vea einen Blick
an ihrem Schild vorbei auf die steinerne Mauer, aus
der immer weitere Pfeile geschossen kamen. Sie kamen nicht von oben, vom Dach der Mauer, sie kamen
aus dem Stein! Aber wie war das möglich? Wo waren
die Schützen?

Die Schreie der Getroffenen. Das dumpfe Aufschlagen von Verletzten oder Toten auf dem Boden. Das
Surren der Pfeile in der Luft. Das Klirren der Rüstungen der Göttlichen Garde. Alles vermischte sich zu einem Lied der Verzweiflung, und als ihr der Geruch
von Blut und Dreck und Angstschweiß in die Nase
stieg, musste Vea würgen. Der schwere Schild rutschte
auf ihrem schweißnassen Arm hin und her, ihre Ohren begannen zu klingeln, doch sie hielt stand. Sie
ging in die Knie, so wie Ro es ihr gezeigt hatte, versuchte ihren flachen Atem zu beruhigen und hielt das
schützende Holz vor den Ikano des Wassers neben
ihr ... der sich auf die Erde gehockt hatte.

„Ro?"

Ungläubig sah sie zu ihm hinab, bevor sie einen
Blick zu Janon hinüberwarf, der sich in dieselbe Pose
wie sie begeben hatte.

Wind kam auf. Unnatürlich starker Wind, der Vea
von hinten unter die Kleider fuhr und Kälte mit sich
brachte. Leute riefen durcheinander, sie konnte Nikas
fassungslosen Blick sehen, der auf die Mauer gerichtet
war, aus der immer noch vereinzelt Pfeile schossen.
Der Wind verstärkte sich, und Vea wusste, dass ein
asavezischer Ikano gegen die Pfeile ankämpfte. Aber
es waren zu viele. Er konnte sich nicht um alle kümmern ... und zwischen den pfeifenden Böen die Vea die

Haare ins Gesicht klatschten wie trockenes Stroh, drang erneut der klirrende Ton an ihre Ohren, den sie so zu hassen gelernt hatte.

Die Göttliche Garde näherte sich, doch wie sollten sie sie aufhalten, wenn die Hälfte ihrer Kämpfer zwischen den Häusern kauerte, um sich vor den tödlichen Pfeilen zu schützen? Das konnte es nicht gewesen sein. Das konnte nicht bereits das Ende sein. Die Garde würde kommen und sie niederwalzen. Die Bauern würden Angst bekommen, sich ergeben ...

„Nein", flüsterte Vea und ballte ihre Hände zu Fäusten, bevor sie zu dem Mann neben ihr herumfuhr. „Versiegele das Tor!", wies sie ihn an.

Der Ikano der Erde beachtete sie nicht. Er hatte genug damit zu tun, Steine aus der Erde schnellen zu lassen, die die Pfeile ablenkten oder entzweibrachen.

„Versiegele das Tor!", wiederholte sie schreiend. „Die Garde kommt, sie wird uns niederrennen, wenn sie durch das Tor gelangt, sie –"

„Wir werden doch bereits niedergemetzelt!", brüllte der Ikano zornig zurück.

„Wir können Männer verlieren – aber nicht unsere Hoffnung! Wenn die Garde mit ihrer Übermacht durch dieses Tor dringt, dann sind wir alle verloren, also versiegele verdammt noch mal das Tor!" Veas Stimme zitterte, aber sie war klar und deutlich über den Wind hinweg zu hören.

„Tu, was sie sagt!", schrien Janon und Nika gleichzeitig.

Der Ikano der Erde zögerte, dann fluchte er laut, duckte sich unter den Schild seines Nebenmannes und ließ seine Hände abrupt nach oben knicken. Erde schoss aus dem Boden, hangelte sich das Holz des geschlossenen Tores hinauf und bildete eine schützende Schicht aus Dreck und Stein zwischen ihnen und dem Klirren, das Vea weiterhin Panik in die Adern trieb. Es war zum Greifen nah, die Soldaten mussten sich direkt hinter dem Tor befinden.

Ein Krachen ließ Vea zusammenzucken. Die eben erschaffene Erdwand erzitterte und fing zu Veas Entsetzen an, zu bröckeln.

„Mach sie stärker!", fuhr sie den Ikano der Erde an, dem die Schweißperlen auf der Stirn standen und dessen Finger sich in einem unnatürlichen Winkel nach hinten bogen.

„Jemand kämpft gegen mich an", presste er zwischen den Zähnen hervor. „Jemand ... jemand ..."

Risse schlugen in die Erdwand, breiteten sich fächerartig über die raue Oberfläche aus, brachen auf, während ein ohrenbetäubendes Krachen immer wieder das Surren der stetig fliegenden Pfeile überdeckte. Es würde nicht mehr lange dauern. Der Ikano der Erde war zu schwach. Er würde nicht mehr lange durchhalten. Und wenn erst die Garde kam ...

„Ro!", schrie Vea und ihre Arme zitterten unter der Last des von Pfeilen durchbohrten Schildes, den sie immer noch schützend über seinen Kopf hielt. „Tu doch was! Warum tust du denn nichts?!"

Doch Ro reagierte nicht. Er hockte einfach nur da, die Hände auf den Boden gelegt, so als mache er sich bereit für einen Sprint. Seine Augen waren geschlossen, seine Miene ruhig, beinahe gelassen.

Dann ein ohrenbetäubendes Krachen. Das Tor zerbarst in tausend Stücke. Holz, Erde und Steine prasselten auf sie hinab, und Vea versank unter dem Druck, der auf ihr Schild niederstob, mehrere Zentimeter in der Erde. Sie konnte nichts sehen, sie wagte es nicht, hinter dem Schild hervorzuschauen, doch sie musste keinen Blick auf die goldenen Rüstungen erhaschen, um zu wissen, dass die Soldaten der Göttlichen Garde da waren. Sie konnte sie hören. Wie sie das Tor niedertraten, wie sie ihre Schwerter mit einem kreischenden metallenen Geräusch aus ihren Scheiden zogen.

Vea riss es von den Füßen, als Ro plötzlich aus seiner Starre erwachte, in die Höhe fuhr und seine Arme in einer weitläufigen Geste nach vorne mitzog.

Sie taumelte, die Last des Schildes zog sie nach rechts und sie fiel hart seitlich auf den Boden, der unter ihr erzitterte.

Die Erde vibrierte, als wäre sie zum Leben erwacht. Veas Blick schnellte nach vorne zum Tor, durch das die ersten Göttlichen Soldaten fluteten. Sie sah zu Ro, der, immer noch die Hände emporgestreckt, dastand – als mit einem letzten Ruck ein Schwall Wasser aus der Erde fuhr.

Das Rauschen der Wassermassen übertönte das Klirren der goldenen Rüstungen. Das Wasser bäumte sich zu einer Wand aus Wellen auf, in denen sich das Sonnenlicht in den Facetten des Regenbogens brach, bis es in einem weiten Halbbogen den Mauerdurchgang umfasste, aus dem noch immer Soldaten strömten. Doch sie waren nur noch verwischte Schemen, ihre Umrisse vom Wasser fortgewaschen.

Und dann wurde es still.

Die Pfeile hörten auf, zu fliegen. Die Menge hörte

auf, zu atmen. Der Wind hörte auf, zu wehen.

Vea richtete sich auf und ihr Blick glitt zu Ro, dessen Hände in der Luft zitterten ... aber es war sein Gesicht, das sie in den Bann zog.

Seine Lippen bebten, seine Augen konzentriert auf die glänzende Oberfläche vor ihnen gerichtet. Doch die Wasseroberfläche war nicht das Einzige, das glänzte. In Ros Augen spiegelten sich das Wasser und eine stille Verzweiflung wider, die Veas Herz zusammendrückte. Eine einzelne Träne löste sich aus seinem Augenwinkel, blieb eine kurze Ewigkeit an seiner Wimper hängen, bevor sie seine Wange hinabglitt.

„Es tut mir leid", flüsterte er, bevor er seine Hände nach vorne stieß und die Wassermassen auf die Soldaten niederstürzten. Doch die Welle spülte die Soldaten nicht von ihren Füßen, wie Vea es erwartet hätte. Stattdessen sammelten sich die Wassermassen zu einer einzigen riesigen Wasserblase, die sich um die Körper der Soldaten schloss, sie von ihren Füßen hob, ihnen die Luft zum Atmen nahm.

Vea konnte nicht zählen, wie viele Männer sich mit strampelnden Armen und Beinen versuchten, vom allumgebenden Wasser zu lösen, die Münder zum Schrei des Grauens geöffnet, den nie jemand hören würde. Es waren so viele. So viele verschwommene goldene Umrisse, die in der Blase aus Wasser gefangen waren ... und langsam ertranken.

Der Schild fiel Vea aus der Hand. Ro hatte die Augen geschlossen, während Janon mit starrem Blick auf das Geschehen vor ihnen sah. Nika hatte ihr Gesicht abgewandt.

Es war falsch, dass all diese Männer sterben mussten. Aber was hatte Ro für eine Wahl?

Das Gurgeln des Wassers bäumte sich ein letztes Mal zu einem tosenden Rauschen auf, bevor die Flüssigkeit auf die Erde schwappte und die reglosen Soldaten mit sich nahm. Toten Fischen gleich fielen sie zu Boden.

Die Sekunden verstrichen, zogen sich zu Momenten der Ewigkeit, die unheilvoll in der Luft hingen und Vea den Sauerstoff zu rauben schienen ... bis die übriggebliebenen Göttlichen Soldaten einfach über die toten Körper ihrer Kollegen und die schlammige Erde hinweg auf sie zu trampelten.

Ro zog sein Schwert, während er mit der freien Hand Teile des schlammigen Wassers manipulierte, um ein paar der Soldaten zu Fall zu bringen, aber Vea machte sich nichts vor: Er hatte viel Energie verbraucht. Er würde ihnen nicht noch einmal mit seiner geballten Ikanokraft helfen können, er –

„Vea!"

Eine Schulter traf hart die ihre und sie ging zu Boden, nur um zu sehen, wie Sekunden später ein Pfeil an der Stelle einschlug, an der sie gerade noch gestanden hatte. Janon hockte über ihr und nutzte seinen eigenen Schild, um sie zu schützen. Veas Schild lag nutzlos vor ihren Füßen.

„Es sind zu viele", hauchte sie, während neue Schreie die Stille durchschnitten, Metall auf Metall schlug und Janon sie wieder auf die Füße zog. „Die Pfeile –"

„Nein! Nicht er!", hörte sie Nika schreien und konnte sehen, wie ihre Freundin Messer um Messer von ihrem Gürtel zog und nach vorne schleuderte, während silberglänzende Pfeilspitzen neben ihren Füßen in die Erde schlugen.

Vea stand da, und wie in Zeitlupe entfaltete sich das Geschehen vor ihr. Gold mischte sich mit Silber. Schlamm mit Blut. Kampfesschreie mit Schmerzensschreien.

Und sie stand immer noch da. Nutzlos.

Klingen prallten aufeinander, Schilde wurden durchbohrt und Pfeile fanden ihre Ziele.

Und sie stand immer noch da. Unfähig, sich zu bewegen.

Überall, wo ihr Blick hinfiel, stürzten Kämpfer zu Boden. Wurde aufeinander eingehackt. Wurden Pfeile aus blutenden Wunden gezogen.

Was hatte sie nur angerichtet?

„Vea! Nimm deinen Schild, nimm deinen ..." Doch Janons Worte waren wie Nebel, der in ihrem Ohr verpuffte. Sie starrte nach oben auf die Mauer, starrte auf die zwei Pfeile, die auf ihr Gesicht zuflogen, und wusste, dass sie sie treffen würden.

Ihre steifen Glieder verweigerten ihr jede Bewegung, während die glitzernden Spitzen immer weiter auf sie zuflogen. Sie schloss die Augen und wartete auf den Schmerz.

Doch er kam nie.

Stattdessen war es merkwürdig still geworden, und sie spürte, wie Erde auf sie hinabrieselte.

„Zeit, die Bogenschützen zu eliminieren, findet ihr nicht?", knurrte jemand an ihrem Ohr.

Sie riss die Augen auf und starrte auf eine Wand aus Lehm. Ihr Kopf fuhr herum. Sie war eingemauert worden, zusammen mit Janon und ...

„Jeki?!"

„Schön, dich lebendig anzutreffen."

Jeki! Jeki war hier. Aber das musste bedeuten, dass auch Salia –

„Hast dir Zeit gelassen mit der Rettungsaktion, was?", schrie Janon zornig.

Jeki hob nur eine Schulter, seine Miene kalt wie Stein. „Du bist es doch immer, der den Nervenkitzel sucht. Und jetzt heb das Schild deiner Freundin vom Boden, während ich den albernen Angriff aus der Luft beende." Seine Stimme war ruhig. Beängstigend ruhig. Seine Miene gelassen. Nichts von dem, was er sah, schien ihn auch nur im Mindesten zu berühren.

„Aber wir können die Bogenschützen nicht sehen", fuhr Janon ihn an, er war aschfahl geworden, seine Hand um Veas Oberarm geklammert. „Wir –"

„Manchmal hat es seine Vorteile, ein Göttlicher Soldat gewesen zu sein. Man kennt all ihre Verstecke", bemerkte Jeki lieblos lachend, bevor er mit einem fahrigen Schlenker seines Handgelenks die schmale Erdwand um sie herum zu Fall brachte und tief Luft holte.

„Ihr setzt euch besser", murmelte er, und im nächsten Moment ging ein Ruck durch die Erde, der Vea beinahe auf ein Neues das Gleichgewicht gekostet hätte. Janon legte schützend die Arme um sie und zog sie in die Hocke, während eine Erdwelle von Jekis Füßen aus über den Boden rollte und alle noch stehenden Kämpfer zu Fall brachte. Mit einem Knall, der Vea das Trommelfell zu zerreißen drohte, traf die Welle auf die Mauer.

Sand stob zu allen Seiten aus den seit Jahrhunderten aufeinanderliegenden Steinen hervor, die begannen, sich zu bewegen. Eine unsichtbare Last schien sich von oben auf sie zu legen. Sie sackten immer weiter

nach unten, wurden gnadenlos zusammenge-
presst ... bis sie zu weinen begannen.

Rote Tränen liefen den grau-gelben Stein hinab, fanden sich in dunklen Rinnsalen zusammen und malten
Muster an die Wand.

Muster aus Blut.

Die Schützen mussten in der Mauer gelegen haben –
bis Jeki sie zerquetscht hatte.

Übelkeit flutete Veas Magen und sie spürte, wie ihr
die Farbe aus dem Gesicht wich, als sie zu Jeki hoch-
sah, der mit verbissener Miene und abgespreizten
Fingern dastand.

Die Pfeile waren versiegt. Die ersten Krieger sprangen vom zerrütteten Boden auf und suchten ihre Waffen in der aufgerissenen Erde.

Vea starrte Jeki an, der ihren Blick jetzt erwiderte. Er
schien ihr jeden Gedanken vom Gesicht ablesen zu
können.

„Wieso sollte ich Gnade walten lassen, wenn mir
keine gewährt wurde?", murmelte er. „Und jetzt ver-
schwindet vom Schlachtfeld, ihr habt hier nichts zu
suchen."

Mit diesen Worten schritt er nach vorne und ließ
seine Magie walten. Steine fuhren aus dem Boden,
schlugen gegen die Schläfen der Feinde. Stießen auf
Hände, brachen Knochen. Löcher gruben sich in den
Boden, ließen Soldaten hinschlagen.

Und das alles tat Jeki mit den Bewegungen seiner
kleinen Finger – völlig mühelos.

„Komm, Vea", flüsterte Janon, seine Stimme erstickt.
„Er hat recht. Es wird Zeit, zu gehen. Wir können hier
nichts mehr tun."

„Nein, was ist mit Nika?"

„Ro wird auf sie aufpassen. Vea, wir sind ihnen keine Hilfe!"

Er hatte recht, natürlich hatte er recht, nur … „Wo ist Salia?"

„Ich weiß es nicht." Aber Janon schien die Antwort auf diese Frage in diesem Moment auch nicht wichtig. Er zog Vea mit sich, während sie sich über ihre Schultern hinweg umsah. Wo war ihre Schwester? Warum war sie nicht bei Jeki? Er hätte sie nicht allein gelassen, außer …

„Vea, komm jetzt. *Bitte!*" Janons flehentliche Stimme trieb sie voran, während ihre Beine mit jedem Schritt, der sie vom Kampfgeschehen forttrug, schwerer wurden.

Sie hasteten durch den Staub. Nur wenige Menschen standen noch in dem hinteren Bereich der Straße zwischen den Häuserreihen und der Mauer, nur wenige Göttliche Soldaten hatten es bis zu den ersten Bauernhäusern geschafft … nur wenige Tote lagen zu ihren Füßen.

Tränen stiegen in Veas Augen und verschleierten ihr die Sicht.

„Halt den Blick nach oben", befahl ihr Janon und seine Stimme zitterte genauso heftig wie Veas Hände.

Sie wollte seiner Anweisung folgen, wollte nicht mehr sehen müssen, was zu ihren Füßen lag, doch als sie ihr Kinn nach oben reckte, drang ein Geruch an ihre Nase.

Zimt und Staub.

Schweiß lief ihren Nacken hinab und ihre Füße hörten auf, zu laufen.

Zimt.

Staub.

Eisen.

„Es sind alles Lügen."

Ihre Beine gaben unter ihrem Gewicht nach und sie fiel.

Fiel.

Und fiel.

Fiel immer tiefer, umgeben von einem sanften goldenen Schimmer, der ihre Haut wärmte, aber ihr Herz kalt zurückließ.

„Vea ... ihr müsst die Wahrheit erfahren. Du musst mir zuhören. Hör mir ganz genau zu. Es sind alles Lügen. Du darfst nicht vergessen, was ich dir sage. Sie werden versuchen, dich vergessen zu lassen, aber du musst dich dagegen wehren. Du bist so stark. Du wirst es schaffen. Auch ohne mich."

Aber sie war nicht stark.

Salia war stark. Ihre Schwester war schon immer die stärkere von ihnen beiden gewesen. Salia handelte, wenn Vea vor Angst erstarrte. Wäre es Salia gewesen, die ihre Mutter gefunden hätte, hätte sie diese vielleicht noch retten können. Wäre es Salia gewesen ...

Warmes Blut quoll zwischen ihren Fingern hervor. Es pulsierte über ihre Hand und blieb an ihrer Haut kleben.

„Die Götter." *Die Stimme ihrer Mutter war bis zur*

Unkenntlichkeit verzerrt. Ein Gurgeln, das die Panik in Veas Adern zu Eis gefrieren ließ. „Sie spielen mit uns. Es ist alles nicht echt. Nichts ist real. Sie sind keine Einheit. Seit hunderten von Jahren nicht mehr. Sie spielen. Sie treten gegeneinander an. Hörst du mich, Vea?"

Wo war sie? Da war kein Bild. Da war nur goldenes Licht, das Blut zwischen ihren Fingern und ... ein fernes Klopfen.

„Aufmachen!"
Hände griffen nach ihr, zerrten sie mit sich, von ihrer Mutter weg. Doch es war egal. Es war ohnehin alles vergebens. Sie war tot. Schon längst gegangen.
Gold.
Sie war umringt von Gold.

Sie war so müde. Sie wollte aufgeben. Endlich loslassen. Es sollte vorbei sein. Sie hatte genug.

Goldene Gänge, goldene Regale, goldene Roben. Schwarze Gürtel.
Die Götter. Vier Götter.
„Was hat sie dir erzählt?", wollte der Gott wissen, sein Mund sanft, seine violetten Augen härter als Granit. „Wir wollen nur wissen, was sie dir erzählt hat, dann kannst du wieder gehen."
Aber sie wollte es ihnen nicht erzählen. Sie hatte es nicht mal verstanden. Sie wollte nur noch zu ihrer Schwester. Sie wollte in den Arm genommen werden. Sie wollte, dass ihr jemand übers Haar strich und ihr

erzählte, dass alles gut werden würde.

„Hat sie dir hiervon erzählt?"

Da war eine alte goldene Münze. Rund und angelaufen.

„Nein", flüsterte sie. „Nein. Was bedeutet sie?"

„Sie ist unser Gewinn, kleines Kerwin-Mädchen", flüsterte der Gott und seine kühlen Finger strichen über ihre Schläfen.

Vea erzitterte unter der Berührung. Sie hatte Angst. Sie wollte ihren Kopf wegdrehen, doch seine freie Hand hielt ihr Kinn fest.

„Es wird nicht wehtun", versprach er, bevor ein helles goldenes Licht ihren Kopf füllte.

Sie öffnete die Augen, doch sehen tat sie nichts. Sie wusste, dass jemand da war, sie fühlte fremde Hände um ihre Wangen.

„Es ist ein Spiel, Vea. Nur ein Spiel. Ein Spiel, in dem der Mensch allein der Verlierer ist."

Wieder öffnete sie die Augen. Kein Ton drang an ihre Ohren. Aber sie bewegte ihre Lippen trotzdem. „Wo ist Salia? Die Götter ... Ich muss mit Salia sprechen."

❧

Levi konnte den Krieg riechen, bevor er ihn sah. Und er konnte ihn spüren, bevor er ihn roch.

Es war, als hätte der Wind plötzlich gedreht. Er wehte ihnen ins Gesicht und brachte den Geruch von Eisen und den Geschmack von Blut mit sich.

Sie hatten Glück gehabt. Die Göttlichen Soldaten, die sie in den Kreisbergen angegriffen hatten, waren zu Pferd gekommen und hatten ihre Tiere am Waldrand zurückgelassen. So waren Nym und er nicht durch den asavezischen Laubwald gegangen, sondern darum herumgeritten.

Es war trotzdem bereits tiefe Nacht, als sie die Jeferabrücke überquerten und die Bistayischen Mauern gemeinsam mit dem Rauch und Staub, der aus ihnen hervorkroch, in Sicht kamen. Weiße Zelte, die wie Sterne in der Dunkelheit aufleuchteten, waren um das Ende der Brücke herum aufgeschlagen worden. Asavezische Zelte.

Levi runzelte die Stirn und trieb sein Pferd an. Die Asavezische Armee musste längst angegriffen haben. Aber wo genau? Hielt der Kampf an? Warum waren dann so viele der Zelte erleuchtet? Levi hasste es, dass er nicht wusste, was vor sich ging. Ebenso wie er es hasste, dass die Angst, Vea nicht mehr retten zu können, in den letzten Stunden sein stetiger Begleiter gewesen war.

Denn wenn Jaan Vea hatte töten wollen ... dann war die Chance, dass sie tatsächlich starb, hoch. Viel zu hoch. Jaan mochte nicht der gewesen sein, für den Levi ihn gehalten hatte. Doch er blieb der beste Soldat, den Levi je gekannt hatte. Er hatte noch jeden Auftrag erfüllt, den Provo ihm erteilt hatte – und in diesem Moment war Levi einfach nur froh, dass er Liri sicher bei Naha in Oyitis wusste.

Jaans aschfahles Gesicht und seine blutigen Hände hatten ihn bis in seine Träume verfolgt. Er hatte es bis vor ein paar Tagen nicht gewusst, aber er hatte Jaan immer für einen Freund gehalten. Jemandem, dem er vertrauen konnte.

Er schloss die Augen und atmete tief durch.

Es war egal. Jaan lebte nicht mehr; und es kam Levi richtig vor, dass er durch seine eigene Schneide den Tod gefunden hatte. Denn er selbst wäre nicht dazu in der Lage gewesen, ihn zu töten.

Levi schüttelte den Kopf und somit den Gedanken ab, bevor er seinem Rappen wieder die Fersen in die Seiten drückte, damit er zu Nym aufschloss, die ein paar Meter vor ihm her ritt, das Glas mit den Sifunas fest mit einer Hand umklammert. Sie hatte es seit dem Morgengrauen nicht mehr losgelassen.

Sie war den ganzen Tag über merkwürdig still gewesen. In Gedanken versunken. Es war ohnehin schwierig, im Galopp miteinander Konversation zu betreiben, aber Levi ließ das Gefühl nicht los, dass Nyms Schweigen nicht allein mit der Sorge um Vea in Zusammenhang stand.

„Das sind asavezische Zelte", murmelte er, als Nym ihn neben sich bemerkte und den Kopf hob. „Wir sollten fragen, was los ist, vielleicht ein paar Stunden rast–"

„Levi, ich glaube, ich kenne es", unterbrach Nym ihn. Sie runzelte die Stirn und sah aus, als hätte sie nicht eines der aus seinem Mund gekommenen Worte gehört.

Irritiert zog er die Zügel fester an, damit sein Pferd langsamer schritt. „Was?"

„Ich war mir noch nicht sicher und wollte erst in Ruhe nachdenken, bevor ich mit dir darüber rede. Ich bin auf dem Weg hierher jedes Treffen mit Api, Thaka,

Valera und Provo in Gedanken durchgegangen ... und ich glaube, ich kenne es jetzt."

„Was?", wiederholte Levi. „Was kennst du?"

„Das Geheimnis der Götter."

Er fiel beinahe seitlich aus dem Sattel. „*Was?*"

Ihre Mundwinkel zuckten müde nach oben, und Levi fieberte dem Tag entgegen, an dem sie wieder mit dem ganzen Gesicht lächeln würde, sodass es einem durch Mark und Bein fuhr.

„Ja", sagte sie langsam, während ihr Blick zum Horizont schweifte. „Ich habe wieder eine von Apis Erinnerungen gesehen und ... da kam es mir."

Levi konnte nicht fassen, dass sie immer noch darüber redete, *wie* sie auf die Lösung gekommen war. Und wenn sie es aus einer Wolkenformation abgelesen hätte, es war ihm egal!

„Nun sag schon: Was ist es?", fragte er ungeduldig und konnte nicht verhindern, dass seine Stimme lauter wurde.

„Ich glaube, sie haben bei *allem* gelogen, Levi", flüsterte sie.

„Selbst bei –"

„Hey!", rief eine schneidende Stimme, und Levi zuckte zusammen. Sie hatten das Ende der Brücke erreicht, das von zwei Soldaten in silberner Rüstung bewacht wurde, die nun misstrauisch zu ihnen hinaufsahen. „Wer seid ihr und was wollt ihr hier?"

Levi schnaubte und verdrehte die Augen. Jetzt wurde er schon von seinem eigenen Volk nicht wiedererkannt. „Wir hören noch ganz gut, danke", sagte er trocken. „Wir sind durchaus dazu in der Lage, euch zu verstehen, auch wenn ihr in normaler Lautstärke redet."

Der Soldat, der gesprochen hatte, schien nicht emp-
fänglich für Levis Verhaltenstipps. „Keiner darf die
Jeferabrücke mehr überqueren, wir befinden uns im
Kriegsgebiet und –"

Levi verlor die Geduld. „Wenn du jetzt nicht sofort
die Klappe hältst, wehe ich dich in den Appo."

Der Soldat öffnete zornig den Mund – und Levi hielt
sein Versprechen. Er zuckte mit zwei Fingern, und im
nächsten Moment kippte der Soldat hinten über. Nun,
er fiel nur in den schlammigen Bereich des Ufers,
nicht ins Wasser, aber Levi hatte ihn ja schließlich
auch nicht umbringen wollen. Glaubte er.

„Was ist mit dir?", fragte er an den zweiten Soldaten
gewandt. „Weißt du es besser, als mir unsinnige Fragen zu stellen?"

Der Mann presste die Lippen so fest aufeinander,
dass sie weiß hervortraten, und nickte hastig.

„Schön", sagte Levi grimmig. „Also, hättest du die Güte, uns einen Lagebericht zu geben? Ist der erste
Kampf vorbei?"

„Seit einigen Stunden", bestätigte der Soldat, dessen
Blick immer wieder zwischen Levi und Nym und dem
Glas voller Schmetterlinge in ihrem Schoß hin- und
herschwenkte. Nym hatte während Levis Konversation mit dem unhöflichen Soldaten weiter den Horizont
angestarrt, doch jetzt, da es um den Krieg ging, lag ihre Aufmerksamkeit auf dem Informanten. „Was ist
passiert?", wollte sie wissen, ihre Stimme kaum ein
Flüstern.

Levi wusste, was sie dachte.

Was ist passiert ... in diesem sinnlosen Krieg der Göt-

ter?

„Wir haben erfolgreich die Tore zwischen der Fünften und Sechsten Mauer blockiert", berichtete der Soldat nicht ohne Stolz in seiner Stimme. So als solle Levi ihm einen Keks dafür geben, dass er seine Aufgaben ordentlich erledigt hatte.

„Und?", fragte Levi ungeduldig. „Warum habt ihr eure Zelte hier aufgeschlagen? Was ist der weitere Plan?"

„Nun, wir wollen die Stellung halten, die restlichen Göttlichen Soldaten aus den äußeren Mauern eliminieren, Unschuldige nach Asavez schicken und dann in die inneren Mauern vordringen."

„Das ist ja eine schöne Aufzählung von Offensichtlichkeiten, aber ich bräuchte ein paar Einzelheiten", knurrte Levi. „Zum Beispiel wie genau ihr in die inneren Mauern vordringen wollt. Wie viele Zivilisten ihr dabei zu töten plant ... und warum ihr euer Lager hier errichtet habt und nicht in der Sechsten Mauer, innerhalb welcher die Menschen euren Schutz und eure Versorgung bedürfen!"

Der Soldat kratzte sich peinlich berührt im Nacken.

Meine Güte, wie hatten sie mit solchen Männern nur die erste Schlacht für sich entscheiden können?!

„Ich weiß auch nicht genau, ich habe die Anweisung von unserem Ersten Offizier erhalten. Er fürchtet, dass die Göttliche Garde versuchen wird, das Osttor aufzubrechen, um das Feld von hinten aufzuräumen. Deswegen sollen wir hier Stellung beziehen und darauf achten, dass wir nicht vom Tor aus überfallen werden. Eigentlich wollten wir die Garde aushungern, aber die Pläne wurden geändert. Provo möchte bereits im Morgengrauen angreifen, solange die Garde nicht damit rechnet, und –"

„Provo?" Nyms Kopf fuhr in die Höhe, und der Hass, der auf einmal aus ihrer Miene triefte, musste selbst dem unaufmerksamen Mann der Asavezischen Garde auffallen. Doch der war zu sehr damit beschäftigt, seinen Kollegen dabei zu beobachten, wie dieser versuchte, sich aus dem dicken Morast des Ufers aufzurappeln.

„Ja, Provo", murmelte der Soldat abwesend.

„Er ist hier?" Nyms Stimme war nur noch ein Knurren, und Levi warf ihr einen warnenden Blick zu.

Alle Bürger Asavez hielten Provo für den Visionär, der Bistaye und Asavez endlich vereinen würde. Niemand hatte eine Ahnung von irgendetwas – und jetzt war nicht der richtige Zeitpunkt, das zu ändern.

„Nicht hier im Lager", meinte der Soldat und räusperte sich. „Aber in Bistaye. Wieso?" Misstrauisch verengte er die Augen. „Wollt ihr zu ihm?

„Ja!", rief Nym.

„Nein", sagte Levi mit fester Stimme.

„Levi!", fuhr Nym ihn an. „Wir –"

„Nein", wiederholte er mit Nachdruck. Er wusste, dass Nym blind vor Hass war. Wusste, dass sie ihre Nägel in Provos Gesicht schlagen wollte, und ja, er war dem Bild nicht abgeneigt, aber sie durften jetzt nicht den Kopf verlieren. Sie durften sich nicht verraten. Die Tatsache, dass Provo keine Ahnung hatte, wie viel sie wussten, und dass sie bereits hier waren, waren ihre einzigen Vorteile. Auch wenn Nym meinte, das Geheimnis der Götter zu kennen ... sie mussten vorsichtig vorgehen. Sie durften nicht alles, was sie in den letzten Tagen herausgefunden hatten, einfach so hinausposaunen.

Nyms Pferd wurde unruhig, vielleicht weil ihre Beine drohten, gleich in Flammen aufzugehen. „Levi", zischte sie. „Wenn er hier ist, dann –"

„Denk an deine Schwester, Nym. Denk an Vea", erinnerte er sie leise. „Provo kann warten."

Nym atmete zitternd aus, öffnete den Mund …

„Danke, mehr müssen wir nicht wissen", schnitt ihr Levi die unausgesprochenen Worte ab und nickte dem Soldaten zu, dessen Blick skeptisch auf Nyms glühendem Gesicht lag. Bevor Nym noch etwas sagen konnte, packte Levi die Zügel, die ihr aus der Hand gerutscht waren, und dirigierte ihre Pferde am Soldaten vorbei in die Zeltstadt hinein.

„Beruhige dich, Nym", flüsterte er. „Je weniger Leute wissen, dass wir hier sind, desto besser. Und du hast mir immer noch nicht gesagt, was das Geheimnis der –"

„Er ist hier!", zischte Nym und ihre Hände begannen zu glühen, sodass sie sie hastig von dem empfindlichen Glas in ihrem Schoß wegzog. „Er ist es, der Jaan angewiesen hat, Vea umzubringen. Er ist es, der *uns* töten lassen wollte! Er hat zusammen mit den Göttern den Krieg angezettelt, er trägt die Schuld am Tod tausender unschuldiger Menschen. Er ist ein *Gott!*"

„Denkst du, das weiß ich nicht?", fragte Levi ruhig, schwang sein Bein über den Sattel und rutschte vom Rücken seines Pferdes. „Ich weiß das alles, Nym. Ich war es, der den Krieg für ihn vorbereitet hat – aber unsere Rache wird warten müssen."

„*Warum?*" Nym sprang von ihrem Pferd, ließ das Schmetterlingsglas in eine Satteltasche gleiten und funkelte Levi wütend an. „Wir könnten jetzt sofort allen erzählen, wer er ist. Wir könnten allen verraten, was für einen perfiden Plan er verfolgt. Wir könnten es beenden! Wir könnten die Soldaten daran hindern, weiterzukämpfen. Oder wir könnten zur Göttlichen Garde gehen, wir –"

„Nein, das können wir nicht." Levi schüttelte den Kopf und umfasste Nyms erhitztes Gesicht mit beiden Händen. „Sie werden uns nicht glauben, Nym", flüsterte er eindringlich. „Bei den verfluchten Göttern, selbst *ich* kann es kaum glauben. Niemand wird uns zuhören – weil niemand die Wahrheit wissen will. Weil die Wahrheit dreckig und hässlich und grausam ist. Sie alle hier: Sie werden nicht zuhören, weil es einfacher ist, dumm zu bleiben. Und die Göttliche Garde? Glaubst du wirklich, dass sie uns nur ein Wort hervorbringen lassen wird? Die Göttlichen Soldaten vertrauen den Göttern schon zu lange. Und ganz ehrlich: Unsere Geschichte klingt nicht gerade glaubwürdig. Wir haben das Kreisvolk besucht und kennen jetzt die Wahrheit? Wäre ich nicht dabei gewesen, würde ich uns für verrückt erklären."

Tränen des Zorns liefen Nyms Wangen hinab, und Levi fing jede einzelne mit seinen Daumen auf. „Aber wir müssen doch etwas tun können."

„Und das werden wir. Ich sage nicht, dass wir nicht handeln werden. Ich sage nur, dass wir vorsichtig vorgehen müssen. Wir werden die Götter töten, und sobald sie alle gefallen sind, wird man uns Gehör schenken."

Levi konnte sehen, wie sich Nyms Schneidezähne in ihre Oberlippe schlugen, konnte spüren, wie ihr Gesicht heiß wurde, die Flammen bereit, unter ihrer Haut hervorzubrechen – doch sie nickte nur, ihr Blick starr. „In Ordnung. Dann lass uns weiterreiten. Vea wird in der Sechsten Mauer sein und bis zum Südtor ist es noch ein weiter Weg."

„Wir sollten uns kurz ausruhen."

Sofort verengten sich Nyms Augen. „Nein! Uns läuft die Zeit davon, Levi. Vielleicht ist Vea schon ... vielleicht ist sie –"

„Du bist erschöpft, Nym. Ich bin erschöpft. Wir werden kurz rasten und etwas essen und dann wieder aufbrechen. Du kannst Vea nicht helfen, wenn du vor Erschöpfung vom Pferd fällst."

Nym starrte ihn an. Ihre Augen glänzten noch immer von ihren Tränen. Ihre Hände waren zu Fäusten geballt. „Ich hasse es, wenn du recht hast."

„Ich weiß. Und es tut mir leid, dass ich in letzter Zeit so oft recht habe."

Nym lächelte nicht. Sie sah ihn lediglich bittend an, so als hoffe sie, er habe die Lösungen zu all ihren Problemen unter seinem Mantel versteckt. Levis Herz wurde schwer.

Es war das erste Mal, dass er zu den Göttern betete. Nicht zu den Göttern Bistayes. Zu irgendwelchen anderen Göttern. Er betete zu den Mächten, die sich hinter der Sakre-Wüste verbargen. Betete zu den Mächten, die hinter den Kreisbergen schlummerten. Betete, dass es Vea gut ging. Dass sie sie retten konnten.

Denn er würde es nicht ertragen, Nym so leiden zu sehen.

Kapitel 17

„Du sagst das so, als sei es eine Schwäche, menschlich zu sein", sagte Valera trotzig, und Karu konnte sehen, wie sie die Arme vor dem Körper verschränkte.
„Es ist eine Schwäche!" Thaka lachte laut auf. „Sind dir die Menschen etwa ans Herz gewachsen, meine Liebe? Willst du ihnen die Chance geben, ihre Möglichkeiten zu entfalten?"
„Hüte deine Zunge, Thaka!" Valeras Stimme war gefährlich leise geworden. „Du wirst beleidigend."

Er fühlte nichts.

Er sah die Tränen auf dem Gesicht seines Bruders.

Er fühlte nichts.

Er sah die bleichen Gesichter des Ikanos des Wassers und seiner Freundin.

Er fühlte nichts.

Er sah zu Salias Schwester, die bewegungslos auf der weichen Matratze am Boden lag und deren schweißnasses Haar ihr an Hals und Gesicht klebte.

Und er fühlte nichts.

Wann hatte er verlernt zu fühlen?

Vielleicht, als Fühlen unerträglich geworden war.

Vielleicht in den Kreisbergen, als er ins Tal geblickt und nichts als Rot gesehen hatte. Vielleicht, als er verstanden hatte, dass es vorbei war. Dass es kein beruhigendes Früher, kein lohnenswertes Jetzt, kein wärmendes Später für ihn gab.

„Wir müssen doch irgendetwas tun können!" Die Stimme der Messerwerferin brach. „Sie ist immer noch nicht aufgewacht und ihre Stirn brennt. Sie muss etwas trinken."

Jeki sah auf Veas vertrocknete Lippen, auf ihre angespannte Miene, die Salzspuren, die ihre Wangen zierten, auf ihre Fäuste, die die Laken umklammert hielten. Sie sah nicht aus, als hätte sie Schmerzen. Sie sah aus, als würde sie schreckliche Dinge sehen. Als würden Albträume sie verfolgen.

Sie sah aus wie Salia, die vor ihren Erinnerungen davonrannte.

Sein Herz zog sich zusammen.

Vielleicht fühlte er ja doch noch etwas. Vielleicht fühlte er so viel, dass sein Körper einfach nicht mehr dazu in der Lage war, seine Emotionen zu verarbeiten.

Er wusste es nicht.

Er wusste so viel nicht. Er konnte nicht sagen, wie viele Soldaten er heute getötet hatte. Wie viel Blut er sich von den Händen gewischt hatte. Wie viele Tore er versiegelt hatte. Wie viele Rufe nach ihm er ignoriert hatte. Er wusste nicht, wann er das letzte Mal geschlafen hatte. Er wusste nicht, wie lange sie schon in diesem verwahrlosten Bauernhaus standen, unfähig, Vea zu helfen.

Er wusste nur, dass die Götter leiden würden. So wie er litt.

„Salia?"

Alle schreckten auf und Janon fiel abrupt neben Vea auf die Knie. Seine Hand zitterte, als er über Veas klamme Stirn strich und ihr die feuchten Haare von der Haut wischte.

„Vea", flüsterte er. „Wach auf. Bitte ... bitte ..."

„Salia", hauchte sie und ihre Augenlider flatterten, öffneten sich jedoch nicht. „Wo ist Salia? Ich muss mit ihr reden. Ich ... brauche ... wo ... Salia ..."

Janons Kopf fuhr zu ihm herum. „Wo ist sie?", wollte er wissen. Jedes Wort ein Flehen. „Wo ist sie, Jeki?"

Er öffnete den Mund – doch es kamen keine Worte heraus. Denn wenn er es aussprach ...

„Jeki!" Janon sprang auf die Füße und war nach zwei langen Schritten bei ihm. „Jeki, verdammt, was ist los mit dir? *Wo ist sie?*" Die Hände seines Bruders gruben sich in seine Schultern und schüttelten ihn. „Jeki! Rede mit mir."

„Sie ist nicht hier." Seine Stimme war so leise, dass er sie selbst kaum verstand. „Ich bin gegangen, sie ... sie haben das Kreisvolk gefunden. Ich weiß nicht, wo sie jetzt ist."

„Sie haben das Kreisvolk gefunden?!" Ro starrte ihn mit offenem Mund an, doch Janon interessierte sich nicht dafür.

„Du hast sie alleine gelassen?", schrie er ihn an.

Mit einem Ruck riss Jeki sich aus dem Griff seines Bruders. „Du weißt überhaupt nichts, Janon", sagte er kalt. „Ich habe sie nicht einfach alleine gelassen. Ich *musste* gehen."

„Du *musstest* in deinem Leben noch nichts!", fuhr Janon ihn an. „Wenn du gegangen bist, dann weil du es wolltest."

Nein.

„Vea braucht Salia", zischte Janon. „Und sie wird sie

verdammt noch mal bekommen!"

Sein kleiner Bruder zitterte am ganzen Körper, und es war das erste Mal, dass Jeki Angst vor ihm bekam.

Er liebte Vea. Er würde alles für sie tun. Jeki kannte das Gefühl.

„Wann kommt sie her?", wollte Janon wissen. „Wie weit ist es bis in die Kreisberge? Wie lange hatten sie vor, zu bleiben?"

„Ich weiß es nicht", sagte Jeki ehrlich und sein Blick glitt zu Nika und Ro, die ihn mit offenen Mündern ansahen. „Sie wollten bleiben, bis sie das Geheimnis der Götter gelüftet haben. Bis sie wissen, wie man sie vernichtet."

Die Augen der Messerwerferin wurden groß. „Es gibt wirklich eine Möglichkeit, die Götter zu töten?"

Jeki nickte, denn er hoffte es. Einen Gott zu töten, kam ihm derzeit wie die Lösung all seiner Probleme vor.

„Vea hörst du das?" Nika ließ sich neben ihre Freundin sinken und umfasste ihre Hand. „Salia wird die Götter vernichten. Das alles hier wird ein Ende haben. Wir werden nach Bistaye gehen. Wir werden Schnee sehen. Vea, bitte ... Du musst nur noch ein bisschen durchhalten. Bitte ... dann wird alles gut."

Jeki senkte den Blick und betrachtete die staubigen Holzdielen unter seinen Füßen. Ihm war nicht klar, ob Nikana es wusste, doch sie belog ihre beste Freundin.

Nichts würde wieder gut werden.

Wie sollte es?

᠀

Der für Bistaye ungewöhnlich kalte Wind, der Nym entgegenblies, verfing sich in ihrer Kleidung und biss in ihre Haut. Es war, als würde das Wetter das hereinbrechende Unheil spüren und widerspiegeln. Nym konnte ihre verkrampften Finger um das Schmetterlingsglas nicht mehr spüren, deshalb sandte sie etwas Wärme in sie.

Ihr Blick lag zu ihrer Rechten, während Levi nach links sah.

Ein rotes Bauernhaus. Sie suchten ein rotes Bauernhaus nicht weit entfernt vom südlichen Tor. Doch es war dunkel, und die flackernden Schatten, die das Feuer aus ihrer Hand auf den sandigen Boden warf, spielten Nym einen Streich nach dem anderen.

Die drei Sifunas flatterten müde gegen die Wände ihres gläsernen Käfigs, und Nym trieb ihr Pferd an. Vea brauchte den heilenden Flügelschlag der Schmetterlinge. Sie waren ihre einzige Chance.

„Nym, dort." Levis Stimme ließ sie ihren Kopf herumreißen, und ihr Blick folgte seinem ausgestreckten Arm zu einem heruntergekommenen Gebäude.

Sie hatten nicht nach Vea gefragt, sondern Ro beschrieben – niemandem wäre ein einfaches Mädchen aufgefallen. Dagegen hatten die Soldaten am südlichen Tor sich sofort an den Ikano des Wassers erinnert, und jetzt konnte Nym nur hoffen, dass Vea bei ihm war. Dass sie noch …

Sie brach den Gedanken ab, zog heftig an ihren Zügeln und sprang vom Pferd, noch bevor es zum Stehen gekommen war. Kaum wahrnehmend, dass Levi es ihr gleichtat, stürzte sie auf die Tür des abbruchreifen Hauses mit der abblätternden roten Farbe zu. Sie machte sich nicht die Mühe, anzuklopfen, und die Tür war nicht verschlossen.

Das Holz krachte gegen die dahinterliegende Wand und augenblicklich richteten sich vier Augenpaare auf sie.

Ros. Nikanas. Janons ... und Jekis.

Ihr Herz sprang in ihre Luftröhre, als ihr Blick zu ihrem ehemaligen Verlobten flackerte, der steinern zurücksah. Erleichterung durchströmte sie, doch sie erreichte ihre bleiernen Lungen nicht. Ihm ging es gut. Er hatte keine Dummheiten gemacht, jetzt musste nur noch Vea –

„Salia." Janon stürzte augenblicklich auf Nym zu, und die Verzweiflung, die sie in seiner Miene fand, presste einen neuen Schwall Kälte durch ihre Adern. „Sie bewegt sich nicht mehr. Seit Stunden. Sie atmet kaum noch und alles, was sie sagt, ist dein Name, sie –"

„Wo ist sie?", unterbrach Nym ihn und hielt fahrig ihre brennende Hand über den Kopf, um Licht in den fast vollkommen verdunkelten Raum zu werfen. Sie brauchte nicht lange zu suchen.

Vea, deren blutverschmierte und sandverkrustete Kleidung an ihrem Körper klebte, lag auf einer schmutzigen Matratze auf der anderen Seite des Raumes. Sie bewegte sich nicht. Totenstill lag sie auf dem Rücken. Die Augen geschlossen. Die Fingernägel in den weichen Stoff unter ihr gekrallt.

Kalte Angst sammelte sich in Nyms Magen und ihre Hände zitterten so heftig, dass das Glas, das sie hielten, zu Boden zu fallen drohte.

„Vea", flüsterte sie und ihre Augen fingen an zu

brennen, während sie hastig die letzten Meter bis zu ihrer Schwester überwand und sich vor ihr auf die Knie fallen ließ. „Vea", wiederholte sie leise. „Ich bin hier. Es wird alles gut."

Sie starrte in das schweißnasse Gesicht ihrer kleinen Schwester, auf die fahle Haut, auf die dunklen Schatten unter ihren Augen und griff nach dem Schmetterlingsglas.

Der Sifunas hatte heilende Kräfte, er würde ihr helfen.

Doch ihre Hände zitterten so stark, dass sie den Deckel nicht geöffnet bekam. Sie spürte den heftigen Schlag ihres Herzens dröhnend in ihren Schläfen, und der Druck, den ihr pochendes Blut auf ihre Augen ausübte, ließ Veas Umrisse verschwimmen.

„Du wirst Asavez lieben, Vea", flüsterte sie, als sich der Deckel endlich bewegte. „Es ist kalt dort. So wunderbar kalt. Es gibt so viel Wasser. Grüne Bäume und Wiesen. Und keine Mauern. Kein Stein. Keine Grenzen. Papa hat aufgehört zu trinken. Er wartet auf dich. Du musst nur noch eine kleine Weile stark sein, hörst du? Dann wird alles wieder gut."

Veas Augenlider flatterten und ihre Lippen bebten.

Nym schluckte, wollte den Deckel heben ... doch da tastete eine Hand nach ihrer und zog sie vom Glas weg.

„Salia."

Beim Klang ihres alten Namens zuckte sie zusammen.

„Salia." Veas Stimme war so dünn, dass sich Nym weit zu ihrer Schwester hinunterbeugen musste, um sie zu verstehen. Sie umklammerte Veas kalte Hand mit den ihren und ließ sie heiß werden. Wollte ihr etwas von ihrer Wärme abgeben – doch Veas Haut wollte sie nicht nehmen.

„Salia", wiederholte sie leise. „Es ist alles nur ein Spiel. Die Götter spielen nur."

„Hör auf zu reden, Vea", bat sie, und die erste Träne rann ihre Wange hinab. Sie sah so schwach aus. So anders als das starke Mädchen, das sie zurückgelassen hatte. Das Mädchen, das die Welt mit ihren eigenen Händen hatte verändern wollen. „Du musst nichts sagen. Ich kann dir helfen ... lass mich dir einfach helfen ..."

Wieder wollte sie das Schmetterlingsglas nehmen, doch jetzt umklammerte Vea ihre Hand so fest, dass es wehtat.

„Ich werde gehen, Salia."

„Nein. Nein, das wirst du nicht", widersprach Nym, ihre Stimme ein Flehen. „Du musst nur noch kurz durchhalten, ich kann dir helfen, ich ..."

„Nein, das kannst du nicht." Wieder flatterten Veas Lider und diesmal öffnete sie ihre Augen. „Es ist nicht mehr deine Aufgabe, mir zu helfen. Es ist okay, Salia. Lass mich es sein, die dir hilft." Tränen sammelten sich in Veas grün-braunen Augen und flossen seitlich ihr Gesicht hinab. „Du musst mir zuhören. Die Götter spielen nur. Wir sind nur die Spielfiguren auf ihrem Kriegsbrett. Es geht um eine Münze. Um die goldene Münze. Sie haben gewettet, Salia. Sie haben sich gelangweilt und darum gewettet, welches Land als das Stärkere hervorgehen würde. Es ist nur ein Spiel. Ihnen ist der Krieg, unser aller Schicksal egal. Es ist ein Spiel, das nach eintausend Jahren wieder von vorne beginnen wird. Wieder und wieder. Bitte, hindere sie daran. Lass sie nicht gewinnen. Lass keinen von ihnen gewinnen."

Nym hörte die Worte.

Sie verstand die Worte.

Doch sie waren ihr egal.

Was kümmerten sie die Götter? Sie würde für alle Ewigkeit eine Figur auf ihrem Spielbrett sein, wenn das nur bedeutete, dass Vea endlich aufhörte, zu zittern. Wenn nur endlich wieder Farbe in ihr Gesicht glitt.

„Ich weiß, wie ich sie töten kann, Vea", flüsterte sie. „Ich weiß, wie ich das alles beenden kann. Du brauchst dir keine Sorgen zu machen – also lass mich dir einfach helfen. Bitte. Lass mich dir helfen. Kämpfe. Du musst Asavez sehen. Du kannst dir endlich deinen Traum erfüllen. Du kannst endlich das tun, was du immer wolltest, du –"

„Alles, was ich je wollte, ist hier, Salia", flüsterte Vea. „Du bist hier. Janon ist hier. Nika ist hier. Ich habe eine Familie. Mehr wollte ich nie. Mein Zuhause ist bei euch."

„Das ist es", sagte Nym nickend, und die Tränen, die in ihre Augen stiegen, verschleierten ihre Sicht. „Und das wird es für immer sein."

„Ich weiß. Deswegen fällt es mir auch nicht schwer, loszulassen", flüsterte Vea und ihre Augen fielen zu.

„Nein. Nein. Nicht loslassen." Hastig ließ Nym Veas Hand los und öffnete das Schmetterlingsglas. „Vea, bleib bei mir! Dieb bleibt Dieb. Soldat bleibt Soldat …" Ihre Tränen fielen auf das gläserne Gefäß und liefen an seiner glatten Oberfläche hinab. „Schwester bleibt

Schwester."

„Schwester bleibt Schwester", wiederholte Vea schwach, bevor sie bat: „Kannst du für mich singen?" Ihre Stimme wurde von der kühlen Luft, die durch Löcher und Ritzen in den Wänden drang, davongetragen. „Ein letztes Mal."

„Es wird nicht das letzte Mal sein", widersprach Nym und schüttelte mit zugeschnürter Kehle den Kopf.

„Doch das wird es", korrigierte Vea sie. Und sie lächelte. „Außerdem singst du furchtbar. Aber ich liebe das Lied trotzdem. Sowie ich dich liebe. Du bist ein guter Mensch, Salia."

Nym presste die Lippen aufeinander und schüttelte den Kopf. Schüttelte immer wieder den Kopf, während sie das Sifunas-Glas umkippte und darauf wartete, dass die Tiere endlich daraus hervorflogen. Doch sie klebten am Glas, flatterten müde mit ihren Flügeln und rutschten die glatte Oberfläche hinab.

Bitte, flehte Nym stumm. *Bitte, fliegt. Helft ihr.*

Sie schüttelte das Glas und die Schmetterlinge fielen auf Veas Bauch. Doch sie flogen nicht.

Nyms Augen und ihr Herz brannten so heftig, dass sie nichts sehen und kaum noch atmen konnte. Und dennoch fing sie an zu singen. Weil Vea es sich wünschte. Weil sie sich nicht anders zu helfen wusste. Weil sie irgendetwas tun musste.

Ihre Stimme war hoch und dünn und die salzigen Tränen, die ihr Gesicht heruntertropften, benetzten ihre Lippen. Doch sie sang. Strophe für Strophe.

„Wenn der Mond sich mit der Sonne trifft
und das Licht sich am Horizont bricht,

358

dann sieh du nur ganz genau hin
und du weißt, wo ich bin."

Die Schmetterlinge auf Veas Bauch fingen an, sich zu bewegen. Sie schwangen ihre müden Flügel und glitten über Veas Körper hinweg.

„Wenn die Sterne um die Wette strahlen
und den Nachthimmel mit Gold bemalen,
so erinnere dich, Jahr für Jahr:
Egal was passiert, ich bin für dich da."

Die Schmetterlinge kreisten über Veas Gesicht. Ihre Flügel strichen über ihre blasse Haut. Einige flogen davon, andere verweilten.

Nym starrte auf Veas Gesicht. Es war vollkommen friedlich. Die Augen geschlossen, der Mund leicht geöffnet.

Und Nym wartete.

Wartete darauf, dass etwas passierte, während der letzte Schmetterling mit dem Flügel Muster auf Veas Wange malte, in die Lüfte stieg und in der Dunkelheit verschwand.

Es war totenstill im Raum. Die Stille drückte auf Nyms Ohren, während sie auf Veas Brust starrte ... die aufgehört hatte, sich zu heben und zu senken.

„Nein ..."

Sie tastete nach der Hand ihrer kleinen Schwester.

Sie war eiskalt.

„Nein."

Nyms Hände glitten über Veas Bauch und legten sich auf ihr Herz. Sie konnte es schwach schlagen spüren.

Konnte das unregelmäßige Pochen spüren, das gegen ihre Finger aufbegehrte ... langsamer wurde ... träge wurde ... müde wurde ... und verstummte.

Nym konnte nicht atmen.

Sie versuchte Luft in ihre Lungen zu ziehen, doch ihr Körper stieß den Sauerstoff von sich, als würde sie Asche inhalieren. Sie hielt immer noch Veas eiskalte Hand, die erbarmungslos jede Wärme aus ihrem Körper zog, als die Realität über ihr zusammenbrach wie eine Welle, die sie zu ersticken drohte.

Der Sifunas hatte Vea nicht geheilt. Er hatte sie nicht retten können. Denn der Sifunas war nur ein Schmetterling.

Eine weitere erfundene Geschichte der Götter.

Ihre Hand fing an zu zittern und ihr ganzer Körper folgte. Sie starrte in Veas friedliches Gesicht und ein Schluchzen fuhr durch ihren Körper.

Es konnte nicht wahr sein.

Es durfte einfach nicht wahr sein. Vea war der bessere Mensch. Sie war schon immer der bessere Mensch von ihnen beiden gewesen. Sie war ... sie war ...

„Nein! NEIN!" Jemand fiel neben ihr auf die Knie und fing an, an Veas Schultern zu rütteln. Doch Nym nahm nicht wahr, wer es war. Sie hörte Stimmen, hörte Schritte, fühlte Hände um ihr Gesicht, doch gleichzeitig spürte sie ... nichts.

Es war, als würde das alles in weiter Ferne passieren.

Es war auch egal.

Alles war egal.

Sie hatte eine Aufgabe gehabt. Sie hatte Vea schützen sollen. Sie hatte ihre kleine Schwester schützen sollen. Und sie hatte versagt.

Heiße Tränen flossen unkontrolliert ihre Wangen hinab und die Schmerzen kamen in Wellen. Wie Eis, das immer wieder schmolz, ihr Herz umschloss, gefror und seine kalten Splitter zurückließ.

Sie wusste nicht, wie lange sie dasaß. Die Augen geschlossen. Die Stimmen und die Schluchzer um sich herum ausblendend. Veas kalte Hand noch immer in ihrer. Aus Angst, sie erneut zu verlieren, wenn sie sie losließ.

Lass sie nicht gewinnen. Lass keinen von ihnen gewinnen.

Die Stimme war ein Flüstern, das sich in ihrem Kopf wiederholte. Eine stumme Bitte.

Nym öffnete ihre Augen und hörte auf zu weinen. Sie atmete ein letztes Mal zitternd ein, wischte sich die letzte Träne von der Wange – und wurde still.

Gefasst.

Kalt.

Es wurde Zeit.

Sie stand auf.

Es war genug.

Die Götter wollten Krieg? Sie bekamen ihren Krieg.

Nym würde eine Spur aus Asche hinterlassen. Denn das war es, was passierte, wenn Götter nicht darüber nachdachten, wen sie sich zu ihren Feinden machten. Sie wurden zerstört.

Einer nach dem anderen.

Sie wandte Vea den Rücken zu, konnte sie nicht noch einmal ansehen, und ließ eine zischende Feuerkugel in ihrer Hand aufglühen. Sie konnte ihr eigenes flackerndes Spiegelbild in den Flammen erkennen und ließ die Kugel kaum merklich vor Hitze anschwellen, sodass sie in der Mitte anfing, bläulich zu glühen.

Sie konnte Levis Körperwärme spüren. Er stand nah hinter ihr, doch er berührte sie nicht. Sie wollte keinen Trost. Und Levi wusste das. Er wusste immer, was sie brauchte. Sie betrachtete Ro, der vor ihr stand, sein Gesicht eine stumme Grimasse der Verzweiflung. Und dann sah sie zu Jeki. Sie erkannte sich selbst in seinen Zügen wider. Erkannte den Hass. Die Wut. Den Drang, zu handeln.

„Lasst uns gehen", flüsterte sie und zog ihren Göttlichen Dolch vom Gürtel.

„Gehen?", echote Ro. „Wohin? Du kannst die Garde nicht im Alleingang stürzen, Nym."

„Die Garde ist nicht mein Ziel." Ihre leise Stimme ließ den Staub vor ihren Lippen tanzen, bis er zischend in ihrer eigenen Flamme verpuffte.

Ros Augen weiteten sich. „Du weißt es wirklich? Wie man die Götter tötet?"

Nym verzog ihre Mundwinkel zu einem emotionslosen Lächeln, drehte den Göttlichen Dolch in ihrer Hand und fixierte ihn wieder an ihrem Gürtel. „Die Frage nach dem Wie war nie die richtige", murmelte sie und machte einen Schritt auf die Tür zu.

„Warte, ich komme mit."

Nym drehte sich langsam auf dem Absatz um und starrte in Janons Gesicht.

Es tat ihr weh, ihn anzusehen. Sein Gesicht, seine Haltung ... er war gebrochen. So wie sie gebrochen war. Aber es war noch nicht an der Zeit, ihren inneren Verletzungen zu erliegen.

Sie nickte. „Okay. Komm mit."

„Wir können sie doch nicht alleine hier lassen", schrie eine Stimme. Nika war aufgesprungen und die Tränen auf ihrem Gesicht blitzten in der Dunkelheit auf. „Vea hat es nicht verdient, dass wir sie hier einfach liegen lassen. Was ist nur los mit euch?! Wie könnt ihr daran denken, zu kämpfen? Wie könnt ihr einfach gehen wollen? Sie ist doch gerade erst ... sie –"

„Geht", schnitt Ro ihr das Wort ab, überwand die Distanz zu Nika und zog seinen Arm fest um ihre Taille, so als wüsste er, dass sie sonst zusammenbrechen würde. „Tötet die Götter. Nika und ich bleiben bei Vea. Geh, Nym." Er wandte sich nun direkt an sie. „Beende es."

Das hatte sie vor.

Langsam wandte sie ihnen allen den Rücken zu, und ihr Blick fiel an die Wand vor ihr. Sie betrachtete das dunkle Holz direkt neben der geschlossenen Tür.

Dort saß ein Schmetterling. Einer der nutzlosen Sifunas. Sie starrte ihn an. Wie er müde an der Wand saß. Seine Flügel mühsam vor- und zurückbewegte, in dem Versuch, zu fliegen.

„Wie?", hörte sie Nika leise fragen, als der Schmetterling es endlich schaffte, gegen die Schwerkraft zu siegen, und in die Lüfte emporstieg. „Wie wirst du die Götter töten?"

„Mit meinen bloßen Händen", murmelte Nym, griff nach dem Sifunas und zerquetschte ihn zwischen ihren Fingern.

Kapitel 18

„Ruhe! Alle beide!" Karu zuckte anhand von Apis plötzlichem Ausruf zusammen. „Ich wusste, dass es so enden würde. Erinnert ihr euch? Ich habe euch gewarnt", sagte er tadelnd. „Ich sagte euch, dass dieser Wettstreit zu etwas viel Ernsterem ausarten wird, als wir alle wollten. Die Menschen gegeneinander antreten zu lassen, mag eine amüsante Idee gewesen sein, aber wir sollten uns nicht über dieses alberne Spiel hinweg vergessen."

Der Nachthimmel war schwarz.

Düsternis drückte auf Nym herab und verschluckte sie. Sie schloss die Augen und hieß sie willkommen. Es war, als wären die Sterne erloschen, gemeinsam mit tausenden von Menschenleben. Nym sog die kalte Luft ein und füllte ihre Lungen mit Eis.

Sie war nicht mehr traurig. Sie war nicht mehr verzweifelt. Sie war nicht mehr ängstlich.

Sie war ruhig. Unendlich ruhig.

Ihr Herzschlag verlangsamte sich, ihr Blut floss zähflüssig durch ihre Adern und ihre Muskeln entspannten sich.

Vielleicht fühlte es sich so an, wenn man nichts mehr zu verlieren hatte. Ihr eigenes Leben war ihr nie wichtig gewesen. Es hatte keinen Wert für sie. Aber wenn sie sterben würde … dann bei dem Versuch, die Götter zu töten.

„Gehen wir", murmelte sie und wartete nicht darauf, dass Janon die Tür hinter ihnen schloss. Anstatt auf die staubige Straße vor ihnen zu treten, ging Nym nach rechts um das Haus herum.

Sie wusste, dass Jeki und Levi sie anstarrten. Doch die beiden Männer schwiegen. Nym genoss die Stille. Die Dunkelheit. Die Kälte. Alles, was passiert war, trieb von ihr fort, bis sie es nicht mehr mit ihren Fingerspitzen berühren konnte.

Der Kies knirschte unter ihren schweren Sohlen, als sie das Haus hinter sich ließ und auf die Mauer zulief, die düster vor ihnen aufragte.

Sie befanden sich innerhalb der Sechsten Mauer und mussten in die Erste. Denn dort versteckten sich die Götter. Nym war sich dessen sicher. Sie hatte es Thaka selbst sagen hören. Sie versteckten sich hinter ihren goldenen Mauern. In ihrem Netz aus Lügen. Sie verbarrikadierten sich in ihrem Schloss, nicht bereit zu kämpfen, weil sie Angst vor dem Tod hatten.

Wie konnten die Götter seit Jahrtausenden leben und noch immer nicht verstehen, dass es keinen Grund gab, den Tod zu fürchten? Dass er ohnehin eintreten würde. Wussten sie denn nicht, dass das Leben nur so wertvoll war, weil es jederzeit enden konnte?

Nyms Füße sanken in die feuchte Erde des Feldes, das sie überquerten, und sie starrte auf die Wand aus Stein, die sich vor ihr erhob und sie aufhalten sollte.

Lächerlich.

Sie hatte keinen Nerv, zum Tor zu laufen. Keine Lust, mehr Soldaten als notwendig zu töten. Keine Geduld, sich länger als nötig aufhalten zu lassen.

„Wir müssen hier durch, Jeki", flüsterte sie, ohne

stehen zu bleiben. Sie setzte einen Fuß vor den anderen, machte Schritt um Schritt. Immer auf das Ende zu.

Sie konnte Stoff rascheln hören, wusste, dass Jeki die Hände hob, und im nächsten Moment zerriss das Schaben von Stein auf Stein beinahe ihr Trommelfell. Nym zuckte nicht einmal mit der Wimper. Stattdessen beobachtete sie die fahlen Sandsteine dabei, wie sie sich aus ihrer jahrhundertelang eingehaltenen Position lösten, die Mauer zum Erzittern brachten und Staub aufwirbelten. Doch sie hielt nicht inne. Sie ging stur weiter und schritt durch den Bogen, den Jeki geformt hatte, noch bevor der letzte Ziegel zum Stillstand kam.

Der Staub lichtete sich, und Nym hörte, wie Jeki die Steine wieder an ihren angestammten Platz zurückgleiten ließ. Die Straßen, die sich vor Nym auftaten, waren wie ausgestorben, die Häuser der Handwerker und Arbeiter in Dunkelheit getaucht. Sie sahen weder Soldat noch Hund. Nichts bewegte sich. Nichts lebte. Die Göttliche Garde bewachte die vier Stadttore. Sie würde sie nicht stören. Noch nicht.

Vereinzelte Laternen warfen tänzelnde Schatten auf den harten, schmutzigen Boden, der unter Nyms Schritten zerbröckelte wie die Flügel des Sifunas zwischen ihren Fingern.

Nym lief geradeaus. Sah nicht nach links und nicht nach rechts. Lauschte nicht auf das Klirren der Göttlichen Rüstungen. Sie hatte eingesehen, dass es keinen Sinn machte, sich auf das Kommende vorzubereiten. Sich für das Leben zu wappnen. Es machte ohnehin, was es wollte.

Sie liefen durch enge Gassen, an vertrockneten Vorgärten und zerfallenen Häusern vorbei. Und als sie die nächste Mauer erreichten, musste Nym kein Wort mehr zu Jeki sagen. Er wusste, was zu tun war.

Die Mauer teilte sich vor ihnen, als bestünde sie aus Butter und nicht aus Fels, und Nym ließ den aufwirbelnden Staub verglühen, bevor er ihre Haut berühren konnte. Der verbrannte Geruch stieg in ihre Nase und ließ sie freier atmen. Asche. Sie würde nichts als Asche zurücklassen.

Die protzigen Häuser der bistayischen Händlerfamilien flankierten sie, während sie die erste Parallelstraße überquerten.

Die Zweite.

Die Dritte.

Die Vierte.

Die nächste Mauer kam in Sicht. Die Mauer, die sie von dem Quartier der Göttlichen Garde trennte, und Jeki hob die Hand.

„Nein", sagte Nym und berührte sacht seinen erhobenen Arm. „Diesmal werden wir das Tor nutzen. Ich möchte uns ankündigen. Ich möchte ihnen eine Chance geben."

Jeki zögerte, und für einen kurzen Moment sah es so aus, als wolle er etwas sagen, doch dann schloss er den Mund und nickte.

Nym lief die Mauer entlang, den Blick nach vorn gerichtet. Ihr Nacken prickelte. Sie hatte so lange auf diesen Moment gewartet. Der Himmel war noch immer schwarz und tauchte den Weg vor ihnen in Dunkelheit. Dennoch konnte Nym schon von weitem erkennen, dass das verschlossene Tor zur Dritten

Mauer nicht bewacht wurde. Vielleicht hatten keine Soldaten erübrigt werden können. Vielleicht dachten sie, dass nur Gefahr von den Toren zur Fünften Mauer ausging.

Nym war es egal. Sie blieb mehrere Meter vor dem Tor stehen und starrte auf das Holz. Dann hob sie die Arme und ließ die Flammen, die unter ihrer Haut prickelten, auf ihre Finger überspringen. Das Feuer tänzelte wohlig warm über ihre Haut, und sie streckte die Zeigefinger aus. In einer fließenden Bewegung ließ sie ihre Arme nach unten fahren und in der Dunkelheit blieb nichts als ein knisternder Flammenkreis zurück.

„Levi", murmelte sie, als ihr auch schon ein heftiger Windstoß die Haare ins Gesicht peitschte.

Der Ring aus Funken fing an, sich zu bewegen. Immer schneller kreiste er um sich selbst, bevor er abrupt nach vorne fuhr.

Ein ohrenbetäubendes Krachen zerschnitt die Stille der Nacht, als der Feuerkreis auf das Holz traf und Stichflammen zu allen Seiten aufstoben. Das Holz zerbarst und zerfiel augenblicklich zu Staub, während die Flammen gleißend hell aufleuchteten und Muster der Zerstörung in den schwarzen Himmel zeichneten.

Dichter, dunkler Rauch verschleierte den Eingang, die Schreie und Rufe, die ausbrachen, waren dennoch deutlich zu hören.

„Ich fürchte, du hast ein paar Soldaten geweckt", sagte Janon. Seine Stimme war von so tiefem Hass gezeichnet, dass Nym eine plötzliche Verbundenheit zu ihm empfand.

„Das tut mir furchtbar leid", sagte Nym mit gespieltem Bedauern, schritt nach vorne und wurde von

Rauch umhüllt.

Sie atmete die verbrannte Luft ein, genoss das leichte Brennen in ihren Augen und lief auf die goldenen Schemen zu, die von den Seiten her auf sie zustürmten. Sie spürte Levi zu ihrer rechten Seite, Jeki zu ihrer linken und wusste, dass Janon neben seinem Bruder herlief, während Türen zuschlugen, Rüstungen klirrten und Menschen fluchten.

Der Rauch lichtete sich und das von spärlich gesäten Laternen erleuchtete Viertel der Göttlichen Garde tat sich vor ihnen auf. Der helle Sandstein unter ihren Füßen war wieder glatt. Nicht so aufgewühlt wie das letzte Mal, als Nym hier gewesen war. Damals, als sie noch vor den Göttern geflohen waren. Die besagte Nacht schien eine Ewigkeit zurückzuliegen. Dabei war es keine zwei Wochen her.

Nyms Blick huschte über ihre Umgebung, über die schlichten Häuser, den hohen Götterdom ... die Soldaten.

Es waren nicht so viele, wie sie erwartet hatte. Vier Dutzend vielleicht. Viele von ihnen trugen nicht einmal ihre Rüstung – aber ausnahmslos alle starrten sie an.

Erkenntnis trat in ihre Züge. Sie wussten alle, wer sie war. Gut.

„Wir sind hier, um die Götter zu töten", sagte sie mit lauter Stimme. Sodass jeder sie hören konnte. Die Soldaten verdienten die Wahrheit. Die ganze Wahrheit. „Wir kommen nicht euretwegen. Dieser Krieg ist nicht der unsere."

Stille empfing sie. Ungläubige, fassungslose Stille.

„Die Götter haben euch belogen", fuhr Nym unbeirrt

fort. „Sie wollen Bistaye und Asavez nicht vereinen. Sie wollen Rache am Kreisvolk üben, das ihnen einst verbot, Krieg zu führen. Tergon ist längst nicht mehr in Bistaye. Er ist vor eintausend Jahren nach Asavez übergesetzt und befehligt jetzt ihre Streitmacht. Die Götter spielen nur mit euch. Sie sind neugierig darauf, zu erfahren, wer von ihnen am stärksten ist. Sie haben darauf gewettet! Also hört auf, zu kämpfen! Ich gebe euch jetzt und hier die Chance, diesen albernen Krieg zu beenden. Ich zeige euch Barmherzigkeit. Barmherzigkeit, die mir zu oft verwehrt wurde. Die uns *allen* von den Göttern zu oft verwehrt wurde. Also geht. Schützt eure Familien. Verbarrikadiert euch in euren Häusern. Hört auf, für Götter zu kämpfen, die euch nur wie Puppen auf ihrem Spielbrett herumschieben. Geht. Entscheidet euch jetzt dafür, euer eigener Herr zu sein. Bevor es zu spät ist."

Wieder fiel Stille über sie. Zähe, schwere Stille, die wie Honig an ihnen haften blieb. Dann zogen die Soldaten ihre Schwerter.

Jeki trat augenblicklich einen Schritt vor Nym, Janon an seiner Seite, die Hände erhoben.

Nym schloss die Augen und kämpfte gegen die neuen Tränen an, die darin brannten.

Warum waren sie alle nur so dumm?

Warum waren sie alle nur so verblendet?

Wieso verstanden sie nicht?

„Geh, Nym." Sie hörte Levis Stimme ganz nah, ganz leise an ihrem Ohr, während die Soldaten vor ihnen unruhig wurden. Sie wechselten nervöse Blicke, unsicher, was zu tun war. „Geh!", wiederholte Levi drängend. „Du bist es, die die Götter finden muss. Du bist

371

es, die die Götter töten kann. Also geh. Lass Tujan und mich dir den Rücken freihalten. Du hast es versucht. Die Soldaten haben über ihr Schicksal entschieden. Du hast alles getan, was in deiner Macht stand. Und jetzt geh. Bring es zu Ende."

Sie wandte sich zu ihm um. Sah in seine ernsten grünen Augen. Erkannte das Vertrauen, das er in sie hatte – und sein Verständnis.

„Wir sehen uns wieder, Levi", sagte Nym leise, bevor sie sich auf die Zehenspitzen stellte und ihm in sein Ohr flüsterte, was er wissen musste. Sie teilte das Geheimnis der Götter und die dazugehörige Last mit ihm. Jemand musste es kennen, falls ihr etwas zustieß.

Levi starrte sie mit aufgerissenen Augen an und Nym lächelte matt. „Ich weiß", murmelte sie, ließ ihren Körper in Flammen aufgehen, wandte sich ab und rannte auf die geschlossene Reihe der Soldaten zu.

Jeki spürte den Luftstoß, bevor er Salia an sich vorbeisprinten sah. Sie zog einen Schweif aus Flammen hinter sich her, und die Reihe an Soldaten stob erschrocken über den auf sie zurasenden Feuerball auseinander. Die Luft glühte und Hitze schlug auf Jekis Haut, als eine heftige Windböe die Luft erfasste und Staub aufwirbeln ließ. Das Feuer, das Nym hinter sich herzog, bäumte sich auf, flimmerte durch die Nacht – und steckte die Dächer der naheliegenden Häuser in Brand.

Die Soldaten schrien wild durcheinander. Einige rannten zu den flammenden Behausungen, vielleicht um ihre Familien oder ihr Hab und Gut zu retten. Andere hielten sich mit schmerzverzerrten Mienen die Gesichter, getroffen von Nyms feurigen Funken. Wieder andere starrten Nym einfach nur mit offenen Mündern nach.

Jeki beobachtete das Geschehen und spürte, wie der Ikano der Luft an seine Seite trat. Abrupt wandte er ihm den Kopf zu. „Was zum …?"

„Sie wird die Götter töten", sagte Voros schlicht.

„Allein?!"

„Allein."

„Sie hat den Verstand verloren, Jeki", murmelte Janon, der seine andere Seite flankierte. „Sie hat also gute Chancen, erfolgreich zu sein."

Jeki fuhr herum und starrte mit aufgerissenen Augen Salia nach. „Bist du des –" Doch seine Stimme ging in den Rufen der Garde unter.

Die Soldaten schrien durcheinander und sahen Salia panisch nach, die sich unaufhaltsam der Ersten Mauer näherte, offenbar unfähig, klare Gedanken zu fassen. Jekis Blick glitt über die Reihen an Männern. Er kannte jeden einzelnen von ihnen. Die meisten trugen nicht einmal eine Rüstung, sondern hatten sich in ihrer Eile lediglich den Schwertgurt umgelegt. Es waren fast vier Dutzend. Jeki, Janon und Voros waren eindeutig in der Unterzahl.

Und trotzdem würde die Garde untergehen.

„Jemand sollte Salia aufhalten!", schrie jemand.

„Jemand muss ihr nachlaufen!", ein anderer.

„Nein."

Eine Stimme kristallisierte sich aus der Menge. Eine feste, entschlossene, autoritäre Stimme. Jekis Blick

373

suchte nach deren Ursprung … und fand ihn in einer hochgewachsenen Gestalt in goldener Rüstung, die nach vorne getreten war.

Arcal.

Jeki betrachtete seinen ältesten und engsten Freund, der sich nicht einmal die Mühe machte, seinen Hass auf ihn zu verbergen.

„Niemand läuft ihr nach", sagte Arcal ruhig und ließ die Soldatenreihe in seinem Rücken. „Wenn sich Salia von den Göttern abschlachten lassen will, soll sie das tun. Sie wird schon bekommen, was sie verdient."

Er machte noch einen weiteren Schritt auf Jeki zu, die Hand lose auf den Knauf seines Schwertes gelegt.

Es hatte Zeiten gegeben, da wäre Arcal für Jeki gestorben. Es hatte Zeiten gegeben, da hätte Jeki ihm den Gefallen erwidert.

Diese Zeiten waren vorbei.

Ihre gemeinsame Vergangenheit bedeutete nichts mehr. Jekis vergangenes Leben hatte in dieser Mauer keinen Wert mehr – und wer wusste das besser als er selbst?

Und dennoch … als er in Arcals wachsame Augen blickte, verließ ihn ein Stück der Wut, die er die letzten Tage über verspürt hatte.

Er war müde.

Er war bis auf die Knochen erschöpft.

Er wollte nicht mehr kämpfen.

Er wollte das alles hinter sich lassen.

Er wollte, dass endlich alles vorbei war.

„Ich will dich nicht töten, Arcal", flüsterte Jeki und schloss für einen kurzen Moment die Augen, bevor er seine Stimme erhob. „Ich möchte niemanden von euch töten. Keinen einzigen."

„Oh, welch eine Ehre." Sein ehemals bester Freund lachte kalt auf. „Nun, es scheint dir schwerzufallen, das zu akzeptieren, Jeki, aber niemanden hier interessiert, was du willst. Deine Autorität hat etwas gelitten, seit du Salia wie ein verliebter Idiot hinterhergelaufen bist."

Jeki lächelte müde. „Arcal. Ich sagte, ich möchte euch nicht töten – aber ich werde es tun, solltet ihr mir keine Wahl lassen. Die Götter sind nicht das, wofür ihr sie haltet. Sie sind es nicht wert, für sie zu sterben."

Arcal neigte den Kopf zur Seite. „Entschuldige, was? Ich habe nur das Wort *sterben* gehört. Apropos Götter ..."

Zu Jekis Überraschung wandte Arcal sich plötzlich an Levi.

„Tergon wünscht, dich zu sprechen."

Stille.

Arcal lachte. „Ja, ich war auch überrascht, dass jemand Interesse an dir bekunden könnte, aber er war fest davon überzeugt, dass du heute Nacht hier auftauchen würdest und hat mit Nachdruck gefordert, dich zu sprechen. Er sagt, er hat etwas, das dir gehört."

Jeki sah zu Levi hinüber, der Arcal ausdruckslos anstarrte.

„Wovon sprichst du?", fragte Voros kalt. „Was hat Pro- ... Tergon?", korrigierte er sich.

Arcal hob eine Schulter. „Deine hölzerne Mundharmonika. Was immer das bedeuten mag."

Innerhalb weniger Sekunden wurde Levi aschfahl.

Jeki verstand es nicht. Eine Mundharmonika?

„Wo?" Die Stimme des Ikanos der Luft zitterte, während sein Blick hektisch umherzuckte und Schweiß sich auf seiner Stirn sammelte. Jeki konnte sich nicht daran erinnern, ihn jemals so aufgewühlt erlebt zu haben.

„Im Götterdom."

Levi rannte los und stieß die Soldaten hinter Arcal beiseite, bevor Jeki auch nur den Mund öffnen konnte, um ihn zu fragen, was das zu bedeuten hatte. Der Ikano verschwand in der Nacht und ließ ihn zusammen mit Janon zurück.

Zu zweit gegen vier Dutzend Soldaten.

Jeki spreizte die Finger.

„Da waren's nur noch zwei", murmelte Arcal fröhlich und lächelte.

Jekis Kiefer verhärtete sich. „Lass uns einfach gehen, Arcal. Dann passiert weder dir noch irgendeinem anderen Soldaten etwas."

Arcal verzog verächtlich den Mund. „Was haben sie nur mit dir gemacht, Jeki? Wie konntest du dir von Salia dein ganzes Leben zerstören lassen? Dir deine Überzeugungen nehmen lassen? Deinen Glauben?"

„Ich habe getan, was ich für richtig hielt. So wie jeder hier das tun sollte, von dem er tief in seinem Herzen weiß, dass es das Richtige ist. Ihr seid verblendet, Arcal." Seine Stimme war leise und eindringlich geworden. „Ihr alle hier – ihr seht nur, was ihr sehen wollt. Glaubt nur, was ihr glauben wollt. Versteht nur, was ihr verstehen wollt. Denk nach, Arcal. Zweifel für einen Moment an der Person, zu der die Götter dich gemacht haben."

Arcal schüttelte milde lächelnd den Kopf – und Jeki wusste, dass es nichts gab, was er hätte sagen können.

Arcal war schon immer gut darin gewesen, Befehlen zu folgen. Das war eine der Eigenschaften gewesen, die Jeki am meisten an ihm geschätzt hatte. Eine Eigenschaft, die ihm jetzt zum Verhängnis wurde.

„Du hast deinen Verstand verloren, Jeki." Arcal seufzte tief. „Es tut mir leid, alter Freund. Wirklich. Ich wünschte, das alles wäre anders gelaufen ... aber du weißt, dass ich dich unmöglich am Leben lassen kann. JETZT!"

Ein plötzliches Surren setzte ein. Jeki riss den Kopf nach oben, hob die Hände ... doch es war zu spät. Etwas Schweres traf seine Brust und er taumelte zurück.

Noch nicht einmal Bogenschützen hatten die Götter platziert.

Noch nicht einmal Wachen hatten sie aufgestellt.

Noch nicht einmal das Tor hatten sie verschlossen.

Wie unvorsichtig von ihnen.

Wie überaus unvorsichtig, sich auf den Schutz durch die Garde zu verlassen.

Nym schlug das hölzerne Tor hinter sich zu, und der Duft nach Harz, Veilchen und frisch gemähtem Gras schlug ihr entgegen. Die Mauern um den Göttlichen Palast waren so hoch, dass eigentlich kein Licht den ihn umgebenden Garten hätte erreichen dürfen. Ein tiefer Schatten hätte über dem Rosengarten liegen müssen, der sich vor Nym erstreckte. Das Mondlicht hätte nicht einen einzigen der verwitterten alten Bäume berühren dürfen, die prächtige hellviolette Blüten trugen und deren Blätter golden schimmerten.

Das Wasserspiel, das melodisch in Nyms Ohren rauschte und über den gläsernen Rundbogen über ihrem Kopf lief, hätte von der Dunkelheit vollkommen verschluckt werden müssen.

Doch dem war nicht so.

Das silbrig glänzende Mondlicht und das goldene Leuchten vereinzelt zu erkennender Sterne schienen hell auf Nym und den Garten hinab, sodass sie die einzelnen Kieselsteine unter ihren Füßen hätte zählen können.

Nym hob ihren Blick und starrte auf den Palast, der von innen heraus zu glühen schien. Sie wusste, dass die reflektierende goldene Oberfläche der einzelnen Zinnen und Türme ihren Augen nur einen Streich spielte, aber dennoch ... es sah aus, als würde der Palast auf magische Art und Weise glänzen.

Die Kiesel knirschten unter ihren Schuhen, und sie streckte die Hände zu beiden Seiten aus, um die Finger über die Rosen streichen zu lassen, die sich den gläsernen Bogen hinaufrankten. Die Blüten verwelkten augenblicklich unter der Berührung ihrer erhitzten Fingerkuppen, fielen zu Boden und zerstoben zu Asche, sodass nur ein Dornengestrüpp zurückblieb.

Nym lächelte seicht, als sie die Rosen hinter sich ließ und ein Bogen aus Blättern den gläsernen ersetzte. Wieder legte sie die Finger an die Pflanzen, doch diesmal ließ sie Funken aus ihren Nägeln sprühen. Sie atmete tief ein, ließ die Funken zu Flammen heranwachsen, die sich an den trockenen Ästen hinaufhangelten, beschwor sie zu einem Feuer hinauf, das sich wie von selbst ausbreitete und gen Himmel strebte.

Die Flammen wuchsen, glitten neben Nym her, folgten ihr bei jedem Schritt und umgaben sie in einer vertrauten warmen Wolke, die ihre Sinne benebelte.

„Es tut mir leid, Vea", flüsterte sie und ihre Stimme verlor sich im Knistern des Feuers. „Dass ich nicht für dich da sein konnte."

Sie hob die Hände über den Kopf und spornte das Feuer dazu an, zu wachsen, auf die Rosenbüsche zu seinen Seiten überzuspringen, die Bäume in Brand zu setzen und das Wasserspiel verdampfen zu lassen. „Dass ich dich nicht retten konnte." Die Flammen wuchsen in den Himmel, rankten sich um jede Pflanze, die sie zu greifen bekamen. „Aber ich kann dich rächen." Nym sog den Rauch in ihre Lungen, schloss die Augen und genoss das sie umgebende Flammenmeer.

Sie wollte, dass die Götter sie kommen sahen.

Dass die Angst sie zerfraß, so wie ihr eigenes Herz von Hass zerfressen wurde.

Sie wollte, dass sie wussten, was ihnen bevorstand. Dass sie den Tod rochen, bevor er sie in seine Arme schloss. Sie wollte, dass sie verstanden. Dass sie einsahen, wie töricht sie gewesen waren, zu glauben, dass ihr Geheimnis auf immer sicher sein würde. Dass sie bereuten, sich je mit ihr angelegt zu haben. Bereuten, was sie ihrer Mutter angetan hatten. Bereuten, was sie ihrer Schwester angetan hatten. Bereuten, sich jemals über die Menschen erhoben zu haben.

Das Feuer züngelte ihre Arme hinauf, setzte ihre Haare in Brand und schweißte ihr Herz zu einem Ball aus Kohle zusammen. Schwarz und undurchdringlich glühte es in ihrer Brust, und als sie den Eingang des Palastes erreichte, blieben in ihrem Inneren nichts als Hitze und Hass übrig.

Sie haderte nicht lange. Sie wusste, dass die Tür unverschlossen sein würde, und trat ein.

Ein Meer aus Gold umfing sie. Vergoldete Wände, vergoldete Kerzenleuchter, vergoldete Statuen, vergoldete Wandteppiche. Es war, als wäre Nym in pures Sonnenlicht getaucht. Nur dass die Strahlen nicht warm, sondern kalt wirkten. Das Gold hieß sie nicht willkommen. Es tolerierte sie.

Nym wandte sich nach rechts. Sie kannte den Weg und wusste gleichzeitig, dass sie noch nie hier gewesen war. Api jedoch schon. Api kannte jeden Gang dieses Gebäudes – und deswegen tat es auch Nym. Sie hielt ihren Kopf aufrecht, machte sich nicht die Mühe, die kunstvoll verzierten Wände, Decken und Kronleuchter zu studieren. Sie hatte es eilig. Sie wollte die Götter nicht warten lassen.

Ihre Füße trugen sie Treppen hinauf, durch Gänge und Flure, die in die Unendlichkeit zu führen schienen, bis sie vor einer schwarzen Tür stehen blieb. Licht drang unter dem Türschlitz hindurch. Nym hielt den Atem an und lauschte.

Sie hörte nichts. Es war still ... fast friedlich. Doch die Ruhe täuschte. Sie war nur der Vorbote.

„Tritt ein, Salia. Bringen wir es hinter uns.“

Nyms Herz machte einen kleinen Satz. Die Stimme war so deutlich durch das Holz gedrungen, als befände sie sich direkt neben ihr.

Gelassen atmete sie aus und ein Lächeln zupfte an ihren Mundwinkeln. Es wäre unhöflich, der freundlichen Einladung eines Gottes nicht nachzukommen.

Ruhig presste sie ihre Handfläche gegen die klinkenlose Tür, die sofort unter ihrer Berührung nachgab und nach innen aufschwang. Nym kannte den quadratischen Raum, der dahinterlag. Sie hatte ihn vor wenigen Nächten in ihren Träumen gesehen. Es war eine Bibliothek. Nicht sonderlich groß, aber auch nicht beengt. Edle, in Leder gebundene Bücher reihten sich in goldenen Regalen auf, welche das Licht der wenigen Kerzen reflektierten, die den Raum erhellten. Zwei braune Sessel standen zu Nyms Rechten, doch sie waren unbenutzt. Lediglich der kleine hölzerne Tisch, der sich zwischen ihnen befand, schien Verwendung zu finden. Ein quadratischer Glaskasten stand darauf. In seiner Mitte befand sich eine einzelne goldene Münze.

Die Münze.

Es geht um eine Münze. Um die goldene Münze. Sie haben gewettet, Salia. Sie haben sich gelangweilt und darum gewettet, welches Land als das Stärkere hervorgehen würde.

Veas Stimme flackerte durch ihren Geist, und eine Erinnerung drückte gegen Nyms Schläfe. Nicht ihre Erinnerung. Eine fremde Erinnerung, die Einlass verlangte. Doch Nym kämpfte sie nieder. Nicht jetzt. Noch nicht.

Sie hob ihren Blick und begegnete dem zweier wachsamer Augenpaare. Der Gott der Gerechtigkeit und die Göttin der Vernunft standen vor dem Bücherregal und musterten sie vorsichtig.

Nym war es zuvor nie aufgefallen, aber sie waren nicht besonders groß. Sie schlug Valera um einige Zentimeter und Thaka befand sich auf ihrer Augenhöhe. Und jetzt, wo sie die Wahrheit kannte, fiel es ihr schwer, die göttliche Autorität, an die sie sich erinnerte, zu respektieren.

Sie studierte die Gesichtszüge der Götter eingehend und war enttäuscht darüber, dass sie nicht ängstlich aussahen. Unruhig, aber nicht ängstlich. Nun, die Nacht war noch jung.

Nym machte ein paar langsame Schritte in den Raum hinein und legte den Kopf schief. Sie vermisste Api und Tergon. Sie hätte gerne alle vier Götter auf einmal getötet. Aber nun gut.

„Eure Wachhunde und euer Versteck sind nicht sehr wirkungsvoll", sagte sie gelassen und fuhr mit ihren Fingern an der Klinge des Göttlichen Dolchs entlang, der an ihrem Gürtel hing. „Es hat mich nicht einmal einen einzigen Schweißtropfen gekostet, in die Erste Mauer zu gelangen und euch zu finden."

„Wir verstecken uns nicht", sagte Thaka kühl.

„Oh, doch. Ihr versteckt euch", flüsterte sie. „Ihr versteckt euch in eurem eigenen Palast, aus Angst vor dem Tod. Weil ihr wisst, dass ihr schwach seid."

Die bernsteinfarbenen Augen des Gottes der Gerechtigkeit verengten sich zu Schlitzen, doch Nym entging keineswegs, dass Valera einen Schritt zurück machte. „Was weißt du schon von Schwäche, Salia?"

„Alles. Ich kenne euer Geheimnis."

Thaka presste die Lippen aufeinander. „Das Kreisvolk hat die Vereinbarung also gebrochen."

Nym schüttelte den Kopf. „Ich habe es erraten. Wenn man einmal angefangen hat, einzusehen, dass ihr nichts als Lügen verbreitet, ist es sehr einfach."

Thaka räusperte sich und setzte ein gezwungenes Lächeln auf. „Lass uns miteinander reden, Salia."

„Ich bin nicht hergekommen, um zu reden."

Und dann sah sie es. Das, worauf sie gewartet hatte. Die Angst. Die Angst, die über die Züge des Gottes huschte wie ein dunkler Schatten. Sie verschwand so schnell, wie sie gekommen war – aber sie war da gewesen. „Salia, ich verstehe, dass du unzufrieden mit dem Verlauf der letzten Wochen bist, aber ich bin mir sicher, dass wir dir etwas bieten können, das dich für deine Unannehmlichkeiten entschädigt."

Nym starrte ihn an. Sie hörte seine Worte, sah die Ernsthaftigkeit in seinen Zügen – und der Hass, den sie verspürte, wuchs zu etwas Grässlichem und Unerträglichem heran.

„Unannehmlichkeiten", wiederholte sie leise. „Du willst mich für meine *Unannehmlichkeiten* entschädigen und dass ich dich im Gegenzug am Leben lasse?"

„Ja", bestätigte Thaka. „Wir können dir etwas bieten, zu dem niemand anderes in der Lage ist."

„Und was wäre das?", wollte sie wissen. Ihre Stimme kaum ein Flüstern.

„Unsterblichkeit", sagte Valera. Es war das erste Mal, dass sie den Mund öffnete, und ihre Miene war freundlich und offen.

Nym wollte ihr mit dem Göttlichen Dolch ein Karomuster ins Gesicht ritzen.

„Ihr Menschen habt nur einen beschränkten Horizont. Eure Welt endet am Rande der Sakre-Wüste. Aber es gibt Mächte, die dahinterliegen, die ihr euch nicht einmal vorstellen könnt. Uns schenkte man die Unsterblichkeit ... und die Möglichkeit, diese weiterzugeben."

Nym starrte sie an. Und fing an zu lachen. Kalt und hoch. Fremde Töne aus ihrem Mund.

„Unsterblichkeit?" Sie spuckte das Wort auf den Boden. „Ich interessiere mich nicht für Unsterblichkeit. Ich habe keine Angst vor dem Tod. Das Leben ist wertlos, wenn es ewig anhält. Habt ihr das nicht begriffen?" Sie machte einen weiteren Schritt nach vorne. „Und selbst wenn die Unsterblichkeit in meinen Augen etwas Erstrebsames wäre ... Ihr habt meine Mutter getötet. Ihr habt meine Schwester getötet. Ihr habt versucht, mich zu töten. Was an diesen drei Dingen lässt euch vermuten, dass ich gerne bei euch einsteigen würde?"

„Deine Mutter hat sich selbst das Leben genommen", stellte Thaka ruhig fest.

„Nein", widersprach Nym leise. „Sie starb durch eure Hand. So wie abertausende andere Menschen, auf die ihr aus purer Langeweile gewettet habt. Irgendjemand sollte euch zeigen, wie falsch und ungerecht dieses Verhalten ist. Und – Überraschung –: *Ich* habe beschlossen, dieser jemand zu sein. Gerade du solltest das Prinzip von Gerechtigkeit doch verstehen, Thaka." Sie lächelte, und augenblicklich flackerte Thakas Blick zu der Münze auf dem Beistelltisch.

„Schön, dass du es direkt ansprichst", fuhr Nym im Plauderton fort. „Tatsächlich wollte ich, bevor ich euch töte, noch nach der Bedeutung dieser Münze fragen."

Der Gott der Gerechtigkeit sagte nichts. Seine Miene hatte sich versteinert. Es war Valera, die sprach.

„Du schlägst unser Angebot also aus?", fragte sie bemüht ruhig, doch Nym ließ sich nicht täuschen. Das Zittern in ihrer Stimme war kaum zu überhören. Endlich konnte sie die Angst riechen, auf die sie die ganze

Zeit gewartet hatte.

„Ja, ich schlage euer Angebot aus", sagte Nym beiläufig und schlenderte zum Tisch, um den Glaskasten hochzuheben.

„Denkst du, die Gottlosen könnten uns zum Verhängnis werden?", fragte sie nachdenklich und schwenkte ihren Wein. Die purpurne Flüssigkeit schwappte von der einen Seite zur anderen und hinterließ einen rötlichen Film in dem Glas.

„Ja", sagte Tergon.

„Nein", verkündete Thaka zur selben Zeit.

Die beiden Götter sahen einander schmunzelnd an. Auch sie musste lächeln. „Was sind eure Argumente?", fragte sie neugierig. Es war der erste Abend seit langem, an dem sie entspannt beisammensitzen konnten. Das Kreisvolk hatte Bistaye verlassen. Die Gottlosen hatten den Appo überquert. Der Krieg war beendet.

Thaka schnaubte laut. „Es wird den Gottlosen unmöglich sein, eine Streitmacht zu generieren, die die Göttliche Garde bezwingen kann. Sie sind chancenlos."

„Das sehe ich anders", widersprach Tergon. „Die Garde kämpft aus Angst und Demut vor uns, nicht aus Überzeugung. Die Gottlosen jedoch ... sie haben bereits Mut bewiesen, indem sie sich gegen uns aufgelehnt haben. Sie werden weiter Mut beweisen. Sie besitzen einen starken Willen und ein unerschütterliches Durchsetzungsvermögen, nicht zu vergessen eine große Portion Hass gegen uns. Diese Eigenschaften könnten ihnen dabei helfen, die Garde zu bezwingen."

„Ich akzeptiere deine Theorie – doch sie ist falsch",

sagte Thaka schlicht. „Die Gottlosen hätten den Kampf verloren, wenn das Kreisvolk sie nicht in Schutz genommen hätte."

„Ah, aber das liegt nur daran, dass sie nicht genug Zeit hatten, sich vorzubereiten", gab Tergon zu bedenken.

„Nein, das liegt daran, dass sie nie so stark sein werden wie unsere Garde", sagte Thaka gereizt.

„Ihr liegt beide falsch." All ihre Blicke richtete sich auf Valera, die die Unterhaltung mit regem Interesse verfolgt zu haben schien.

„Dann belehre uns eines Besseren", seufzte Thaka.

„Beide eure Thesen sind unvernünftig", unterrichtete sie sie, und sie und ihre zwei Mitstreiter stöhnten zeitgleich auf. Valera und ihre ständigen Belehrungen!

„Valera, Liebes", sagte Tergon lächelnd. Er war schon immer der Geduldigste mit ihr gewesen. „Das wirst du uns erklären müssen."

„Sehr gerne, mein Freund. Die Göttliche Garde ist stark, das bezweifele ich keineswegs, aber wenn die Gottlosen erst einmal ihr Überleben gesichert, ein Leben aufgebaut und sich neu gruppiert haben, werden sie zweifelsohne in der Lage sein, eine ebenso beeindruckende Streitmacht zusammenzustellen. Die Loyalität der Göttlichen Garde ist ausgeprägt, aber das ist der Hass der Gottlosen auf uns auch. Und Hass ist eine starke Emotion."

„Wem sagst du das", murmelte Thaka düster.

Valera verdrehte die Augen, verlor ihr Lächeln aber nicht. „Die Gottlosen werden angreifen. Vielleicht in hundert Jahren. Vielleicht erst in fünfhundert. Und sie werden gewinnen oder verlieren. Aber sollten sie triumphieren, wird die Göttliche Garde sie zusammen mit unseren anderen Anhängern – den Adeligen und den Kaufleuten aus den inneren Mauern – im Jahrhundert darauf wieder bezwingen. Sollten die Gottlosen verlieren, werden sie nach einiger Zeit einen neuen Angriff wagen, den sie für sich entscheiden werden. Und dann beginnt das Spiel von vorne. Bis sie einen Gleichstand erreicht haben. Selbst in eintausend Jahren wird sich nicht entschieden haben, wer der Stärkere ist."

Thaka schnaubte, Tergon lächelte nachsichtig und sie selbst schwieg.

„In eintausend Jahren wird das Land der Gottlosen wieder Teil von Bistaye sein", widersprach Thaka.

„Nein, in eintausend Jahren wird Bistaye nicht mehr existieren. Die Gottlosen werden die Macht an sich gerissen haben", sagte Tergon gelassen.

„Es wird Gleichstand herrschen", sagte Valera mit Nachdruck.

Stille fiel über sie, bis sich alle Gesichter ihr zuwandten.

„Api", sagte Tergon schließlich. „Du bist verdächtig ruhig. Teilst du etwa Valeras Meinung?"

Oh, keineswegs. „Ihr alle vergesst die Ikanos."

Valera schüttelte mitleidig den Kopf. „Du immer mit deinen geliebten Ikanos."

„Ja, ich immer", sagte Nym gutmütig. „Die Ikanos sind die stärkste Rasse diesseits der Sakre-Wüste, und ich bin überzeugt davon, dass sie sich in nicht allzu ferner Zukunft zusammenfinden und eine eigene Macht bilden werden, die beide, die Gottlosen und die Bürger Bistayes, zerschlägt."

Seine Mitgötter schüttelten den Kopf. „Schwachsinn", bestimmten sie einstimmig.

Valera seufzte schwer. „Tja, so interessant unsere Theorien auch sind, wir werden wohl nie herausfinden, wer rechtbehält", bemerkte sie fast enttäuscht. „Das Kreisvolk sitzt uns im Nacken. Wir dürfen die Gottlosen nicht angreifen, also müssen wir uns wohl mit unseren Theorien begnügen."

„Müssen wir das?" Tergon hatte gesprochen, und als ihr Blick auf sein Gesicht fiel, bildete sich dort eine fast kindliche Freude ab.

„Müssen wir", sagte Thaka irritiert.

„Ich bin mir da nicht so sicher." Tergons Lächeln wurde immer breiter. „Ja, das Kreisvolk verbietet es Bistaye, das Volk der Gottlosen anzugreifen. Es hat jedoch nie erwähnt, dass dies auch andersherum gilt. Warum machen wir das Ganze nicht interessanter ... warum holen wir uns nicht beide Länder legitim zurück. Warum testen wir unsere Theorien nicht."

Sie runzelte die Stirn. „Ich verstehe nicht."

„Nun." Tergon lehnte sich in seinem Sessel nach vorne, die Ellenbogen auf den Knien positioniert. „Warum sollten wir in Angst davor leben, dass die Gottlosen uns irgendwann zum Verhängnis werden, wenn wir sie ebenso gut gleich von Anfang an kontrollieren könnten? Wenn ich beispielsweise auf die andere Seite des Appos wechsle, sie unter Beobachtung habe und ihre Streitmacht befehligen würde ..."

„Du bist ein Gott, Tergon", erinnerte Thaka ihn. „Sie kennen dein Gesicht! Sie werden dich nicht einfach so akzeptieren."

„Eintausend Jahre sind ein langer Zeitraum, mein

Freund", bemerkte der Gott der Vergebung schmunzelnd. „Mein Gesicht wird irgendwann vergessen sein. Und wie sonst soll ich dir beweisen, dass du von der Macht der Göttlichen Garde geblendet bist? Außerdem, wenn ich Teil der Gottlosen werde, steht es mir frei, anzugreifen, wen ich will. Wir müssen die Abmachung mit dem Kreisvolk nicht brechen, um die Macht über unsere Länder zurückzugewinnen. Und das Beste ist: Egal, wer von uns recht behält – unsere Macht bleibt unangetastet."

Sie lächelte und neigte den Kopf zur Seite. Ihr gefiel, was sie hörte. Es würde das Leben ... interessanter machen. Aufregender.

„Wir sollten darum wetten", bemerkte sie amüsiert. „Um das Ganze noch ein wenig spannender zu machen."

„Eine Wette. Das gefällt mir", sagte Valera fröhlich. „Tergon kämpft für die Gottlosen, Thaka für Bistaye, ich erhalte das Gleichgewicht und Api kann seine Ikanos anstacheln." Sie klatschte in die Hände. „Die nächsten eintausend Jahre haben gerade neue, spannende Dimensionen angenommen."

„Wenn wir tatsächlich darum wetten", sagte Thaka mit fester Stimme. „Dann sollte es Regeln geben. Ich kenne dich, Tergon. Du spielst nicht fair."

„Wir werden Vorschriften verfassen", sagte sie und nickte. „Das scheint mir angebracht. Auch angesichts dessen, dass du, Thaka, ein so schlechter Verlierer bist und am Ende nicht die Möglichkeit haben solltest, dich darüber zu beschweren, ungerecht behandelt worden zu sein."

Thaka warf ihr einen düsteren Blick zu, doch sie ignorierte ihn. Es war schließlich die Wahrheit.

„Das hört sich gut an", bestärkte Valera sie. „Was ist unser Einsatz?"

„Oh, die Genugtuung, zu wissen, dass ich recht hatte, reicht mir", sagte Tergon mit einer wegwerfenden Handbewegung.

„Mir nicht", stellte Valera fest.

„Schön, wenn Valera einen Gewinn braucht, dann nehmen wir doch einfach das hier", sagte Tergon lachend und wühlte in den Taschen seiner Robe herum, bevor er eine Fünf-Nomis-Münze herausbeförderte und sie in die Luft hielt.

Valera schien enttäuscht. „Das ist eine einfache Münze!"

„Ich werde ,Herzlichen Glückwunsch. Du bist der klügste Gott.' dort eingravieren lassen", bemerkte Tergon.

Thaka lachte leise. „Na, wunderbar. Schön. Ich freue mich schon auf den Moment, in dem sie in meinen Besitz überläuft."

„Du meinst wohl meinen Besitz", sagte Valera und lächelte.

„Wir alle wissen, dass ich der Klügste bin", gab Tergon zu bedenken.

Thaka schnaubte. „Nur, weil du der eingebildetste Gott bist, macht es dich nicht zum klügsten."

„Wir sprechen uns in eintausend Jahren, Thaka. Wenn die Gottlosen deine geliebte Garde in den Boden gestampft haben."

Thaka öffnete zornig den Mund, doch sie seufzte laut und unterbrach sie somit. „Ich ahne Böses", sagte sie. „Dieser Wettstreit wird zu etwas viel Ernsterem *ausarten, als wir alle erwarten."*

Thaka winkte ab. „Blödsinn. Solange Tergon gerecht spielt ..."

Nym blinzelte und befand sich augenblicklich wieder in der göttlichen Bibliothek.

Sie starrte auf den Glaskasten in ihrer Hand, dann betrachtete sie die Mienen der Götter. Sie schienen nicht einmal mitbekommen zu haben, dass sie soeben eine von Apis Erinnerungen durchlebt hatte. In Gedanken lief die Zeit so viel schneller als in der Wirklichkeit.

„Wenn ich es recht überlege", sagte Nym langsam, „vergesst, dass ich nach der Münze gefragt habe. Sie hat mir ihre Bedeutung bereits selbst verraten. Ihr scheint ja wirklich eine Menge Spaß dabei gehabt zu haben, den Menschen dabei zuzusehen, wie sie sich gegenseitig abschlachten." Sie ließ Hitze in ihre Hand strömen, bis diese in Flammen aufging. Das Feuer leckte an dem Glaskasten, und Nym ließ die Flammen heißer werden, immer heißer, bis sie blau leuchteten. „Nun, der Wetteinsatz wird ja jetzt nicht mehr gebraucht. Ihr habt alle verloren, denn niemand von euch hat auf *mich* gewettet." Das Glas schmolz zwischen ihren Fingern, zog Fäden, tropfte auf die Münze in seinem Inneren. „Schämt ihr euch denn gar nicht?" Ihre Stimme war leise geworden und Nym filterte alle Emotionen aus ihr, bis nichts als Ekel zurückblieb. „Schämt ihr euch nicht einmal ein kleines bisschen dafür, wie ihr mit dem kostbaren Leben all dieser Menschen umgegangen seid?"

Nym drückte die Hand zusammen und beobachtete

das Gold der Münze dabei, wie es sich verflüssigte und mit dem Glas verschmolz, zu Schlieren auf dem gläsernen Ball wurde, bis zur Unkenntlichkeit verzerrt.

„Wir sind Götter, Salia. Götter müssen sich für nichts schämen", flüsterte Thaka, und die Angst in seiner Stimme wurde durch einen Resttropfen Stolz überdeckt.

„Ihr seid keine Götter", flüsterte Nym. Die Worte bitter und schwer wie Pech in ihrem Mund. „Ihr seid ein Nichts. Ihr seid Hochstapler. Ihr seid Verräter. Ihr seid Feiglinge."

„Wir sind das, zu was die Menschen uns gemacht haben."

„Das mag stimmen. Die Menschen sind nicht schuldlos. Sie haben verlernt, hinzusehen – aber ich sehe euch jetzt. Sehe euch so klar wie noch nie zuvor. Ihr seid so ... zerbrechlich."

„Wir ..." Thaka machte einen Schritt zurück, als Nym den Dolch von ihrem Gürtel zog. „Wir ... wir sind unsterblich." Seine Stimme zitterte und Valeras Gesicht wurde bleich.

„Nein. Nein, seid ihr nicht." Nym schüttelte den Kopf. „Euch wurde das ewige Leben geschenkt, aber ihr seid nicht unsterblich. Man kann euch töten, so wie jeden anderen auch. Der einzige Grund, warum es nie jemand versucht hat, ist, weil ihr die vier Elemente in euch vereint ..." Ihre Hand glühte auf und der Göttliche Dolch tat es ihr gleich. „Aber das tut ihr gar nicht." Ein Lächeln breitete sich auf ihren Zügen aus, als Thakas Gesicht erbleichte und er zusammen mit Valera gegen das Bücherregal zurückstolperte. „Ihr seid unglaublich geschickte Lügner, das muss man euch lassen. Solch begabte Geschichtenerzähler. Und die Menschen haben all die Schwindeleien über eure unantastbare Macht nur allzu begierig aufgesogen. Aber mehr seid ihr eben nicht. Lügner, aber keine Kämpfer. Ihr könntet euch nicht einmal gegen meinen kleinen Dolch verteidigen."

„Salia ..." Jeder Funke Zorn war aus Thakas Gesicht gewichen und hatte purer Verzweiflung Platz gemacht. „Ich verstehe deine Wut, aber –"

Nym schlitzte ihm die Kehle auf. Sie wollte nicht ein Wort mehr aus seinem Mund hören.

Warmes Blut floss über ihre Hand, benetzte die Klinge des Göttlichen Dolchs und tropfte zu Boden. Thakas Knie knickten ein, seine Hände fuhren zu dem Schnitt an seinem Hals, bevor er auf sein Gesicht fiel und reglos liegen blieb.

„*Das* ist Gerechtigkeit, Thaka", flüsterte Nym, während sie dem Blut dabei zusah, wie es in den goldenen Teppich sickerte und es rot färbte. Als würde das Gold rosten.

„Gerechtigkeit für jedes Neugeborene, das du hast töten lassen."

Sie wandte sich an Valera.

Die Göttin der Vernunft war aschfahl. Sie starrte entsetzt auf ihren toten Mitgott und Tränen traten in ihre Augen.

Es verschaffte Nym eine unglaubliche Genugtuung, dass die Götter zumindest noch zu ein paar Gefühlen fähig zu sein schienen. Und dann ausgerechnet zu einer solch menschlichen, schwachen Emotion wie Angst.

„Salia ..." Sie wich so weit an das Regal zurück, dass

die Bücher unangenehm in ihren Rücken drücken mussten. „Nym!" Die Göttin wischte sich fahrig die Tränen von den Wangen. „Ich wusste immer, dass du deine eigene Herrin sein würdest. Ich habe immer gewusst, dass dich niemand manipulieren kann."

„Tatsächlich?" Milde interessiert hob Nym eine Augenbraue. „Warum bist du dann überrascht darüber, dass du gleich sterben wirst?"

„Ich ... ich habe dir geholfen", stotterte die Göttin. „Ich habe dafür gesorgt, dass du unbeschadet aus Bistaye entkommst. Ist das denn gar nichts wert?"

„Du hast mich gehen lassen, um das Gleichgewicht zwischen Asavez und Bistaye zu wahren. Um zu gewinnen. Es ist deine Schuld, dass ich die Wahrheit erfahren habe. Dafür bin ich dir tatsächlich dankbar. Aber es ändert nichts daran, dass du sterben musst. Denn auch du hast es verdient."

„Habe ich nicht, ich –"

„Du lebst schon so lange, Valera, erkennst du dein Ende selbst dann nicht, wenn es direkt vor dir steht?"

Und erneut blitzte die Klinge im flackernden Kerzenlicht auf. Erneut wurde die Stille von einem blutigen Gurgeln und dem dumpfen Aufprall zuckender Gliedmaßen durchbrochen. Erneut spritzte Blut auf Nyms Kleidung und in ihr Gesicht und verklebte ihre Wimpern.

Sie machte einen Schritt zurück und sah auf die zwei toten Körper vor sich. Der Geruch nach Zimt und Staub drang an ihre Nase. Vermengt mit Eisen.

Es machte keinen Unterschied, einen Menschen oder einen Gott zu töten. Beide bluteten. Beide würden verwesen. Beide gerieten in Vergessenheit.

Sie bückte sich, griff mit der linken Hand nach dem schwarzen Gürtel um Valeras Taille und löste ihn mit nur einem Schnitt von ihrem Körper. Sie wiederholte die Geste bei Api und ließ die blutverschmierten Stoffe in ihre Umhangtasche gleiten, bevor sie den beiden Göttern den Rücken zuwandte. Sie wollte sie keine Sekunde länger mehr ansehen müssen.

Langsam schritt sie auf die Tür zu und öffnete sie. Das warme goldene Licht der Mauern empfing sie.

Api würde der Nächste sein. Er war nicht hier. Nicht im Palast. Doch sie wusste, wo sie ihn finden würde. Die Frage war nur ... wo war Tergon?

Kapitel 19

Wettstreit.
Das Wort hallte laut in Karus Kopf wider. Die Götter führten ei-
nen Wettstreit?
Sie lehnte sich nach vorne, konnte nun Apis Hand erkennen, eine
goldene Nomis-Münze zwischen seinen Fingern.
Die Dielen knarzten unter ihren Füßen.

Levis Herz hämmerte in seiner Brust. Angst pumpte durch seine Adern und trieb seine Füße voran.
Seine Muskeln brannten. Seine Lungen schienen mit
kaltem Wasser gefüllt zu sein. Doch er ignorierte den
Schmerz. Er rannte die Stufen hinauf, immer zwei auf
einmal nehmend, seine Hände fest um zwei der Messer geklammert, die an seinem Gürtel hingen.

Provo mochte es noch nicht wissen, doch er hatte
den größten Fehler seines so baldig endenden Lebens
gemacht. Er hätte die Finger von Liri lassen sollen. Er
hätte nicht einmal ihren Namen denken dürfen. Wut
vermischte sich mit Angst, während Levi weiter die
Treppe hinaufrannte, die sich immer höher den Turm
hinaufwand und schließlich an einer Tür endete. Levi
machte sich nicht die Mühe, von der Klinke Gebrauch
zu machen. Er stieß sie mit einem Luftschwall auf, der
sie aus den Angeln riss und das Holz hart auf dem

Steinboden aufschlagen ließ.

Levis Brust hob und senkte sich heftig – und er erstarrte, als sein Blick den grüner Augen einfing. Liri stand keine drei Meter von ihm entfernt auf der anderen Seite des offenen Turmes. Das Sternenlicht verfing sich in ihren blonden Haaren und ließ sie silbrig glänzen.

Erleichterung durchflutete ihn, denn sie schien unversehrt. Doch schon im nächsten Moment wurde das Gefühl durch Hass ersetzt, als er zu dem Mann blickte, der seine Hände auf Liris Schultern positioniert hatte.

Provodes lächelte milde, während er Levi fixierte. Er sah aus wie immer. Wie der gelassene Anführer der Asavez, der mit kühlem Kopf und strenger Hand das Land leitete, immer das Beste für die Bewohner im Sinn.

Levi biss sich in seine Unterlippe, bis Blut daraus hervorquoll und sich in seinem Mund sammelte. Wie hatte er sich so täuschen lassen können? Er machte einen Schritt nach vorne.

„Ich würde vorschlagen, du bleibst, wo du bist", sagte Provo freundlich. „Ich werde sie sonst töten, Levi. Ich möchte ihr nichts tun, glaube mir, aber ich werde es, wenn du mich dazu zwingst."

„Er sagt die Wahrheit, Levi", flüsterte Liri und ihre Augen füllten sich mit Tränen.

Die Wut kämpfte mit seiner Verzweiflung und riss an Levis Innerem, doch sein Gesicht blieb glatt. Seine Emotionen hielt er tief weggeschlossen. Denn wenn er jetzt seine Beherrschung verlor, wäre das Liris Todesurteil.

„Es wird alles gut, Liri", sagte er ruhig. „Du brauchst

keine Angst zu haben. Provo wird dir nichts tun. Denn wenn du tot bist, hat er keine Verhandlungsbasis mehr. Ist es nicht so, Provodes?" Kalt blickte er den Gott an. „Oder sollte ich lieber Tergon sagen? Welcher Name gefällt dir besser?"

„Provo reicht vollkommen."

Levi schüttelte den Kopf. „Nein, das erscheint nicht richtig. Provo ist ein viel zu menschlicher Name – und das ist es nicht, was du bist."

Provodes hob eine Augenbraue. „Und was bin ich dann? Wenn nicht menschlich?"

„Ich würde sagen ein Monster, wenn dieser Ausdruck nicht so furchtbar unoriginell wäre", flüsterte Levi.

„Ein Monster ...", wiederholte Provo, sichtlich unzufrieden mit der Wortwahl. „Ist es das, was du in mir siehst, Levi? Einen kaltblütigen Mörder, der sich nicht um die Menschen schert?"

„Das hast du wunderbar zusammengefasst", bemerkte Levi kühl, während sein Blick immer wieder zu Provos Händen auf Liris Schultern huschte. Wie fest hielt er sie? Konnte Liri schnell genug reagieren, wenn er ihr zurief, sie solle sich bücken?

„Levi, du hast in den letzten Wochen eine Menge über mich erfahren, und es ist verständlich, dass du das Schlimmste von mir annimmst – aber ich bin kein Bösewicht. Ich glaube an die Menschen, Levi. Ich glaube daran, dass sie sich entwickeln können – wenn man ihnen etwas unter die Arme greift. Meine lieben Mitgötter mögen das nicht so sehen, aber ich habe in den letzten eintausend Jahren eine Menge von den Menschen gelernt. Es wird Zeit für eine Demokratie.

Und unter mir würden die Menschen diese bekommen."

„Unter dir?" Levi lachte laut auf. „Hörst du dir selbst zu, Provo? Du kannst die Menschen nicht regieren, jeden ihrer Schritte kontrollieren und von einer Demokratie sprechen! Du kannst die Menschen nicht abschlachten und behaupten, dass es das Beste für sie sei!"

Der Gott der Vergebung senkte den Blick. „Menschen müssen sterben, um Raum für Neues zu schaffen. So war es schon immer und so wird es immer sein. Aber das heißt nicht, dass ich nicht das Beste für sie im Sinn hätte. Die Menschen fürchten sich vor dem Unbekannten – und ich erachte es als meine Aufgabe, ihnen den Horizont zu erweitern."

„Indem du sie von vorne bis hinten belügst, nur um sie darauf aufmerksam zu machen, dass sie nicht so leichtgläubig sein sollten? Indem du sie tötest, um sie daran zu erinnern, wie kostbar ihr Leben ist? Indem du ihre Schwestern entführst und drohst, sie zu töten, nur um sie zum Zuhören zu bewegen? Tut mir leid, wenn ich da nicht deiner Meinung bin, Provodes."

Provo hielt sein Lächeln aufrecht, während Levis Gehirn noch immer fieberhaft nach einem Ausweg suchte. Doch es gab keinen. Sie befanden sich auf einem Turm, der ihm kaum Bewegungsfreiheit ließ. Wenn er Provo angriff, würde er auch Liri verletzen. Wenn er versuchte, Provo zu töten, und er nicht präzise genug zielte oder der Gott sich bewegte ...

„Ich habe dich schon immer für etwas Besonderes gehalten, Levi", sagte Tergon und seine Stimme klang beinahe stolz.

„Vielen Dank", sagte Levi tonlos. „Ich bin zutiefst gerührt."

„Du bist die Art Mensch, die zeigt, dass Entwicklung möglich ist. Du bist der Beweis dafür, dass die Menschen lernfähig sind. Du zeigst, wozu die Menschen fähig wären, würden sie anfangen nachzudenken. Der Tag, an dem Thaka entschied, Liri zu töten, war ein Geschenk für mich. Denn er gab mir dich. Den tapferen Soldaten, den ich für meinen Plan brauchte. Aber du bist die Ausnahme, Levi. Nicht die Regel. Du hast den Mut, der so vielen anderen fehlt. Und so lange das der Fall ist, so lange diejenigen, die ihre Augen vor der Wahrheit verschließen, in der Überzahl sind, solange wird es Götter wie uns geben, die versuchen, ihnen beizubringen, hinzusehen. Das ist der natürliche Lauf der Welt. Es muss uns geben, sonst würde diese Welt dem Chaos verfallen."

„Und das hier ist kein Chaos?!", schrie Levi und breitete die Arme aus. Wies auf die flammenden Häuser unter ihnen, auf die schreienden Soldaten, deren Worte er nicht verstehen konnte. „Krieg ist *kein* Chaos?"

„Es ist kontrolliertes Chaos. Ein Kräftemessen, um den Stärkeren zu bestimmen."

Levi stieß ein freudloses Lachen aus und schüttelte müde den Kopf. „Wie gelingt dir das? Dir die Welt so zu malen, wie sie dir am besten gefällt? Wie kannst du mit den grausamen Dingen leben, die du veranlasst hast?"

„Ich habe gelernt, mir selbst zu vergeben", sagte Provo leise. „Uns allen zu vergeben. Den Menschen und den Göttern."

„Natürlich", sagte Levi bitter. „Der Gott der Vergebung hat gelernt, sich selbst zu vergeben." Levi schnaubte. „Provodes, du kannst die Welt belügen. Du kannst dich selbst belügen. Aber nicht mich. Nicht mehr. Ich kenne euer Geheimnis. Also hör auf, den Märtyrer zu spielen, der sein Leben für das Wohl der Menschheit aufopfert. Du willst gewinnen, nichts weiter. Du willst die Wette gewinnen, die ihr Götter vor eintausend Jahren geschlossen habt. Aber das kannst du nicht, wenn ich dich vorher töte. Also hören wir mit den Erklärungen auf. Hören wir auf, Höflichkeiten auszutauschen. Ich habe genug. Was verlangst du von mir? Was ist dein Plan? Was muss ich dir geben, damit du Liri freilässt?"

Und es war das erste Mal, dass Provos Lächeln von seinem Gesicht fiel. Seine Miene wurde ernst und undurchdringlich. „Ich will, dass du uns gehen lässt. Mich, Valera, Thaka, Api – und Jaan. Mehr nicht."

Levi lachte laut auf. „Mehr nicht? Nun, ich wünschte, es wäre so einfach. Doch du verlangst zu viel. Es erscheint mir unmöglich, deiner Bitte nachzukommen – da Jaan bereits tot und Nym auf dem Weg zu deinen Freunden ist."

„Was?" Provos Augen weiteten sich. „Das ist unmöglich. Jaan kann nicht ..."

„Doch, Jaan kann. Er ist tot", wiederholte Levi langsam und ließ sich die Worte auf der Zunge zergehen, während er dabei zusah, wie Provos Fassade der Gleichgültigkeit bröckelte. „Ich habe ihn mit eigenen Augen sterben sehen. Er hat sich selbst das Leben genommen – um deines zu schützen. Um dein Geheimnis zu wahren. Nun, es war umsonst. Nym ist bereits auf dem Weg zu den anderen Göttern. Sie kennt euer

Geheimnis. Sie wird sie umbringen. Wenn sie es nicht bereits getan hat."

Provos Hände begannen zu zittern – und im nächsten Moment nahm er sie von Liris Schultern und stieß das Mädchen von sich.

Levis Schwester stolperte nach vorne, und überrascht fing Levi sie auf, bevor sie fallen konnte. Fest klammerte sie sich um Levis Mitte, doch der wagte es nicht, seine Konzentration vom Gott zu lenken.

Er starrte Provo an, der die Hand zu seinem Mund geführt hatte und in die Ferne blickte.

„Er ist tot", murmelte er. „Und die anderen, sie …"

Er brach ab – und eine Träne lief an seiner Wange hinab. Eine einzelne runde Träne, die von seinem Kinn tropfte und in den Stoff seiner Robe sickerte.

Levi starrte ihn an. Unfähig, sich zu bewegen.

„Wir haben verloren." Provo richtete sich langsam auf und sah Levi mit glänzenden Augen an. „Die Menschen sind tatsächlich über sich hinausgewachsen", flüsterte er. „Wie hätte ich damit rechnen sollen?"

„Nicht die Menschen", sagte Levi und schob Liri mit einem Arm hinter sich. „Ich. Nym. Wir. Und du magst in diesem einen Punkt recht behalten haben: Denn ja, ihr Götter wart es, die uns dazu gezwungen haben, über uns hinauszuwachsen. Aber das alles spielt keine Rolle mehr, nicht? Denn du wirst nie sehen, wie die Menschen frei von der Herrschaft der Götter leben werden."

Er zog das Messer vom Gürtel, das er die letzten Minuten so verkrampft festgehalten hatte.

Provo wich gegen die brusthohe Steinmauer zurück, doch er wirkte nicht ängstlich. Eher … enttäuscht.

„Ich gebe auf und dennoch willst du mich töten?",
fragte er leise.

Etwas Bitteres schwappte durch Levis Körper und er
lachte laut auf. „Du hast aufgegeben, weil du keine
andere Wahl hast. Aber das befreit dich nicht von deiner Schuld. Und außerdem vergisst du etwas, *Tergon* ... Du magst der Gott der Vergebung sein. Ich bin
es nicht."

Er machte noch einen weiteren Schritt nach vorne –
als eine kleine Hand ihn an seinem Arm zurückzog.

„Levi, nicht!"

Verblüfft wandte er sich zu seiner Schwester um.
„Liri. Er wollte dich töten."

Sie schüttelte den Kopf, während Tränen ihre Wangen hinabliefen, ihr Gesicht bleich wie der Mond. „Das
wollte er nicht. Er hätte es getan, aber er wollte es
nicht. Er ... leidet. Aufrichtig. Er hat Jaan geliebt. Ich
habe es gesehen."

„Es ist mir egal, wen er geliebt hat", presste Levi zwischen den Lippen hervor. „Nym hat ihre Schwester
auch geliebt – und dennoch ist sie seinetwegen nun
tot! Er ist ein furchtbarer Mann, Liri."

Weitere Tränen glitten Liris junges Gesicht hinab,
und sie nickte zitternd. „Ich weiß. Aber es geht nicht
darum, wer er ist", sagte sie leise. „Es geht darum, wer
du bist. Du bist kein Mörder, Levi. Du tötest keine Leute, nur weil sie es verdient haben. Du bist kein Gott.
Du entscheidest nicht über Leben und Tod."

Levis Augen fingen an zu brennen und immer wieder wanderte sein Blick zwischen dem Gott und seiner
Schwester hin und her. „Du hast sie nicht gesehen",
flüsterte er und legte sich eine kalte Hand auf die

404

Stirn, während seine Sicht verschwamm und sich einzelne Tränen in seinen Wimpern verfingen. „Nym leidet so, Liri. Sie hat ihre Schwester verloren, das Wichtigste in ihrem Leben, und ich kann ihr nicht helfen. Es tut weh. Es tut so verdammt weh, sie so leiden zu sehen. Und *er* trägt die Schuld daran. Er allein. Wie kann ich ihn da einfach gehen lassen? Wie kann ich ihn gehen lassen, wenn die Frau, die ich liebe, seinetwegen Qualen leidet?"

Liri schloss die Arme fester um ihn und ihre Tränen durchnässten sein Hemd. „Aber es wird dir nicht helfen, ihn zu töten. Du vergisst kein einziges der Leben, die du genommen hast. Bürde dir nicht noch ein weiteres auf."

Levi drückte seine Schwester an sich, brauchte die Wärme und die Ruhe, die der leichte Druck ihrer Hände auf seinem Rücken ausübte, und sah zu Provo, der sie beide beobachtete.

„Geh", flüsterte er ihm zu, so leise, dass der Wind das Wort davonzutragen schien. „Geh. Geh in die Wüste und schau nicht mehr zurück."

Der Gott stürzte zur Tür, bevor Levi es sich anders überlegen konnte. Levi schloss die Augen, beugte sich hinunter und presste seine Wange auf Liris Kopf, während er sie eng an sich zog.

„Du bist ein besserer Mensch als ich je sein werde, Liri", flüsterte er.

„Das ist schon okay. Du bist so gut, wie du sein kannst."

Er schluckte, bevor er murmelte: „Unser Vater ist tot, Liri. Die Garde hat ihn getötet."

„Ich weiß, Levi."

„Woher?"

„Ich habe die Wahrheit in deinem Blick gelesen."

Eine Träne löste sich von seinen Wimpern und glitt seine Wange hinab, bevor er nickte. „Natürlich hast du das."

Er löste sich von ihr und schob sie auf Armeslänge von sich weg – als ein Zittern durch die Erde ging.

„Was zum –"

Die Erde bebte, die Steine unter Levis Füße bröckelten und die Mauer um sie herum zerfiel. Das laute Schaben von Stein auf Stein klingelte in Levis Ohren, während Staub aufwirbelte und der Boden unter seinen Füßen nach unten sackte.

Der Turm brach in sich zusammen.

Adrenalin pumpte durch Levis Körper, als er Liri wieder zu sich heranzog und sie ruckartig in seine Arme hob. Er schloss die Augen. Sein Blut begann, in die Gegenrichtung zu zirkulieren. Der Wind pfiff in seinen Ohren, als er die Luft zu sich rief. Sie anflehte, ihm zu helfen.

„Halt dich fest, Liri", rief er, als der Boden vollends unter seinen Füßen zusammenbrach.

Es war an der Zeit, fliegen zu lernen.

Ein plötzliches Surren setzte ein.

Jeki riss den Kopf nach oben, hob die Hände ... doch es war zu spät. Etwas Schweres traf seine Brust und er taumelte zurück.

„Nein."

Er fiel. Schlug auf. Ein drückendes Gewicht auf seiner Brust. Blut sickerte über seine Hände.

„Nein, bitte ..."

Zwei seiner Finger zuckten, und die Erde um ihn herum unterwarf sich ihm. Türmte sich auf, bog sich um sie herum, schützte sie in einem undurchdringlichen Kokon aus Erde und Stein, durch den sich nur mühsam fahle Mondstrahlen kämpften.

Stille senkte sich über sie. Verschluckte sie, während Jeki ertrank.

„Bitte ..."

Er zitterte, starrte auf das dunkelrote Blut, das über seine Finger rann und auf die Erde tropfte. Kälte umgab ihn. Schwärze drückte auf ihn nieder. Leere füllte ihn.

Der Pfeil hatte zielsicher das Herz getroffen.

Er wünschte nur, es wäre sein eigenes gewesen.

„Janon ..." Jekis Stimme war wie zerbrochenes Glas, das seinen Hals aufschnitt.

Er schloss die Arme fester um seinen Bruder, starrte in sein Gesicht, das weiß in der Dunkelheit aufleuchtete.

„Janon, was hast du getan?" Seine Augen brannten. Seine Kehle brannte. Sein Herz brannte. Sein Körper stand in Flammen. „Was hast du nur ... Warum hast du das getan?"

Es gab kein Licht. Es gab nur die Dunkelheit. Und die Wärme, die vergeblich versuchte, sich aus Janons Körper heraus durch die Haut zu kämpfen. Nur die Verzweiflung, die Jeki die Worte raubte. Nur den Schmerz, der ihm die Luft nahm. Nur die Taubheit, die nicht schnell genug einsetzte.

„Du hast mich ... so oft gerettet, Jeki." Janons Worte

waren ein Flüstern, das über Jekis feuchte Wangen strich. Sich versuchte, an ihnen festzuhalten, doch immer wieder hinabglitt. Zu schwach, um zu bleiben. Zu müde, um zu kämpfen. „Es war an der Zeit, dass ich den Gefallen erwidere."

„Du schuldest mir nichts, Janon. Überhaupt nichts. Du bist mein bester Freund. Du bist ... kämpfe, verdammt!"

„Mein Leben ist ohne ihres nichts wert, Jeki", flüsterte er. „Ich will nicht kämpfen. Ich will sie wiederhaben. Und wenn ich dafür gehen muss ..."

„Nein!" Jekis Finger verkrampften sich um Janons Schulter. Der Kopf seines Bruders lag auf seiner Brust, und Jeki spürte, wie seine Tränen in sein Hemd flossen. „Was ist mit mir? Was ist mit *meinem* Leben? Bleib für *mich*, Janon, bitte ... Ich kann dich nicht auch noch verlieren. Mir wurde doch schon alles genommen! Ich *brauche* dich. Lass mich nicht allein."

„Ich kann nicht, Jeki. Mein Herz hat aufgehört zu schlagen, als ihres verstummte." Janons kalte Finger legten sich um Jekis. „Diese Welt braucht dich. Du kannst sie verändern. Du hast den Mut, zu bleiben. Ich war nie so mutig wie du. Ich bin ... ich bin ..."

„Du bist mein Bruder, Janon. Mehr musstest du nie sein. Mehr brauche ich nicht von dir."

Ein zittriges Lächeln zupfte an Janons Lippen. „Deine Ansprüche waren einfach nie hoch genug, Jeki. Du hast mich hunderte Male gerettet – lass mich ein einziges Mal diese Aufgabe übernehmen."

Jeki wollte widersprechen. Wollte ihn anschreien. Wollte die Zeit zum Stillstand bringen. Doch das Leben floss aus Janon wie aus einem löchrigen Gefäß. Es sickerte zusammen mit seinem Blut in die trockene Erde – und versiegte.

Janon konnte Jekis Flehen nicht mehr hören. Er war fort.

Jeki war allein.

Die Tränen perlten an seinen Wangen hinab, fielen auf Janons Brust und verdünnten das daran klebende Blut. Sie fielen und fielen, bis er keine mehr zu erübrigen hatte. Bis er sich das Salz von den Lippen leckte und sein Herz verschloss. Bis die Kälte seine Glieder taub werden ließ. Bis nichts mehr da war.

Schreie drangen durch die Wände, die er um sie herum errichtet hatte. Rufe und Schmerzensgebrüll. Aufeinanderprallendes Metall. Jemand kämpfte.

Hatten die Asavez das Feuer in den inneren Mauern gesehen? Hatten sie doch angegriffen? Kämpften sie gegen die Göttliche Garde?

Jeki gab sich nicht die Mühe, darüber nachzudenken.

Er senkte seine Lippen auf Janons eisige Stirn und verharrte für einige letzte Sekunden in dieser Pose. Dann bettete er seinen Bruder sanft auf die Erde und stand auf.

Er breitete die Arme aus und schloss die Augen.

Seit Jahrtausenden trennten die Mauern die Garde, die Adeligen und die Kaufleute von der Realität. Und es wurde Zeit, dass sie die Welt als die erkannten, die sie war.

Grausam und skrupellos.

Seine Sinne tasteten nach seiner Umgebung. Er spürte die lockere Erde unter seinen Füßen. Den harten Stein der Mauer in seinem Rücken. Die undurchdringlichen Ziegel der Häuser um ihn herum. Den trockenen Lehm, der den Götterdom zusammenhielt.

Und er griff danach. Nach allem. Nach Stein, Erde, Lehm. Er flüsterte seinem Element süßliche Worte zu. Wickelte es um seinen Finger, bis es nur noch ihm gehorchte. Bis es gespannt auf seine Anweisungen wartete.

Und es gab nur eine Anweisung, die er geben wollte.

Seine Finger zuckten und eine Welle der Macht schwappte durch seinen Körper, in den Boden hinein. Die Erde um ihn herum zerbarst in hunderttausend Staubpartikel und regnete auf ihn herab, während der Stein zum Leben erwachte.

Jeki nahm Bewegungen um ihn herum war. Blitzende Klingen. Männer, die gegeneinander kämpften, und im nächsten Moment zu Boden gingen. Umgeworfen von dem Ruck, der durch die Erde fuhr. Ihm war es egal, ob es Rebellen waren. Ob es asavezische Soldaten waren. Ob es die Göttliche Garde war.

Es machte doch keinen Unterschied. Sie waren alle gleich.

Die Erdwelle klatschte auf Stein, stob nach oben und fiel im Schein zersplitterten Mondlichts zur Erde – genau in dem Moment, in dem die Mauerziegel zu bröckeln anfingen.

Die Mauer zerfiel nicht. Sie zersprang. Die Steine stießen sich voneinander ab, lösten sich aus ihrer jahrhundertealten Verankerung und genossen die Freiheit. Jeki riss die Arme nach unten.

Die Schwerkraft siegte. Die Vierte Mauer fiel. Dann kippte der Götterdom.

Schreie und das Poltern von Steinen drangen an Nyms Ohren, Staub vernebelte ihr die Sicht und für einige Sekunden verlor sie die Orientierung. Sie riss ihren Kopf nach oben und erstarrte. Der Götterdom zersprang in tausend Stücke. Die Steine stoben auseinander, als wären sie Bauklötzchen und ein zorniges Kind hätte gegen sie getreten. Nym schlug die Arme schützend über den Kopf und fing an zu rennen. An dem zusammenbrechenden Dom vorbei, um die kämpfende Menge herum, die sie bereits von weitem gehört hatte. Die Soldaten der Asavezischen Armee mussten das Feuer gesehen und angegriffen haben.

Sie brannte den Staub aus dem Weg, ignorierte das Krachen der Steine, die auf dem Boden neben ihr aufschlugen, sondern suchte stattdessen mit ihrem Blick nach dem türkisen Haus, das ihr so vertraut war.

Der Sandstein knirschte unter ihren Füßen und ihre Schritte wurden länger. Ihre Füße fanden den Weg von ganz allein, und als sie endlich die Tür erreichte, machte sie sich nicht die Mühe, anzuklopfen. Er würde auf sie warten.

Der Eingang war nicht verschlossen. Nym schob sich hindurch, und als die Tür mit einem leisen dumpfen Ton in den Rahmen glitt, schienen alle von außen hereindringenden Geräusche mit einem Mal zu verklingen.

Nym hielt den blutigen Dolch in der Hand und sah sich um. Sie hatte sich nicht die Mühe gemacht, die Klinge zu reinigen – sie würde nicht lange sauber bleiben. Sie blickte in den offenen Salon zu ihrer

Rechten und schließlich die Treppe hinauf. Natürlich würde er oben sein. Die Götter hatten eine merkwürdig innige Bindung zu ihren Bibliotheken.

Nym kletterte langsam die Stufen hinauf. Der schwere Teppich, der auf ihnen auflag, verschluckte ihre Schritte. So wie der Stoff ihres Hemdes das Blut der Götter geschluckt hatte.

Sie hatten sich nicht einmal verteidigt. Waren sie überhaupt des Kampfes mächtig? Hatten die Götter jemals gelernt, eine Klinge zu führen, oder hatten sie sich zu sehr auf ihre Lügen verlassen?

Sie würde es gleich herausfinden.

Dieses Mal wartete sie nicht darauf, dass man sie hereinbat. Sie lief zielsicher auf das dunkle Holz der Tür zu, die die Bibliothek verbarg, und drückte sie auf.

Api saß ihr gegenüber in einem Sessel, über ein Glas Rotwein in seiner Hand gebeugt. Seine hellblonden Haare fielen ihm ins Gesicht und verbargen seine violetten Augen. Er schreckte nicht hoch, als Nym in den Raum trat. Er hob den Blick nicht, zeigte keinerlei Regung, die ihr bedeutete, dass er ihr Eindringen in sein Haus überhaupt wahrgenommen hatte. Er saß einfach nur da, fuhr mit dem Zeigefinger über den Rand seines Weinglases und blickte auf seine Füße.

Nym schwieg.

Sie beobachtete ihn und bewegte sich nicht.

Es war frustrierend, wie leicht sie die Götter hatte töten können. Wie einfach sie es ihr gemacht hatten. Wie viele Leben sie hätte retten können, wenn sie nur eher hingesehen hätte.

„Du hast sie getötet", erklang Apis ruhige, tonlose Stimme. Es war eine Feststellung, keine Frage.

„Ja", flüsterte sie. „Nur Tergon und du fehlen noch."

„Tergon wird sein Ende bereits gefunden haben", bemerkte Api nüchtern und nahm den letzten Schluck Wein aus seinem Glas, bevor er es auf den Beistelltisch sinken ließ. „Er wollte sich mit dem Ikano der Luft treffen ... und ich nehme an, dass du ihn in unser kleines Geheimnis eingeweiht hast. Auch wenn unser lieber Gott der Vergebung der einzige war, der sich jemals die Mühe gemacht hat, sich des Schwertkampfes zu bemächtigen ... der Ikano wird stärker gewesen sein."

Ein Zittern durchlief Nyms Körper.

Tergon war womöglich bereits tot?

Das hieße, Api wäre der letzte Gott. Das letzte Leben, das sie nehmen würde. Die letzte Aufgabe, bevor der Krieg ein Ende haben würde.

Der Gott der Vergeltung stand auf und strich sich seine Robe glatt. „Wir haben dich unterschätzt, Salia. Wir alle."

„Nein. Ihr habt mich nicht unterschätzt. Ihr habt euch selbst *über*schätzt. Das ist ein Unterschied."

„Es läuft auf dasselbe Ergebnis hinaus", sagte Api ungeduldig und sein Blick glitt zu dem Fenster, durch das die ersten tiefroten Strahlen der aufgehenden Sonne fielen.

„Nun, das Ziel ist nicht wichtig, Api. Nur der Weg ist es. Jeder Lebensweg führt zum Tod, daher ist der Tod belanglos. Es geht um das Leben, das man geführt hat, nicht um das Ende, das man findet."

Api lachte trocken auf und wandte Nym zum ersten Mal seinen Blick zu. Er war kalt und berechnend. „Das ist einfach für dich zu sagen. Dein Ende ist es nicht, das bevorsteht."

Nym presste ihre zitternden Lippen aufeinander. „Ihr habt dafür gesorgt, dass ich in den letzten Wochen hunderte Enden durchlebt habe. Ich muss nicht sterben, um zu wissen, wie es sich anfühlt."

Api seufzte, die Arme hinterm Rücken verschränkt. „Ich erwarte nicht, dass du unsere Hintergründe verstehst, Salia. Wir haben ewig gelebt. Wir haben schon so viel gesehen. Du hast keine Ahnung davon, was Leid wirklich bedeutet."

Wut kochte in Nym hoch. Heiße, verätzende Wut, die sich durch ihre Haut fressen und in Flammen aufgehen wollte – doch sie hielt sich zurück. Noch nicht.

„Also gut, dann töte mich." Api wandte erneut den Blick aus dem Fenster, sah auf die Konturen der kämpfenden Männer, die sich in dem spärlichen Licht abzeichneten. „Du sehnst dich doch nach meinem Tod. Dann bring es schon hinter dich."

„Willst du denn nicht gegen mich kämpfen?", fragt Nym ruhig. „Hast du gar nicht vor, dich zu verteidigen?"

„Salia, ich habe deine Ausbildung über Jahre hinweg beobachtet. Ich kenne deine Stärke, deine Macht. Ich bin kein Narr. Ich habe gegen dich keine Chance."

Nym nickte und machte einen Schritt nach vorne. Ihre Hosenbeine raschelten aneinander. „Also gibst du auf?"

„Mir bleibt doch keine Wahl!"

„Was, wenn ich sie dir geben würde? Eine Wahl? Komm, Api. Sei ein einziges Mal in deinem Leben mutig." Sie lächelte, trat ein paar weitere Schritte auf ihn zu und legte ihren Göttlichen Dolch neben das Weinglas. „Ein gerechter Kampf, Api. Du gegen mich. Nur wir und unsere Fäuste. Ich werde die Kraft meines Feuers nicht einsetzen."

Höhnisch verzog Api den Mund. „Und das soll ich dir glauben?"

„Ist es nicht egal, ob du mir glaubst? Entweder ich bringe dich einfach so um oder du kämpfst in Würde gegen mich. Ich biete dir eine Chance, Api. Was kann Schlimmeres passieren, als dass ich dich am Ende doch töte?"

Der Gott der Vergeltung taxierte sie misstrauisch, dann sah er auf den Dolch, den Nym neben ihm platziert hatte – und im nächsten Moment griff er nach ihm und langte nach vorne.

Nym neigte den Kopf nach rechts und entging so der Klinge.

„Keine Vorwarnung?", fragte sie enttäuscht. „Hatte ich nicht *gerechter* Kampf gesagt?"

Zornig holte der Gott erneut aus. Die glänzende Klinge des Dolchs zerschnitt die Luft und zielte seitwärts auf Nyms Rippen. Sie trat einen Schritt nach vorne, die Hände gelassen an ihren Seiten hinabhängend. „Ist das alles, was du in den letzten dreitausend Jahren gelernt hast?", flüsterte sie und legte mitleidig eine Hand auf die Brust.

Api stieß einen hasserfüllten Schrei aus, und als er diesmal mit dem Dolch auf ihren Hals zielte, ließ Nym ihre linke Faust nach oben schnellen und gegen sein Handgelenk krachen. Der Gott der Vergeltung schrie auf und die spitze Waffe fiel aus seiner Hand. Nym wollte auflachen, hatte Mitleid mit Api ... als seine Hände plötzlich nach vorne schnellten und ihren Hals umschlossen.

Nym japste auf, überrascht von diesem direkten Angriff.

Seine Finger zogen sich zu, pressten sich um ihren Hals, drückten auf ihre Luftröhre.

Nym konnte Triumph in den Augen des Gottes aufflackern sehen. Lodernden Triumph, gemischt mit Euphorie.

Nym konnte nicht atmen. Sie spürte, wie sich die Nägel des Gottes in ihre Haut gruben ... und es war fast angenehm. Keine Luft mehr in ihre Lungen ziehen zu können, sich der Vorstellung hinzugeben, dass sie die Bürde des Lebens einfach so abgeben könnte. Dass sie es einfach enden lassen könnte ...

Aber sie schuldete es Vea, zu leben.

Sie schuldete es Jeki, zu leben.

Sie schuldete es Levi, zu leben.

Sie schuldete es sich selbst, zu leben.

Der Anfang war leicht. Das Ende noch leichter.

Die Mitte war schwierig. Aber die Mitte war es wert. Und ihre Mitte war noch nicht vorbei.

Nym lächelte, bevor sie die Augen schloss. Sie brauchte kein Feuer, um den Gott der Vergeltung zu zerstören. Api hatte ihr die Waffe gegeben, die sie benötigte.

Ich weiß nicht, was Leid ist?

Es war nur ein Gedanke. Ein leiser, zarter Gedanke. Doch sie wusste, dass Api ihn hören konnte. Sie spürte seinen Geist, sah die offene Tür seiner Erinnerungen, die sie herzlich einlud, näherzutreten. Deren Schwelle sie mit nur einem flüchtigen Gedankenstoß überqueren konnte, bis sie in der Mitte des matt erleuchteten

Raumes stand.

Ich zeige dir mein Leid.

Und sie ließ los. Ließ all ihren furchtbaren Erinnerungen freien Lauf. Ließ sie in die leeren Bilderrahmen an Apis Wänden fluten, die rötlich schimmernden Lichter über ihren Kopf verdunkeln und den harten Boden unter ihren Füßen benetzen.

Ließ den Schmerz die Überhand gewinnen. Ließ die Barriere um ihr Herz fallen. Ließ die Taubheit schwinden. Die Gefühle quollen aus ihr heraus und formten sich zu einer Flut aus Bildern, die Apis Geist überschwemmten.

Veas kalte Haut unter ihrer Berührung.

Jekis ausdrucksloses Gesicht.

Die Tränen in seinen Augen.

Die letzte Bitte ihrer Mutter.

Dieb bleibt Dieb.

Das Blut an ihren Fingern.

Soldat bleibt Soldat.

Das Genick, das unter ihrer Berührung brach, die Schmerzensschreie.

Schwester bleibt Schwester.

Vea. Immer wieder Vea. Die Tränen auf ihrer Wange, das Lächeln auf ihren Lippen, das Leben, das aus ihrem Körper sickerte.

Sag mir, dass ich kein Leid kenne.

Die rotglühenden Lichter über ihrem Kopf platzten und tauchten sie in einen Regen aus Abermillionen von Splittern.

Sag es.

Doch Api antwortete nicht. Sein Geist reagierte nicht. Denn er existierte nicht mehr. Die Bilder des

Leids und des Schmerzes waren zu viel für seinen ungeübten Verstand.

Nym öffnete die Augen und schnappte nach Luft.

Ihre Erinnerungen waren abgeebbt. Apis Finger um ihren Hals hatten sich gelöst. Und auch ihre letzten Gedanken verflüchtigten sich.

Es gab nur noch ein einziges Bild, das sie sah.

Api, der tot vor ihr auf dem Boden lag. Rote Schlieren, die seine farblosen Wangen hinabliefen. Aus seiner Nase, seinem Mund flossen und auf den Boden tropften, sich zu einer kleinen blutigen Lache zusammenfanden.

Endlich weinte der Gott der Vergeltung um seine Opfer.

Kapitel 20

„Was war das?"
Valeras Stimme schreckte Karu auf, und ihr Herz sprang ihr in den Hals, bevor sie rückwärts stolperte und zur Treppe stürzte. Die Götter durften nie erfahren, was sie soeben belauscht hatte. Denn die Konsequenzen, die folgen würden, wären untragbar.

Der Himmel färbte sich blutrot.

Nym sah den Sternen dabei zu, wie sie einer nach dem anderen vom heller werdenden Licht verschluckt wurden, und Ruhe überkam sie.

Es war vorbei.

Levi würde sich, wie sie hoffte, um Tergon gekümmert haben.

Die Götter waren tot.

Sie ließ den Wind durch ihre Haare fahren und atmete die kühle Luft ein, bevor sie einen Fuß vor den anderen setzte und Apis Haus hinter sich ließ.

Kampfgeschrei drang an ihre Ohren. Das Klirren von Rüstungen hallte in ihrem Kopf wider. Warum kämpften sie noch? Sie mussten aufhören.

Sie lief über den aufgewühlten Boden auf die Trümmer des Götterdoms zu, die ihr den Weg versperrten. Die grauen Steine glühten orange in der aufgehenden Sonne, als wären sie brennende Kohlen.

Nym senkte den Blick, wischte die blutige Klinge des Göttlichen Dolches an ihrer Hose ab und erklomm das vor ihr liegende Geröll, das sie nicht überblicken konnte. Ihre Glieder schmerzten und spitze Steine bohrten sich durch die Sohle ihrer Schuhe. Der Schaft des Dolches brannte in ihrer Handfläche.

Es war vorbei.

Vorbei.

Und niemand hatte es mitbekommen.

Sie erreichte den obersten Stein der Pyramide aus Schutt und Asche und starrte auf das Geschehen vor ihr. Auf die Häuser, die in Brand standen und den Nachthimmel blutig färbten. Auf die Kämpfenden. Die goldenen Rüstungen, die sich mit schwarzen Schemen bekriegten. Die toten Körper, die unberührt und unbeachtet auf dem Boden lagen. Die für die Soldaten keinen Unterschied zu dem Geröll machten, auf dem sie standen.

„Hört auf!", schrie sie. „Hört auf!"

Ihre Stimme wurde vom Geschrei der Soldaten verschluckt. Vom Staub aufgesogen.

„Hört auf!", brüllte sie erneut. „Es ist vorbei!"

Ihre Haut kribbelte und sie ließ den Dolch fallen. Ihren Dolch. Den Göttlichen Dolch, den sie die letzten Monate über nicht hatte aufgeben wollen. Er rutschte zwischen die Steine unter ihr und verschwand.

Sie brauchte ihn nicht mehr.

„Ich sagte, ihr sollt aufhören!", schrie sie und riss ihre Arme in die Luft. Ein Feuerschwall stieß nach oben. Kam aus ihren Schultern, ihren Armen, ihren Händen, ihrem Kopf. „Die Götter sind tot!"

Sie ließ die Flammen so schnell ersticken, wie sie gekommen waren – und diesmal hatte sie die Aufmerksamkeit der Kämpfenden geweckt. Waffen sanken herab und Köpfe wandten sich ihr zu. Rußbedeckte und blutverschmierte Gesichter von goldgewandeten Göttlichen Soldaten, silbern gerüsteten Kriegern der Asavezischen Armee, in Leinen gekleideten Bauern und in Lumpen gehüllten Bettlern. Im Krieg waren sie alle gleich. Ob reich oder arm, ob hoch gelobt oder verstoßen, ob Erste oder Siebte Mauer. Auf dem Schlachtfeld verloren die sozialen Grenzen an Bedeutung.

„Ich habe soeben Api getötet. Valera und Thaka liegen tot im Palast. Tergon stand euch noch nie zur Seite, ihr kennt nicht einmal sein Gesicht. Die Götter haben ihr Ende gefunden", rief sie in die Dunkelheit. „Sie haben euch verlassen und ihr solltet froh darüber sein. Denn sie haben euch belogen. Sie haben euch für sie kämpfen lassen – und das alles nur, um eine Wette zu gewinnen! Sie beherrschen kein einziges Element. Sie waren wehrlos. Sie waren so unglaublich feige, diese Wesen, für die ihr euch versklavt habt! Ihr habt ihnen blind vertraut, habt nicht gewagt, nachzudenken, und das hier ist euer Lohn!" Sie hob die Arme erneut über den Kopf, diesmal mit den drei schwarzen Gürteln der Götter in den Händen. Ihr Zeichen. Sie ließ ihren Blick über die Zerstörung unter ihr gleiten. „Tod. Leid. Schmerz. Das ist es, was sie euch gebracht haben. Also legt eure Waffen nieder. *Es ist vorbei!* Sie kommen nicht zurück. *Also geht!* Geht. Sucht eure Familien. Verarztet die Überlebenden. Aber hört auf, für etwas zu kämpfen, das von Anfang an nur eine Illusion war. Es gibt genug Platz, genug Vorräte, genug Wasser für alle. Ihr habt gekämpft – für nichts. Ihr habt getötet – für nichts. Und jeder weitere Blutstropfen, der sich heute mit Staub vermischt, würde auch für nichts sein. *Also hört auf und geht!"*

Stille senkte sich über die Ebene.

Schwerter hingen in der Luft, Dolche nutzlos an den Seiten der Kämpfer hinab. Sie alle starrten auf die Gürtel in Nyms Händen. Fassungslos. Verständnislos.

„Ich sagte: geht", flüsterte sie, doch ihre Stimme wurde von der Luft mit sich getragen und schien tausendfach von den noch stehenden Hauswänden zurückzuschallen.

Neues Klirren ertönte. Doch diesmal rührte es nicht von den goldenen Rüstungen der Garde. Es stammte von den Schwertern, die zu Boden fielen. Von den Waffen, die den Soldaten aus den Händen glitten. Von den Gestalten, die erschöpft zu Boden sanken, den Kopf unter den blutverschmierten Händen vergraben.

Die Garde gab auf. Sie hatte niemanden mehr, für den sie kämpfen konnte.

Nym schloss für einen kurzen Moment die Augen, bevor sie die Steintrümmer hinabstieg und ihren Blick über die Toten und Verletzten am Boden schweifen ließ. Über diejenigen, die die Opfer beweinten. Diejenigen, die vor Erschöpfung in Ohnmacht fielen.

Ihr Blick fuhr suchend durch die Reihen. Ihr Herz sehnte sich nach zwei Gesichtern. Zwei vertrauten Gestalten.

Die Sonne ging auf, während Nym über eine Leiche stieg, in dessen Herz sich ein scharfer Stein gebohrt hatte. Flüchtig streifte ihr Blick das Gesicht des Toten.

Es war Arcal.

Sie wandte sich ab, hielt ihr Kinn gehoben. Hielt ihre Panik in Schach.

Wo waren sie?

Wieder wanderte ihr Blick über das sich ihr bietende Bild. Über die eingerissene Mauer, die den Blick auf das Land freigab, das sie gelernt hatte, zu hassen, sie jetzt nur noch mit einem dumpfen Gefühl in der Brust zurückließ. Über die zerstörten Häuser, deren Dächer noch immer in Flammen standen.

Wieder suchte sie jedes einzelne Gesicht ab – bis sie ein vertrautes fand. Jeki saß keine zehn Meter von ihr entfernt auf dem Boden, den Kopf gesenkt. Er starrte auf seinen Schoß nieder.

Nym stolperte fast über ihre eigenen Füße, als sie ihren Schritt beschleunigte. Erleichterung durchflutete sie. Erleichterung, dass es ihm gut ging. Dass er lebte.

Sie trat Kiesel aus ihrem Weg, krallte die Finger in ihre Seiten ... und sah, auf was Jeki hinabblickte.

Es war Janons Gesicht. Sein Kopf in den Schoß seines Bruders gebettet. Seine Augen geschlossen, als würde er schlafen.

„Nein ..."

Nym fiel neben Jeki auf die Knie und ihre Hände umschlossen zitternd Janons Gesicht. „Nein, Janon ..." Sie fuhr mit ihren Fingern seine Wangen entlang, suchte nach Wärme. Einem kleinen Rest Wärme, der ihr Hoffnung geben könnte. Doch sie fand keine. Es war längst zu spät.

Sie presste sich die Hand auf den Mund, und sah zitternd zu Jeki auf.

Sie wollte ihn berühren, ihn trösten, ihm helfen.

Doch er beachtete sie nicht.

Er starrte auf das weiße Gesicht seines Bruders. Unbewegt.

Nym sagte nichts. Denn es gab nichts zu sagen. Es gab nichts zu retten. Nichts zu tun.

Es war vorbei.

„Es ist alles zerstört." Jeki sprach leise, seine Stimme ein Scherbenhaufen, der langsam zerfiel. „Es ist alles ... kaputt."

„Häuser können neu aufgerichtet werden, Jeki", flüsterte Nym und umklammerte ihre eigenen Hände, um sie vom Zittern abzuhalten.

„Du weißt, dass ich nicht von den Häusern spreche." Er sah auf, und sein Blick war so leer, so starr und verzweifelt zugleich, dass Nyms Herz entzweibrach. „Mein Leben ist kein Leben mehr. Ich habe dich verloren. Ich habe meinen Bruder verloren. Die Götter haben mir alles genommen. Ich habe nichts mehr."

„Du hast mich nicht verloren, Jeki. Ich –"

„Hör auf, Salia. Lass es einfach. Das Einzige, was ich in meinem Leben je richtiggemacht habe, war, dich zu lieben. Also sag mir nicht, dass ich dich nicht verloren habe. Denn ich weiß, wie es sich anfühlt, dich zu haben. Und ich weiß, wie es sich anfühlt, dich gehen zu lassen. Lüg mich nicht an. Sag mir nicht, dass es besser wird. Dass ich mir Zeit geben muss. Ich möchte keine Zeit. Ich will, dass der Schmerz aufhört." Er lachte tonlos auf. „Du hast keine Ahnung, wie viel Glück du hattest – du hast dein altes Leben einfach vergessen. Vergessen, was du alles getan hast. Wen du getötet hast. Wen du verraten hast. Wen du verfolgt hast. Aber ich? Ich werde meine Erinnerungen für den Rest meines Lebens mit mir herumschleppen. Dabei war alles nur ein ... Spiel. Es hat nie einen Wert gehabt. Es war alles umsonst! Für nichts und wieder nichts. Wir haben an das Licht geglaubt und waren so geblendet, dass wir nicht dahinter blicken konnten und jetzt ... jetzt ist Janon tot, und es gibt nichts mehr in meinem Leben außer einer falschen Entscheidung nach der anderen."

Eine Träne fiel an seiner Wange hinab, eine weitere verfing sich in seinen Wimpern, spiegelte das orangene Leuchten der letzten Flammen wider, die noch immer vereinzelt an den Häusern hinter ihnen leckten und das Morgengrauen verhöhnten.

„Es ist vorbei", flüsterte er. „Die Partie ist beendet. Was für ein verdammt schlechter Spieler ich doch war."

„Es ist nicht deine Schuld, Jeki. Nichts davon." Jedes einzelne Wort brannte auf Nyms Zunge, schien zu Rauch zu werden, an dem sie zu ersticken drohte. „Sie sind nicht unseretwegen gestorben. Wir haben alles in unserer Macht stehende getan, wir –"

„Aber es war nicht genug!", fuhr Jeki sie an. „Es war verdammt noch mal nicht genug! Sie sind *tot*, Nym." Ihr Name fiel wie schwarzes Pech aus seinem Mund. „Wir beide wissen, dass *wir* es hätten sein sollen, die dort liegen. Wir beide wissen, dass wir den Tod verdient haben. Wir haben so viele Menschen getötet, dass wir es verdient hätten, ihnen ohne Umwege zu folgen. Aber nicht Janon und Vea! Wie soll ich mit diesem Wissen weiterleben?! Wie soll ich jemals vergessen, was ich getan habe? Wir soll ich mir jemals verzeihen können, wo doch sein Gesicht für immer in meinen Geist gebrannt ist. Wo doch jeder Tropfen Blut, den ich je vergossen habe, an mir haftet wie Wachs, das sich in meine Haut brennt. Wie soll ich meine Hände je von dieser Schuld reinwaschen?! Ich kann nicht vergessen, Nym! Ich werde es *nie* vergessen und es wird mich bis an mein Ende verfolgen."

Jeki litt Qualen.

Nym sah ihn an und konnte es in jeder seiner Gesten lesen. In seinen Augen. In den harten Linien seines Gesichtes.

Er litt unsagbare Qualen. Wegen der Götter, wegen seiner Taten und ... ihretwegen.

Nym zögerte. Wenn sie ihm helfen, ihm seinen Schmerz nehmen könnte ... wäre das dann nicht das Richtige?

Nym schluckte und kämpfte gegen ihre eigenen Tränen an. Sie musste Stärke beweisen. Ein letztes Mal. Für ihn.

„Du willst es vergessen?", flüsterte sie. „Die Götter? Das Blut an deinen Händen? Janon ... mich?"

„Mehr als alles andere."

„Okay." Nyms Stimme war kein Flüstern mehr. Sie war Staub, der durch die Luft tanzte. Sie streckte ihre Finger nach Jekis Gesicht aus und legte sie warm auf seine Wangen.

Verblüfft blickte er sie an. „Was tust du?"

„Ich nehme dir deinen Schmerz", versprach sie und schloss die Augen.

Ihr Geist berührte den seinen.

Er war ihr so vertraut. Beruhigend und wärmend zugleich.

Sie stand vor einer grünen Tür. Sie klopfte sanft. Er musste sie einlassen, sonst konnte sie ihm nicht helfen. Er musste willentlich aufgeben, was sie zu nehmen bereit war.

Die Tür öffnete sich, aber niemand stand dahinter. Doch das war in Ordnung. Alles, was Nym brauchte, befand sich genau hier. Die Fenster, die seine Wünsche zeigten. Die Bilderrahmen gefüllt mit Jekis Erinnerungen, die in schweren hölzernen Rahmen an den Wänden hingen.

Sie trat über die Schwelle und blickte auf das Meer an Lichtern, das sich über ihr auftat. Kugeln aus Glas gefüllt mit gelbem, rotem und orangenem Leuchten. Gefüllt mit guten und schlechten Erinnerungen.

Die Bilder hingen an der Wand zu ihrer Rechten und sie konnte ihr eigenes Gesicht darin wiedererkennen. Ihre Augen brannten, als sie ihre Hand in den Rahmen gleiten ließ und Jeki ihren eigenen Abdruck hinterließ, so wie Api es bei ihr getan hatte. Nur sanfter. Gezielter. Vorsichtiger.

„Vergiss mich, Jeki", flüsterte sie und ihr Bild löste sich in einen Farbschleier auf, der zu den Seiten floss, am Rahmen hängenzubleiben schien. Rote Lichter über ihrem Kopf flackerten und erloschen. „Vergiss Janon." Die Gestalt von Jekis Bruder tauchte in einem Wirbel aus Farbe im Rahmen auf und Nym verwischte sie mit ihren Fingern. Einige orange Lichter über ihrem Kopf versagten ihren Dienst. „Vergiss uns."

Bild um Bild erschien im Rahmen. Erinnerung um Erinnerung löste Nym aus Jekis Geist. Licht um Licht wurde von der Dunkelheit verschluckt.

Sie nahm ihm alles.

All seine Erinnerungen.

Sie wischte das Blut von seinen Fingern, das Leid von seinem Herzen, die Bitterkeit aus seinem Geist.

Sie nahm ihm die Erinnerung an ihren Namen, an die Namen der Götter, an Janons Namen, Levis Namen ... nur einen Namen ließ sie ihm.

Seinen.

Denn er würde der Mensch bleiben, der er war. Der wunderbar mitfühlende, großzügige, liebevolle Mensch, den Nym liebte. Sie nahm ihm nicht seine Identität. Sie nahm ihm nur den Schmerz.

Als sie ihre Augen wieder öffnete, war Jeki bereits aufgestanden. Das Kinn gereckt, den Blick auf den Horizont gerichtet.

Nym erhob sich ebenfalls, legte ihre Hände um seinen Hals, stellte sich auf die Zehenspitzen und küsste ihn. Ein letztes Mal, bevor sie ihn gehen lassen würde. Bevor er das Leben beginnen konnte, das er verdiente. Ohne sie.

Seine Lippen waren warm und samtig weich unter ihren. Nym atmete seinen Geruch ein, ließ ihren Daumen über sein raues Kinn streichen, bevor sie ihn losließ. Vorsichtig griff sie in ihre Hosentasche und zog den Verlobungsring daraus hervor. Sie wollte ihn nicht behalten. Er gehörte ihm. Er sollte ihn mitnehmen. Für die Frau, die ihn verdiente.

„Geh, Jeki", flüsterte sie und drückte ihm den zierlichen Metallring in seine Hände. „Geh, so weit dich deine Beine tragen. Lass die Mauern und alles, wofür sie stehen, hinter dir. Geh und schau nicht zurück. Du kennst den Weg."

Jekis warme braune Augen sahen in ihre und er lächelte, bevor er sich umwandte und nicht mehr zurückblickte.

Nym starrte ihm nach und neue Tränen ersetzten die alten.

Heiße Tränen der Ungerechtigkeit, der Wut, des Verlustes glitten stumm an ihren Wangen hinab, während seine große Statur vom Staub verschluckt wurde und verschwand.

Sie ließ die Tränen weiter an ihrem Gesicht hinabgleiten und nahm kaum wahr, wie die ersten Soldaten sich regten und die übrigen Feuer löschten. Ihre Freunde und Familien notdürftig verarzteten. Wie Händler aus ihren Häusern traten und blinzelnd das nun in Sonnenlicht getauchte Schlachtfeld musterten. Sie schluckte den Geschmack von Ruß und Eisen, Zimt und Staub hinunter. Drängte die Müdigkeit, den Schmerz, die Trauer und das Gefühl von Sinnlosigkeit aus ihren Gedanken und atmete ein letztes Mal zitternd aus. Sie musste sich auf die Suche machen nach –

„Du hast ihn gehen lassen."

Sie zuckte zusammen und fuhr herum. Ihr Mund öffnete sich und ihr Herz wurde von einer plötzlichen Wärme durchflutet, die sie bis in die Zehen spüren konnte.

Levi stand ihr gegenüber. Von oben bis unten mit Staub bedeckt – Liri an seiner Seite.

Nym presste die bebenden Lippen aufeinander und erneut fielen Tränen ihre Wangen hinab. Tränen der Erleichterung.

„Du hast ihn gehen lassen", wiederholte Levi leise.

Sie nickte. „Ich musste."

Levi nickte, und im nächsten Moment umfingen sie seine starken Arme.

Nym ließ sich fallen, vergrub ihre Nase in seiner Halsbeuge, weinte, schluchzte, zitterte, ließ den Schmerz über sich zusammenbrechen und wusste, dass Levi ihn für sie auffangen würde.

„Du hast das Richtige getan", flüsterte Levi nah an ihrem Ohr. „Es ist okay, Nym."

Sie nickte und klammerte sich fester an ihn, als ein zweites Paar Arme sich um ihre Mitte schloss. Liri. Sie sog die Wärme auf, die die Umarmungen ihr gaben, und wartete darauf, dass das Zittern aufhörte.

Sie konnte nicht sagen, wie lange sie so dastanden. Levis und Liris Arme fest um sie geschlungen. Levis stetiger Herzschlag unter ihrem. Levis Lippen an ihre Schläfe gepresst. Die warmen Strahlen der Sonne auf ihrer Haut.

Eine Ewigkeit schien zu vergehen, bis Nym das nächste Mal ihren Mund öffnete.

„Was macht Liri hier?", fragte sie leise.

Levi schüttelte den Kopf. „Das ist eine lange Geschichte. Später."

„Wir sind geflogen", flüsterte Liri.

„Okay." Nym nickte, löste sich langsam von Levi und gab Liri einen Kuss auf den Haarschopf.

Dann fiel ihr Blick auf Janons reglosen Körper zu ihren Füßen.

„Wir können ihn nicht einfach so hierlassen", flüsterte sie. „Janon, er ... wir müssen ihn mitnehmen." Und dann war da noch Jekis Mutter. Nym würde es ihr sagen müssen. Ihr erklären müssen, was sie getan hatte ... Neue Tränen stiegen in ihr auf und Levis Arm zog sich fester um ihre Schultern.

„Das werden wir. Wir werden Janon zu Vea bringen. Wir begraben sie gemeinsam."

Nym nickte. Das würde Vea gefallen. „Und dann?", fragte sie, und die Tränen auf ihren Wimpern brachen das Sonnenlicht in die unendlichen Facetten eines Regenbogens.

„Dann?", hakte er nach.

„Was machen wir dann, Levi?"

Er lächelte seicht, strich ihr eine Haarsträhne hinters Ohr und küsste sie sanft. „Dann machen wir Pause."

Epilog

Das einzige Gesetz
Denk nach. Sieh hin. Lebe. Liebe.

Er schmeckte Staub. Sand vermischt mit Dreck, der seine Lunge füllte. Er wollte husten, doch seine Kehle war wie zugeschnürt. Die Luft fand weder einen Weg hinein noch hinaus. Wasser traf sein Gesicht und abrupt fuhr er in die Höhe. Die Sonne schien erbarmungslos auf ihn herab, und hektisch wandte er den Kopf zu allen Seiten.

Sand. Er war umgeben von goldenem Sand, der ihm ins Gesicht wehte. Er hasste Wind! Er konnte nicht sagen, warum, aber er tat es.

Ein Schatten fiel über ihn.

Er fuhr zusammen, endlich fand Sauerstoff den Weg in seine Lungen und japsend sog er die Luft ein.

Ein junger Mann blickte auf ihn herab. Seine Augen und Haare hatten die Farbe von dunklen Schatten.

„Wenn du nicht verdursten willst, dann trink das", sagte er kühl und reichte ihm ein Tongefäß gefüllt mit Wasser.

Er leerte es mit gierigen Schlucken, während sich die dunklen Augen des Mannes weiter verengten.

„Wer bist du?", verlangte er zu wissen.

„Jeki", antwortete er.

„Geht das ein bisschen genauer?"

Er lachte. „Nein", sagte er wahrheitsgemäß.

„Warum nicht?"

„Weil ich ..." Er hielt inne. „Ich habe keine Ahnung."

Der Mann schnaubte. „Wie wunderbar. Und woher kommst du?"

„Ich ... weiß es nicht." Ein befreites Lächeln breitete sich auf seinen Zügen aus. „Aber ich will sicher nicht dorthin zurück."

Danksagung

Ich habe noch nie eine Danksagung geschrieben. Einfach aus dem Grund, dass „kurz und schmerzlos" nicht in meinen Genen liegt und „lang und qualvoll – aber schon witzig" nichts in einer Danksagung zu suchen hat. Aber nachdem ich die „Geheimnis der Götter"-Saga nun nach drei Jahren beendet habe, wird es vielleicht Zeit, es dennoch zu versuchen. Denn alle Menschen, die an der Geschichte teilhatten, haben ein fettes Dankeschön verdient!

Meine erste schriftliche Umarmung geht an Janina, meine Lektorin, mit der ich mehr diskutiert habe als mit meiner Mutter – und das möchte schon etwas heißen. Danke für deine Kritik, auch wenn sie wehtat, und danke dafür, dass du danach auf das Aua gepustet und alles besser gemacht hast. Die Bücher wären ohne dein Zutun nicht so toll geworden!

Loben muss ich auch meine Eltern und Geschwister, die immer an mich geglaubt haben und nicht müde wurden, mir zu erzählen, dass nie genug Charaktere sterben können (meine Brüder) oder mich gefragt haben, warum überhaupt jemand sterben muss (meine

Mutter).

Ein dicker Schmatzer geht an meine kleine Autoren-
familie, die mich jeden Tag aufs Neue unterstützt und
die ich mehr liebe als Lesen. Jule, Shreddi, Flo: Ihr seid
das Beste, was mir als Autorin, nicht zu vergessen als
Mensch, passieren konnte, ich möchte euch in meinem Leben nicht missen. Ich leibe und umrahme
euch, stay fame!

Unglaublich dankbar bin ich auch meinen Freunden
und Testlesern: Alina, Katha, Manon, Marie, Pia und
Tatjana. Danke für eure Meinungen, die ehrliche und
harte Kritik, danke für die langen Diskussionen – und
danke für die Bemerkung „Oh, jetzt sollten wir vielleicht auch einmal sagen, was uns gefallen hat."

Ein Daumen-hoch-Zeichen geht an den Heide Park,
in dem ich auf die Idee zur Geschichte kam. Baut weiter Achterbahnen und macht Autoren somit glücklich!

Vielen Dank auch an dp Digital Publishers. Es bedeutet mir viel, dass ihr an mich glaubt, auch wenn ich jeden zweiten Tag aufs Neue anzweifle, dass ich dazu in
der Lage bin, einen kohärenten Satz zu formulieren.

Und die letzte und größte Umarmung geht an meine
Leser. Wer weiß schon, wo ich ohne euch gelandet
wäre? Danke für eure Mails, eure Begeisterung und
euren Zuspruch – es gibt nichts Schöneres für mich.

Lightning Source UK Ltd.
Milton Keynes UK
UKHW010634291221
396330UK00002B/325